徳間文庫

黙　秘

深谷忠記

徳間書店

目次

わたしたちは、おそらくこれまでのどの時代の人間も知らなかった「人間」を知った。では、この人間とはなにものか。人間とは、人間とはなにかをつねに決定する存在だ。

（V・E・フランクル著　池田香代子訳『夜と霧』より）

序章　事件

2002年10月5日

釧館《くしだて》ユニバーサルホテルのフロントにその内線電話があったのは午後十時四十三分だった。遅番と深夜勤の重なる時間帯だったので、そのとき勤務していたフロントクラークは三人。一人はカウンターに立ち、他の二人は事務室で後方業務に就いていた。

電話を受けたのは事務室にいた浅井和典《あさいかずのり》である。浅井は、ランプの点《つ》いているのが九〇八号室であることを視認してから受話器を取り、「はい、フロントでございます」と応対した。

電話の向こうからは何も聞こえない。

浅井は「もしもし」と呼びかけた。

それでも応答がない。

どうしたのかと訝《いぶか》り、浅井がもう一度もしもしと言いかけたとき、

「人を刺しました。救急車をお願いします」

と、女の声が言った。抑揚のない、事務的とも言える調子だった。

浅井は一瞬何を言われたのかわからなかったが、すぐに顔から血の気が引くのを感じた。

「怪我人がいるのは九〇八号室ですね？」

と、確認した。

女が、はいと答えた。

「それでは、すぐに救急車を手配しますので、そのまましばらくお待ちください」

浅井は受話器を戻した。

彼の口にした救急車という言葉が耳に入ったからだろう、主任の大石登《おおいしのぼる》が緊張した顔を向けていた。

浅井は女の言葉を大石に伝えた。

「人を刺したぁ！」

大石が顔色を変えた。「九〇八号室というと、確か……」

「そうです」

と、浅井は大石の言葉を引き取り、今夜九〇八号室に泊まっている男のフルネームを言った。

「女の話が事実かどうか確かめるのは後だ。とにかく救急車を呼んでくれ」

大石が、浅井の考えていたのと同じ判断を下した。

浅井が119番に電話している間に大石がナイトマネージャーの原島《はらしま》に報告の電話を入れた。それから二人は事務室を出て、カウンターに立っていた金田《かねだ》に手短《てみじか》に事情を伝え、フロントを離れた。

「カレ、連れはいなかったはずだが……」

エレベーターホールへ向かってロビーを横切りながら、大石が話しかけてきた。

「ええ、一人です」

と、浅井は応《こた》えた。

「ということは、部屋へ引っ張り込んだ女にでも刺されたか」

「女は人を刺したと言っただけで、刺されたのが誰かまではわかりません」

九〇八号室の客である可能性が高いだろうと思ったが、浅井は言った。

「ま、そうだが……」

浅井たちはエレベーターで最上階の九階まで昇った。別のエレベーターから原島が降りるのを待ち、九〇八号室へ急いだ。

浅井がドアをノックすると、何の応答もなくすーっとドアが開かれた。

迎えたのは紙のように白い顔をした女である。フロントに電話してきた女だろう。目に恐怖の表情が色濃く浮かんでいるものの、取り乱し、慌《あわ》てふためいているといった感じはない。もしかしたら、まだ半ば茫然《ぼうぜん》自失の状態なのかもしれなかった。

「怪我をされたのは――」

と、原島が宿泊客の名を言って聞くと、女が初めて「はい」と口を開き、身体を斜め後ろに退《ひ》いた。

「失礼します」

と、原島がドアの中へ足を踏み入れた。

浅井も大石のあとから部屋に入り、奥へ進んだ。

部屋にはダブルベッド、机と椅子、二基のライトスタンド、それに二人用のテーブルとソファなどが配されている。

被害者は窓際のテーブルの手前、入口から死角になったベッドサイドに俯《うつぶ》せに倒れていた。上半身は淡いピンクのワイシャツ、下は紺のズボンといった格好で。身体の下の絨《じゅう》毯《たん》には血の染みが広がり、ワイシャツも胸から脇腹にかけて真っ赤だった。

凶器と思われる物は、男の身体の右斜め上に落ちていた。柄の部分が七、八センチ、刃渡りが二十センチほどの細身で中型の包丁である。その柄と刃にも血が付着していた。

浅井たちは、倒れている被害者のそばに寄った。

が、男は微動だにしない。呻《うめ》き声も漏らさなかった。息があるのかどうか確かめたわけではないが、

――絶命している可能性が高い。

と、浅井は思った。

その判断は原島と大石も同じだったらしく、緊張した顔を見合わせた。

これでは、たとえ被害者が生きていたとしても、浅井たちには手の施しようがない。救急隊員の到着を待つしかなかった。

「電話で人を刺したと言ったそうですが、あなたが刺したんですか？」

原島が身体を回し、浅井の後ろに離れて立っている女に聞いた。

「はい」

と、女がかすれた声で答えた。

「あなたのお名前は？」

女は答えない。

「名前ですよ」

女は無言。

「当ホテルの宿泊者ですか？」

「いいえ」

「では、いつこの部屋へ？」

女は黙って、浅井たちに焦点の定まらない視線を向けていた。

九〇八号室の客が外から帰ったのは九時三十六、七分。浅井がフロントでキーを渡したので、間違いない。とすると、女が来たのはその後だろうか。

「約束があったんですか？」

原島の質問に被《かぶ》さるように電話が鳴り出した。部屋に置かれている電話だ。

浅井はベッドサイドのテーブルに寄り、受話器を取った。相手は当然九〇八号室の客が出たものと思ったのだろう、「まだ電話が……」と尋ねる口調で話し出した。が、浅井がホテルの者だと名乗り、「どなたですか？」と問うたとたん、切ってしまった。若い女の声だった。

浅井が受話器を戻すのを待って、

「約束があったのか、なかったのか、どうなんですか？」

原島が女に対する質問を繰り返した。

女は答えない。

「あんたは、宿泊客でもないのにホテルの部屋へ入った。だから、われわれには聞く権利があるんですよ」

「………」

「何とか言いなさいよ」

原島の声に苛立《いらだ》ちが交じった。

それでも、女は貝のように口を堅く閉じて開かなかった。

「せめて、どこの誰かぐらい言ったらどうです！」

「すみません」

と、女が頭を下げた。

「すみませんじゃなく、名前を……」

「申し訳ありません。いまは何もお話ししたくないんです」

「じゃ、いつ話すんですか？」

「警察の方が来たらお話しします」

と、女がか細い声で言った。

しかし、救急隊員たちに少し遅れて制服と私服の警官が駆けつけてきても、女は何も話さなかった。

逮捕されて釧館中央警察署へ連行された後も、女の態度はしばらく変わらなかったらしい。

ただ、その後、住所と氏名だけは明かしたらしく、浅井は翌朝、女の名前と彼女が札幌市在住の主婦であることを知った。

第一部　一九九六年

発作

1

書斎から出てきた悦朗《えつろう》が、朝食の後片付けをしていた佐紀子《さきこ》に、「行ってきます」と言った。夫の悦朗は朝、書斎から出てくると佐紀子に必ずそう声をかける。時刻も五分と違わない。朝食が済んだ後、悦朗は念入りに歯を磨き、ネクタイ、スーツと身支度を整えてから書斎に入る。そして十五分ほどして、膨らんだ黒の革鞄《かわかばん》を提げて居間へ出てくる。

佐紀子は流しへ運びかけていた食器をテーブルに戻し、彼女より頭ひとつ高い、大柄な夫のそばに寄った。

佐紀子たちの住んでいる裁判所の官舎は、築後二十年近く経つ四階建ての集合住宅だ。エレベーターが付いていないし、給湯設備なども旧式である。佐紀子たちの部屋は最上階にあり、広さは約七十平方メートル。一人娘の弥生《やよい》が結婚する前は狭かったが、いまは夫婦二人暮らしなので充分とは言えないまでも不便は感じない。それに、ＪＲと地下鉄の中野駅まで歩いて十分足らずで行けるという条件が、佐紀子は何よりも気に入っていた。文京区に住んでいる弥生一家との往き来に便利だったから。

佐紀子は悦朗のあとから玄関へ出ると、彼が床に置いた鞄を取った。いつもながら、ずしりと重い。悦朗は裁判官だが、現在は法廷に出ることはない。それでも、自宅へ持ち帰って読まなければならない資料や書類は少なくないらしい。

悦朗が靴を履き終わるのを待って、鞄を渡した。気をつけてねと言うと、悦朗がうんとうなずき、「きみのほうこそ……」と案ずるような目で佐紀子を見つめた。

悦朗が心配しているのは、あと四十分もしたら佐紀子も出かける予定になっているからではない。いや、それも少しはあるかもしれないが、彼の表情を晴れやかにさせない理由が佐紀子の外出の事情にあるのは明らかだった。

佐紀子は「はい」と応え、つづいて口から出かかった〝心配をかけて、すみません〟という言葉を呑《の》み込んだ。

「昨夜も話したように、病院を替えさせたほうがいいかもしれないね。ぼくも石峰《いしみね》君に電話してみるが」

石峰武《たけし》は弥生の夫だった。

「弥生に話してみます」

「うん、じゃ……」

「行ってらっしゃい」

と、佐紀子は夫を送り出した。

佐紀子の夫・相沢《あいざわ》悦朗は、佐紀子より四つ上の五十一歳。所属は東京地方裁判所だが、勤務先は最高裁――事務総局民事局第×課の課長である。ここ十年ほど、司法研修所教官、浦和地裁判事、東京高裁判事、そして最高裁事務総局と首都圏勤務がつづき、その間ずっとここ中野の官舎に暮らしていた。

佐紀子はドアに鍵を掛けて居間へ戻ると、朝食の後片付けを済ませ、洗濯に取りかかった。洗濯機が回っている間に居間と寝室だけ簡単に掃除をした。

いつもなら、掃除をする前に朝刊に目を通すのだが、今朝はその時間がない。これから千駄木《せんだぎ》のマンションへ行き、弥生が病院へ行ってくる間、孫の愛《あい》を見ていてやらなければならないからだ。

弥生から電話がかかり、

――お母さん、明日、時間空いてる?

と言われたのは昨日の午後だった。

それだけでは弥生の目的がわからずに、佐紀子は、陶芸教室は明後日だし、空いてるけど……と答えた。

すると、弥生が、

――だったら、二、三時間、愛を頼みたいんだけど。

と、何でもないことのように言った。

佐紀子はハッとして、頭から血が引いていくような感覚に襲われたが、できるだけ軽い調子で、

――また起きたの？

と、聞いた。

――うん。

弥生の声が急に沈んだ。

小さな口を固く結び、泣きそうになるのをこらえている姿が見えるようだ。そして、目には見るみる涙が溜《た》まり出すのが。

今度は薬が合ったらしく、発作が遠のいている――。このところ、何度か娘の明るい声を聞いていたので、佐紀子もショックだった。弥生と一緒に奈落《ならく》の底へ沈んでいくような絶望的な気持ちになった。

――それで、しばらくお薬だけだったから、先生に診てもらおうかと思って。

少しして、弥生が言葉を継いだ。母親に余計な心配をかけまいとしてか、元の調子に戻っていた。

――そう。じゃ、行ってらっしゃい。愛ちゃんのことは心配しないで。

佐紀子も心の内を隠して応じた。

――ありがとう。

佐紀子は、明朝十時頃には行くからと約束し、弥生との話を終えた。

その後、夜の九時過ぎに悦朗が帰宅するまでの六時間余りは、佐紀子にとって長い時間だった。勤務先に、電話しようと何度か受話器を取り上げたが、我慢した。夫に話せば、自分の気持ちは少しは楽になる。といって、仕事中の夫に具体的な行動が取れるわけではない。ただ気持ちを乱し、心配させるだけだろう。そう思って。

佐紀子は、悦朗を玄関に迎えるや、

――明日、弥生のところへ行ってきたいんですけど。

と、言った。

悦朗は、佐紀子の口調と表情から意味を読み取ったのか、

――また起きたのか？

と、顔を強張《こわば》らせた。

――ええ。

――そうか……。

――たいしたことはないみたいなんだけど、明日はお薬だけじゃなく、先生に診ていた

だきたいからって。

悦朗がもう一度「そうか」と応えて、靴を脱いで上がった。

弥生が病院へ行くとき佐紀子が愛を見てやっていた事情は、彼も知っている。

――お帰りになる早々、ごめんなさい。

佐紀子は詫《わ》びた。

――どうしてきみが謝るんだい？　弥生はぼくの娘なんだよ。

悦朗が咎《とが》める視線を向けた。

――すみません。……あ、でも、そんな意味じゃなく、お部屋にも上がらないうちにこんなお話をしたから。

事実だった。しかし、弥生がもし悦朗の実子だったとしたら、「ごめんなさい」という言葉が自分の口から出たかどうか……。

それは佐紀子にも想像がつかないが、いずれにしても、彼女は、弥生に対する悦朗の愛情を疑っているわけではない。佐紀子が弥生のことを考えて再婚を迷っていた二十一年前、悦朗は、自分の子供は作らない、だから結婚してほしい、と佐紀子に強くプロポーズした。そして結婚と同時に、四歳になったばかりの弥生を養女にし、その後、弥生に弟か妹を……と佐紀子が言っても、彼は子供は弥生だけでいいと応え、父親としての愛情のすべてを弥生に注いでくれた。実の父親にも劣らない深い愛情を。そのことは弥生も感じているはずだし、誰よりも佐紀子がよくわかっている。

わかった、と悦朗が言い、

――ぼくのほうが悪かったよ。

と、謝った。

このときの話はそれだけで終わった。

が、夕食後、どうしたらいいかと二人で話し合った。そして、弥生夫婦に病院を替えるように勧めたほうがいいのではないか、と結論したのだった。

佐紀子が中野からJR中央線、地下鉄千代田線と乗り継いで千駄木駅に降りたのは十時七、八分前。湯島《ゆしま》寄りの口から地上に出ると、団子坂《だんござか》を登った。

弥生が結婚して四年、何度も来ていたので、このあたりの地理は中野と同じぐらいよく知っていた。愛が生まれる前は弥生と弁当を作って小石川《こいしかわ》植物園や六義園《りくぎえん》まで出かけたし、一昨年の九月に愛が生まれた後も、今年の夏、弥生の最初の発作が起きるまでは、ベビーカーを押してよく近くの根津《ねづ》神社などを散歩した。

弥生の夫の石峰武も悦朗と同じ裁判官――任官して十年未満なので判事補――だが、弥生は官舎住まいを経験していない。結婚した頃の石峰の勤務先は東京地裁だったし、現在は千葉地裁の松戸《まつど》支部なので、ここから通勤している。

悦朗と佐紀子は自分の家を持っていない。が、弥生の住んでいるマンションは石峰の持ち家だった。北九州市で信用金庫の理事長をしている石峰の父親が、息子が東大に入学すると同時に〝学問をするのに良い環境を〟と部屋——ワンルームなどではなく将来もつかえるようにと3LDKの部屋——を買い与えたのだという。素直で秀才の息子はその親の期待に応えてよく勉強し、在学中に司法試験に合格。司法研修所も五指に入る成績で修了し、裁判官になったのだった。

佐紀子は、自分の呼吸が荒くなっているのに気づき、足を止めた。まだ坂を半分も登らないうちに額や首筋に汗をかいていた。例年になく早い寒波の襲来に慌てて冬物コートを出して着てきたせいもあるが、それだけではないようだ。五分早く着いたからといってどうなるわけでもないのに、気持ちが急《せ》いて自然にせかせかとした足取りになっていたらしい。

今日は十一月八日。あと二ヵ月足らずで一九九五年も終わり、二十世紀も五年を残すだけとなる。

佐紀子は落ちつくように自分に言い聞かせて、軽く深呼吸した。バッグからハンカチを出して額の汗を拭《ふ》き、再び狭い歩道を歩き出した。今度は意識して一歩一歩アスファルトを踏みしめながら。

二百メートルばかりの坂をほぼ登り切った左の奥が鷗外《おうがい》記念図書館だった。森鷗外の住んでいた観潮楼《かんちょうろう》の跡に建てられたという区立図書館である。

佐紀子は図書館とは反対側、右に延びた道に折れた。土地を少しでも有効利用するためだろう、積み木のパーツを複雑に積み重ねたようなマンションが、左手前方に建っていた。弥生たちの住んでいるメゾン団子坂だ。建てられたのは、現在三十二歳の石峰武が大学へ入学する直前らしいから、十四、五年前。が、この春塗り替えられた焦げ茶色の壁には光沢があり、少し離れた場所からだと新築のように見えた。

佐紀子は、植え込みの間に設けられたアーチ型の門を抜け、玄関を入った。顔見知りになった管理人に黙礼し、ロビーの奥のエレベーターに乗る。ドアが閉じるのと同時に弥生の発作のことを思い出し、佐紀子は急に息苦しさを感じた。弥生は、誰もいない狭い函《はこ》の中でもし発作が起きたら……という恐怖のために、エレベーターに乗れないのだ。

エレベーターが七階に着き、佐紀子はほっと息を吐いて降りた。

鉤形《かぎがた》になった廊下を歩いて七〇三号室の前に立ち、緊張してインターホンのボタンを押した。弥生がどういう声で応答するか――。それによって、佐紀子はいつも娘の心の状態をまず推し量る。

はい、というけだるげな応答。

「私……」

と、佐紀子は告げた。

「待って。すぐ開けるから」

声の調子は普通だが、無理して元気を出しているようにも感じられる。

少しして中でチェーンを外す音がし、錠が解かれた。ドアが押し開かれ、弥生の顔が覗《のぞ》いた。

頰《ほお》が痩《こ》け、蒼《あお》みがかった不健康そうな色だ。この夏まではふっくらとして、薄いピンクに近い色白の肌をしていたのに。

「朝、忙しいのに、ごめんなさい」

殊勝にもそう言ったが、見るみる目に涙がふくらんだ。

佐紀子は、励ますように娘の二の腕を軽く叩《たた》き、「愛ちゃん」と孫の名を呼びながら中へ入った。弥生が愛を抱いていなかったから。いつもなら、母親の腕の中に、「あたちが、あたちが……」と自分でドアを開けるのだと言い立てている小さな姿があるのに。

愛は、真っ赤な靴下を穿《は》いた小さな足をきちんとそろえて上がりがまちに立っていた。人形のようにおとなしく。わずか二歳とはいえ、いつもと違う母親を感じているのかもしれない。

佐紀子は腰を落としてバッグを置き、「愛ちゃーん」と両腕を広げた。

すると、ようやく愛の顔に可愛い笑みがひろがり、「お祖母《ばあ》ちゃん」と佐紀子の胸に飛び込んできた。

2

看護婦に「石峰さん」と呼ばれ、弥生は待合所の椅子から腰を上げた。

「一番に入ってください」

看護婦の指示に従って診療室の中廊下に入り、さらに三つ並んだドアの一番奥——真ん中の二番はほとんど使用されていないようだ——をノックして中へ入った。

他の診療科の場合、順番が近づくと一旦《いったん》中廊下に置かれたベンチへ移って待つが、ここ神経科は外の待合所から直接診療室へ呼ばれる。医師と患者のやり取りが他の患者の耳に入らないようにとの配慮らしい。

「いかがですか？」

机に向かってカルテを見ていた久米哲夫《くめてつお》が弥生のほうに椅子と身体を回して、聞いた。

どことなく育ちの良さを窺《うかが》わせる、丸顔で色白のぽってりとした体付きの医師である。縁なし眼鏡の奥の目は柔和な光をたたえ、話し方も穏やかだ。歳は夫の武より二つ三つ上の三十五前後だろうか。精神科医としての力量はわからないが、東亜《とうあ》医科大学附属病院の正式スタッフとして診療しているのだから、優秀と見ていいのだろう。そして何よりも好ましかったのは、弥生がここへ来るまでに診てもらった医師たちとは違い——弥生は同じ東亜医科大学附属病院の中で内科を皮切りに四つの科を回され、神経科に来た——面倒臭そうな顔をせずにきちんと話を聞いてくれたことだった。

「このところずっと調子が良かったのですが、一昨日また発作が起きたものですから」

それで今日来たのだ、と弥生は答えた。

「そう」

と、久米が神妙な顔をしてうなずき、「とにかく掛けてください」と言った。

弥生は久米の前の回転椅子に腰を下ろし、ハンドバッグを膝《ひざ》の上に置いた。

「薬はきちんと飲んでいますか？」

「はい、一度も欠かしたことがありません」

「そうですか……」

久米が考えるようにしばし視線を宙に漂わせ、それから上体をひねってカルテに目をやった。

弥生が久米に不安神経症という診断を受けたのは九月の初旬である。しかし、久米の処《しょ》方《ほう》した薬を飲んでも弥生の発作はおさまらず、それから久米は二度薬を替えた。と、三度目に処方された薬が効いたのか、九月二十三日の軽い発作を最後にそれはぴたりとおさまり、その後、彼女は一度診察を受けただけであとは薬の処方箋《せん》のみを書いてもらっていたのだった。

弥生が最初の発作を起こしたのはいまからおよそ四ヵ月前、七月十五日である。その日は土曜日で、短大時代のクラス会に出席した帰りだった。クラス会は新宿西口のホテルにあるイタリア料理店で午後一時から開かれ、食事の後は喫茶室へ移って、五時半に散会になった。

ほとんどの人はそれから三次会用に予約されたカラオケスナックへ繰り出して行ったが、愛を中野の実家にあずけてきた弥生はホテルのロビーで友人たちと別れ、JR新宿駅へ向かった。

両親は、自分たちのことなら気にかける必要はない、遅くなったら泊まって行けばいい、とそれを歓迎する口振りで言っていたし、夫の武もそうするようにと勧めた。しかし、彼は難しい事件に関わっているらしく、このところ土曜も日曜もなかった。また平日も仕事を持ち帰り、午前二時、三時まで書類と格闘していた。裁判官には出勤しないで自宅で書類を読んだり判決文を書いたりする宅調《たくちょう》という制度があるのだが、そうした日も同様である。弥生は、養父の悦朗——記憶にあるかぎり養父だと意識したことは一度もない——を見て育ったから、裁判官の生活をある程度はわかっているつもりだった。が、一緒に暮らしていても、父親が子供に見せるのは生活のほんの一部だったらしい。あるいは、子供というのは親のある側面しか見ていないし、見えないのかもしれない。弥生は武の妻になって初めて、

――ああ、父はこんなに厳しい仕事をしていたのか！

と思い知った。同時に、娘の私には苦労している様子など微塵《みじん》も見せなかった母も、そうした父を支えて大変だったんだな……とわかったのだった。それはともかく、夫が睡眠時間まで削って働いているというのに、弥生はカラオケに行って歌う気にはなれなかった。夫は快く送り出してくれたが、クラス会に出るだけでも何となく後ろめたさを感じていた。仕事をしている夫の食事も作らず、実家に泊まってくるなんてできない。高校、短大と一緒でいまでも付き合いのある上沼由里《かみぬまゆり》に、「弥生って旧《ふる》いのよね。まるで化石人間みたい。弥生の意識さ、うちのお母さんよりお祖母ちゃんに近いよ」と笑われ、呆《あき》れられるが、弥生には自分のどこがそんなに旧いのか、わからない。自分では普通だと思っている。それに、旧かろうと新しかろうと、今更《いまさら》自分を変える気はなかったし。

というわけで、その日も友人たちと別れてひとり新宿駅へ行き、高尾《たかお》行きの快速電車に乗ったのだった。早く愛を引き取って千駄木の家へ帰り、夫の好きな枝豆を茹《ゆ》で、ウナギを載せたちらし寿司を作ってやりたい――そう思いながら。

最初の停車駅である中野で降り、北口の広場に出たのは六時二、三分前。日の長い時季なので、暗くなるまでにはまだ一時間以上あった。梅雨が明けたという報は聞かないが、その日は朝から青空が広がり、暑い一日だった。それが夕方になって少し涼しい風が吹き始めたからか、それとも週末のせいか、行き交う人々の表情にはどことなく安らいだような色が感じられた。

両親の住んでいる裁判所の官舎――弥生もそこで高校、短大と暮らした――は、駅から北へ六百メートルほど行ったところにあった。早稲田《わせだ》通りを渡り、新井薬師《あらいやくし》のほうへ少し入った住宅街の一角である。

弥生は、混雑するアーケード街・サンモールを避けて一本東側の道を行くために、広場を出て線路と平行した道を歩き出した。まったく何の予感もなしに。

ところが、数歩と進まないうちに、突然、全身がカーッと熱くなったかと思うと、心臓が肋骨《ろっこつ》と胸の皮膚を打ち破らんばかりに激しく鼓動し始めた。手が、脚が、ぶるぶると震え出し、一歩も歩けない。顔中に汗が噴き出し、同時に何とも形容しようのない不快な感じが、さらには不安な感じが胸いっぱいにひろがった。自分はこのまま死んでしまうのではないかという恐怖に襲われた。助けてください！　助けてください！　と必死で道行く人々に呼びかけた。いや、自分ではそのつもりだったが、果たして声になっていたかどうか……。吸っても吸っても、空気が足りない。苦しい。息が苦しい。ああ、自分は死ぬのだ、このまま息が詰まって死んでしまうのだ。そう思うと、どうしようもない恐怖のために立っていられなくなった。目眩《めまい》がし、あたりの景色がかすんだ。しかし、倒れたという記憶はないし、どこにもそれらしい汚れや傷はなかった。だから、誰かが支えてくれたのだろう。そして救急車を呼んでくれたようだ。気がつくと、狭い空間に寝かされ、顔に何か当てられていた。横に掛けた白い服の男、背中に伝わってくる振動と揺れ、サイレンの音……と、自分が走る救急車の中にいて、酸素マスクを付けられていることがわかった。

　救急病院に到着し、医師の診察を受ける頃には動悸《どうき》がおさまり、不安感もだいぶ薄らいでいた。そのため、医師の質問に答えて、事情——といっても、突然激しい動悸を感じ、強い不安感に襲われたということしかわからなかったが——を説明し、看護婦に実家へ連絡を取ってもらった。実家の電話を告げたのは、病院の名を聞くと、弥生もかつて何度か通院したことのある中野区内の病院だとわかったからだ。

　母が愛をみるために家に残り、父の悦朗が飛んできた。しばらくして、夫の武も青い顔をして駆けつけた。そのときには弥生の症状は嘘のように消えていたし、心電図検査や脳波検査なども済んでいた。まだ二十代ではないかと思われる医師——土曜日の夕方なので研修医かもしれない——は、弥生本人と武、悦朗の三人を前に、脈拍、血圧ともに正常だし検査の結果もこれといった異状は認められないので帰宅してよい、と言った。しかし、悦朗は安心できないらしく、CT（コンピュータ断層撮影法）とかMRI（磁気共鳴映像法）をつかって脳や心臓の精密検査をしなくてもいいのか、と質《ただ》した。脳梗塞《のうこうそく》や蜘蛛膜下《くもまくか》出血、心筋梗塞のおそれはないのか、と。患者には頭痛も吐き気もないようだし、その心配はないと思うが、いずれにしてもあらためて来院し精密検査を受けることを勧める、と医師が答えた。

心配はないと思う、という言い方が少し引っ掛からないではなかったが、弥生はもう何の異状も覚えなかったし、愛のことが気になったので、自分はもう大丈夫だから、と悦朗と武に言った。

タクシーに乗って実家へ行くと、佐紀子と愛が手をつないで玄関に迎えた。悦朗が検査結果と医師の話を電話で知らせてあったからだろう、佐紀子は「何でもなくて、ほんとによかったわ」と言ったが、表情の奥には不安げな翳《かげ》が張りついていた。

期せずして五人そろったので、出前の寿司を取り、悦朗と武はビールを飲んだ。その頃には、誰の胸にも、どうやら重大な病気ではないらしいという思いが強くなっていた。そうした大人の気持ちは二歳にもならない幼子《おさなご》にも自然に伝わるのか――もちろん多人数で食事をするのが珍しく、楽しいからだろうが――愛がはしゃぎ回った。それを見まもる佐紀子の顔にも明るい笑みが戻り、弥生はほっとした。

しかし、心配をかけてしまった両親と夫の和んだ表情を見て、よかったと思いながらも、弥生の気持ちは完全に晴れたわけではない。さっきの、どうにも逃れようのない不安と恐怖の記憶が、溶解しえない塊になって胸の底に沈んでいたからだ。自分は脳梗塞とか心筋梗塞といった、即、死につながる病気ではないかもしれない。だが、病名も原因もわからないでは対処のしようがない。いつまた同じような発作が起きるか予測がつかない。今日は誰かが助けてくれたからよかったものの、もし誰もいないところで発作が起きたらどうなるのか。あるいは、愛を抱いているときにでも起きたら……。

　と思っても、そのときの不安はそれほど強いものではなかった。来週早々にも自宅近くの病院へ行って精密検査を受ければ、病名がはっきりし、治療方法もわかるだろう、そう考えていた。

　その晩はタクシーで千駄木の自宅へ帰り、翌々日の朝、母に来てもらって愛を頼み、駒込《こまごめ》にある東亜医科大学附属病院へ行った。窓口で相談し、内科で受診。血液検査、尿検査、心電図検査などを受けた。

　一週間後、結果を聞きに行くと、検査値に異状はないので自律神経失調症だろう、という診断が下された。

　ところが、その帰り、病院の玄関を出てタクシー乗り場へ向かって歩き出したとたん、二度目の発作に襲われた。そのときの発作は初回の発作より軽く、近くにいた人がベンチに掛けさせ、病院に連絡を取ってくれたので、すぐに担架で内科外来へ運ばれ、診てもらったばかりの医師の診察を受けた。医師は、心配ないと思うが念のためにもう少し検査をし、別の科の医師の意見も聞いてみようと言い、弥生の都合を尋ねながら、パソコンの画面に映し出された各種検査の空き状況を調べ、心臓超音波検査、心臓カテーテル検査、脳波検査、脳のＣＴ検査、ＭＲＩ検査……と予定を組んだ。

　弥生の毎日は、また発作が起きるのではないかという強い不安に脅《おび》えながらの生活に変わった。実際、二度目の発作が起きてからは週に三回、四回と起きた。幸い、意識を失うほどの発作はなかったし、外出を極力控え、土曜・日曜と夫の宅調日を除いてほとんど毎日母に来てもらっていたから、大事には至らなかったが、発作がいつ起きるか、いつ起きるか……と思う不安と恐怖は耐え難かった。もちろん、それは発作時の恐怖の記憶から引き起こされたものだが、四六時中、心が休まることがないという点ではむしろ発作そのものより厄介《やっかい》だった。また、その不安のために、自分は発狂してしまうのではないかという別の恐怖に襲われることもあった。

通院には、何度かは夫の武が休んでついてきてくれたし、時には父の悦朗が時間をやり繰りして行き帰りだけ付き添ってくれた。もちろん愛は母にあずけて。こうして、弥生は検査予定をこなしていった。検査が終われば正しい診断が下され、適切な治療方法が採られるにちがいない、と期待しながら。

検査は一ヵ月近くかけて行なわれ、結果はすべて異状なし。循環器科、脳神経外科、耳鼻咽喉《いんこう》科と回され、その都度、弥生は医師に発作時の状況を説明し、いつまた起きるかもしれない発作の不安について訴えた。が、彼らは話を半分も聞かないうちに、

——しかし、どこにもこれといった病変は見られませんから。

と、困惑も後ろめたさも感じていない顔で言った。

検査して引っ掛からなければ、異状なし。もし何の異状もなかったら、どうしてこんな

発作（異状）が繰り返し起きるのか。その原因を突き止め、取り除く努力をするのが医師ではないのか。

弥生はそう叫び出したいのを我慢し、代わりに、ではどうしたらいいのか、と問うた。

弥生は再び内科に戻され、心臓神経症あるいは過呼吸症候群であろうという診断が下された。そして、命に関わるような病気ではないので、あまり心配せず、できるだけストレスを溜めない生活をしてください、と言われ、精神安定剤が処方された。

しかし、弥生の発作は軽減せず、秋風が吹き始める頃になって、神経科の久米のところへ回された（なぜもっと早くそうしてくれなかったのかと弥生は後で恨んだが……）。

久米は、弥生の話をじっくりと聞いてくれた。それまでは二時間以上待たされて診療は四、五分……長くても十分程度。弥生がしつこく訴え、食い下がると、あからさまに嫌そうな顔をする医師もいたが、久米はそんなことはなかった。弥生の話を聞いてからいくつか質問をし、弥生の問いにも丁寧に答えてくれた。そして下した診断は不安神経症。内科医の処方したのとは別の精神安定剤を処方し、それでも弥生の発作が減らないとわかると、次は不安を抑える効果があるという別の向精神薬を処方した。

また発作が起きるのではないかという不安が少し薄れ、発作の間隔も心持ち延びたように思えた。とはいえ、相変わらず、予期せぬときに発作は襲ってきた。

一週間後、弥生の訴えに、久米がまた別の薬を処方した。

今度は効いた。その薬を飲み出した後、九月二十三日に一度軽い発作が起きたものの、その後は月が替わって十月になっても発作は起きなかった。

弥生は、ああ、これで治る、治りそうだと思うと、自分の心が軽くなっていくのを感じた。黒雲に閉ざされていた未来に光が射し込み、希望が生まれた。愛と戯《たわむ》れながら、心の底から笑っている自分を発見した。

とはいえ、まだ完全に不安から解放されたわけではなかった。発作が再発しないという保証はなかったし、また起きるのでは……という不安と恐怖が常に胸の奥にわだかまっていた。そのため、それまでと同様に一人で外出するのは極力控え、一日一日祈るような気持ちで暮らした。発作が起きずに夜を迎え、ベッドに横になると、ああ、今日も無事だった……と神に感謝した。

十月も下旬に入り、終わりに近づいた。

あと二ヵ月……と弥生は思った。二ヵ月経って年末になっても発作が起きなければ、無事に三ヵ月以上が過ぎたことになる。そのときは発作がおさまったと見ていいだろう。しばらくは用心のために薬を飲みつづけなければならないかもしれないが、病気は治ったと考えていいだろう。久米に言われたわけではないが、弥生は勝手にそう思い、早く十一月がきて、十二月になるのを待っていた。そして、新しい年が明けるのを。

十一月に入った。

弥生は、毎日祈るような気持ちでカレンダーの残りの日を数えつづけた。

しかし、弥生の願いは叶《かな》えられなかった。一昨日、十一月六日、再び発作が起きたのである。

「それじゃ、発作時の症状から話してくれませんか」

カルテを見ていた久米が椅子を回し、弥生に目を戻した。

「以前の発作とだいたい同じです。突然、息苦しくなって強い不安感が胸にひろがり出したかと思うと、体中から汗が噴き出し、このまま自分は死んでしまうのではないかという恐怖に襲われました。そして動けなくなったのです」

弥生は説明した。

「何時頃、どこで起きたのですか?」

「午前十一時二十分頃、自宅の近くの児童遊園です。寒波が来ているとかでちょっと寒かったのですが、とてもお天気が良かったので、子供に厚着をさせて久しぶりに散歩に出たのです」

「お子さんが一緒だったんですか」

久米が少し驚いたような顔をした。

「はい」

弥生の中にそのときの前後の事情が甦《よみがえ》った。苦々しい後悔とともに。

弥生は、このところ調子が良かったこともあり、ベランダに溢《あふ》れる暖かそうな日射しに誘われ、ふと外へ出てみようかという気になった。そして、お散歩に行こうかと愛に笑いかけると、愛が「おちゃんぽ、おちゃんぽ」と言って喜んだ。七月に弥生の最初の発作が起きて以来、外へ出る機会が少なくなっていたからだろう。幼い娘のはしゃぐ姿を見て、弥生は心の内で「ごめんね」と謝り、でも、今度はきっと治るからね、とつぶやいた。そうしたら、もっと散歩に出られるし、春にはお花見にだって動物園にだって連れて行ってあげられるわ……。散歩に行こうと言ったものの、弥生の胸に不安がないわけではなかった。愛を連れていて、もし発作が起きたら、という。が、人間というのは〝喉元《のどもと》過ぎれば熱さを忘れる〟ようにできているらしい、もう一月以上も何でもないのだからたぶん大丈夫だろう、大丈夫にちがいない、と自分に都合がいいように考えた。ところが、その希望的な観測が外れ、恐れたとおりになってしまったのである。

「幸い、子供が砂場で一人遊びを始めたときでしたし、発作も重いほうではなかったらしく意識を失わずに済んだので、ひとまずほっとしているのですが」

弥生は説明を継いだ。「ただ……時間にして十分か十五分ぐらいでしょうか、その間は子供が話しかけてきても――何度かは顔を上げて私を呼ぶか話しかけるかしてきているはずですが――私はほとんど何も応えられない状態だったのではないか、と思います。それだけに、もっと症状が重く、もし私が意識を失っていたら、と考えると、身の縮む思いがいたします」
自分の安易な判断から、場合によっては愛を大きな危険に晒《さら》していたかもしれない――。
新たな発作は、弥生にそう思わせただけではない。最初の発作とは違った意味で弥生を打ちのめした。このまま二度と発作は起きず、治るかもしれない……すでに治ったのかもしれない、と考え始めていただけに。その落差、ショックは大きかった。そして彼女の内で、またいつ次の発作が起きるかもしれない、という不安、恐怖が前にも増して強くなったのだった。

弥生は、そうした心の状況についても説明した。

その間、久米は深刻げな表情をして黙って聞いていた。彼も、弥生の発作が再発したと聞き、困惑していたのかもしれない。

彼は結局、これまでの薬もかなり有効だと思われるのでそこに別の薬をもう一種類加えてみるから、と言っただけで、弥生を安心させるような言葉は口にしなかった。

「それで、注意して生活してみてください。しばらく様子を見てみましょう」

弥生は、その間にまた発作が起きたらどうしたらいいのか、と尋ねた。

「もし、頻繁《ひんぱん》に起きるようでしたら、来てください」

と、久米が答えた。

久米の返事に弥生は不満だった。が、彼にもどうにもならないのだろう、と思った。医師に話を聞いてもらい、薬も一種類、追加された。とはいえ、弥生の不安は病院へ来る前とあまり変わらなかった。新しい薬に期待する気持ちより、また効かなかったら……効かないのではないか、という恐れのほうが強かった。

弥生は階下のロビーへ降り、名前を呼ばれるまで椅子で待った。料金を払い、処方箋を受け取って病院を出た。薬はいつものように自宅近くの薬局で夫か母に取ってきてもらうつもりだった。

玄関を出たところに待っていたタクシーに乗り、行き先を告げた。

病院は、上富士《かみふじ》前の交差点から二百メートルと離れていない本郷通り沿いに建っていた。大学本部の北側、駒込駅寄りである。だから、千駄木のマンションまでは、そのまま本郷通りを南へ行って向丘《むこうがおか》二丁目で東へ入っても、上富士前交差点で左に折れ、不忍《しのばず》通りを時計回りに行って団子坂を登っても、ほとんど差がない。どちらも六、七分である。

タクシーが走り出すと、出がけに母に言われたことが頭に浮かんできた。母は、父・悦朗と二人で考えた話として、今日の医師の説明によっては病院を替えたらどうか、と言ったのだ。

弥生は同じ病院の中でいくつも診療科を替え、神経科の久米医師に出会った。そして不安神経症と診断を下され、一月以上も発作がおさまっていたので、やっと良い医師に巡り会えたと喜んでいた。しかし、今日の久米の表情と対応の仕方を見て、彼も思ったほど優秀な医師ではなかったらしい、と評価を変えた。

今日追加された薬が効けばいい。が、もし効かなかったら……。

弥生は、両親の意見を容《い》れ、病院を替えて別の精神科医に診てもらうことを真剣に考え始めた。

3

「どうしたんだね、調子でも悪いのか？」

玄関まで迎えに出た佐紀子の顔を見るなり、悦朗が驚いたような声を出した。

「いいえ、そんなことありません」

と、佐紀子は応えた。

「そんなことないって、ひどく青い顔をしているじゃないか」

「そうですか？　べつに何でもないんですけど……ご心配かけて、すみません」

「じゃ、光の加減かな……」

悦朗が首をひねりながら靴を脱いだ。

十一月二十四日午後七時半。悦朗が勤めから帰ったところである。

悦朗は先に立って居間へ入り、鞄をソファの端に置いた。コートも脱がずに佐紀子の顔をまじまじと見つめた。初めの印象が照明のせいだったのかどうかを確かめるかのように。

「お食事を先にしますか?」

佐紀子は、夫の視線から逃れるように、ずれてもいないソファのカバーを引っ張りながら聞いた。

「いや、先に風呂《ふろ》に入るよ。今日は早いので、まだ腹が空いていないから」

悦朗の視線は佐紀子の顔から離れない。

「それじゃ、バスタオルと下着、後でお持ちします」

佐紀子は言って、台所のほうへ行こうとした。

「佐紀子」

悦朗が呼び止めた。

はい、と佐紀子は振り返った。

「どうしたんだね?」

佐紀子は黙って俯《うつむ》いた。

「やはり、きみの様子は普通じゃない。何かあったんだね?」

佐紀子は小さくうなずく。

「弥生のことか?」

「ええ」

「また発作が起きたのか？」

「はい」

「そうか……」

悦朗の顔に深刻げな表情がひろがった。

「お帰りになる早々、すみません」

「どうして、ぼくに気をつかうのかな？」

「そういうわけじゃないんです。ただ、後でゆっくりお話ししようと思っていたものですから」

「それならいいが……発作はいつ起きたんだ？」

「午後三時頃だそうです」

「今日だね？」

「はい。武さんから電話をもらったのは夕方になってからですが」

「石峰君から電話？　発作はどこで起きたの？」

「マンションの前の道です。武さんが宅調でうちにいたので、愛ちゃんのお昼寝中に近くまで買物に出たんだそうです。同じマンションの方が通りがかって、すぐに武さんに連絡してくださったので、危険はなかったそうなんですが……。ただ、発作はかなり重かったらしく、弥生はショックを受けているようなんです」

「可哀想に……」

悦朗の顔が苦しげに歪《ゆが》んだ。「これから行ってやらなくていいかね？」

「今夜のところは大丈夫だからって武さんが言うので、あなたの予定を聞いて後で電話するからって言っておきました」

「じゃ、明日、二人で行ってみよう」

「お時間、いいんですか？」

「明日は土曜日だし、時間は何とでもなる。ただ、ぼくたちが行ったからって、病気はどうすることもできないが」

「ええ」

と、佐紀子は溜息《ためいき》をついた。「できることなら、私が代わってやりたいんですけど」

「そりゃ、ぼくだって同じ気持ちだよ」

「あの、話はちょっと違いますけど、パニック障害という診断はどうなんでしょう。また間違っているということはないんでしょうか？」

パニック障害――。

その聞き慣れない名前は、今週の月曜日（二十日）、弥生が初めて行った病院の医師から告げられた病名だった。

今月の六日、弥生は約一ヵ月半ぶりに発作を起こし、二日後、東亜医大附属病院の神経科医師・久米に新しい向精神薬を追加処方された。しかし、その後数日の間に二度も発作が起き、久米に薬を替えてもらっても発作はおさまらなかった。そのため、弥生は思いきって病院を替えたのである。

新しい病院は神田《かんだ》駿河《するが》台《だい》にある鳳《ほう》医《い》会・富士記念病院。そこの心療内科の医長をしている大泉《おおいずみ》利彦《としひこ》という精神科医が優秀らしい、と武が調べてきたのだ（武は妻の発作については話さず、仕事に必要なこととして東大時代の友人である医師に聞いたらしい）。

「弥生の話を聞いたかぎりでは間違いないと思うんだがね」

悦朗が答えた。

四日前、大泉医師の診察を受けた弥生が、夜、佐紀子たちに報告の電話をかけてきた。やっと病名がはっきりした、と心持ち明るい声で。そのとき、弥生から詳しい説明を聞いたのは悦朗だったのだ。

「弥生が発作を起こしたときの症状がパニック障害の症状にぴったりだったから？」

「そう」

「でも、久米先生だって、弥生の症状をきちんと聞いたうえで不安神経症という診断を下したわけでしょう？」

「それはそうだが、久米医師はパニック障害についての知識がなかったんだと思うね。弥生の電話の後で話したように、日本の医学界ではパニック障害に対する理解、認識が遅れていて、精神・神経科以外の医師がパニック障害の患者を正しく診断したのはわずか二パーセント……精神科医でさえ十二、三パーセントに過ぎなかった、という最近の調査結果があるそうだから」

精神科医でさえ、正しい診断をしたのは十二、三パーセント——。そう聞いたとき、佐紀子はその数値の低さに驚いた。

「医師にパニック障害に関する知識がないため正しい診断が為《な》されず、当然、適切な治療、投薬も行なわれず、長い間苦しんでいる人が少なくない、中には五年も病院をたらい回しにされてやっと大泉医師のもとにたどり着いた者もいる。そういう話だっただろう？」

悦朗が説明を継いだ。「それから、精神・神経科の医師で誤った診断をしていた人のほとんどが不安神経症と見立てていた、という話もある」

「そうですけど……不安神経症でもパニック障害でもない別の病気の可能性はないのかと思って」

「ま、可能性はゼロじゃないだろうが、きみの取越し苦労だよ」

「それならいいんですけど」

「とにかく、いまは大泉医師を信頼して任せる以外にないんじゃないのかね」

「そうね……そうですわね」

佐紀子は自分を納得させるようにうなずいた。もやもやとした、つかみどころのない不安の翳を胸の奥に押し込めて。

すると、悦朗が急に気になったらしく、

「もしかしたら、弥生もきみのように思っているのか？」

と、佐紀子の目に問いかけた。

「いいえ、弥生はそんなことはないと思います」

佐紀子は首を横に振った。

「また発作が起きたために、パニック障害という診断に疑いを持ったのかと……」

「武さんの話を聞いたかぎりでは、それはないみたいです。この前、あなたが弥生に聞いたように、パニック障害は頑固《がんこ》な病気なので気長に治すしかない、と大泉先生に言われていたので」

「うん」

と、悦朗がうなずいた。

大泉医師は、パニック障害には非常によく効く薬があるので、それをつかってパニック発作と、いつまた発作が起きるかもしれないという不安――予期不安と言うらしい――を減じていきたい、また、必要に応じて心理療法も併用していきたい、そう弥生に説明したのだという。

大泉医師によると、パニック発作が起きなくなれば予期不安も徐々に軽くなっていくが、なかなか完全には消えない。いま現在は発作がおさまっていても、いつまた発作が起きるかもしれない、という不安は残る。その予期不安が完全に消えないかぎり、パニック障害が完治したとは言えない。良くなったからといって勝手に薬を減らしたり飲むのをやめたりして、せっかく消えたパニック発作が再発し、病状が前よりいっそう悪くなった例は沢山ある。だから、この病気を治すには、自分が信頼できると思う医師の指示に従って生活し、医師がもういいと言うまで薬を飲みつづける以外にない――。

ですから、と佐紀子は言葉を継いだ。

「弥生も、お薬を飲んだからといって今日明日のうちに発作が完全におさまるとは思っていなかったようです。ただ、多少時間がかかっても必ず良くなる、病気をコントロールして普通に生活できるようになる、そしてやがては完治する、そう大泉先生に説明されて気持ちが軽くなっていたのに、前にも増してひどい発作が起きたため、ショックを受けたらしいんです。そして、本当に治るのだろうか、本当に発作が完全に消え、二度と起きないと確信することができるようになるのだろうか、そんな日が来るのだろうか……と、再び不安が頭をもたげ出したらしいんです」

「そうか……」

悦朗がうなずいた。納得すると同時に新たな気掛かりを抱え込んだような顔をしていた。

「食事の後でまた聞いていただきますから、お風呂に入ってください」

佐紀子は気を変えるように言った。

悦朗が「うん」と応え、鞄を取って居間を出て行った。

悦朗が風呂に入り、彼のバスタオルと下着を用意してやると、佐紀子は居間へ戻ってソファに腰を下ろした。

夕食の準備はほとんどできていたので、あとは悦朗が風呂から上がってくる頃、味噌汁《みそしる》を温め、皿を食卓に並べればいい。

なんだか急に疲れを感じた。身体から力が抜け落ちてしまったように。自分では意識していなかったが、武から電話をもらった後、ずっと緊張していたようだ。悦朗と話し、それが解けたらしい。話したからといって問題が解決したわけではないのに。

佐紀子は腕を伸ばしてテーブルからテレビのリモコンを取り、スイッチを入れた。悦朗はニュース以外にほとんどテレビを見ないし、佐紀子もテレビを見るより本を読んだり音楽を聴いているほうが楽しいので、十四、五年前に買った旧型だ。当然、BSチューナーは付いていない。

佐紀子は見たい番組があったわけではないし、何をやっているかも知らないので、適当にチャンネルを替えた。

佐紀子の好きなのは知らない土地の風景や人々の生活を見せてくれる紀行番組なのだが、

画面に映るのはコマーシャルか、大勢の出演者がスタジオで騒いでいるような番組ばかり。仕方なく、いつものようにNHK総合にチャンネルを戻した。

戻してから、佐紀子はハッとして、動きを止めた。

NHKにチャンネルを替える直前に映っていた男性の顔に見覚えがあったからだ。それも、俳優やタレントのように一方的に知っているというのではない。個人的に知っている相手だった。

知っているといっても、佐紀子がまだ二十代の頃、女子大時代から仙台時代にかけての数年間の話である。悦朗と再婚した前の年、一九七三年の暮れに仙台で会ったのを最後にその後は一度も会っていない。だから、何の情報もなかったらわからなかっただろうが、半年ほど前、新聞に載っていた顔写真——二十代の頃とはだいぶ変わっていたが高い鼻と細い目にかつての面影があった——を見ているので、たぶん間違いない。

佐紀子は、テレビに映ったのが当の男性だったのかどうか確かめてみたくなった。会わなくなった後も七、八年はその男の顔を思い浮かべただけで動悸が速くなり、息苦しくなったが、いまはそんなことはなかったし。

NHKに替える前のチャンネルボタンを押した。

しかし、画面に男性の顔はなく、しゃがれ声の司会者——名前までは知らないが関西のお笑いタレントらしい——が、アシスタントの可愛い女性と騒々しく話していた。

佐紀子はちょっとはぐらかされたような気分になったが、一方でほっとしている自分に気づいた。

もう映らないのだろうか、それならそれでかまわないが……。そう思い、スイッチを切ろうとしたとき、

「それでは、コマーシャルの後で隈本《くまもと》先生の詳しい分析と診断をお聞きしたいと思います」

と、司会役のタレントが言った。

佐紀子の肋骨の内側で心臓がびくんと跳ねた。〝クマモト〟という男性の名に——。

画面はビールのコマーシャルに変わった。

佐紀子は、胸の動悸が高まり、口が渇くのを感じた。別のチャンネルに替えるかテレビなど消してしまおうかと思うが、リモコンを持った手の指が動かない。

ビールのコマーシャルにつづいて自動車と化粧品のコマーシャル。それも終わり、再び司会役の男性タレントが登場。次いでカメラがパンして、階段状の椅子に掛けた四十人ほどの若者たち、そして彼らの斜め前の席にいる隈本洋二郎《ようじろう》、と映し出した。

司会者が隈本に向かって話しかけるのと同時に彼の姿がクローズアップされる。

額の後退した、肉付きのよい顔だ。かつての隈本は、どちらかというと痩《や》せ型の神経質そうな顔をした青年だったが、二十二年という歳月は同じ人間を肥満気味の中年男に変え

ていた。

隈本が、司会者の質問に答えるかたちで一人の少年の精神分析を始めた。細い目やちょっとした仕種《しぐさ》がかつての隈本を思い出させるが、手振り身振りを交えた話し方は自信に満ちている。

今年の九月、二人の幼女――四歳と五歳の幼稚園児――が相次いで性的な悪戯《いたずら》を加えられ、殺された。神奈川県相模原《さがみはら》市と東京町田《まちだ》市で起きた事件である。死体が幼女たちの生活範囲から離れた山林で見つかったことから、犯人は車をつかって被害者を拉致《らち》し、人気のない山林へ行ってから悪戯をし、殺害した、と考えられていた。数年前、東京と埼玉で起きた連続幼女誘拐《ゆうかい》殺人事件（M・T事件）のように。ところが、大方のその想像は外れ、今月の初め容疑者として捕まったのは車の運転ができない十六歳の少年だった。少年は横浜にある有名私立高校の二年生。無口で目立たないが、成績はクラスで一、二番。周囲の者がみな東大へ行くものと思っていた秀才だった。少年は容疑を否認しているらしい。が、少年が逮捕される前、犯人は「悪蛇羅聖人《あくだらせいじん》」と名乗って、犯人しか知りえない事実を記した手紙――警察の無能ぶりを揶揄《やゆ》する手紙――を新聞社とテレビ局に送っていた。たぶん、「今田勇子」名で挑戦状を送りつけたM・Tを真似《まね》て。その手紙の筆跡と少年の筆跡が一致したというから、少年が犯人であることはほぼ間違いない。少年の自供が得られていないため、犯行方法の詳細はわかっていない。だが、死体の見つかった現場付近で、大きなスポーツバッグを重そうに肩から斜めに下げた自転車の少年が複数の者に目撃されていたから、それが死体を運んでいた犯人の少年ではないかと見られていた。つまり、少年は幼女を殺害してからバッグに詰め、自転車で山林まで運んだのではないか、と。

この秀才少年の事件はショッキングだったため、テレビ、新聞、週刊誌等で連日大きく報道されていた。そして、氏名だけは秘匿されていたものの、少年の通っていた高校名などは公然の秘密になっていた。

精神科医であり心理学者でもある隈本洋二郎は、それらマスコミを通して得られた情報をもとに、いま容疑者の少年「悪蛇羅聖人」の心の状況を分析して見せているのである。

そして、

――少年は多重人格障害である可能性が高い。

と言っているのだった。

二十二年前は研修医だった隈本が、その後どこでどうしているのか、佐紀子はずっと知らなかった。今年の五、六月頃、新聞に載っていた彼の名前と顔写真を見るまでは。

そこに記された略歴によると、隈本は、佐紀子の前から消えた翌年の一九七四年、臨床心理学やカウンセリングの先進国アメリカへ渡り、二つの大学の大学院で精神医学と臨床心理学、犯罪心理学を学んだらしい。その後、ロサンゼルス郊外にある病院の附属精神医学研究所に勤務し、トラウマ性ストレスの研究と様々なトラウマ体験者の治療を行なっていた、とあった。

帰国したのは五年前（一九九〇年）の三月。以来、西神田にある慶明《けいめい》大学の人間科学部臨床心理学科教授を務めるかたわら、〝心の専門家〟として様々な場で積極的な発言を行なっている――。

といっても、佐紀子も知らなかったように、昨年までの隈本はそれほど有名というわけではなかった。隈本洋二郎の名が新聞やテレビ、週刊誌などに頻繁に登場するようになったのは、今年一月に起きた阪神・淡路大震災と三月に起きた地下鉄サリン事件の後らしい。それら二つの大事件の後、日本でも心的外傷後ストレス障害（Post Traumatic Stress Disorder：PTSD）の問題がクローズアップされると同時に〝心のケア〟が叫ばれ、トラウマという言葉が半ば流行語のようになったからだ。つまり、ＰＴＳＤ研究の先進国アメリカ――ベトナム帰還兵の心に刻まれた傷の研究から始まって、一九八〇年にＰＴＳＤなる診断名が生まれたのだという――で長い間研究と臨床に携わってきた隈本は、その道の専門家として一躍格好の解説者になったのである。

「多重人格ですか……」

と、司会者がその言葉を強調するように繰り返した。

「多重人格障害……現在は、解離性同一性障害（Dissociative Identity Disorder：DID）と呼ばれています。少年に面接したわけではないので断定はできませんが、その可能性が高いように思われます」

　と、隈本が応えた。

「鑑定の結果はまだ出ていないわけですが、先生と同じ判断が為されると思われますか？」

「どうですかね。ぼくがやっているわけじゃないので、それは何とも言えません」

　隈本が口元に皮肉な……どこか嘲《あざけ》るような笑みを浮かべた。「ぼくは日本の精神医学界の事情に疎いので、鑑定に当たっているのがどういう方なのか、よく知らないんです。ただ、この国には、二十年も三十年も前の知識を最新の知識だと思い込んでいる学者先生も棲息《せいそく》しているようですから」

「ははは……、確かにそのとおりかもしれません」

　と、司会者が隈本の皮肉に合わせ、ところでお話を戻しますが、と表情を引き締めた。

「少年が解離性同一性障害（ＤＩＤ）だった場合、少年の中には少なくとも二つの人格……ふだん表に出ている優等生の人格・主人格と、幼女に悪戯をして殺害した邪悪な人格・副人格が存在し、交替で出現する、というわけですね？」

「そうです」

「主人格は、自分の中に別の人格が存在していることを知っているのですか？」

「存在だけは薄々感づいているかもしれませんが、その人格が行なった犯罪行為についてては知らないはずです。それがＤＩＤの大きな特徴の一つですから」

「当然、この障害にも原因があるはずですが、それは何なのでしょう？」

「一言で言えば、過去の心の傷、つまりトラウマです。DIDは耐え難いトラウマから自分を護《まも》ろうとするために発症する、と考えられています。辛《つら》いトラウマの記憶を別の人格に引き受けさせ……もちろん無意識的にですが……それによって自分・主人格はその記憶からフリーになろうとする一種の防御作用です。このように、DIDは心的外傷後ストレス障害（PTSD）とも密接に関連しています」

「ということは、この少年がDIDだった場合、少年は過去において耐え難いトラウマを経験している可能性が高い？」

「ええ」

「そのトラウマと、幼女に悪戯をして殺害するという今度の犯罪行為との関係は？」

「トラウマはDIDを発症させる原因ではあっても、その結果生まれた別人格の行為、行動と直接の関係はありません。ただ、これはあくまでも直接的には……ということで、間接的に関係している可能性はあります」

「少年の経験したトラウマとしてはどういうことが考えられますか？」

「そこまではぼくにもわかりませんよ。何も資料がないんですから。ただ、ぼくがアメリカで診たDIDのクライアントの場合、幼児期にひどい虐待を受けていた者が非常に多かった……。それと、レイプされた経験を持つ女性が」

「少年ではレイプはありませんね」

「レイプはなくても、性的虐待の可能性はあります。アメリカでは、男子が幼いときに性的虐待を受け、それがトラウマになって様々な障害を引き起こしている例がけっして少なくないんです」

「そうなんですか。とすると、日本は良いことも悪いことも何でもアメリカの後を追いかけていますから、いずれ、そうしたことが大きな社会問題になる日がくるかもしれませんね」

司会者が、まるでその日がくるのを期待しているかのような口振りで話をまとめ、

「では、コマーシャルを挟んで、次はパニック障害について隈本先生のお話を伺いたいと思います」

と、言った。

佐紀子は思わず息を呑み、上体をソファの背から浮かせた。

突然ボリュームが上げられたように音楽が大きく鳴り出し、テレビの画面はＲＶ車が地平線までつづいている砂漠の道を走っている映像に変わった。

コマーシャルになったら味噌汁を掛けてあるガスコンロに火を点けて……と思っていたのに、佐紀子はテレビのスイッチを切ることもソファを離れることもできなかった。「次はパニック障害について……」という司会者の予告を聞いたために。

隈本はどういう話をするのだろうか、と佐紀子は強い興味を覚えた。聞いてみたかった。隈本の説明を聞けば、弥生が本当にパニック障害なのかどうかわかるかもしれない。いや、悦朗が言ったように、パニック障害の患者を数多く診てきているという大泉医師の診断にたぶん間違いはないだろう。が、それならそれで、隈本の話は参考になるかもしれない。弥生本人と佐紀子たち家族が今後どう対処したらいいのかを考えるうえで。

佐紀子は、隈本の出ているテレビを見ていたことを悦朗に知られたくない。知ったからといって悦朗は何も言わないだろうが、昔のことを思い出して不愉快な気分になるだろうから。悦朗は温厚で優しい人間である。結婚する前から感じていたが、一緒に暮らしてみて、それがけっして見せかけではなかったことを佐紀子は知った。悦朗が佐紀子の前で声を荒らげたのはただ一度……二十二年前、隈本に対してだけである。後にも先にも他にはない。そしてそのときも、「あんな言い方をせず、もっと穏やかに話し合えばよかった」としばらく後悔していたのだった。

佐紀子は時計を見た。

悦朗が風呂を出てくるまでまだ十分ぐらいはありそうだった。彼はぬるめの湯にゆっくりと浸かるのが好きだったから。

それなら……と佐紀子がソファに腰を落ちつけなおしたとき、ちょうどコマーシャルが終わり、画面の中央に司会者とアシスタントの姿が戻った。

「いま、このスタジオにいる人も、テレビの前に座ってこの番組を見ておられるみなさんも……」

と司会者が話し始めると、カメラがスタジオにいる人々の表情をパンする。

「つい数日前まではパニック障害などといった病気があることさえ知らなかったんじゃないでしょうか。いや、俺は知っていた、という人もおられるかもしれませんが、少なくとも知らなかった方が多いんじゃないでしょうか」

ここで、司会者を大写しにしていたカメラが少し引き、

「そちらの方……そうそう、あなた、あなたはいかがですか、知ってましたか？」

と、最前列にいたブーツを履いた十八、九の女性に質問が振られた。

知りませんでした、と女性が答えた。

「あなたは？」

「あなたはどうですか？」

と、さらに男女一人ずつに聞いても、返ってきた答えは同じだった。

「で、いまは知っていますか？」

最後に質問した二十三、四歳と見られる髪の長い女性に司会者があらためて尋ねた。

「はい」

と、女性が答えた。

「どうしてですか？」

「先週出た女性週刊誌『レディスライフ』に、赤井美鳥《あかいみどり》さんが、長い間パニック障害に苦しんでいたという事実を告白する手記を載せていたからです。一年以上、外出もままならなかったが、いまは克服した、と」

佐紀子は、『レディスライフ』の記事は知らないが、赤井美鳥は知っている。少しきつい感じのする個性的な美人だった。十年ほど前、ベネチア映画祭で特別賞を受賞した映画に主演して脚光を浴びた、かなり有名な女優である。年齢は三十四、五歳だろうか。言われてみると、ここ二、三年、あまり名前を目にしなかった。

「赤井さんの手記を読まれたわけですね？」

「はい」

「感想は？」

「びっくりしました」

「どうしてびっくりしたんですか？」

「体調を崩しているとしか聞いていなかったからです。それと、パニック障害なんていう大変な病気があるのを初めて知ったからです」

「赤井さんの手記を読まれた方は『大変な病気』の意味がよくわかると思いますが、読んでいない方も少なくないでしょうから、隈本先生に説明していただきます。先生、パニック障害というのはどういう病気なんでしょうか？」

司会者が隈本に質問を向けるのと同時に画面の中央に隈本の姿が大写しになった。

「そうですね……」

隈本がちょっと考えるような表情をし、「一言で言うと、突然強い不安と恐怖の発作に襲われる病気――そう言ったらいいかと思います」と答えた。

「突然というと、何の前触れもなく、ですか？」

「そうです」

「症状はそれだけですか？」

「いえ、違います。他にも激しい胸の動悸、息苦しさ、発汗、手足の震え、吐き気、目眩……などがあります。アメリカ精神医学会の『精神疾患の診断・統計マニュアル（DSM）』によれば、いま挙げたような症状を含めた十三の症状のうち四つ以上が同時に起こり、短時間のうちに頂点に達すれば……たいていは十分以内に頂点に達します……パニック障害と診断する、ということになっています。ただ、それらの症状は人によって、また同じ人でも発作の軽重によって様々ですが、強烈な不安と恐怖に襲われる点だけは共通しています。それも並の不安感、恐怖感ではなく、発作の波が引くまではどうにも対処のしようのない感覚です。ぼくの診たクライアントは、身の置き所がないような、あるいはこのまま気が狂うか死んでしまうのではないかと思われるような不安と恐怖……そんなふうに表現しています」

「発作は何度も起こるんですか?」

「一度起きると、短期間のうちに二度、三度と起きる場合がほとんどです」

「それらも突然に?」

「そうです。そのため、何度か発作を経験したクライアントは、次の発作に対する不安、恐れに苦しめられます。予期不安です。それは赤井さんの手記にリアルに書かれているとおりです。また、クライアントのすべてではありませんが、かなりの人が広場恐怖になります。いつどこで発作が起きるかわからないため、仕事はおろか、外出さえままならなくなるのです。広場恐怖といっても必ずしも広場が怖いという意味ではなく、電車やバスに乗ったり人が大勢いる場所に行ったりすることが怖くてできなくなるんです」

隈本の言った症状は弥生の症状にぴったりと重なっていた。それを聞いて、大泉医師の診断に間違いはなかったらしい、と佐紀子は思った。

「パニック障害が大変な病気だということはよくわかりました」

と、司会者が言った。声に実感が籠《こ》もっていた。

「では、コマーシャルを挟んで、次に治療法を伺いたいのですが……」

司会者が言いかけたとき、洗面所のほうで物音がした。

悦朗が風呂から上がったらしい。

彼は汗かきなので何度も汗を拭いてからパジャマを着てくるが、それでも精々《せいぜい》五、六分。五分では治療法の最後まで見られそうになかったので、佐紀子はコマーシャルに替わったテレビを切った。

新聞によると、隈本には著書が何冊かあるようだった。その中には、パニック障害について書かれた本もあるかもしれない。もしあれば、そこには彼がテレビで話す以上のことが書かれているだろう。

明日は弥生のところへ行くし、明後日は悦朗が家にいるので、月曜日にでも書店へ行って探してみよう。

佐紀子はそう思い、ソファから腰を上げた。

4

月曜日は何かと用事があったので、佐紀子が新宿へ行ったのは二十八日（火曜日）の昼前だった。

佐紀子は紀伊國屋《きのくにや》書店でいずれもソフトカバーの二冊の本を買い、その晩悦朗が帰宅する前に、一冊は最初から最後まで通して、もう一冊は必要と思われるところだけ、読み終えた。

通して読んだのは弥生の主治医・大泉利彦が書いた『パニック障害に克《か》つ』という本、一部を読んだのは『トラウマとは何か？　――心の傷からの回復――』という隈本洋二郎の著書である。

題名からわかるように、『パニック障害に克つ』はパニック障害についてだけ書かれた本である。パニック障害の歴史、症状、原因、治療、周囲の者の対応の仕方……と。一方、『トラウマとは何か？』は、主に心的外傷後ストレス障害（ＰＴＳＤ）について書かれた本だった。

佐紀子がなぜ隈本のそうした本を買ったのかというと、彼にはパニック障害についてだけ書いた本はなく、『トラウマとは何か？』の中に〈パニック障害〉という章があったからである。

夕食の後、佐紀子は、悦朗に『パニック障害に克つ』を見せた。大泉利彦という医師は信頼できそうだし、彼に診てもらっていれば弥生の病気は必ず治るだろう、と言って。それは、『パニック障害に克つ』を読んだ佐紀子の正直な感想だった。佐紀子は大泉の著書を読み、あらためてパニック障害が大変な病気であると知ると同時に希望を持つこともできたのだった。

一方、『トラウマとは何か？』は悦朗に見せなかった。買ったことも黙っていた。隈本の名を出して悦朗に不快な思いをさせたくなかったのが一番の理由だが、それだけではない。書かれている内容に気になる点があり、こだわっていたからでもある。『トラウマとは何か？』には、『パニック障害に克つ』を読んで感じた佐紀子の希望に不安の翳を投げかけるような記述があり、話題にしたくなかったのだ。

二冊の本とも、パニック障害の症状や基本的な治療方法の説明に大きな違いはなかった。ただ、『トラウマとは何か？』は、パニック障害に割《さ》かれているページが少ないため、《問》と《答》に分けて比較的簡潔に書かれており、『パニック障害に克つ』のほうが当然詳しく記述されていた。また、大泉も隈本も、パニック障害は他の多くの病気と同様に早期の診断が非常に重要なのに日本ではそれが為されていないことが一番の問題だ、と述べていた。診断の遅れが病気を重症化させ、治りにくくしている大きな原因である、と。その点、『パニック障害に克つ』の大泉は客観的な事実として書いているだけだが、隈本は皮肉を交えた棘《とげ》のある書き方をしていた。

その部分から、佐紀子がこだわり、気にしている記述を含んだ章のラストまで、『トラウマとは何か？』には次のように書かれている。

《問》内科や循環器科の医師ならともかく、精神科医までどうしてパニック障害の正確な診断ができないのですか？　ここまで聞いてきたかぎりでは、それほど診断の難しい病気とは思えないのですが。

《答》そのとおりです。先ほどお話ししたアメリカ精神医学会の『精神疾患の診断・統計マニュアル』……略称『ＤＳＭ』にはパニック障害の診断基準が載っていますし、多少なりともパニック障害の知識がある医師ならたちどころに診断できます。それが現実にはなかなか正しい診断が為されないということは、いかに勉強不足の医師が多いかということを示しているわけです。黴《かび》の生えたような知識を後生大事にして、それで毎日診断、診療をつづけ、論文一つ読まない医師が大勢いるんです。その結果、本人が新しい医学から取り残されるだけならかまわないのですが、被害者はクライアントなので困るわけです。

《問》パニック障害というのは新しい病気なのですか？

《答》ダーウィンの苦しんだ持病がパニック障害だったと考えられているように、病気は昔からありました。日本でも、江戸時代の漢方医学書に「驚悸《きょうき》」という名前で載っています。ですが、パニック障害と名付けられたのはいまから十五年前、一九八〇年ですから、新しい病気と言えば言えるかもしれません。ただ、それより二十年ほど前……一九六〇年頃、アメリカのクラインという精神科医が、当時は「不安・恐怖反応」と診断していたクライアントたちに三環系抗鬱《こううつ》薬の塩酸イミプラミンを与えたところ、全員、発作が起こらなくなる、という驚くべき結果が得られました。それがきっかけになって研究が始まり、十五年前、アメリカ精神医学会が出した『ＤＳＭ－Ⅲ』……現在出ているのは昨年改訂された『ＤＳＭ－Ⅳ』ですが……そこにパニック障害という病名が初めて登場することになったのです。

《問》　病気の原因は何ですか?

《答》　これこれの細菌やウイルスによる、というような意味では原因は解明されていません。ただ、炭酸ガスやカフェインが発作を誘発することは確かめられていますし、ストレスが発作の引き金になっている場合もあります。病気に家族性があるので、罹《かか》りやすい体質は遺伝すると考えられます。また、心的外傷……特に幼少時に受けたトラウマが発症の原因になっている場合もあります。

《問》　幼少時の心の傷ですか……。

《答》　そうです。実は、この『トラウマとは何か?　――心の傷からの回復――』という本に〈パニック障害〉という一章を設けたのはそのことがあったからなんです。

《問》　子供のときのトラウマというと、どういうことが考えられますか?

《答》　肉親と辛い別れをしたり怖い目に遭ったりした体験です。具体的に言うと、幼いときに親が死んだり、両親の離婚によって一方の親と引き離されたり、自分か兄弟が死ぬほどの大怪我をしたり、親や他の肉親にひどい虐待を受けたり……といった体験です。

《問》　先ほど、たいていのパニック障害は薬で良くなる……適宜《てきぎ》、心理療法を併用するにしても、ほとんどは薬物療法が非常に効果的である、という話でしたが、「たいてい」「ほとんど」ということはそうではない場合、つまり薬が効かない場合もある、というわけですか？

《答》残念ながら、そうなんです。大部分の症例では、さっき挙げた三環系抗鬱薬の塩酸イミプラミンや、ベンゾジアゼピン系抗不安薬のアルプラゾラム、ロラゼパムといった薬が治療に大きな効果を上げています。また、日本ではまだ認可されていませんが、アメリカでは、選択的セロトニン再取り込み阻害薬（ＳＳＲＩ）という抗鬱薬が三環系抗鬱薬より効果が大きくしかも副作用が少ない、というので注目を浴びています。ところが、それらのどの薬を投与しても顕著な効果が見られない症例があるんです。

《問》そのような場合、医師はどうしているのですか？

《答》多くの医師はいろいろ薬を替えて様子を見ているのが現状だと思います。

《問》自分の患者にそれらの薬が効かないという認識がない？

《答》私の知るかぎりでは、そうです。

《問》病気がパニック障害であることには間違いないんですか？

《答》症状を見るかぎり間違いないと思いますが、治療上は区別すべきだと私は考えています。実際、私はそうした症例に「パニック発作特性ＰＴＳＤ」と名付けて区別していますます。といっても、これはまだ私の個人的な考えなので『ＤＳＭ－Ⅳ』には載っていませんし、日本の精神医学界でも認められていません。

《問》「パニック発作特性ＰＴＳＤ」ですか……。ということは、そうした症例の場合はトラウマティック・ストレス、つまりトラウマが発症の原因になっている？

《答》　少なくとも私の診たかぎりではそうです。ただ、トラウマが発症の原因になっていると考えられるクライアントでも、ほとんどは三環系の抗鬱薬やベンゾジアゼピン系抗不安薬が効きますから、逆は必ずしも真ならずですが。

《問》　患者がそれらの薬の効かないパニック障害「パニック発作特性ＰＴＳＤ」の場合、どういう治療法があるのですか？

《答》　心理療法です。私の場合は認知行動療法の一つであるエキスポージャー・セラピー（曝露《ばくろ》療法）を採り入れ、効果を上げています。ＰＴＳＤの治療法の項で説明したように、エキスポージャー・セラピーとは、花粉症などのアレルギー患者に用いる脱感作療法……微量の抗原を繰り返し注射して抗原に対する過敏性を弱める療法と似ています。クライアントに、病気を引き起こしたトラウマ体験を思い起こさせ、次いでそれを様々な方法で言語化させ……要するに再体験、再々体験させ、心の傷を痛くも痒《かゆ》くもない傷痕《きずあと》にしてしまうのです。そうした想像の繰り返しによって、激しい恐怖や苦痛をともなった、コントロールできない記憶、つまりトラウマ的構造の記憶を、コントロール可能な普通の記憶、つまり非トラウマ的構造の記憶に変えてしまうわけです。

《問》　エキスポージャー・セラピーはパニック障害から派生した広場恐怖の治療にもつかわれている、と先ほど聞きましたが。

《答》そうです。注射する「抗原」に当たるものが違うだけで原理はまったく同じです。

《問》エキスポージャー・セラピーによって、心の傷が非トラウマ的構造の記憶に変われば、薬物療法では良くならなかった「パニック発作特性PTSD」の患者も治る？

《答》治ります。

《問》また、パニック発作だけでなく予期不安も消える？

《答》そのとおりです。

《問》とすると、ここでも正しい診断が非常に重要なわけですが、その点に関して最後に一言お願いします。

《答》パニック障害と診断された方で、薬を飲んでもあまり症状が軽減されず、医師が次々と薬を替えるようなら、病院を替えたほうが賢明です。


佐紀子が隈本の『トラウマとは何か？』を読んで、気になり、こだわっているのは、一つは彼の挙げていた病気の原因である。

そこには、

——心的外傷……特に幼少時に受けたトラウマが発症の原因になっている場合もあります。

と、書かれていたからだ。さらに、そのトラウマとは、肉親と辛い別れをしたり怖い目に遭ったりした体験、具体的に言うと、幼いときに親が死んだり、両親の離婚によって一方の親と引き離されたり、自分か兄弟が死ぬほどの大怪我をしたり、親や他の肉親にひどい虐待を受けたり……といった体験だ、と。

これまで佐紀子は、よりによって弥生が、自分の娘が、どうしてパニック障害などという病気になったのか、いくら考えてもわからなかった。

だが、幼いときに親が死んだのが原因だというのなら納得がいく。弥生は幼時に父親の太田《おおた》純男《すみお》と死別していたから。

弥生は、純男に関する記憶は全然残っていないと言っていた。「お父さんという言葉を口にしたり、お父さんと思ったりしたとき浮かんでくるのは、いまのお父さんだけ。亡くなったお父さんには悪いんだけど……」と。

この弥生の言葉に嘘はないだろう。純男が死んだとき、弥生はまだ二歳と一ヵ月。「お父さん」と言えず、「お父しゃん」と言っていたのだから。

でも、弥生は「お父しゃん」が大好きだったし、純男も目に入れても痛くないほど弥生を可愛がっていた。だから、純男のことがたとえ記憶に残っていなかったとしても、自分の前から突然父親が消えてしまったという出来事が弥生の心に深い傷を刻んでいなかったとは言い切れない。

以上のように、佐紀子は、隈本の挙げたパニック障害の原因が気になっていた。

とはいえ、それだけなら佐紀子はむしろ喜んだだろう。〈パニック障害の患者の中には幼い頃不幸な出来事を体験した者が多い〉ということは大泉の『パニック障害に克つ』にも書かれていたし、それらの記述によって、これまでわからなかった弥生の病気の原因について推測がついたのだから。

しかし、『トラウマとは何か？』の〈パニック障害〉の章には、病気の原因につづけて、薬の効かない「パニック発作特性ＰＴＳＤ」のことが書かれていた。患者がもしパニック発作特性ＰＴＳＤだった場合、医師がいくら薬を替えて試しても、病気が良くなることはない、と。

佐紀子がもっとも気にし、こだわっているのは、その記述である。

弥生のパニック障害が、もし、まだ日本の精神医学界で認められていない（ということは大泉を含めた多くの精神科医が知らない）、パニック発作特性ＰＴＳＤだったとしたら……。

そう考えると、佐紀子は強い不安を覚えるのだった。

だが、師走《しわす》に入って年末が近づくにしたがい、弥生の症状は良くなっていった。

そのため、佐紀子は、自分の心配は杞憂《きゆう》にすぎなかったかと思い、パニック発作特性ＰＴＳＤについて考えることはあまりなくなった。

家族

1

弥生はガラス扉の玄関を出ると、タクシー乗り場へ向かった。

膝ほどの高さしかない常緑樹の植え込みに沿って設けられたタイル敷きの歩道には、冬の日射しが溢《あふ》れていた。北側に病院が建っているせいか、風もなく、真冬とは思えないぐらい暖かだ。朝、マンションの玄関を出てタクシーに乗ったときには空気が肌を刺したから、昼近くになって気温が上がったのかもしれない。

今日は一月二十二日（月曜日）。弥生がここ神田駿河台にある鳳医会・富士記念病院に通い始めたのは昨年（一九九五年）の十一月二十日だから、二ヵ月が経《た》っていた。この二ヵ月というのは、パニック障害の治療が始まってからの時間でもある。東亜医科大学附属病院で不安神経症と言われていた弥生の病気をパニック障害であると診断したのは、当病院心療内科医長の大泉利彦だから。

大泉は、東亜医大病院の久米医師より十歳以上うえの四十代後半だろうか。ぽってりした久米とは対照的に痩せていて、鼻の下に髭《ひげ》をたくわえていた。ずっと髭のない父と夫の顔を見てきたからか、弥生は何となく髭を生やした男が好きではなかったが、大泉に関しては頼もしく思えた。

大泉の診断と説明は弥生を納得させた。彼の挙げるパニック障害の特徴の一つ一つが彼女の症状にぴったりだったのだ。弥生は、大泉に出会って自分の病気の実体がわかり、少し安堵《あんど》した。大泉は、パニック障害にはよく効く薬があり、医師の指示に従ってそれらをきちんと服用すれば病気をコントロールできるようになるし、いずれは完治する、と言った。また、一人で外出したり電車に乗ったりするのが怖くてできない広場恐怖がつづくようなら、臨床心理士による心理療法も並行して行なうが、いまはとにかくパニック発作を抑えるのが先決だからその治療を進めながら様子を見よう、という話であった。

ところが、大泉にそう言われて、明るい気持ちになって帰った四日後、自宅マンション前の歩道でかなり重い発作を起こした。薬を飲んだからといって発作がすぐに起きなくなるわけではないと言われていたものの、弥生は大きなショックを受けた。これできっと治るにちがいない、と希望を感じていたときだったから。

発作の起きたのが金曜日の午後だったので、翌日夫と両親と話し合い、翌々日の月曜日、弥生は再び富士記念病院へ行き、大泉の診療を受けた。しかし、その後も一朝一夕には快方に向かわなかった。三、四日無事に過ぎて、ああ、いいかな、これで良くなるかな……と思うと発作が起きたし、予期不安と広場恐怖もつづいた。大泉によれば、初期の段階で適切な診断と治療が行なわれなかったために病気が進んで重くなってしまったのだという話だったが、むしろ久米医師にかかっていたときより発作の回数が増え、弥生は大泉に対する信頼の気持ちを失いかけた。

が、大泉の診断と処方は正しかったらしい。年末が近づき、クリスマスを迎える頃になると、パニック発作の回数が減り、たとえ起きても軽く済む場合が多くなった。同時に、予期不安と広場恐怖も薄れたように感じられた。

快方に向かっているという実感は弥生の気持ちを明るく、軽くした。そして弥生は、この分なら桜が咲く頃には……遅くとも夏が来るまでには完治するかもしれない、という希望を持って一九九六年（平成八）の新年を迎えた。元日はのんびりと家で過ごし、二日は中野の両親を訪ねて、ほんの少しではあったが酒も口にした。

しかし、思っていたようには進まなかった。三日の午後、家族でお参りに行った駒込・吉祥寺《きちじょうじ》の境内で発作が起きた。愛を夫の武にあずけてトイレに行き、順番を待って並んでいたときに。それほどひどい発作ではなかったし、武が気づいて飛んできてくれたので、周りにいた人たちにはちょっと変に思われた程度で済んだはずだが。

ただ、その発作によって、それまで弥生の目に映っていた正月の明るい光景は一転して陰画の世界に変わった。人間、勝手な希望を思い描かなければ絶望もないのだろうが、希望を抱かずに生きるというのは難しい。特に病気の場合は。弥生は落ち込み、翌々日・初診療の五日、愛を母の佐紀子に頼み、裁判所を休んだ武に伴われて病院へ行った。

大泉は、消えたかのように見えた発作がまた起きるのはよくあることだし、これからもあるだろうが、パニック障害というのはそういう病気だと割り切り、一々落ち込まないように、と言った。快方に向かっているのは確かなので、治るのだという自信を持って気長に、前向きに生活し、臆病《おくびょう》になりすぎないように――。

それから今日二十二日まで半月余りが過ぎた。この間、パニック発作は二回……それも比較的軽く起きただけだったし、いちじは最悪の状態に逆戻りしてしまったかに思えた広場恐怖もだいぶ快復した。

しかし、弥生の不安は消えなかった。いつまた重い発作が起きるかもしれなかったし、それ以上に、自分の病気は本当に治るのだろうかという不安が胸の奥に常にしこりのように存在した。大泉を信じよう、彼を信頼して任せよう、そう思う一方で、彼の診断、診療は正しいのだろうか、と疑う気持ちが頭をもたげた。彼の言うとおりにしていて、発作は完全に起こらなくなるのだろうか、予期不安と広場恐怖から完全に解放されるのだろうか、いや、その前に、パニック障害という診断は本当に正しいのだろうか……。

タクシー乗り場は、玄関の右手二十メートルほどのところにあった。たいがい一、二台はいるのだが、今日はタクシーの姿がない。

弥生の頭に、地下鉄で帰ろうかという考えが浮かんだ。新御茶ノ水《しんおちゃのみず》駅まで歩いて七、八分だし、電車に乗ってしまえば千駄木まで十分とかからない。

だが、弥生はその考えを抑え込んだ。新御茶ノ水駅の長いエスカレーターに乗っているときか地下のホームでパニック発作が起きたら、大変だからだ。それに、五分も待っていればタクシーは戻ってくるだろう。

弥生がそう思って四つ並んだプラスチックの椅子に寄り、腰を下ろそうとしたとき、

「あの……」

と、後ろから声をかけられた。

弥生が顔を向けると、赤いオーバーを着た見知らぬ女性が笑みを浮かべ、「さっきはありがとうございました」と頭を下げた。

その言葉で、弥生はああ……と思い出し、「いいえ」と応えた。さっき、心療内科の待合所で弥生の前の椅子に座っていた女性だった。トイレにでも行こうとしたのか、席を立ったとき、あとにキーホルダーが落ちていたので、知らせてやったのである。

「あのまま気づかずにいたら、うちへ帰ってもお部屋に入れませんでした」

女性がちょっと恥ずかしそうな笑みを浮かべた。歳は二十五歳の弥生より三、四歳下だ

ろうか。すらりとした美人だ。

何の苦悩もないようなこんな綺麗《きれい》な人でも、心の病を抱えているのだろうか、と弥生は少し親近感を覚えた。

「掛けましょう？」

と、ベンチへ誘うと、

「あ、いえ、私はここで」

女性が戸惑ったような顔をした。

「タクシーに乗るんじゃないんですか？」

「はい。玄関を出たら姿が見えたので、一言お礼をと思って……」

「お礼を言われるほどのことなんかしていないのに」

「そんなことありません」

女性が心持ち語調を強めた。「私、とても感謝しているんです。もしあのままキーをなくしていたら、私、お部屋に入れなかっただけでなく、たぶん二、三ヵ月は外へ出られなかったはずなんです」

自分では気づかなかったが、弥生は思わず意外そうな、不審げな顔をしたのだろう。

「本当なんです」

と、女性が真剣な目を弥生にひたと当ててきた。

「信じるわ」

と、弥生は応えた。本心から。

「ご存じかどうか知りませんが、私、一応、全般性不安障害という病気の診断を受けているんです」

女性が、「一応」を心持ち強調してつづけた。

全般性不安障害——。

弥生の病気に対して東亜医大の久米医師が下した診断名「不安神経症」とどう違うのだろうかと思ったが、弥生は黙っていた。

「全般性不安障害というのは、何にでも不安で心配でたまらなくなってしまう心の病気なんです。でも、これはここの心療内科の先生が言われた病名で、正しいかどうかわからないんですけど」

「そう」

と弥生が相槌《あいづち》を打ったとき、タクシーが帰ってきた。

それを見て、女性が、

「すみません、勝手なお喋《しゃべ》りをして」

と、謝った。「私、志田《しだ》さやかと言います。志田は志《こころざし》に田圃《たんぼ》の田、さやかは平仮名です」

弥生は名前を教えたくなかったが、相手が名乗ったのに黙っているのも変なので、

「石峰と申します」

と早口で言い、ドアの開かれたタクシーに向かった。


一週間後の一月二十九日、弥生は宅調で家にいた武に愛を頼み、病院へ行った。

心療内科の待合所は二階の一番奥、行き止まりになった一角である。布張りの椅子に腰掛けて待っていたのは四人。その中に志田さやかの姿もあった。東亜医大と違ってここは予約制なので、待合所にいるのは多くても四、五人なのだ。

さやかは弥生の姿を認めると、立ってきて、

「この前はありがとうございました」

と、丁寧に礼を述べた。

弥生はこうした病院で知り合いを作りたくなかったから、ちょっと素っ気ない感じに
「いいえ」と応え、一人で腰を下ろした。

しかし、さやかは鈍いのか、図々《ずうずう》しいのか、当然のように弥生の隣りの椅子に掛け、

「私は倉内《くらうち》先生ですけど、石峰さんは？」

と、にこにこと人懐《ひとなつ》っこそうな笑みを向けてきた。

「大泉先生です」

弥生は仕方なく答えた。

今日の外来診療の担当医は二人だった。

「大泉先生ですか。大泉先生は医長ですから、この科で一番偉いんですよね」

さやかがそこで声をひそめ、「私も本当は大泉先生に診てもらいたかったのに、倉内先生に当たっちゃったんです」と宝くじにでも外れたような顔をした。

弥生は、このままお喋りの相手をしつづけるのは苦痛だった。誰もいない場所ならともかく、ここは待合所である。数が少ないとはいえ、目を閉じたり本を読んだりしている他の患者もいる。

「ごめんなさい。ちょっと電話をかけてきますから」

弥生はさやかに言い、腰を上げた。

一階のロビーに降り、薬の処方箋ができるのを待っている人々の間に座り、持ってきた文庫本を開いた。

予約した時刻まで三十分近くあったが、十五分を過ぎると時計が気になり出した。

結局、二十分を一、二分過ぎたところで立ち、トイレに寄って心療内科の待合所へ戻った。

診療中なのか、すでに診療が済んだのか、さやかの姿はなかった。

弥生は何となくほっとした。

だが、それから四十分ほどして大泉の診療が終わった後、再びさやかに会った。ロビーに降りて精算し、しばらく待って処方箋をもらい、さて帰ろうとカウンターから離れたとき、目の前にさやかが現われたのだ。待っていたかのように。

弥生は、思わず小さな声を漏らしそうになった。

「すみません、驚かせてしまって」

さやかはぺこりと頭を下げたが、悪いことをして謝っているといった表情ではない。

弥生は少し腹が立ったが、怒るわけにもいかずに黙っていた。

「私、石峰さんを待っていたんです」

さやかが言った。

その言葉で一つの疑問は解決したが、別の新しい疑問が生まれた。

「何かしら？」

弥生は少し咎《とが》める口調で聞いた。

「石峰さんに、ぜひお話ししたいことがあったんです」

さやかが悪びれた様子もなく答えた。

「どんなお話か知らないけど、私、急いで帰らないといけないんです」

弥生が玄関へ向かって歩き出すと、さやかも横に並んでついてきた。

「十五分、私と付き合っていただけませんか？」

「私には二歳の子供がいるの。だから、すぐに……」

「ほんとに十五分でいいです。私の話を聞けば、きっと石峰さんのためになるはずなんです。そう思ったので、この前のお礼にどうしてもお話ししようと待っていたんです」

さやかの強引な態度、押しつけがましい言い方は腹立たしかった。が、一方で、弥生は少し興味を引かれ始めていた。私のためになるとはどういうことだろうか、と。

玄関の少し手前、ロビーにいる人々の耳から離れたところで弥生は足を止めた。

「どういうお話ですか？」

と、自分より六、七センチは高いさやかの顔を見上げた。

さやかが弥生の顔をじっと見つめ、

「石峰さん、大泉先生に診てもらって、病気、治りましたか？」

と、聞き返した。

「まだ、二ヵ月ちょっとしか経っていないから……」

弥生はさやかの目から視線を逸《そ》らした。

「病名は知りませんけど、じゃ、治りそうですか？」

「もちろん、そう信じているわ」

「大泉先生はベテランだし、倉内先生よりは優秀だと思いますけど、診断は正しく、治療法も間違いないんでしょうか？」

それは弥生の感じている不安であった。

「私が倉内先生に初めて診てもらったのは去年の六月ですから、もうじき八ヵ月になるんです」

弥生が黙っていると、さやかがつづけた。「病院へ通い始めてからだと一年九ヵ月、神経科や精神科で診てもらうようになってからでも一年以上になります。それなのに、ずっとあまり良くならなかったんです」

さやかが過去形で言い、弥生の反応を探るような目をした。

「でも、いまは良くなった？」

弥生は聞いた。

「ええ、二ヵ月ほど前から自分でも驚くぐらい」

さやかが待っていたように答えた。

「倉内先生が処方されたお薬のせいではなく、別の何かの効果なんですね？」

「お薬も飲んでいますが、そうだと思います。そうとしか考えられません」

「それは……？」

弥生は、さやかの話を聞いてみてもいいと思い始めていた。

「心理療法です」

「では、倉内先生の診療と並行して？」

「はい。それで、石峰さんの場合も、もしお薬の効き目があまりはかばかしくないようなら、ぜひそうされてみては、と思ったものですから」

「でも、それは大泉先生の決められることですから」

「この病院のカウンセラーに心理療法を受ける場合はね」

「えっ、では、志田さんは……？」

「病院とは関係ありません。知り合いの紹介で、とても素晴らしいカウンセラー、セラピストに巡り会えたんです。その人のことを石峰さんにお話ししたかったんです」

「ありがとう。でも、伺ってもどうにもならないわ」

「どうしてですか？」

「大泉先生に黙って、外のカウンセラーに相談するなんてできませんから」

「それじゃ、もし大泉先生の診断と治療が間違っていたら、どうするんですか？　病気が治らなくてもいいんですか？」

「いいわけがないわ」

弥生はむっとして言い返した。さやかの言い方に腹が立った。

「ごめんなさい」

と、さやかが謝った。「でも、それでしたら……」

「大泉先生のところへ来る前に、他の病院でもう何人もの先生に診ていただいているんです」

弥生はさやかの言葉を遮《さえぎ》った。

「何人もといっても、みんなお医者さんでしょう。セラピストに相談されたことはあるんですか？」

「それはないけど……」

「心の病はお医者さんだけじゃわからないと思うんです。現に私は倉内先生に半年近く診ていただいてもあまり良くならなかった病気が、セラピストの心理療法を受けるようになってから見るみる快復したんです」

「でしたら、私もこの次に来たとき大泉先生に頼んでみます。心理療法を受けさせてくださいって」

「それでもいいですけど……ただその場合は病気に対する見方は変わらないと思います。病院のカウンセラーは医師の診断に基づいてカウンセリングや心理療法を行なうわけですから」

「そうね」

「私の話、聞くだけでも聞いてみませんか。石峰さんがどうされるかはその後で判断されればいいわけですから」

弥生は心を動かされた。

「一口に精神科医と言ってもいろいろな方がおられるように、カウンセラー、セラピストと言っても様々だと思います。いえ、医師のような国家資格があるわけではありませんし、中にはひどい人もいるようです。でも、私がお話ししようとしているのはそんな方じゃありません。カウンセリングの本場と言ってもいいアメリカで臨床心理学の勉強と経験を積まれてきた、信頼できる女性セラピストです」

男のセラピストよりは同性のほうが話しやすいかもしれない、と弥生は思った。さやかの話を聞いたからといって、そのセラピストを訪ねると決めたわけではないが。

「いかがですか？」

さやかが決断を促すように弥生の目を見つめた。

「それほど言ってくださるんなら、聞かせていただきます」

と、弥生は応えた。

2

弥生は志田さやかと並んで坂を下って行った。両側に明治大学の校舎ビルが建ち並ぶ狭い道だ。これから、さやかが電車に乗るＪＲ御茶ノ水駅まで歩き、駅前で弥生はタクシーを拾うか、思い切って新御茶ノ水駅まで行って地下鉄に乗るつもりだった。

病院の玄関を出て、ここまで五、六分。その間に、さやかは自分が行っているのは世田谷にある「青葉《あおば》ヒーリングルーム」という施療院だと話した。セラピストは三井晴美《みついはるみ》、三十八歳。国立大学の教育学部を卒業後、中学の教員をしたのちアメリカへ渡り、五年間、心理療法の理論と実践を学び、五年前（一九九一年）に帰国して施療院を開いたのだという。三井セラピストの施療の特長は、病気の原因を突き止めて、その原因を取り除くことによって病気を治そうとすることだ、とさやかは言った。これまでにさやかがかかった精神科医は、みな、〝病気の原因ははっきりしないが、とにかく薬で症状を抑えよう〟という考えだった。倉内医師の場合もしかり。できるだけストレスを溜《た》めないようにゆったりとした気持ちで生活するようにと言い、あとは薬の処方をするだけだった。一方、三井セラピストは、さやかが思っていることや感じていること、よく見る夢の話などをとことん聴き、さらにはノートに書かせ、そこからさやかの不安を引き起こしている原因を探り出した。そして現在は、その原因と見られる〈幼時のあるトラウマ〉を克服するのを手伝ってくれているのだという。病名も、広い意味の不安障害にはちがいないが、全般性不安障害なのか心的外傷後ストレス障害（ＰＴＳＤ）なのかはっきりしない――。

弥生は、さやかの話の中で特に「病気の原因を突き止めて……」というところに引かれた。パニック障害という診断を下した大泉医師にしても、弥生がその病気に罹った原因はわからない、という話だったからだ。もちろん、原因がはっきりしない病気もあるだろう。

が、あれほどすごい発作を引き起こしながら原因不明というのは納得できない。検査の結果、脳にも心臓にも病変が見つからないのだから、〝心・精神〟にその原因が隠されていると見るのが自然だろう。それなのに、久米医師だけでなく大泉医師も、原因については深く追究せず、薬による対症療法しか考えていないのだった。少なくとも弥生にはそうとしか思えなかった。

弥生たちは明大通りに出た。

御茶の水橋から駿《する》河《が》台下《だいした》の交差点まで下っている広い通りである。左に曲がった。

歩道は混雑していた。

御茶ノ水といえば学生の街というイメージが強いが、歩道には若者たちに交じって、サラリーマン風の男性や中年の女性の姿も少なくなかった。

弥生は考えていた。間もなく御茶ノ水駅だが、どうすべきか、と。

十五分付き合ってくれと言ったとき、さやかは喫茶店にでも入って話すことを念頭に置いていたようだ。しかし、弥生が、今日のところは歩きながら話を聞きたいと言ったのである。

弥生の中には、大泉の診療以上に自分の心の内を覗かれそうな三井セラピストの心理療法を敬遠したい気持ちがあった。が、一方に、精神科医かセラピストが心の奥深くまで入り込まなければ自分の病気の原因はつかめないし、根本的な治療法は見つからないのかもしれない、という思いもあった。

弥生は、もう少しさやかの話を聞き、さやかと話したい、と思い始めた。さやかは、自分の不安障害を引き起こした原因を〈幼時のあるトラウマ〉だと言ったが、それ以上の説明はしなかった。それも弥生は気になった。もしかしたら自分の病気の原因を探るヒントになるかもしれなかったし、彼女の具体的なトラウマの内容を聞いてみたかった。

しかし、さやかからそうした話を聞くには弥生のほうもある程度自分の事情を明かさなければならない。それには抵抗があった。悪用される恐れがあるとは思えないが、どういう人間かもよくわからない相手に、親しい友人にさえ話していない病気について明かすのは。もしかしたら、裁判官の娘として育ち、裁判官の妻になったために自然に身に付いた用心深さかもしれない。

御茶ノ水駅前に着いた。

スクランブル交差点を渡れば駅の改札口だった。

タクシーを拾うならこちら側のほうがいいし、新御茶ノ水駅で地下鉄に乗るなら、交差点を渡ってプラットホームの上の道を二百メートルほど行けばいい。

「本八幡《もとやわた》まで三十分ぐらいかしら？」

弥生は足を止めて、言った。

「いいえ、二十四、五分です」

さやかが答え、「もう少しお話ししたかったんですけど……」と、いかにも残念そうな顔をした。

さやかは、実家は岐阜市だが、市川市本八幡のマンションに住み、市谷《いちがや》にある女子大に通っているのだという。

「そうね……」

と、弥生はまだ迷いながら応じた。

「できれば、私の病気の原因になったトラウマについてもお話ししたかったんです」

その一言が弥生に決断させた。大泉医師にパニック障害と診断された自分の病気について話し、そのうえでさやかの不安障害の原因になった〈幼時のあるトラウマ〉について詳しい話を聞こう、と。

弥生たちは交差点を渡り、丸善《まるぜん》の隣りにある喫茶店に入った。

地下への階段を降りて行くとき、弥生はちょっと嫌な感じがしたが、一人ではないのだから大丈夫、と自分に言い聞かせた。

ウェートレスにコーヒーとホットミルクを注文したところで、

「私の病気についてお話しするわね」

と、弥生は自分から切り出した。話すと決めたら、何となく気持ちが楽になっていた。

弥生のほうからそんなふうに言い出したからか、さやかが少しびっくりしたような目をした。

「大泉先生の診断はパニック障害です。突然心臓がどきどきして息苦しくなり、ものすごい不安に襲われる、そんな発作が起きる病気……。いま、私はホットミルクを注文したでしょう。それは、カフェインが発作の引き金になるからなんです」

大泉にそう言われてから、弥生はコーヒーだけでなく紅茶も緑茶も口にしなかった。

「大泉先生に診ていただいて、私、初めてパニック障害という病名を知ったんです。前の病院では不安神経症という診断でしたし、その前の内科や循環器科のお医者さんには自律神経失調症とか心臓神経症とか過呼吸症候群とか言われていましたから。パニック障害という病気、志田さんはご存じかしら？」

最後に弥生が聞くと、知っているとさやかが答えた。

「青葉ヒーリングルームへ行き、三井先生に初めてそうした病気があることを伺ったんですけど」

「三井セラピストは、パニック障害について、どのように……？」

「私の病気かもしれない全般性不安障害やＰＴＳＤと同様に、広い意味の不安障害の一つだというお話でした。青葉ヒーリングルームにもパニック障害の方が何人か見えているし、過去には完全に治癒した方もおられるそうです」

「完全に治ったんですか？」

「三井先生がそうおっしゃっていました。それも、普通の……大部分のパニック障害には非常に効き目のあるお薬があまり効かない、パニック発作特性ＰＴＳＤのクライアントだそうです」

「パニック発作特性……？」

「ＰＴＳＤです。聞いたことありませんか？」

「ええ」

「では、隈本洋二郎先生については？」

「お名前だけなら」

隈本洋二郎といえば、有名な精神科医だった。といっても、弥生は新聞に載っていたエッセー風の文章を二度ほど読んだことがあるだけで、あとは雑誌やテレビ番組の広告などで名前を目にするだけだったが。

「実は、パニック発作特性ＰＴＳＤというのは隈本先生が名付けられたもので……いずれはアメリカや日本の精神医学会で認められると思いますが、まだ正式の病名ではないんです」

「そうなんですか」

それなら、大泉がそれに触れなくても不思議はない。

「三井先生によると……いえ、隈本先生も『トラウマとは何か？　――心の傷からの回復――』というご著書の中で書いてらっしゃることですけど、パニック発作特性PTSDは、PTSDと同じように、病気の原因が何らかのトラウマである場合が多いのだそうです。ですから、それを突き止めて、それぞれのクライアントに合った適切な施療を行なえば、完全に治すのは難しくないのだそうです。私の場合も、症状的には全般性不安障害ですが、原因が幼時のトラウマであるという点ではPTSDと言ったほうが適切だったんです。私なんて単純な人間ですから、病気の原因がわかっただけでもう治ったような気分になり、不安症状が半減しました」

弥生は、さやかの話に強く引きつけられた。まずは病気の原因を突き止め、しかるのちに適切な施療をする――。原因もわからないまま薬を処方した久米や大泉と、何と違うことか。それなら確かに根本から治りそうな気がした。また、さやかが言うように、病気の原因が判明すれば、それだけで気持ちが楽になり、予期不安が軽減しそうだった。しかし、そう思う一方で、自分には病気の原因になっているさやかのようなトラウマが存在するとは到底考えられない、とも思った。

「いままで何も説明しないでPTSDという言葉をつかってきましたけど、PTSD……心的外傷後ストレス障害ってご存じですよね？」

コーヒーとホットミルクを運んできたウェートレスが去ったところで、さやかが弥生に目を当てて聞いた。

「ひどい災害や事故、事件に出合った人が、そのとき受けた心の傷、トラウマによって様々な障害を引き起こされる……そういう病気を言うらしいという程度でしたら」

弥生は答えた。

「ええ、そのとおりです」

と、さやかがうなずいた。まるで生徒の前の教師のように。

「ただ、トラウマが引き起こす障害というのは本当に様々で、夜眠れなかったり、恐ろしい体験のフラッシュバックが起こったり、繰り返しそのときの夢を見たり……というのがよく言われているものですが、他にも沢山あるんです」

さやかがつづけた。「そして、それらのいくつかについては、私の場合の全般性不安障害のように、症状の特徴からPTSDとは診断されず、別の病気と診断されているものもあるらしいんです」

「パニック発作特性PTSDもその一つだというわけですね？」

「隈本先生はそう考えられました」

「三井セラピストも隈本先生と同じ考えなんですか？」

「ぴったり同じではないでしょうが、近いお考えのはずです。三井先生は隈本先生を尊敬しておられますから」

「そうですか……」

弥生はカップを取り、ホットミルクをゆっくりと飲んだ。さやかの話を頭の中で反芻《はんすう》しながら。

喫茶店は半分ほどの入りだった。弥生たちは壁際のコーナーにいたので、さやかの斜め後ろの席で商談でもしているらしい三人の男の他に近くに客はいなかった。

やはりコーヒーを飲んでいたさやかが、カップをソーサーに戻し、

「もちろん、石峰さんのパニック障害が、パニック発作特性PTSDかどうかはわかりませんけど……」

と、弥生に視線を向けた。「もし大泉先生の処方するお薬があまり効かないようでしたら、三井先生に一度相談されてみてはいかがでしょう?」

「でも、私は志田さんの場合とは違いますから」

弥生は考えていたことを言った。

「私の場合とは違う?」

さやかが小首をかしげた。

「志田さんの場合、原因不明だと思われていた不安障害を引き起こしていたのは幼いときのトラウマだったわけですよね。でも、私の場合、病気の原因になった心の傷、トラウマ

なんてありえないんです」

「ああ、そのことですか。それなら、私も同じだったんです」

　さやかがにっこりと笑った。「私だって、病気を引き起こしているトラウマが自分の中に存在するなんて、三井先生に指摘されるまでは一度も考えたことがなかったんです。でも、それは自分が意識していなかっただけなんです」

　弥生はよくわからず、説明を促すようにさやかを見つめた。

「ＰＴＳＤの患者だって、セラピストや精神科医を訪ねて指摘されるまで、かなりはそうしたトラウマの存在を意識していないという話です。場合によっては、意識していないだけでなく、経験そのものを覚えていない人だっているそうです」

「経験そのものを覚えていない！　そんなことってあるんですか？」

「そうした例はけっして珍しくないそうです。人間は、思い出すのが耐えられないぐらい恐ろしいことや嫌なことは、その記憶が表に出ないように抑圧してしまう場合があるのだそうです」

　記憶を抑圧してしまう――。初めて聞く話だった。弥生は少し驚いたが、ただ、そうしたことがあっても不思議ではない気はした。

「志田さんの場合、三井セラピストはどうやって病気を引き起こしているトラウマを突き止められたんですか？」

「さっき、歩きながら説明したように、私が思っていること、感じていること、よく見る夢、家族のこと、子供時代のこと……と何でも自由に私に話させ、さらにはノートに書かせて、です」

「カウンセラーの中には催眠術をつかう方が少なくないと聞いたことがありますが」

「催眠療法《ヒプノセラピー》ですね。これは、症例によっては非常に有効な療法だそうですけど、三井先生はやられません」

弥生は少し安心した。まだ青葉ヒーリングルームを訪ねてみようと決めたわけではないが、催眠、催眠術といった言葉には何となく抵抗があった。

「それじゃ、私のトラウマについてお話ししますが、聞いていただけますか？」

さやかが話を進めた。

「ええ、ぜひ聞かせてください」

弥生は応じた。それこそが聞きたかったことだった。

「そもそもの因《もと》は、母の家出でした」

さやかが何でもないことのように言い、コーヒーを一口飲んだ。

それから弥生に目を戻し――これまでと違って、どことなく辛そうな表情だった――意を決したようにつづけた。

「私が六歳のとき、母は二歳になったばかりの弟だけ連れて家を出てしまったんです。小学校へ上がって間もない五月でした。私が学校から帰ると、母と弟の姿がなく、まだお昼をちょっと過ぎたばかりだというのに父が一人でお酒を飲んでいたんです。そして、あいつは俺とおまえを捨てて出て行った、と吐き捨てるように言ったんです。本当は母は父の暴力に耐えきれなくなって出て行ったのですが、私がそのことを知ったのはずっと後になってからでした。父は子供の前でも平気で母に暴力をふるったので、私は母が可哀想で、父が憎くてたまりませんでした。でも、六歳の私には、母がそのことが原因で出て行ったとは想像がつかなかったのです。そのため、父の言葉どおり、私は母に捨てられたと信じ、母を恨みました。同時に、母が出て行ったのはもしかしたら私が悪いことをしたせいではないか……私が悪いことをしたので母が怒って弟だけ連れて出て行ってしまったのではないか、とも思い、苦しみました。しかし、それだけならまだ良かったのですが、しばらくすると父が私を殴るようになったのです。いなくなった母の身代わりのように。父は土木機械の販売会社に勤めていて、外では腰が低く愛想の良い人と言われていたようでした。営業成績も悪くなかったのか、いまでは岐阜支社長になっています。ですが、その分ストレスが溜まったのでしょう、毎日浴びるようにお酒を飲むので、あまり飲み過ぎないでと私が言ったのがきっかけでした。それまではどんなに酔っても私にだけは手を上げなかったのですが……。一度殴ると心のタガが外れたのか、それからは出て行った母を口汚く罵《ののし》った後、おまえのその目と根性はあの腹黒い女にそっくりだと言って……いえ、口実はそのときどきで違いましたが、ちょっとでも気に入らないことがあると私を殴るようになったのです。私は逃げ出すこともできず、お父さん、ごめんなさい、ごめんなさい、とひたすら許しを請い、耐えるしかありませんでした。父を憎み、それ以上にこんな鬼のような父のもとに自分を置いて出て行ってしまった母を恨み、早く家を出て行ける日がくることを念じつづける以外にありませんでした」

さやかがそこで口を湿らすようにコーヒーを啜《すす》り、再び話し出した。

「母が家を出たのは私を捨てたわけでもないし私のせいでもない――と私が知ったのは高校二年生のときです。母の住んでいるところがどうしてわかったのかは覚えていないのですが、高校二年の夏休み、父に黙って大阪まで母に会いに行き、聞いたのです。母は私と弟のためにずっと我慢していたが、このまま岐阜の家にいたらいつか殺されてしまうと思い、恐ろしくなって逃げたのだ、と言ったのです。そのとき、よほど私も連れて行こうかと迷ったが、自分一人の力では到底二人の子供は育てられないと考え、泣く泣く私を置いて出た、まさか夫も娘には乱暴しないだろうと思っていたのに、すまなかった、本当にすまなかった、どうか許してほしい、母は泣いてそう私に詫びました。母の話を聞き、私は母を許しました。また、私のせいで母が家を出たのではないと知り、ずっと胸の内にあったしこりが取れたような気分にもなりました」

それからは父親に気づかれないように母親と電話で話し、時々は弟と三人で会っている

──とさやかは言った。だから、母親に関しての問題は解決したのだ、と。

「ですが、父との問題はそう簡単にはいきませんでした」

さやかがつづけた。「実は、中学三年生になった頃から私はバットを持って父に対抗するようになっていたのですが、その結果、父は私を殴らなくなっていました。抵抗しない妻や子供しかいじめられない弱虫人間だったのです。殴る代わりに今度は私の機嫌を取ったり、おまえはお母さんのように私を捨てないでくれ、と泣いて懇願するようになりました。母が命の危険を感じるほど暴力をふるった父、母を悪者にする嘘をついて私を騙《だま》し、私を苦しめた父、さらには逃げ場のない小学生の私にまで暴力をふるいつづけた父、そんな父を私は絶対に許せません。同時に激しい嫌悪も感じました。私は父から離れることだけを願い、受験勉強に打ち込みました。その結果、東京の大学に入り……本当は母のいる大阪に行きたかったのですが、自分の目的を父に感づかれないように……家を出ることができたのです。父の反対を押し切って」

さやかが言葉を切り、またコーヒーを一口飲んだ。

「ですから、東京での私の大学生活はもっと楽しい充実したものになるはずでした。いえ、一年生のときは父から解放され、実際に楽しい毎日でした。それなのに、二年生になって間もなく、急にいろいろなことが心配になり出したのです。勉強についていけるだろうか、卒業できるだろうか、卒業しても就職できるだろうか、寝ているときアパートが火事になったらどうしよう、電車が衝突しないだろうか、道を歩いているとき自動車が突っ込んできたら……と。友達に話しても、心配性ねと笑われるだけ。そんなの気にしなければいいのよ、と誰も真剣に聞いてくれません。もちろん、私だって気にしないように、気にしないように、と自分に言い聞かせ、努力しました。でも、駄目なんです。朝起きると、あの心配、この不安と胸に押し寄せてきて、何も手につかないんです。そうすると、もうただいらいらして、檻《おり》の中の熊みたいに部屋の中をぐるぐると歩き回るだけ。やがて、夜も眠れなくなり、疲れてしまって大学にも行けなくなりました。それでも無理して外出すると、パニック障害みたいに急に心臓がどきどきして、強い不安に襲われ、冷や汗を流すこともありました。といって、その頃の私は全般性不安障害もパニック障害も何も知らなかったので、まさか自分がそうした心の病に罹っているなんて想像もしませんでした」

弥生には、さやかの不安、苦しみ、困惑が手に取るようにわかった。

「これはきっと身体のどこかが悪いのだ、そのせいでこんな症状が出るのにちがいない、私はそう思い、近くの内科のお医者さんを訪ねました」

さやかが言葉を継いだ。「それからの私は、だいたい石峰さんと同じです。いくつもの病院で検査を重ね、自律神経失調症、ノイローゼ、不安神経症、鬱病《うつびょう》……といろいろ言われ、そのたびに違ったお薬を処方され、ときには良くなったこともあるのですが、しばらくするとまた強い不安、心配に苦しめられたのです。そのため、大学は一年間、休学しました。倉内先生に全般性不安障害と診断され、先生の処方されたお薬でいちじはずいぶん不安も心配もやわらいだのですが、じきに元に戻ってしまい、その後は一進一退といった感じでした。私は、病気の原因を突き止めないことにはこれは治らないのではないか、と思い始めました。病気の原因がわからないのでは、お薬で多少良くなることはあっても、根本的な快癒には至らないのではないか、と。そんなとき、ある方に青葉ヒーリンググループの三井先生を紹介されたのです。そして、三井先生のおかげで病気の原因がわかってからは、薄紙を剝《は》ぐように不安と心配が消えていったのです」

「その原因が幼いときに受けた心の傷、トラウマだった？」

「そうです」

「そして、志田さんの心に傷を与えたのがお母さんの家出だったわけですね」

「そもそもの因ということでさっきはそう言いましたが、私の心に深い傷を負わせていたのは父でした。直接的には父の暴力です。その結果としての恐怖や怒りや憎しみ、そして嫌悪です。父から離れて東京で暮らすようになり、それらは私にとって過去のものになったと思っていました。たとえ父を許したわけではなくても。ところが、そうではなかったのです。それらは深い傷となって私の心の奥、無意識の世界にしっかりと根を下ろしていたのです。その心の傷が、どうしていまごろになって私の中に様々な不安や心配を引き起こしているのかまでは三井先生にもわからない、ということでした。ですが、それが私の病気の原因にちがいないと先生に指摘され、私は気持ちが軽くなるのを感じました」

「それから、三井セラピストはどのようにされたのですか？」

「病気の原因がわかってもそれだけでは病気は治りません。ですから、どうしたら私がそのトラウマを解消できるかを教えてくださいました」

「解消というのは記憶から消してしまうのですか？」

「いいえ、違います。一度意識された体験の記憶は消えませんから。ただ、その記憶をトラウマではなくしてしまう……つまり心にとっての傷ではなくしてしまうわけです。それには、〈再体験〉〈解放〉〈再統合〉という三段階を経る必要があると言われています。まずは、自分のトラウマとなった体験をしっかりと見つめ、認識すること――これが再体験です。次は、その体験にともなって生じた諸々の感情や感覚、恐怖、悲しみ、怒り、憎しみ、痛みなどを解き放つこと――これが解放です。そして最後に、その体験を通常の体験と同じように自分の過去、歴史の一部に織り込んでしまうこと――これが再統合です。こうして、トラウマとなった体験がその人の中で普通の記憶になり、そこから自由になることができるのだそうです」

「具体的にはどうされたのですか？」

「当然、人によっても、トラウマによっても方法は違いますが、私の場合は父に長い手紙を書きました。父の暴力について、私の恐怖と憎しみについて……と、母が家を出て行ってからの私がどのような思いで暮らしてきたかを克明に記した手紙です。それを書くことは、自分にトラウマを与えたものを生々しく甦らせることであり、かなり辛い作業でした。まったくと言ってもいいぐらい夜は眠れなくなり、何度も大声を上げて叫び出しそうになりました。三井先生の支えと励ましがなかったら、途中で放棄し、逃げ出していたにちがいありません。ですが、それを書き終え、書留で父に送ったとき、私はこれまでの自分とは違った自分になったような、大きな生きる力を得たような、そんな気持ちになりました。三井先生は、これでもトラウマが解消できなかったら父と対決しなければならないと言われましたが、私の場合はそこまではしないで済みそうです。夜はぐっすり眠れるようになり、いらいらしたり不安に襲われたりすることが少なくなりましたから」

「志田さんは自分の体験と気持ちを正直に綴《つづ》った手紙を書き、それをお父さまに送ることによって、自然に三つの段階をクリアされた、ということでしょうか？」

「たぶん、そうだと思います」

「お父さまは志田さんの手紙を読み、志田さんがお父さまの暴力にどれほど怖い思いをし、お父さまの嘘にどんなに苦しんできたかを理解してくださったのですか？」

「返事がないのでわかりませんが、父は理解なんかしていないはずです。自分の非を素直に認められる人じゃありませんから。ただ、娘から思いもよらない手紙をもらい、強いショックを受けただろうことは間違いありません」

「志田さんは、お父さまの謝罪の言葉がなくても癒《いや》されたわけですね」

「ええ。先生は、肉体の傷が膿《うみ》を出せば治るように、私の心の傷も長いあいだ膿のように溜まっていたものを吐き出したために癒されたのだろう、とおっしゃっています。無理に膿を出すときは痛かったですけど。あとは瘡蓋《かさぶた》ができ、それも剝がれて、傷がただの傷痕……つまり普通の記憶になってしまえば、完治するはずです。これまでのように再発することもない、と私は信じています」

弥生の中には、それほどうまくいくものだろうかという気持ちもないではない。それでいながら、さやかの話に引き込まれ、胸の昂《たかぶ》りを感じていた。

「ですから――」

と、さやかが結論に進んだ。「石峰さんもぜひ一度青葉ヒーリングルームを訪ねられることをお勧めします。三井先生にお会いして、もし先生が信用できない感じがする、先生のやり方が自分には合わないようだ、と思われたら、次はもう行かなければいいわけですから」

「ありがとう」

と、弥生は礼を言った。

青葉ヒーリングルームを訪ね、三井セラピストのカウンセリングを受ける――。

弥生はいまや、かなりそちらへ気持ちが傾いていた。さやかの言うように、行ってみて気に入らなければ、それきりにすればいいのだから。

「もしその気になられたら、いつでも知らせてください」

と、さやかが手帳を出して自宅の電話番号を書き、そのページを破ってくれた。「私がご案内してもいいですし、もし時間の都合がつかないときは三井先生にお電話を入れておきますから」

弥生はもう一度礼を述べ、家へ帰ってよく考え、夫や両親とも相談して決めたい、と言った。

3

二月三日、土曜日――。

愛のお相手はもっぱら悦朗だった。佐紀子はほとんど毎週のように愛と会っていたが、悦朗は正月二日以来だから、約一ヵ月ぶり。孫が可愛くて可愛くて仕方がないらしく、佐紀子が呆《あき》れるほどの〝ジジ馬鹿〟ぶりを発揮した。愛も誰が一番自分の言いなりになるかわかっていて、「お祖父《じい》ちゃん、お祖父ちゃん」とまとわりつくものだから、悦朗の顔はもうとろけんばかり。「お父さん、あまり甘やかさないでくださいね」と、冗談口調ながらも弥生に釘《くぎ》を刺される始末だった。

しかし、悦朗が心底上機嫌だったのは、弥生の口から隈本洋二郎の名が出るまで。弥生が、病院で知り合った志田さやかという大学生の話をし、彼女に薦《すす》められて隈本の『トラウマとは何か？　――心の傷からの回復――』を読んだと言ったときから、彼の表情は微妙に変わった。それが佐紀子にだけはわかった。

弥生から、相談に乗ってほしいことがあるので夫婦で来てもらえないかという電話があったのは火曜日の朝である。弥生は悪い話ではないと言ったものの、複雑なので会ったときに説明すると言い、相談内容については明かさなかった。そのため、この四日間、佐紀子はあれこれ想像しては気を揉《も》んでいたのだった。

愛が遊び疲れて眠ったところで、弥生がカフェインの入っていないハーブティーを淹《い》れた。佐紀子も手伝って、ケーキと一緒に居間へ運ぶ。

佐紀子と悦朗の前、武の横に弥生が最後に腰を下ろした。

「お父さんもお母さんも、私が相談したかったことはもうわかったんじゃないかと思うんだけど……」

弥生がカップを取ってちょっと香りをかぎ、飲まずにそれをソーサーに戻して、切り出した。

「たぶんね」

佐紀子が応えると、悦朗も硬い表情をしてうなずいた。

「青葉ヒーリングルームを訪ねてみたいが、どう思うか、っていうことね？」

「そう。志田さんにぜひにって勧められたし」

弥生が佐紀子の言葉を肯定した。

「弥生自身は、もうそのつもりでいるみたいだけど？」

「ううん、まだ少し迷っているの。武さんは反対のようだし」

弥生が答え、夫のほうへかすかに怨《えん》ずるような視線を向けた。

当然ながら、夫婦の間ではすでに話し合っていたようだ。

「反対なんかしていないじゃないか」

武が穏やかな調子で弥生の言い方を咎めた。

彼はいわゆるオタクっぽい秀才で、結婚前も結婚後も、佐紀子は何となく頼りなく感じていた。が、弥生がパニック障害になってからは、佐紀子は武の評価を改めた。自分の誤解を恥じ、彼に感謝した。裁判官の激務をこなしながら、不満ひとつ漏らさず、本当によく情緒不安定な弥生を励まし、支えてくれていた。

石峰武は、悦朗が司法研修所の教官だったときの教え子である。悦朗は、裁判官志望だった武と森島宏之《もりしまひろゆき》――森島は結局は検事になった――を何度か自宅に招いた。二人とも悦朗の眼鏡にかなっただけあって、利己主義的な人間ではないようだったが、どちらかというと佐紀子は武より森島のほうに好感を持った。武はいかにも苦労知らずの坊っちゃん、純粋培養された受験秀才といった印象で、面白みに欠けていた。一方、彼より二つ年上の森島は話題も豊富で、話していて楽しかった。それでいて、心の奥に何かしらの苦悩か屈折を秘めているような印象があり、人間としての深みが感じられた。その頃はまだ高校生だった弥生が音楽短大へ進み（佐紀子も悦朗も四年制大学への進学を勧めたが、弥生は高校からストレートで行ける短大のピアノ科を選んだ）、司法修習を終えた武と森島の二人と交際していると聞いたとき、佐紀子の中には森島を応援したい気持ちがあった。弥生の話しぶりも森島に惹《ひ》かれているように感じられ、このままいけば二人は将来結婚するのではないかと佐紀子は思っていた。ところが、蓋《ふた》を開けてみたら逆だった。弥生が多少冗談めかして言うには、「森島さんも好きだけど、お父さんと同じ裁判官がいいかな、と思って……」。悦朗は、検事になった森島より裁判官になった石峰武と弥生が結婚するのを望んでいたようだ。だから、弥生は、もしかしたら父親の意――悦朗は弥生の前でそうした希望を口にしたことはないが――に副《そ》った選択をしたのかもしれない。

「でも、私が話したとき、武さん、考えるように首をかしげていたわ。志田さんの勧めに従ってみたらとは言ってくれなかったわ」

弥生が武のほうに顔を向けて言った。

「そりゃ、その場で簡単に判断できる問題じゃなかったからね」

武が応じた。

「じゃ、いまは賛成してくれる？」

「きみがどうしても行ってみたいって言うんなら反対はしないけど……」

「けど？」

「正直言って、ぼくの中には躊躇《ちゅうちょ》する気持ちがある」

「やっぱり反対なんじゃない」

「反対とは違うよ」

「でも……」

「ぼくらのことは後回しにして、お義父《とう》さんとお義母《かあ》さんの考えを伺ってみないか。そのためにわざわざ来ていただいたんだから」

「ごめん」

と、弥生が夫にとも、佐紀子と悦朗にともなく謝り、

「というわけなんだけど、お父さんとお母さんの考えを聞かせて」

と、佐紀子たちのほうへ顔を向けた。

佐紀子の答えは決まっている。賛成に。

ここ半月余り、佐紀子は、適当なセラピストを探して弥生を相談に行かせようと考えながらも悦朗に言い出す決断がつかずにぐずぐずしていた。そうしたら今日、弥生のほうからセラピスト……それも「パニック発作特性ＰＴＳＤ」の治療実績もあるらしい三井セラ

ピストを訪ねたい、という相談を持ち掛けられたのである。それは、佐紀子にとって願ってもない話だった。

佐紀子がセラピストの件を意識するようになったのは、去年の十一月、隈本が出ていたテレビを見た後で、彼の書いた『トラウマとは何か?』を読んだからである。

本を読んで、その中の記述が気になっても、その後、弥生の病気が大泉医師の処方した薬で治りそうだという感触が得られれば、余計なことは考えなかっただろう。ところが、快癒の兆しが見えて、弥生も佐紀子たち周りの者もみな明るい気持ちになっていた正月三日、またパニック発作が起き、弥生の病状は逆戻りしてしまった。

佐紀子の胸で、薄れていた気掛かりが濃い翳を取り戻した。気掛かりの原因の一つは〈パニック障害と診断された者の中にはパニック障害の薬が効かないパニック発作特性PTSDの患者が少数交じっている〉という隈本の説であり、もう一つは、これは大泉の著書にもあった〈パニック障害の患者には幼い頃不幸な出来事を体験した者が多い〉という記述だった。

もし、弥生の病気が隈本の名付けた「パニック発作特性PTSD」だったら、と佐紀子は不安を覚えた。大泉医師にかかっていても、病気は治らないだろう。

では、どうしたらいいか?

佐紀子は考えに考え、迷いに迷った末、慶明大学人間科学部の電話番号を調べ、松の内が明けて間もない先月十二日、隈本研究室に電話をかけた。

秘書と思われる女性が応対し、こちらの素性、用件について質問してきた。隈本は有名人で多忙だからだろう、取り次ぐ必要のある電話かどうか、まず秘書が選別するのかもしれない。

佐紀子は、原口《はらぐち》という旧姓も伝えて隈本の昔の知り合いだと名乗り、用件は本人に直接話したいと言った。

電話の向こうで、どう対応すべきかを一瞬迷ったような気配があった。「昔の知り合い」という佐紀子の言葉が事実かどうか判断できないからだろう。が、秘書はすぐに、それではちょっとお待ちくださいと言って電話を保留にした。

――お待たせしました。隈本ですが……。

と、隈本洋二郎が出たのは、トロイメライの曲が一度最後まで奏でられ、二度目に移ってからだった。

隈本は、佐紀子が電話してきたと聞き、驚いたにちがいない。疑問よりも不審に思っただろう。いや、もしかしたら、相沢佐紀子、原口佐紀子と聞いても、すぐには思い出せなかったのかもしれない。

――突然、失礼いたします。隈本さんと最後にお会いした頃は太田佐紀子、現在は相沢佐紀子と申します。

佐紀子は緊張して名乗った。

——わかりますよ。

と、隈本が馴《な》れ馴《な》れしい調子で応じた。

——ぼくはそれほど忘れっぽくありません。

——……。

——だいたい、死ぬほど好きになった人を二十年かそこらで忘れられるわけがない。

佐紀子が黙っていると、隈本がつづけた。言葉の奥にかすかに棘が感じられた。

佐紀子はこのまま電話を切ってしまいたい衝動に駆られた。

しかし、自分から電話しておきながら、そんな失礼なまねはできない。

いや、それより、ここで切ってしまったら、もうかけなおすわけにはいかないから、弥生の病気について隈本に相談し、彼の力を借りることはできなくなる。

佐紀子がそう気づき、何を言われても我慢しようと思ったとき、

——失礼しました。

隈本があらたまった調子で詫びた。

——つい懐かしくなって軽口を叩いてしまい、お許しください。

——いいえ。

佐紀子は少しほっとした。

――で、ぼくに何か……？　用件は本人に話すと言われたそうですが。

――去年の秋、テレビで拝見した後、『トラウマとは何か？』というご本を読ませていただいたのですが、そこに書かれていたパニック発作特性ＰＴＳＤという病気について教えていただけたらと思いまして。

――お教えするのはかまいませんが、どなたかお身内にパニック障害と診断された病気で苦しんでいる方がおられるのですか？

隈本が聞き返した。

――あ、いえ、身内ではないんです。お友達の娘さんにその病気で苦しんでいる方がいるものですから。

佐紀子は思わず嘘をついていた。どうして事実を言わなかったのか、自分にもよくわからない。自分の娘だと明かすことに心のどこかで無意識の抵抗が働いたようだ。

――そうですか、お友達の娘さんにね。

怪しんでいるような調子だ。佐紀子の嘘を見破っているのかもしれない。

――で、友達の娘さんは、パニック障害に効くという薬を飲んでもなかなか良くならないわけですね？

隈本のほうから話を進めた。

――はい。それで、もしかしたら、隈本さんの名付けられたパニック発作特性ＰＴＳＤ

ではないかと思いまして……。

——その娘さんは、幼いときに不幸な出来事を体験しているのですか?

佐紀子はぎくりとした。隈本は、弥生が幼いとき実父と死別しているのを知っていたから。

——さあ、そこまでは存じません。

佐紀子は、声が震えないように注意して答えた。

——『トラウマとは何か?』にも書いたように、パニック発作特性PTSDの原因は幼い頃のそうしたトラウマである可能性が高いんです。

——ええ。

——といって、パニック障害のクライアントの中にはそうした体験をした者が少なくなく、そうした体験をしたパニック障害のクライアントがすべてパニック発作特性PTSDになるわけではないのですが。

——あの、それでは、普通のパニック障害の患者とパニック発作特性PTSDの患者は、どうしたら見分けられるんでしょうか?

——難しい質問ですね。

隈本が苦笑いを浮かべたようだ。

——もし簡単に見分ける方法があれば、ぼくが教えてもらいたい……。

――すみません。非常識なことをお尋ねして。

――いえ、かまいませんが……今度は、ぼくから一つお聞きしていいですか？

佐紀子は緊張した。が、嫌だとは言えないので、「はい」と答えた。

――その友達の娘さんは、何という精神科医に診てもらっているんですか？

佐紀子はちょっと迷ったが、大泉の名を出さないほうがいいと思い、

――聞いておりません。

と、答えた。

――では、どこの何という病院ですか？

――さあ……。

――病院も聞いていない？

――はい。

――原口さん……いや、現在は相沢さんでしたか……相沢さんは、どうやらぼくを信用していないようですね。

隈本の声が硬くなり、冷たさを帯びた。怒っているにちがいない。

当然といえば当然だった。昔の事情があるとはいえ、偽りの話をして、相手から必要な情報を引き出そうとしているのだから。

と思っても、佐紀子は弥生のことを隈本に明かしたくない。

――いいえ、けっしてそんなことは……。

彼女は隈本に電話したのを後悔しながら、言った。そして、相手が信じるとは思えない嘘を重ねた。

――もしかしたら、お友達は病院の名前を言ったのかもしれません。でも、パニック障害という初めて聞く病気のほうに注意を奪われ、私の耳に入らなかったのかもしれません。

――わかりました。

と、隈本が元の声に戻って引き取った。ここで佐紀子を追及しても何にもならないと判断したのだろう。

――では、本題に戻って……パニック発作特性PTSDについて、ぼくは、何を相沢さんにお話ししたらいいんでしょう?

――その病気が普通のパニック障害と簡単には見分けられないとしたら、お友達の娘さんはどうしたらいいのでしょうか?

――『トラウマとは何か?』に、薬を飲んでもあまり症状が軽減されなかったら病院を替えてみることだと書いたはずですが。

――はい。ですが、病院を替えてもまた同じ診断で、同種類のお薬しかいただけなかったら、と思ったものですから。

――確かに、現在のところ、医師の多くはパニック発作特性PTSDについての認識がないため、病院や医師を替えても同じ繰り返しになるおそれはあります。

——では……？

——ぼくのところへ来るのが一番いいと思いますよ。

慶明大学では週に三日、「心の相談室」が開かれている、とつい数日前の新聞に出ていた。相談に当たっているのは同大学人間科学部臨床心理学科の臨床心理士で、三人いる教授——隈本を含めた二人は精神科医でもあった——も月に一度ずつ交代で相談員を務めている、と。だから、隈本が「ぼくのところへ……」と言ったのは、そこで優先的に診てやってもいい、という意味だろう。普通、教授のカウンセリングを受けるためには何ヵ月も待たなければならないらしいのに。

隈本の申し出に佐紀子の気持ちは動いた。もし隈本に診てもらえば、弥生の病気は治るかもしれない。

が、そう思う一方で佐紀子は強い抵抗を覚えた。隈本の申し出を受けるためには、パニック障害で苦しんでいるのは友達の娘ではなく自分の娘・弥生であるという事実を彼に明かさなければならない。それだけでも心の内にある高いハードルを越えなければならないのに、これ以上隈本と関わりを持つのは悦朗に対する裏切りのように思えたからだ。

佐紀子が決断できずにいると、

——どうやら、相沢さんは友達の娘さんをぼくに診せるのを避けたいようですね。

隈本が硬さの感じられる声で言った。

――いいえ、そういうわけでは……。

――ですが、ぼくに診てくれとは言わなかった。

――そ、それは自分のことではなかったからです。さっそくこれからお友達に電話して、娘さんを隈本さんに診ていただくように勧めます。お友達と娘さんがその気になりましたら、どうかよろしくお願いいたします。

――もちろんいいですよ。ただ、相当先まで予約が埋まっているようなので、見えるときはできるだけ早くぼくに知らせてください。順番は何とでもしますので。

――ありがとうございます。

佐紀子は礼を言った。本心から。そして、隈本に対して嘘を重ねている自分を責め、嫌悪した。二十数年前の事情があるとはいえ、自分の心はこれほど歪み、ねじ曲がってしまったのだろうか……。

――今日は、突然お電話をして、申し訳ありませんでした。

――原口さん……失礼、相沢さんからの電話でしたら、ぼくはいつでも大歓迎ですよ。パニック障害について何か知りたいことがあったら、また気軽に電話してください。

――ありがとうございます。

――そうだ、もう一つ教えといてあげましょう。相沢さんがせっかく友達に電話してやっても、友達は自分の娘をぼくに診せるのは嫌だと言うかもしれませんから。

隈本は、いかにも付け足しのように軽い調子で言った。

が、それによって佐紀子は、彼が自分の嘘を見破っているだけでなく心の内まで読んでいるらしいのを悟った。

娘さんをぼくのところへ来させるのが嫌なら、と隈本がつづけた。

――しかるべきセラピストを見つけて相談するようにと、そう友達に教えてやってください。

――わかりました。良いセラピストを見つけて相談ですね。

それならできそうだ、と佐紀子は思った。

――そうです。セラピストの中には、いい加減な者もいる一方で、医師以上に勉強している人も少なくありません。逸早《いちはや》くぼくの考えを採り入れ、パニック発作特性ＰＴＳＤと思われるクライアントに対して心理療法……『トラウマとは何か？』にも書いたように、認知行動療法の一つであるエキスポージャー・セラピーを行ない、成果を上げている人もいます。ですから、しかるべき……というのはそういうセラピスト、という意味です。

――それは、隈本さんの大学が開いている相談室のセラピスト、ということでしょうか？

――いや、違います。うちの大学のカウンセラーといっても、みなぼくのように考えているわけではありませんから。もし適当なセラピストが見つからなかったら、連絡してください、ご紹介します。

——ありがとうございます。

——もっとも、娘さんをぼくに診せたくないと思っている友達なら、ぼくの紹介は受けないでしょうけどね。

隈本が笑ったようだ。

——いえ、そんなことはないと思います。

佐紀子は否定したが、もちろん隈本にセラピストを紹介してもらうつもりはなかった。そんなことをしたら、隠している事情が隈本に筒抜けになるだろう。

——先ほどのお話と併《あわ》せてこのことも電話で知らせてやりますので、もしお友達と娘さんが希望したらぜひお願いいたします。

佐紀子は言い、もう一度礼を述べて電話を終えた。

佐紀子は、自分の考えは後で言おうと思い、傍らの悦朗に目をやった。

が、悦朗は佐紀子を見返し、

「きみの考えは?」

と、聞いた。

「私は……賛成です」

と、佐紀子は多少遠慮がちに答えた。「三井さんという方は優秀なセラピストのようですし」

佐紀子は、隈本に見透かされたように、彼にセラピストを紹介してもらうつもりはなかった。といって、自分で探すといっても、適当なセラピストが見つかるだろうかという不安があった。いや、その前に悦朗に事情を説明して相談する必要があるのに、どう切り出したらいいのか、考えつかなかった。弥生のためを考えて隈本に電話したことを明かしても、悦朗は佐紀子を責めないだろう。たぶん、そうかと応えるだけだろう。しかし、言葉には出さなくても、彼が不快に感じるだろうことは容易に想像できる。それだけに、佐紀子は困っていたのだった。

「ありがとう、お母さん」

多少緊張していたらしい弥生の顔にほっとしたような色が浮かんだ。

「で、お父さんは？」

弥生が悦朗に質問を振った。たぶん、母親と同様の返事がかえってくるものと予想して。

しかし、悦朗は、

「私は反対だね」

と、渋い顔をして答えた。

娘の希望がどこにあるのか知りながら、彼がそれに反対するのは珍しかった。

弥生が表情を強張らせ、

「どうして？」

と、咎めるように聞いた。

「一番の理由は、セラピストが突き止めたという志田さんの病気の原因が本当に両親の離婚にともなう父親の暴力だったのかどうかが検証されていないこと、だね」

悦朗が答えた。

「検証されているわ」

と、弥生が反論した。「三井セラピストの施療を受け、志田さんの不安障害が確実に良くなっているんだから」

「それは、志田さんという人の話に過ぎないだろう」

「じゃ、お父さんは志田さんの話が信用できないと思うわけ？」

「信用できないとは言わないが、無条件に信じることはできないよ。志田さんにしても三井セラピストにしても、どういう人なのかわからないのに」

「私にはわかっているわ。志田さんとは一時間以上話したんだもの。志田さんは信用できる人だわ」

「人間なんて、そう簡単にわかるものじゃないけどね」

それは夫の言うとおりだろう、と佐紀子も思う。疑えばきりがないが、志田さやかという女性は、弥生が病院の待合所で出会った人間にすぎないのだから。ただ、悦朗が反対しているのは志田さやかと三井晴美がどういう人間かわからないからだけではないのではないか、と佐紀子は思った。彼のこだわりの底には、志田さやかの話に出てきた隈本の存在があるような気がした。

「そんなこと言ったら、誰も人間なんて信じられなくなるわ」

「わかった。じゃ、話を戻し、ここは志田さんの話が事実だったとしてみよう」

悦朗が引いた。

「事実なのよ……」

と、弥生が不満げにつぶやいた。

が、悦朗はそれを無視してつづけた。

「それでも、志田さんの病気の原因が父親の暴力にあったと証明されたわけじゃない。また、彼女の病気が良くなったのもセラピストの施療によるものとは言い切れない。志田さんは富士記念病院にも通院をつづけていたわけだから」

「そりゃそうだけど、志田さんは倉内先生に診ていただいても、ずっと良くならなかったのよ。それが青葉ヒーリングルームで三井先生の施療を受け、見るみる良くなったのよ」

「倉内医師の処方した薬が効き始めたのかもしれない」

「私にはそうは思えないわ」

「とにかく、志田さんの快癒とカウンセラーの施療との因果関係は証明されていない」

「これは、お父さんや武さんの扱う裁判じゃないわ。証明なんて必要あるかしら？　志田さんのお話を聞いて、三井セラピストに診ていただいたらもしかしたら私のパニック障害も治るかもしれない、そう考えて、相談しているだけなのに」

「裁判じゃないといってもね」

と、それまで悦朗と弥生のやり取りを黙って聞いていた武が口を開いた。「はっきりした科学的な裏付けがないのに、医師でもない人にいわばきみの全人格を晒《さら》させるには抵抗があるんだよ」

「それは、セラピストに対する偏見だわ」

弥生が武に言った。「セラピストにも信用のおけない人がいるかもしれないけど、だったら医師だって同じでしょう。違いは国が出した免許を持っているかどうかだけじゃないかしら」

「信用のおけない医師がいるというのは事実だが、ただ、国が出した免許というのは大きいと私は思うんだがね」

再び悦朗が言った。「診療行為は医師と歯科医師以外の者には許されていない。つまり、医師と歯科医師には医業という業務を独占する権利が与えられている。だが、代わりに厳しい義務も課せられている。ところが、言葉だけは施療と言いながら、実際は診療と変わらない行為を行なっても、カウンセラー、セラピストにはそうした義務がない。カウンセラーの中には臨床心理士という準国家資格とも言うべき資格を持っている者もいるが、何の資格も持っていない者も少なくない。××協会認定セラピストといった肩書きを名乗っていても、そうした認定証の多くは半年ばかり専門学校へ行っただけで取れる。誤解がないように言っておくが、私はそうした人たちがみんな信用できないと考えているわけではない。そうした人が、何の義務も課せられずに、国家試験を通った者にしか許されていない診療の類似行為をしているのが問題だと言っているんだ」

「お父さん、詳しいのね」

「実は、昔、私の担当した事件に、カウンセラーが患者に催眠術をかけ、身体を触ったりしたという事件があったんだ。その事件は証拠不充分で無罪にせざるをえなかったんだが、しばらくして同じカウンセラーが強姦《ごうかん》容疑で訴えられ……私が担当した裁判ではなかったが、今度は有罪になった」

「中にはそういうひどいカウンセラーもいるかもしれないけど、三井セラピストはアメリカで五年間も臨床心理学の勉強と実践を積んできた方よ。それに催眠術は用いないというし、第一女性だから、身体に触られて……といった心配は要らないわ」

「それはそうかもしれないが……」

「お父さんも武さんも権威主義なのよね。自分が権威の象徴みたいな裁判官というお仕事に就いているから」

「弥生、お父さんと武さんに対してそういう言い方はないでしょう」

佐紀子はたしなめた。

「事実なんだから、仕方ないじゃない。それから二人とも、何にでも科学的で合理的な証明がないものは認めない、という考え方をするのよ。日常の生活は裁判じゃないのに」

「弥生、やめなさい」

「だって、このままだったら、私は一生パニック障害という病気を抱えて生きていかなければならないのよ。たとえお薬で発作が一時的におさまったとしても、またいつ再発するかわからない不安に脅えながら暮らしていかなければならないのよ。同じ病気になった人でなかったら、私のこの恐怖と苦しみはわからないわ」

「それは完全にはわからないかもしれないけど、私だって、お父さんと武さんだって、みんなわかろうとしているのよ。そして、少しでもあなたの苦しみを軽くする方法があれば……と考えているのよ」

「だったら、どうして喜んで賛成してくれないの？　もしかしたら私の病気が治るかもしれない道が見つかるかもしれないというのに」

「それは、あなたを大事に思い、万一何かあったらと心配しているからに決まっているで

うに、志田さんという方がどういう人かもわからないのに」
「どうしてそんなことが言えるの？　お父さんが言われたよ
「何もあるわけがないじゃない」
しょう」

「じゃ、お母さんも反対なの？　さっきは賛成だって言ったのに」

「さっきは賛成したけど、お父さんと武さんが心配するのももっともだから……」

「お母さんて、いつもそう。いつもそうやって自分の意見を抑えてしまうのよ」

弥生が佐紀子を非難した。目には軽蔑《けいべつ》の色が浮かんでいた。

「抑えたわけじゃないわ。話を聞いているうちに変わったのよ」

佐紀子は言ったが、弥生の指摘のほうが正しい。

佐紀子の本心は、いまでも弥生を三井セラピストのもとへ行かせたい。偶然にも、格好と思われるセラピストが見つかったのだから。といって、悦朗と武……特に弥生の夫である武の反対を押し切ってまでそうするのは間違いだと思っていた。

それは、育ってきた環境によって培われた佐紀子の性格あるいは習性といったものだったかもしれない。母親がそうだったように、大学へ入るまでの佐紀子は、父親の言葉に逆らってまで自分の意思を通すことはなかったし、結婚してからはたいがいのことは夫に従ってきた。もっとも、佐紀子が結婚した相手、太田純男と悦朗は二人とも温厚な性格で、強引に自分の考えを妻に押し付けたりはしなかったが。これまでの五十年近い人生の中で、佐紀子が他人の考えや気持ちを気にせず（いや、気にはしつつも）自分の思いどおりに突っ走ったのはただ一度、太田純男という婚約者がありながら別の男性と恋に落ちた学生時代の一時期だけであった。

気まずい雰囲気が四人を包んだ。弥生は怒ったように何も言わなかったし、悦朗と武も口を噤《つぐ》んだまま。佐紀子は、何とか悦朗と武を説得する方法はないかと考えていたが、思いつかない。隈本に電話したことを打ち明け、彼に聞いた話をきちんと説明すれば可能かもしれなかったが、弥生と武のいる前で悦朗に不意打ちを食らわせるようなまねはできない。

「それじゃ……」

と、沈黙を破ったのは武だった。

佐紀子たち三人は一斉に彼を見た。

「ぼくは賛成します」

少し間をおいて、武が言った。

弥生の瞳《ひとみ》がパッと輝いた。

「お義母さんが変わったように、ぼくも弥生の強い希望を聞き、その意思を尊重しようと考えを変えました」

武が言い訳するように付け加えた。

「ありがとう！　ありがとう、あなた……」

弥生が涙ぐんだ。

「武君がそういう気持ちになったのなら、私も敢《あ》えて反対しないよ」

悦朗も言った。

「ありがとう、お父さん」

「ただし――」

と、悦朗が言葉を継いだ。「武君も一緒に青葉ヒーリングルームへ行き、三井というセラピストに会ってほしい」

「そのつもりです」

と、武がきっぱりと言った。

「お母さんは？」

弥生が佐紀子に目を向けた。

「武さんが考えを変えたんなら、私もまた考えを変えるわ」

佐紀子は応えた。

「お母さんて、もう、ころころ変わるんだから」

弥生が非難するように言ったが、声にも顔にも非難の色はなく、むしろ嬉《うれ》しそうだった。

佐紀子はほっとした。弥生が、佐紀子たち三人に反対されて希望の芽を摘まれたと感じたとき、どうなるかが心配だったのだ。それで病状が悪化するといったことはないかもしれないが、落ち込むだろうことは容易に想像できた。

かといって、武の反対を押し切って弥生が思いどおりにした場合、夫婦の間に亀裂《きれつ》が入るのが心配だった。そのため、佐紀子は、弥生に非難されたような態度を取ったわけだが……。

最後に、悦朗が弥生に対して一つの条件を出した。三井セラピストに会った武の判断に従うこと、という。

「もし、武君が信用がおけないと感じたら、青葉ヒーリングルームを訪ねるのはそのときかぎりにする、それでいいね？」

弥生はちょっと不満そうな顔をしたが、はいと応えた。

勇　気

1

　弥生がドアを開けると、中でチャイムが鳴り、三井晴美が玄関まで出てきた。三十八歳だというから、弥生より一回りとちょっと年上である。中背で、中肉というよりは多少ほっそりしていた。

「どうぞ」

　手ずから弥生のためにスリッパをそろえて置き、「寒かったでしょう」とにこやかな笑みを向けた。

　渋谷からタクシーで来たので、弥生は寒くはなかった。が、緊張のため顔が青ざめていたのかもしれない。

　上がってオーバーを脱ぎかけると、そのままでいいからと制され、待合室――待合室といっても付添人が待っているための部屋なのでクライアント同士が顔を合わせることはないから安心するように、と先週夫の武と来たときに説明されていた——の前を通って奥のカウンセリングルームへ導かれた。

カウンセリングルームはほどよく暖房された十畳ほどの広さの洋室だった。合板ではない天然木の板が張られた床の中央に絨毯が敷かれ、その上に小さなテーブルと椅子が二脚置かれている（先週来たときにはもう一脚あった）。椅子は二脚とも同じで、簡素なデザインながら座り心地のよい木製の肘《ひじ》付き椅子だ。二脚といっても、それらはテーブルを挟んで置かれているわけではなく、一脚はテーブルの右手奥、一脚は右手前と、腰を下ろしたカウンセラーとクライアントが斜めに向かい合うように配されていた。

弥生は、オーバーを脱いで壁際の洋服掛けに掛け、この前もらって帰ったカウンセリングの申込み用紙をバッグから出して三井セラピストに渡した。

三井セラピストがそれに目を走らせてから弥生に手前の椅子に掛けるよう促し、自分はテーブルの奥へ回って行った。

「楽にしてね」

腰を下ろして、弥生に微笑みかけた。

彼女は申込み用紙をテーブルの端に置き、テーブルの中央に用意してあったガラスの器具をつかって、お茶——ハーブティーらしい——を淹《い》れ始めた。

弥生は、三井セラピストの顔と手の動きを見ているうちに少しずつ緊張が解けていくのを感じた。

三井セラピストがポットの熱湯を注ぐと、ちりちりに乾燥していた葉がぱーっと開き、ガラス器具の中で躍った。

三井セラピストがこれでいいわと言うように弥生のほうへ顔を上げ、

「この一週間、パニックの発作は起きましたか？」

と、ただの近況を聞くように尋ねた。

「三回起きました」

と、弥生は答えた。

「発作の程度は？」

「特にひどい発作はなく、中程度が一回で、あとは軽く済みました」

「予期不安のほうはいかがですか？」

「相変わらずです」

「相変わらずとは、相変わらず強いということですか？」

「はい」

「では、この一週間、よく眠れましたか？」

「時々目が覚めましたが、まあまあ眠れました」

「夢は見ましたか？」

「はい」

「何回ぐらい？」

「二、三回……もしかしたら四、五回見ているかもしれません」

「どんな夢でしたか？」

弥生は思い出そうとしたが、思い出せなかった。

「断片だけでも思い出せませんか？」

「すみません」

「べつに謝らなくてもいいんですよ」

と、三井セラピストが優しく微笑んだ。「ただ、今度からは枕許《まくらもと》に紙とボールペンを置いておき、メモ程度でいいですから書き留めてください。そして、内容と目覚めたときの気分を私に話してください」

「わかりました」

と、弥生は言った。

「今日からさっそく具体的なカウンセリングに入りますが、この前私がお話ししたことは覚えていますか？」

覚えている、と弥生は答えた。

弥生が志田さやかに紹介されたここ世田谷区弦巻《つるまき》にある青葉ヒーリングルームを初めて訪ねたのは二月七日、先週の水曜日だった。そのときは夫の武も一緒だったし、弥生が病気の経過などを説明した後で、三井セラピストからカウンセリング方法のガイダンスを受けただけ。だから、今日二月十五日（木曜日）が、実質的には最初のカウンセリングになるのである。

カウンセリングルームは明るく、気持ちのよい空間だった。備品は少なく、弥生たちのいる絨毯の上の椅子とテーブルを除くと、花柄のカバーが掛けられたソファベッド、床と同じ檜《ひのき》でできた作りつけの本棚、壁に掛かった二十号ほどの水彩の風景画、それに出窓に置かれた白とピンクのシクラメンの鉢ぐらい。窓の外は狭い庭のようだが、レースのカーテンの織りが細かく、やわらかな光の中に樹木の影がぼんやりと認められるだけ。すぐ向こうに塀や隣家の建物があるようには思えなかった。

「石峰さんは、去年の十一月にパニック障害との診断を受け、それからずっとお医者さんの処方した薬を飲んでいるがパニック発作はおさまらない、そこで、志田さんのお話を聞いて、もしかしたらパニック発作特性ＰＴＳＤではないかと思い、私を訪ねてきた、どうしてもご自分の病気を完全に治したいからと……そういうお話でしたわね？」

三井セラピストが言葉を継いだ。

「はい」

と、弥生は答えた。

「それに対して私は、石峰さんの疑いのとおりである可能性が高いかもしれない、とご主人とあなたにお話ししました」

弥生はうなずいた。

三井セラピストはさらに、もし弥生の病気がパニック発作特性PTSDなら、病気を引き起こしている原因のトラウマが必ず存在するはずであり、病気を完治させるにはそのトラウマを突き止め、無害な傷痕に変えるしか方法がない、と言ったのだった。

それに対し、普通のパニック障害とパニック発作特性PTSDとの区別はどうやってつけるのか、と武が尋ねた。

パニック障害に卓効を示す薬が効かないという事実はすでに半ば以上の確率でパニック発作特性PTSDであることを示しているが、病気を引き起こしているトラウマが突き止められれば逆にパニック発作特性PTSDだったと判明するはずだ、と三井セラピストが答えた。

では、弥生の病気がパニック発作特性PTSDであるとの仮定のもとにカウンセリングを行なうのか？

病気の原因になっているトラウマが存在するかもしれないと考えて探らなければ、それを突き止めることはできないので、そうする。が、探った結果見つからなければ、方法を変えるので、問題はない――。

武は、病気の原因と思われるトラウマが判明した場合についても質した。それを無害な傷痕に変えてしまうためにはどのようなことをするのか、と。

三井セラピストは、認知行動療法の中のエキスポージャー・セラピー（曝露療法）と不安対応トレーニングについて簡単に説明してから――弥生は志田さやかの話を聞いていたし、『トラウマとは何か？』を読んでいたので、エキスポージャー・セラピーについてはある程度の知識があった――、具体的な対処の仕方はクライアントによって違うのでいまの段階では答えられない、と述べた。

その日、弥生と武は、カウンセリングを受けるかどうかは後日返事をするということで青葉ヒーリングルームをあとにした。

弥生の結論はすでに決まっていた。三井セラピストの説明は弥生の望んでいたとおりのものだったからだ。印象も悪くなかった。中学の元教師だという三井晴美は、弥生が一種憧《あこが》れの気持ちを抱いていた高校時代の英語の教師にどことなく似ていた。ぜひ三井セラピストのカウンセリングを受けたい、と武に言った。

だが、武は消極的だった。彼は、三井セラピストが弥生の病気がパニック発作特性ＰＴＳＤであるという仮定のもとにカウンセリングを行なう、という点に引っ掛かっていた。

いや、その前に――裁判官という職業柄だろうか――パニック発作特性ＰＴＳＤが精神医学界でまだ正式に認知されていないという事実にこだわりがあるようだった。

両親を含めた四人で話し合ったときの約束は、〈弥生は武の判断に従うこと〉というものである。だから、武が反対なら弥生は諦《あきら》めなければならないが、諦めきれなかった。目の前に自分の病気が治る道が開けているというのに、引き返す気にはなれなかった。どうか三井セラピストのカウンセリングを受けさせてくれ、と武に懇願した。

その結果、武は半ば諦め、半ば呆れたような顔をして、

——それほど言うんなら受けてみたらいい。お義父さんとお義母さんにはぼくも諒解《りょうかい》したと伝えておくよ。

と、言ったのだった。

「それじゃ、どんなことでもいいですから、子供の頃、とても嫌だった出来事、怖かった出来事があったら、話してください」

ハーブティーを二つのカップに注ぎわけ、その一つを弥生に勧めてから、三井セラピストが言った。

いよいよカウンセリングに入ったのだった。

三井セラピストは鼻も口も小さく、現代風の美人ではない。が、切れ長の目をした色白の顔は江戸時代の美人画を連想させた。この前はベージュのワンピースをゆったりと着て

いたが、今日は黒のロングパンツにぴっちりした白いセーター。そのため、先日は気づかなかった大きな胸が目立った。

彼女の言葉にしたがって、弥生は子供の頃のことを思い浮かべ、考えてみた。

特に怖かったことは思い出せなかったが、嫌だった出来事はすぐに浮かんできた。それも二件。一つは、小学校四年生の遠足のとき、仲のよかった佐山暁美《さやまあけみ》のポシェットからキティちゃんのハンカチがなくなり、弥生が盗《と》ったのでは……と疑われたこと。そしてもう一件は、中学一年生のとき、クラスのワルにスカートを引き下ろされて転び、その場にいた男子たちに丸見えになったパンティを囃《はや》されたこと、である。それらの出来事はいまだに時々夢に見て、その日は目覚めてからもどうにも嫌な気持ちが尾を引いた。

ハンカチ事件のときは、何となくクラス中が弥生を白い目で見て、こそこそ囁《ささや》き交わしていたら正直に申し出るようにと言っただけで、弥生を呼んで話を聞こうとはしなかった。担任の教師も、盗った者がいたら正直に申し出るようにと言っただけで、弥生を呼んで話を聞こうとはしなかった。

弥生を疑っているのは明らかなのに（何年かして、級友と担任教師が自分を疑っていると感じたのはもしかしたら思い過ごしだったのかもしれないと考えたが、そのときはそうした可能性は頭をかすめもしなかった）。そのため、弥生は「私じゃない、私じゃないわ！」と心の内で叫びながらも、口に出して弁明することができなかった。誰も何も言わないのに、自分からそんなふうに言い出したら、やっぱり弥生だったのだと思われるのは目に見えている。小学校四年生の女の子がそこまで考え、一人で苦しんでいるとは両親も教師も想像できなかったのだろう、母が食欲のなくなった娘の体調を心配して近くの医院へ連れて行った。そうこうしているうちに、佐山暁美の妹が姉に黙ってハンカチをつかっていたことがわかり、一件落着したが……。

パンティ事件のほうは、もっと残酷だった。スカートを引き下ろしたワルは教師に強く叱られ、女子生徒の大半は弥生に同情したものの、尾鰭《おひれ》の付いた目撃談が他のクラスにまで広まり、パンティには「ハート形のピンクの刺繍《ししゅう》が入っていた」とか、「血が付いていた」とか、こそこそと、あるいは時には面と向かって言われたからだ。

嫌なことは他にも浮かんできたが、弥生はまずその二つの出来事を話した。

三井セラピストは一言も言葉を挟まず、黙って話を聞いていた。注意深げな、それでいてけっしてきつくはない視線をじっと弥生に向けて。そして、弥生が話し終わるのを待って、「そう」と深くうなずき、

「そんなことがあったの……」

同情するように言った。

「はい」

と、弥生は応えた。

これまで誰にも話していない経験を打ち明けたせいか、なんだか少し心が軽くなったよ

うに感じていた。

一方で、そうした子供の頃のことなど現在の自分の病気と関係があるのだろうか、という疑問を感じないではなかった。三井セラピストは、弥生の病気はパニック発作特性PTSDである可能性が高く、もしそうなら病気の原因になっているトラウマが必ず存在するはずだ、と言うが。

「お話を伺ったかぎりでは、あなたは二件ともご両親には話されていないみたいですけど、どうだったんですか？」

三井セラピストが聞いた。

「話しておりません」

と、弥生は答えた。

「どうしてかしら？」

三井セラピストが小首をかしげた。

「初めのほうは、はっきりしません。ただ、疑われているといっても、誰も私に向かってそう言ったわけではないので、説明しづらかったのかもしれません」

「後のほうは？」

「それははっきりしています。もし話せば、母よりも父が怒って、学校へ抗議に行くと言い出すだろうと思ったからです」

「お父さまは怒りっぽい方なんですか？」

「いいえ」

と、弥生は強く首を横に振った。「娘の私の口からいうのも変ですが、父は知性と理性の人と言ってもいいと思います。性格も温厚で、母に対しても私に対しても手を上げたことはもとより声を荒らげたこともありません。ですから、抗議にといっても、父は二度とこんなことが起こらないようにしてほしいと頼みに行くだけなのです」

「それでも、石峰さんはお父さまが学校へ行かれるのは嫌だった？」

「はい」

「なぜかしら？」

「父の職業が裁判官のため、校長先生や教育委員会が問題を大きくしてしまうおそれがあったからです。それで大騒ぎをされるぐらいならじっと我慢して嵐が通り過ぎるまで待っていたほうがよかったんです」

弥生が家で書いてきた申込み用紙には、弥生本人の年齢、学歴、職歴、病歴などの他に夫や両親の職業などを記入する欄もあり、そちらもできるだけ具体的に書いてほしいという話だったので、弥生はそのとおりにした。だから、三井セラピストは父・悦朗が裁判官であることを知っているはずである。だが、彼女はそうした点には触れずに、

「それまでに、お父さまが学校へ行かれて大騒ぎになったことがあったんですか？」

と、聞いた。

「はい。小学校へ入学して間もない頃、私がいつも同じ男の子にいじめられていると母に聞くと、わざわざお休みを取って学校へ行ってきたんです。父にしてみれば、〝校長先生と担任の先生にきちんとお話しし、お願いしてきた〟だけなのですが、学校のほうはいじめっ子の両親を学校へ呼びつけたり、ＰＴＡで問題にしたりと……。それから間もなくいじめっ子は転校してしまい、当然私に対するいじめはなくなりましたが、子供心になんだかとても嫌だったんです」

「お父さまはとてもお忙しい方だと思われるのに、どうしてお母さまに言いつけず、ご自分で学校へ行かれたのかしら？」

「たいていのことは母がしていたのですが、私が友達にいじめられたり病気になったり何かの理由で落ち込んだりしていると、父は理性的な裁判官でも何でもなく、おろおろする一人の父親になってしまったんだそうです。これは、母の言葉ですけど。それだけ、父は私のことを可愛がり、大事にしてくれていたんです。本当の娘のように」

「本当の娘のように？」

三井セラピストが怪訝《けげん》な顔をし、同時に目がきらりと光ったように見えた。

「あ、私、父の本当の子供ではないんです。実の父は私が二歳になって間もなく亡くなり、私が四歳のとき、母がいまの父と再婚したんです」

「いまのお父さまに、あなた以外のお子さんは？」

「おりません。父は初婚ですし、私には弟も妹もいませんから」

「亡くなったお父さまはどのような方でしたか？」

「母によれば、子供好きの優しい性格の人だったそうです。でも、私は何も覚えておりません。ですから、亡くなった父には申し訳ないんですが、私にとっての父といえば現在の父だけなんです」

「そう」

と、三井セラピストがうなずいた。次の質問を考えているのか、視線をちょっと宙にやり、口を啜《つぐ》んだ。ゆっくりとハーブティーを飲み、弥生にも勧めた。

広い道路から離れた住宅地の中なので静かだった。先週、武と来たときは霙《みぞれ》まじりの雨が降っていたが、今日は良い天気である。それでも気温はかなり低いのだが、こうして暖房の利いた部屋の中にいると冬であることを忘れてしまう。

「いま話された二件の他に、子供の頃のことで怖かったり嫌だったりした記憶はありませんか？」

三井セラピストがカップを置き、弥生に視線を戻して聞いた。

弥生はもう一つ嫌なことを思い出し、話した。

だが、それは前の二件に比べれば些細《ささい》な出来事だったし、やはり友達と学校に関係して

いた話だったからか、三井セラピストはあまり関心がなさそうに見えた。そう、と応じただけで、

「学校やお友達のことでなく、何かないかしら？」

と、質問を進めた。

弥生は考えてみたが、思い浮かばない。

「例えば、家族に関係したことで……」

「ありません」

今度は即座に否定した。

弥生にとって、家庭は常に温かく心地好《よ》く、安心できる場所だった。母に注意されたり叱られたりしたことぐらいはあっただろうが、一々覚えていない。父に関しては叱られた記憶もなかった。

「でも、お父さまが学校へ行かれるのは嫌だったわけですよね」

「それはそうですが……」

「としたら、たとえ石峰さんへの愛情から出た行為だったとしても、お父さまのされたこと、あるいはされようとしたことで嫌だなと思った覚えはありませんか？」

三井セラピストは私に何を言わせたいのか、と弥生は思った。少し腹立たしかった。

「絶対にありません！」

と、少し強い調子で答えた。

「わかりました、それなら結構です」

と、三井セラピストが引いた。

「あの、こんな話が私の病気の原因を突き止めることにつながるんでしょうか?」

弥生は気持ちがおさまらずに聞いた。

「つながらないかもしれませんが、つながるかもしれません」

三井セラピストが答えた。

弥生は黙っていた。

「病気の原因を突き止める——と口で言うのは簡単です。でも、実際にそれをするのはとても難しいんです。一筋縄ではいかないんです。それはおわかりいただけますか?」

三井セラピストが言葉を継いだ。

はい、と弥生は答えた。

「これから私はいくつかの方法を試してみるつもりでいますが、その点をまず諒解していただかなければなりません。私のカウンセリングは、石峰さんにとって必ずしも心地好いものではないかもしれません。というか、病気を引き起こしているトラウマを突き止めようというのですから、辛く嫌なことのほうが多いでしょう。しかし、それを乗り越える勇気を持たないと病気は治りません」

三井セラピストが少しきつい表情をし、勇気という言葉に力を込めた。

「わかりました。すみませんでした」

弥生は謝った。ここで三井セラピストを怒らせ、彼女に見放されてしまったら自分の病気は死ぬまで治らないかもしれない、という恐怖があった。

「じゃ、頑張りましょう」

と、三井セラピストが表情を崩し、優しく言った。

「よろしくお願いいたします」

と、弥生は頭を下げた。

「それじゃ、今日は初回なので、これで終わりにしますけど、来週来られるときまでにお家《うち》でもう一度よく考えてみてください。流れるままの水のように心を自由に解放してやると、まったく忘れていた記憶が甦ってくるものです」

三井セラピストが椅子から腰を上げた。

2

弥生がクリップボードの上に載せたノートから目を上げると、三井晴美の視線とぶつかった。

斜め前の椅子に脚を組んで掛けた三井セラピストが、いいわよ、つづけなさい、と言うようにうなずいた。

三月七日午前十一時二十七、八分。弥生が武と一緒に青葉ヒーリングルームを訪ねてから一ヵ月、三井セラピストによる四回目のカウンセリングである。カウンセリングが始まったのは十時半なので、間もなく一時間が経過しようとしていた。

弥生は再び目を閉じて考え始めた。〝子供の頃、家族か親戚《しんせき》か親しい知人に関係して起きた嫌だったことや怖かったこと〟を思い出そうと努めた。さらには、起きたかもしれないことを想像しようとした。

起きたかもしれないことというのは、もし思い出せなかったら、「起きた可能性のあること」を想像するように、そうして頭に浮かんだことをすべてノートに書くように、と三井セラピストに言われていたからだ。どんなに些細なことでもいい、辻褄《つじつま》が合わなくてもいい、意味が通らなくてもいい、表現を気にせず、自由に書くように、と。そうやって書くことにより、脳の中に眠っている〝抑圧された記憶〟が探り出せるかもしれないのだという。

三井セラピストがこの方法を採ったのは今日が最初である。それも、カウンセリングが始まって三十分ほどしてからだった。

三井セラピストは、前回も前々回も家でよく考えて思い出してくるようにと最後に弥生に言い、次のとき、それを自分の前で話させることによって弥生のトラウマを見つけ出そうとした。しかし、それではうまくいかないと判断したのだろう、さっき、ノートをつかった方法に切り替えたのだった。

だが、弥生には書くことなど何もない。〝子供の頃、家族か親戚か親しい知人に関係して起きた（あるいは起きたかもしれない）嫌だったことや怖かったこと〟と言われても、何も浮かばなかったし、そんなものがあったとは思えなかった。

弥生はまた目を上げ、今度は三井セラピストにそう言った。

三井セラピストが、それならそれでいいから思っているように書きなさいと応えた。

弥生は言われたとおり、自分の思っていることをノートに書き、三井セラピストに見せた。

「石峰さんはいま、否認モードに入っているんですね」

と三井セラピストが言った。どこか同情するような表情と口振りだった。

「否認モード……？」

意味がわからずに弥生はつぶやいた。

「ええ、そうです。私がこれまでカウンセリングをしてきたクライアントの中には初め否認モードにあった人が大勢いましたから、石峰さんが否認モードに入っていてもちっとも不思議ではないんですけど」

「あの、否認モードというのはどういう意味でしょうか?」

弥生は聞いた。

「あるものまたはあることの存在に気づいていないために〝無い〟と思っている状態、です」

「では、私にも、子供の頃、先生の言われたような、家族か親戚か親しい知人に関係して起きた嫌だったことあるいは怖かったことがあった……?」

「私はそう考えています」

「そんな……! そんなものありません」

弥生は抗議した。勝手にそんなふうに考えられたら困る。

「石峰さんは人間の心、精神がどれほど奥深いものかご存じないから、そんなふうに言われるんです。あなたの意識している世界は、あなたが意識していない無意識の世界に比べたらほんの氷山の一角にすぎないんですよ。心の水面下には、あなたに見えている何倍ものものが隠れているんです。それなのに、あなたは自分に見えないからといって〝無い〟と思っているんです」

弥生だって、フロイトの名前と彼の創始した精神分析学といった言葉ぐらいは知っている。人間の心にはその人間が意識している何倍もの無意識の領域があるらしいということも。だからといって、三井セラピストの断定的な言い方には反撥《はんぱつ》を感じた。

「でも、本当に存在しないので見えない場合だってあると思います」

「確かにそれはありますね」

一瞬、三井セラピストの目の中を不快そうな色がかすめた。弥生が彼女の話を素直に受け入れずに反論したからだろうが、納得できないものはできない。

「では、先生は、私の過去にそうした出来事があったと、どうして考えられるんでしょうか?」

「一番の理由は、パニック障害に効くお薬を飲んでいるのに石峰さんの発作がつづいているからです。それと、これまで伺ってきたお話から、石峰さんの病気はパニック発作特性PTSDに間違いないのではないか、と考えたのです。病気がパニック発作特性PTSDなら、初めにお話ししたように、病気を引き起こしている原因のトラウマが存在するはずなんです」

「でも、そのトラウマがどうして家族か親戚か親しい知人に関係して起きた出来事だったと……?」

「石峰さんが学校で体験された嫌なことなどとは違う、もっと重大な出来事だった可能性が高い、そう思われるからです」

「…………」

「ですから、過去のどこかに、あなたの気づいていない出来事があった、そう考えざるをえないんです」

弥生はまだ納得したわけではないが、黙っていた。

すると、三井セラピストが少し突き放すように言った。

「もし石峰さんがどうしても私を信用できないと思われるのでしたら、仕方ありません、カウンセリングを打ち切らざるをえません。とても残念ですけど」

弥生はぎくりとした。緊張して生唾《なまつば》を呑み込み、相手の真意を推し量るように三井晴美の顔を見つめた。

どうするかは弥生自身が決めるように、とセラピストがつづけた。

「私には強制する権利はありませんから」

弥生は迷った。このままカウンセリングを受けつづけるべきか、やめるべきか。

結局、三井セラピストに見放されてしまったら病気は一生治らないかもしれないという恐怖が優勢になり、

「お願いします」

と、弥生は頭を下げた。「どうか……どうか、よろしくお願いします」

「もちろんよ」

と、三井セラピストがにっこり笑って応えた。

「石峰さんがその気なら、私はできるかぎりのことはするわ。一緒に頑張りましょう?」

「はい」

「私は石峰さんが好きだし、何が起きても石峰さんの味方よ。それだけは信じてね」

「ありがとうございます」

「それじゃ、もう一度目を閉じて、過去に起きたかもしれないこと……起きた可能性のあることを想像してごらんなさい。そして、頭に浮かんできたことを自由に書いてごらんなさい」

そう言われて、弥生はさらに三十分ほど考えたが、結局、これといった出来事は浮かんでこなかった。それでも三井セラピストは弥生を責めず、

「石峰さんの体験はよほどひどいことだったのですね。そのため、石峰さんはそのとき解離していたか、あるいは記憶を抑圧してしまったのですね」

と、言った。記憶の抑圧については志田さやかからも聞いていたが、解離というのは初めて耳にする言葉だった。

「解離、ですか？」

「人は耐え難い苦痛や恐怖にさらされたとき、その体験から自分を切り離すことで対応するんです。もちろん無意識的に。ですから、解離状態にあったときの出来事はその人の記憶にないか、あっても、他人事《ひとごと》のようにそれを見ているんです。これまで伺ったお話から判断すると、石峰さんの場合は解離よりも記憶の抑圧の可能性が高いと思いますが」

「……?」

「人間の脳は、やはり耐え難い体験をしたとき、その記憶を意識の世界から締め出し、無意識の世界に押し込めてしまうんです」

三井セラピストがつづけた。「それが記憶の抑圧で、こちらも自分を守るための無意識的な働きです。そうして、人はその出来事を忘れ……というか意識せずに暮らしていくわけです。しかし、意識しないからといって、記憶は消えてしまったわけではありません。脳の中に……無意識の世界に存在しているんです。そのため、それがトラウマとなって様々な病気を引き起こすのです。石峰さんのパニック発作特性PTSDも、そうして引き起こされたものだと考えられます。石峰さんがいくら想像しようとしても何も浮かんでこないと言われたのを聞き、私はかえって自分の判断に自信を強めました」

三井セラピストはそこで言葉を切って腰を上げ、本棚から一冊の本を抜いてきた。

「これを読んでごらんなさい。そうすれば、よくわかります」

弥生の前に置かれた本はソフトカバーのかなり厚い洋書だった。題名は『The Courage to Heal』(『癒しへの勇気』とでも訳したらいいのだろうか)、著者は Ellen Bass と Laura Davis という二人の女性だ。

「私がアメリカにいたとき……一九八八年に出版され、五十万部も売れたというベストセラーです。いずれは翻訳されて日本でも出版されるのではないかと思いますが、まだ出ていないようです。お貸ししますから、ぜひ読んでみてください。難しい文章はないので、石峰さんなら簡単に読めると思います。時間がなかったら、第二章まででもかまいません。ここに書かれていることは自分には関係ないと思うかもしれませんが、読まれれば必ず得るものがあるはずです。この本には〝記憶の抑圧〟という言葉は出てきません。それでいて、人の記憶がどういうものか、よくわかるはずです。私がこの本を購入したのは一九八九年ですから、もう七年前になりますが、最初に読んだとき、ああ、苦しんでいる女性のために本当によく書いてくれた……と感動し、著者たちに感謝したのを覚えています」

三井晴美がそれほど薦めるならと、弥生はその本を借りることにした。太字の大きな題名の下に書かれた少し長い副題にちょっと抵抗を覚えないではなかったが。

弥生は『The Courage to Heal』を一刻も早く読みたいような、読むのが怖いような気持ちで家へ帰り、愛と母と三人で少し遅い昼食を摂《と》った。

愛を寝かしつけると、ジャスミンティーを淹れて待っていた母の佐紀子が、いつものようにカウンセリングの様子を聞いてきた。

これまでと違って、弥生は今回は話すのを少し躊躇した。が、隠すわけにもいかず、今日から三井セラピストのカウンセリング方法が変わったことを話した。

案の定、佐紀子は不安そうな顔をして弥生の話を聞いていた。そして、弥生が半ば予想したとおりの感想を述べた。青葉ヒーリングルームへ行くのをやめたほうがいいのではないか、と。

「やっとここまできたのよ。いよいよ病気の原因が突き止められるかもしれないというのにそんなことはできないわ」

弥生は反撥した。自分だって三井セラピストのやり方に納得し切れていないのだから、母が不安に感じるのは当然だと思う。それでも、母には「頑張って」と励ましてほしかった。

「それにしたって、子供の頃、家族か親戚か親しい知人に関係して起きた……いえ、起きたかもしれない怖かったこと、嫌だったことを想像しろ、だなんて……」

佐紀子が顔をしかめた。不安と不快感がない交ぜになったような表情だった。

「でも、もしそれが私の病気、パニック発作特性ＰＴＳＤの原因なら、突き止めないわけにいかないでしょう」

「あなたの子供の頃のことなら、私は誰よりもよく知っているわ。あなたには、家族はもちろん親戚や親しい知り合いに関係して、あなたのトラウマになるような出来事なんてなかった……絶対になかったわ。前のお父さんが亡くなったのはもちろん怖くて悲しい出来事だったけど、あなたは幼すぎて何もわからなかったし。パニック障害の患者の中には、子供の頃、両親のどちらかと別れた人が多いって聞いたから、私も気になって少し調べたの。でも、前のお父さんの死があなたのトラウマになっているとは考えられない」

「うん、それは私もそう思う」

「だったら、他にそうした可能性が少しでもありそうなことは何もないわ」

「お母さんがそう思っているのは、お母さんも私と同じように否認モードにあるからかもしれないでしょう」

「私は、思っているわけじゃないわ。実際にないのよ」

「実際にといったって、記憶にないということでしょう。記憶は抑圧されているかもしれないのよ。抑圧された記憶は自分でも気づかないのよ」

弥生は、自分でもまだ納得し切れていない三井セラピストの言葉を口にしていた。

「それじゃ、三井セラピストの方法でカウンセリングをつづけていれば、弥生本人さえ気づいていないその抑圧された記憶が甦るというわけ？」

「そう。三井先生はこれまでもそうやって、病気の原因になっている心の傷を突き止め、病気を治してこられたんだから」

「このところ、パニック発作の回数が減り、起きても軽くなってきているんでしょう」

と、佐紀子が話の向きを変えた。「だったら、大泉先生の出してくださってるお薬を飲んでいたら、発作が起こらなくなり、予期不安もなくなるんじゃないかしら？」

「これまで何度もそう期待したのに、いつも裏切られたわ」

「何度も、って、大泉先生に診ていただいてパニック障害という診断を受けてからは一度だけじゃないの？」

「そうじゃない。一々お母さんには話さなかったけど、三度はあるわ。だから、いまは少し良くなったように見えても、またいつひどい発作が起きるかわからないのよ」

「でも、今度だけは少し違うような気がするんだけど」

「ううん、そんなことない。これまでと同じ。これまでだって、ああ、これで治るかもしれないって思ってきたんだから。でも、裏切られた。今度こそと思っても、いつも……。そのときの私の絶望的な気持ちは誰にもわからないわ」

「………」

「あの希望と絶望の繰り返しには、私、もう耐えられない。だから、効くのか効かないのかはっきりしないお薬に頼るんじゃなく、病気の原因を突き止め、二度とパニック発作が起きないように、根本からしっかりと治したいの」

「そう、わかったわ」

と、佐紀子がうなずいた。弥生の気持ちを理解すると同時に、青葉ヒーリングルームへ行くのをやめさせるのは無理だと判断したらしい。

「でも、武さんには三井セラピストとのやり取りを詳しくお話しして、言われたとおりにするのよ。もし武さんがやめたほうがいいと言ったらやめるのよ。いーい？」

弥生はわかったと答えた。

が、忙しい夫をあらためて煩《わずら》わせる気はなかった。最初にパニック発作に襲われた去年の七月以来、弥生はさんざん彼に迷惑をかけてきたのだから。単に精神的に大きな負担を負わせただけでなく、愛の世話やら買物の同行やら、と。


いつものように、その晩も武は「今日はどうだった」とカウンセリングの様子を尋ねてきた。

が、弥生が順調に進んでいるから心配は要らないと答えると、それ以上の詮索《せんさく》はしなかった。安心したらしい顔をし、何かあったらいつでも相談してくれと言っただけで、食事が済むとすぐに書斎へ引っ込んだ。

彼は本来、子供や家庭のことは妻に任せ、自分は仕事と勉強にだけ打ち込んでいたいタイプの人間である。結婚する前から、弥生にはわかっていた。それなのに、そうした生活ができなくなっても、嫌そうな顔もいらいらした素振りも見せず——一、二ヵ月ならともかく半年以上もそうした状態をつづけるのはけっして易《やさ》しいことではないだろう——弥生が想像していた以上の優しい一面を見せてくれたのだった。

弥生は夕食の後片付けを済ませて風呂に入ると、三井セラピストから借りてきた『The

Courage to Heal』を開いた。B４判変型の六百ページ近い本である。ただ、厚みはあっても、ペーパーバックなので軽い。弥生の高校は外国人講師が多く、英語教育に熱心だったし、英文科を出た母・佐紀子の影響か、弥生も英語が好きだったし得意だった。音楽短大へ進まなかったら、母と同じ大学を狙《ねら》ったかもしれないと思われるぐらい。が、しばらく英文から遠ざかっていたこともあり、三井セラピストの言うようには簡単には読めなかった。出てくる単語を片っ端から辞書で調べながら、目次、エピグラムと読み、二人の著者 Ellen Bass と Laura Davis の前書きに進んだ。

しかし、弥生はそれらの前書きを読み通すことができなかった。といっても、英語が難しかったわけではなく、書かれていた内容のために——。

3

翌週の木曜日（三月十四日）の朝、弥生はいつものように愛の守《も》りと留守番を母の佐紀子に頼むと、青葉ヒーリングルームへ行った。

薄ぼんやりとした日射しの、風の強い日だった。

すでに五回目のカウンセリングだが、弥生は今日のカウンセリングが怖かった。できることなら取りやめてしまいたかった。

恐怖は、三井セラピストと斜めに向き合い、目を閉じて考え始めてからもつづいた。何度も逃げ出したい誘惑に駆られた。

だが、ここで逃げ出せば、病気の原因はわからないままになる。根本からの治療は行なわれず、大泉医師の処方した薬を飲みつづけ、それが効くのを祈るしかなくなる。薬によってたとえ一度は治っても、いつまた再発するかもしれない不安と恐怖を抱えて生きていかなければならない。

そう考えると、弥生は立ち上がることができなかった。三井晴美にカウンセリングの打ち切りを申し出て、部屋をあとにすることができなかった。

弥生が青葉ヒーリングルームへ行くのをやめてしまおうかと迷い、来てからも平静でいられない理由は、三井セラピストから借りた本、『The Courage to Heal』にあった。

それがいかなる本かは、「A Guide for Women Survivors of Child Sexual Abuse」という副題と、「ここに書かれているようなことは自分には関係ないと思うかもしれませんが……」という三井セラピストの言葉から、ある特別な体験をした女性たちに向けられたガイドブックらしいという想像はついていた。だから、本を借りて帰るとき、読むのが怖いような気持ちになったのだった。

しかし、日本語なら、ぱらぱらとページを繰っただけでだいたいの内容がわかるが、英語ではそうはいかない。そのため、読み出して、衝撃を受けたのだった。二人の著者の前書きの途中で。

弥生は、息苦しさと目眩を覚えて本を閉じた。これきり二度と開かず、本文を読むのはよそう、と思った。同時に、三井セラピストに本を送り返し、青葉ヒーリングルームへ行くのもやめよう、と。なぜなら、三井セラピストが『The Courage to Heal』を読むように勧めたことで、彼女が何を考えているのか、はっきりと想像がついたからだ。

だが、弥生にとって、目の前にある『The Courage to Heal』を開かずにいるのは難しかった。著者たちが具体的にどういうことを書いているのかが気になり、どうにも落ち着かなかった。

そこで、弥生は、何が書かれていようとも読んだうえで決めよう、と考えを変えた。そして昨日の夕方までかかって、第二章の終わりまで何とか目を通したのだった。

しかし、それでも弥生は決断がつかなかった。カウンセリングをやめるかどうか。そしていま、三井セラピストの前に腰掛け、目を閉じて考え始めてからも心の中は揺れつづけていたのだった。

弥生は目を開けた。

もう何度目だろう。

「集中できませんか？」

と、三井セラピストが優しく聞いた。

「はい」

と、弥生は正直に答えた。本当は、『The Courage to Heal』に書かれていたことについて、また、なぜ自分にあの本を読むように勧めたのかについて、聞いてみたいのだが、口に出せなかった。

三井晴美も、読んだかとも、読んでどうだったかとも尋ねなかった。

「だったら、無理しなくてもいいのよ。カウンセリングは今日で終わるわけじゃないから。お茶をもう一杯飲んで気分を落ちつけ、それでも集中できなかったら今日はやめましょう」

「すみません」

「謝ることなんかないわ」

弥生は、思わずもう一度言いそうになったすみませんという言葉を呑み込んだ。

三井晴美がハーブティーを淹れなおし、弥生たちはそれをゆっくりと飲んだ。

弥生は思い切って、『The Courage to Heal』を読んだと告げた。

「そう。じゃ、人の記憶がどういうものかということがよくわかったでしょう?」

「ええ、まあ……」

弥生は曖昧《あいまい》に答えた。『The Courage to Heal』では確かに記憶とはどういうものかについて繰り返し触れられていた。が、それは必ずしも弥生を納得させるものではなかったし、著者の断定的な言い方に馴染《なじ》めないものを感じた。

「それなら、いいわ。あとのことは知識として頭の片隅に入れておいて。驚いたかもしれないけど、アメリカではあの本に書かれているようなことが大問題になっているの」

「そうですか……」

「じゃ、始めましょうか？」

と、三井晴美が言った。

弥生は何となくはぐらかされたような気分だったが、言われたとおり深呼吸し、再び目を閉じた。

今度もしばらくは集中できなかった。何度も目を開け、深呼吸を繰り返した。そのたびに三井セラピストが優しく慈しむような笑みで励ましてくれた。

そのうちに次第に気持ちが落ちついてきた。思考と想像の世界へ入って行き、そこにとどまることができるようになった。子供だった頃の自分と自分の周囲にあったものを思い浮かべ、そこに父と母、伯父《おじ》や叔母《おば》や従兄弟《いとこ》たちの顔と姿を重ねた。怖かった出来事、嫌だった出来事はないか、と記憶の襞《ひだ》を探った。自分が覚えていなくても、何か恐ろしい思いをしたことがあったのではないか、と想像を繰り返した。

すると、頭の中にかかっていた靄《もや》が少し薄れたような感じがし、奥のほうに何かがぼんやりと浮かび上がってきた。

弥生はその実体を見極めようと、意識を集中させた。

父と母の姿が見え、二人の声が聞こえた。二人は声を低めて言い争っていた。声を荒らげるというほどではないが、珍しく父が怒り、母もいつになく強い調子で言い返している。弥生はというと、ベッドに寝ていた。病気なのかもしれないし、夜なのかもしれない。つまり、父と母は弥生の枕許で言い合いをしているのだった。二人の口喧嘩《くちげんか》の因はどうやら弥生らしい。何が原因なのか、具体的にはわからないが、弥生のことで言い争っているらしい。弥生がぐっすり眠っていると思って。しかし、弥生は眠っていなかった。じっと身体を硬くして目を閉じ、眠ったふりをつづけていた。本当は「喧嘩をやめて！」と叫びたいのだが、できない。父の声も母の声もいつも弥生に話しかける声とは全然違っていて、怖かったのだ。それに、喧嘩しているところを自分に聞かれたと知ったら二人とも困るだろう、とも思った。

やがて両親の声が聞こえなくなり、二人の姿も消えた。だから、言い争いの後、父と母がどうしたのかはわからない。部屋を出て行ったのか、それともその前に弥生が本当に眠ってしまったのか……。

弥生は目を開けた。

いま頭に浮かんだ光景が実際にあったことだったのかどうか、判別がつかない。いや、父と母が言い争いをした現実の記憶はないから、自分の想像力が作り出したものだろう。

あるいは、子供の頃、そうした夢を見たことがあったのかもしれない。その夢の記憶が甦ったのかもしれない。

そうだ、夢の記憶だ、と弥生は思う。その可能性が高い。子供の頃、父と母が喧嘩する夢を見て、自分の泣き声で目が覚めた覚えがある。そして、目が覚めてからも、ただもう悲しくて泣きつづけた記憶が。だから、これもきっと夢の記憶が甦ったにちがいない。

そう思いながらも、弥生はいま頭に浮かんだことをノートに書き、三井セラピストに見せた。

三井セラピストはそれを声に出して読むと、にっこり笑って、

「よく思い出したわね」

と、弥生を褒《ほ》めた。

「あの、ノートにも書いておきましたが、これは子供の頃に見た夢を思い出したのだと思います」

弥生は少し戸惑って言った。

「いいえ、ここに書かれていることは現実にあったことだと思うわ」

三井セラピストが断定的に言った。『The Courage to Heal』の著者とそっくりの言い方だった。

「でも、私の記憶にあるかぎり、父と母は言い争いをしたことなんかないんです」

弥生は訴えた。

「石峰さんの意識された記憶にはなくても、思い出したということは、その記憶はどこかに閉じ込められて存在していたんです」

「それはそうでも、夢で見た記憶かもしれません」

「石峰さんのそう思いたい気持ちはわかりますが、『The Courage to Heal』にも書かれていたでしょう、認めたくない記憶については、夢だったと自分に言い聞かせて何とか否定しようとするって」

「両親に尋ねれば、私の思い出したことが事実かどうかわかるはずです」

「いいえ、わかりません」

三井セラピストが少し強い語調で否定した。「それがお父さまとお母さまにとって好ましい出来事なら、そうかもしれません。でも、逆だった場合は、石峰さんが尋ねても事実だと認めないと思います。石峰さんが考えられたように、そんなのはあなたの夢よと言われ、あなたにそう信じさせようとするはずです」

確かにそうかもしれない。が、だからといって、自分の思い出したことが事実だとは弥生にはまだ信じられない。

「石峰さん、自分を信じましょう」

三井セラピストが弥生の目を見つめて言った。「自分の思い出したことを信じましょう。

石峰さんが、自分の中にある〝優しいお父さん、優しいお母さん〟のイメージを壊したくないために、お二人が喧嘩していた事実を認めたくないのは、わかります。夢だったと思いたいのはわかります。でも、それは事実だったのです」

「………」

「石峰さん？」

弥生が黙っていると、三井セラピストが呼びかけた。

「はい」

と、弥生は応えた。

「あなたが本当に自分の病気を治したいと思っているなら――」

と、三井セラピストが言葉を継いだ。「あなたはもっと勇気を持たなければなりません」

「勇気……ですか？」

「そう、Courage《カリッジ》です。事実を事実として認める勇気、あなたの病気を引き起こしているトラウマを見つけに行く勇気です。あなたはいま、やっと抑圧された記憶の中へ入るための扉の前に立ったのです。もしあなたがこの扉の中へ入るのが怖いからといって、ここで引き返してしまったら、病気の原因を突き止めることはできません。原因が突き止められなければ、それを克服することもできません。あなたは、それでもいいんですか？」

「いいえ」

「だったら、勇気を出して扉を開け、中へ入りましょう？　そして、病気の原因を見つけ出しましょう？　どんなことがあっても私はあなたの味方よ。最後の最後まで。だから、怖がらないで私と一緒に中へ入りましょう？」

弥生にとって、三井セラピストの言葉は嬉しく、頼もしかった。病気の原因を突き止め、克服するには、三井セラピストを信頼し、彼女の力を借りる以外にないのだから。

「よろしくお願いします」

と、弥生は頭を下げた。

宣告

1

　三月の後半は二十一日、二十八日と三井セラピストによるカウンセリングが二度あった。この間に弥生は『The Courage to Heal』を全部読み通し、三井晴美に勧められた第二章は繰り返し読んだ。弥生はいまや、こと病気の治療に関しては、夫よりも、両親よりも、三井セラピストを信頼し、信用するようになっていた。そのため、カウンセリングの内容については、母の佐紀子にも詳しい話はしなかった。また、カウンセリングの最中は気持ちのすべてを三井セラピストに委《ゆだ》ね、彼女の好意と熱意に報いるためにも自分は肝腎《かんじん》な記憶を取り戻さなければならない、と思った。

　カウンセリングはそれまでどおり、弥生が目を閉じて考え、想像し、ノートに書いて……という方法を中心に進められた。

だが、弥生は胸の奥に何かよくわからない不安、恐れのようなものを感じるだけで、なかなか前へ進めなかった。三井セラピストによると、弥生はすでに抑圧された記憶へ通じる扉を入っているのだが、自分の前に無意識の壁を築いているのだ、という。

弥生は焦《あせ》り、その壁を破るにはどうしたらいいのか教えてほしい、と頼んだ。

三井セラピストは、それは自分の感覚を信じる以外にないと言った。ただ、焦る必要はないので、自分の感じている不安や恐れから逃げず、それらがどこからきているのか、じっくりと探りなさい、と。

四月一日（月曜日）――七回目のカウンセリングの四日後だった。

弥生は愛と二人で昼食を摂った後、布団に寝かせた愛に絵本を読んでやっていた。愛お気に入りの長新太《ちょうしんた》作『ながいながい　すべりだい』だ。弥生が「する　する　する……」と読むと、「しゅる　しゅる　しゅる　しゅる……」と愛が後につづける。目をぱっちりと開き、弥生を真似た抑揚をつけて。これではとても寝かしつけるための役には立ちそうにないが、眠くなれば自然に口と目が閉じてくるので、そうでもない。

主人公が、山の斜面をぐるぐると螺旋《らせん》状にめぐっている長い滑り台を麓《ふもと》まで下り、「あおもしろかった」と物語は終わる。しかし、愛は必ず「もう一度読んで」とねだるので、弥生は再び山の頂上に登り、する　する　する　する……と下ってこなければならない。それが二回で済む日もあれば、三回目が終わっても愛の目が一向に閉じる気配のないときもある。そんなときは、「じゃ、あと一回だけよ。それでお眠りするのよ。いーい？」と弥生は約束させることになる。しかし、その日は、そうした必要はなかった。弥生が二回目を読み始め、主人公が山の中腹まで下ってきた頃には愛の声は途切れがちになり、目もとろんとしてきて、それから一分もしないうちにスースーと心地好さそうな寝息が聞こえてきた。

弥生は視線を半分愛の顔に向けながら、「する する する……する……」と、声を落としてゆっくりと言葉を唇に載せた。

静かに本を閉じ、膝の脇に置く。

心持ち上体を乗り出し、あらためて我が子の顔を覗き込んだ。

そのときだった。弥生の頭にひとつの光景が浮かんだのは――。

ベッドに寝ている子供、それは弥生だった。愛ではなく、弥生だった。いまの愛よりだいぶ大きいから、四、五歳だろうか……。

弥生は息を詰めて、そこに展開する光景を見つめていた。

どれぐらいの時間、そうしていたのか、わからない。

脳裏のスクリーンに展開していた光景は、最初に浮かんできたときと同様に突然消えた。

弥生は金縛りに遭ったように動けなかった。

――どういうことか？

脳細胞がばらばらになったように頭と気持ちが混乱していた。

――いま見たのはいったい何なのか？　事実の記憶なのか、それとも白昼夢か？

わからない。

いや、事実であろうはずがない。

そう思うが、一方で、

――しかし、何もなかったら、なぜあんな光景が浮かんだのか。

という疑問が残る。それに、映像がなぜあれほど鮮明だったのか。

弥生は、『The Courage to Heal』の中にあった記述を思い出し、いまのがフラッシュバック、つまり〝記憶の再燃〟なのだろうか、と思う。『The Courage to Heal』には、フラッシュバックは往々にして視覚的で、非常に鮮明なものだ、と書かれていた。また、失われていた記憶は様々な状況下で何かの出来事をきっかけにして突然浮かび上がるものだ、と。

「でも、でも、やはりありえないわ」

弥生は首を左右に振りながらつぶやいた。そして、もしかしたら事実かもしれないと思った自分を責めた。ありえない。あるはずがない。あんなことがあるわけがない。

弥生は、いま見た「映像」を忘れることにした。どうしてあんな光景が浮かんできたのかはわからないが、事実でないことだけは確かだったから。

気持ち好さそうに眠っている愛をもう一度見やり、『ながいながい　すべりだい』を手に立ち上がった。

台所へ行ってまず昼食の後片付けを済ませ、それから居間へ戻ってテレビを点けた。見たい番組があるわけではないので、次々チャンネルを替える。『The Courage to Heal』を読み返すのを避けるために。

——あんなのは記憶が甦ったわけじゃないわ。ただの空想だわ。だから、忘れるの。忘れてしまえばいいのよ。

弥生は胸の内でつぶやく。が、物事、忘れようとして簡単に忘れられるものではない。むしろ、忘れようとすればするほど強く、深く記憶に刻まれ、同時にその人間の意識を支配する。

弥生は結局、自分の中のこだわりに抗しきれず、夫の目に触れないように整理ダンスの中に置いてある『The Courage to Heal』を取ってきた。

その第二章には、

——自分を信じよう。自分の感覚を信じよう。自分の記憶を信じよう。甦った光景はけっして夢などではないと信じよう。どんなに辛くても事実だと信じよう。

と、繰り返し書かれていた。それを事実として受け入れることから癒しは始まるのだから、と。

弥生はまたわからなくなった。自分はどうしたらいいのか、と思う。いったいどうしたら……。

母に話してみるか。母なら、弥生の子供の頃、何があったか知っているだろう。

――ううん、駄目だわ。

弥生は口の中でつぶやき、首を振る。母に話すことなんかできない。いや、話せないわけではないが、話しても無駄だろう。そんなことはなかった、ありえない、と頭から否定するのは目に見えている。

では、どうしたらいいのか？　母が駄目なら、あとは夫しかいないが……。しかし、夫の武に打ち明けて相談してみたところで、彼には弥生の幼時に何があったかなど探る手立てはない。たぶん、そんなのは幻覚でも見たのだと言うだろう。そして、三井晴美のカウンセリングのせいだからもう青葉ヒーリングルームへ行かないほうがいい、行くな、と止めるにちがいない。

弥生も青葉ヒーリングルームへ行くのが怖い。三井セラピストに話せば、彼女がどう言うか予想できたから。しかし、

――もし……もし、自分の見た光景が事実だとしたら。

と、思う。どんなに忌《い》むべき過去であっても目を背けるわけにはいかない。どんなに辛

く悲しい出来事でも、受け入れなければならない。それを認めないかぎり、自分の病気・パニック発作特性PTSDが完治することはないだろう。

弥生は迷った末、結局三井セラピストには話そう、と思った。次回のカウンセリングは三日後の木曜日。そのとき、三井セラピストに話したうえで……彼女が何と言おうと、もう一度よく考えてみる。自分の頭で冷静に考え、そして自分で判断する——。他に方法はない。

四日の朝、青葉ヒーリングルームへ行くとき愛をどうするか、という問題が頭に浮かんだ。いまは母に会いたくない。会いたくないというだけでなく、どちらかの判断を下すまでは会わないほうがいいだろう。

そのことでも弥生は一つの決断をした。

2

「すみません。このところ、ずっと忙しかったものですから」

と、石峰武が言った。

いくら忙しいといっても、一緒に暮らしていて、あれだけ大きな妻の変わりようがわからないのだろうか……。

佐紀子はそう思うと少し腹立たしかったが、自分の気持ちを抑え、

「武さんには弥生のことでご迷惑をかけてばかりで、こちらこそ申し訳ありません」

と、頭を下げた。

武が「いいえ」と応え、ちらっと佐紀子の横に掛けた悦朗を窺《うかが》うように見た。

「ぼくも石峰君にはほんとにすまないと思っているんだが、これもみな病気のせいだと考え、許してくれたまえ」

悦朗が言った。彼が武君と呼ばずに石峰君と言うときは、どこかに先輩判事としての意識が働いているように佐紀子には思えた。

「いいえ、とんでもありません」

石峰武のほうも微妙なニュアンスを感じ取ったのか、恐縮したように応じた。

四月十九日、金曜日の夜である。昨日、悦朗が武に連絡を取り、勤めの帰りに佐紀子たちの住まいまで来てもらったのだ。弥生には内緒で。

二週間ほど前から弥生の様子が変だった。といっても、初め佐紀子はそれほど重大には考えなかった。忙しい悦朗を煩わせるまでもないだろうと思い、自分だけの力で何とかするつもりでいた。ところが、いまや、それが難しいとはっきりしたのだ。

弥生が青葉ヒーリンググループへ正式に通い始めてから二ヵ月余りが経つ。カウンセリングを受けた回数でいうと、昨日でちょうど十回目である。

そのカウンセリングによるものか、青葉ヒーリングルームへ行くようになってからも飲みつづけている大泉医師の薬のおかげかははっきりしないが、このところ弥生のパニック発作はおさまっていた。それは好ましい、歓迎すべき事態なのだが、佐紀子の胸には別の心配が生まれていた。

最初にそれが萌《きざ》したのは今月の三日、八回目のカウンセリングの前日だった。それまで、青葉ヒーリングルームへ行くときは、弥生は当然のように佐紀子に愛の守りと留守番を頼んだ。日時は前回のカウンセリングから帰ったときにわかっていても――特別の事情がないかぎり木曜日の午前十時半からと決まっていた――二、三日前に必ず確認の電話をよこした。それなのに、そのときは前日になっても弥生から何も連絡がないので、佐紀子から電話した。すると、

――いつもいつも、お母さん大変だろうと思って、今度から近所のベビールームにお願いすることにしたの。

弥生がいかにも何でもないことのように言った。

娘とはいえ、その一方的な言い方に佐紀子は少し気分を害したが、感情を抑え、

――お母さん、ちっとも大変じゃないわよ。愛ちゃんとも会えるし。

と、明るい調子で応じた。

――これまでどおり、明日も私が行くから、そのベビールーム、キャンセルして。

——それはできないわ。

と、弥生が少し硬い声で応えた。

——どうして？　キャンセルしたってかまわないでしょう。

——無理よ。こちらからぜひにとお願いしたのに。

——でも、愛ちゃん、行ったこともないところにあずけられ、可哀想《かわいそう》だわ。

——それなら大丈夫。愛は人見知りしないから。それに長くたって半日だし、経営者の女性はとっても評判が良い方だから。

——私、なんだか良い気持ちじゃないわ。そうするならそうするで、どうして決める前に一言相談してくれなかったのよ。

——ごめんなさい。

——じゃ、今回だけは仕方ないけど、次からはまた私が行って愛ちゃんをみているわよ。

弥生は返事をしない。

——明日、青葉ヒーリングルームから帰ったら電話して。そして、カウンセリングの様子と次回の予定を教えて。いーい？

佐紀子がつづけると、

——わかった。

と、弥生が応えた。

次回、先週の木曜日（十一日）のカウンセリングのときも、弥生はまた同じベビールームに愛をあずけようとした。が、佐紀子が約束したではないかと強く反対し、何とか弥生を承服させた。

その日の朝、佐紀子がいつもより早めに千駄木のマンションへ行くと、弥生はにこりともしないで迎えた。それはいいとして、佐紀子は娘の面変わりに一瞬息を呑んだ。わずか二週間会わなかっただけなのに、頬が痩《こ》けて病人のような顔色をしていた。だが、佐紀子がどうしたのか、加減が悪いのではないかと聞いても、何でもないと言うばかり。カウンセリングを休んだほうがいいのではないかと勧めると、そんな必要はないと食ってかかった。パニックの発作が起きるようになってからは、ときにはいらいらした様子を見せたが、弥生は元来優しくておっとりとした性格である。その娘の思ってもみなかった反応に、佐紀子は驚き、面食らった。いったいどうしてしまったのかと思うが、わからない。弥生の変化は三井晴美のカウンセリングによるものとしか思えないが、佐紀子が質しても弥生は関係ないと答えるだけ。なおもしつこくカウンセリングの様子や三井セラピストの言動について聞こうとすると、そんな干渉がましいことを言うのなら帰って、と弥生は金切り声を上げた。

弥生の様子は、その日、青葉ヒーリングルームへ行って帰ってからも変わらなかった。いや、いっそう言葉数が少なくなり、朝より目が吊り上がり、顔が尖《とが》って見えた。

佐紀子は強い不安を覚えながらも、弥生と会話らしい会話を交わせずに千駄木のマンションを出た。次回も愛は自分がみる、ということだけを約束させて。

その時点では、佐紀子は悦朗に相談し、さらには武とも話すつもりでいたのだが、家へ帰るまでに考えが変わった。もうしばらく……来週まで様子を見よう、と。当然、武は弥生の変化に気づいているだろうから、その前に彼のほうから何か言ってくるかもしれない。それなら、そのときに話し合ってもいい、と思ったのだ。

しかし、週が替わっても武から連絡がないまま二日、三日と過ぎた。

この間、佐紀子は毎日弥生に電話をかけつづけた。今日こそ娘の明るく屈託のない声が聞けるのではないか、と期待して。が、期待は毎回裏切られた。弥生は硬い声で佐紀子の問いに短く答えるだけで、早々に電話を切った。

一昨日の午後は弥生のほうから電話をかけてきた。佐紀子は思わず、

——ああ、弥生！

と、弾んだ声を出した。

だが、返ってきたのは、〈明日、愛は前のベビールームにあずけることにしたから来なくてもいい〉という一方的な通告であった。

——それじゃ、約束が違うわ。

佐紀子は抗議した。

――約束なんかしてない！　この前はしたかもしれないけど、今度はしていない。

と、弥生が言った。

――だったら、理由を聞かせて。私が行くって言っているのに、どうしてそんなことをするの？

――前のときも言ったでしょう。いつまでもお母さんに面倒ばかりかけていられないからよ。

――それならお母さんも言ったと思うけど、お母さん、ちっとも面倒だなんて……。

――とにかくそういうことだから。

――待って。

弥生が電話を切りそうになったので、佐紀子は慌てて言った。

――何がとにかくそういうこと、よ。きちんと話して。もしお母さんのやり方が気に入らないんなら……。

――そんなんじゃないわ。ただ、お母さんも、私と愛のことにいつまでもかまっていないで、別の生き甲斐《がい》を見つけて。

――どういう意味？　迷惑だっていうこと？

――お母さんのいいように考えて。それじゃ、愛がぐずり出したから。

――待って！　待ってよ……。

佐紀子が呼びかけたにもかかわらず、弥生は電話を切った。

佐紀子は信じられない思いだった。受話器を握りしめたまま、しばし呆然《ぼうぜん》としていた。愛がぐずり出したなんて嘘に決まっている。もし愛がそばにいたら、佐紀子と話したがる声が聞こえていたはずだから。

弥生のいまの態度——。

いったい、何が弥生にあんな態度を取らせたのか。よほど虫の居所でも悪かったのだろうか。そうだ、きっとそうだ。いまに、「お母さん、ごめんなさい」と電話してくるにちがいない……。

そう思って（というよりそう期待して）、佐紀子は受話器を戻し、その場を離れずにいた。

しかし、十分経ち、二十分過ぎ、三十分待っても、電話は鳴らなかった。

佐紀子は、我慢しきれなくなって自分からかけた。が、呼び出しベルが鳴り出すや、相手が出る前に受話器を置いた。ここは落ちついてよく考えよう、考えたほうがいい、と思って。電話を切った理由はそれだけではない。もう一度弥生にけんもほろろに電話を切られた場合を恐れる気持ちもあった。

佐紀子はそれから夜、悦朗が帰るまで考えつづけた。弥生はいったいどうしてしまったのだろう、と。考えても考えても、わからなかった。

いや、弥生を変えたのは三井晴美のカウンセリングだ。それは間違いないと思う。三月七日、四回目のカウンセリングのとき、三井晴美は、〈子供の頃、家族か親戚か親しい知人に関係して起きたかもしれない怖かったこと、嫌だったことを想像するように〉と弥生に言ったという。あの言葉が大きな関わりを持っているような気がする。しかし、そう考えても、具体的なことは何一つ見当がつかない。

佐紀子はショックだったし、弥生の身が気掛かりでもあった。この一週間、武が何か言ってきたら……と思いつつ、忙しい悦朗に話しても彼の気持ちを乱し、心配させるだけだからと我慢してきたが、一人で抱え込むのは限界だった。今夜こそ悦朗に話そうと彼の帰りを待っていたのだった。

ところが、夜、夫の顔を見ると、佐紀子はまたぐらついた。悦朗がどんなに弥生に愛情を注いでくれても、彼が弥生の実父ではないという事実からくる遠慮は佐紀子の中に消しがたく存在していた。電話ではなく、もう一度弥生に会ってきちんと話を聞いてからのほうがいいのではないか、と思い始めた。悦朗に相談するのはそれからでも遅くはないのではないか――。

結局、佐紀子はその考えを採り、弥生からかかってきた電話について悦朗には話さなかった。そして、翌日の午後、弥生が青葉ヒーリングルームから帰って、愛を昼寝させた頃を見計らい、千駄木のマンションを訪ねた。電話せずに。

　このときまでは、弥生と面と向かって話せば何とかなるのではないか、なるはずだ、という思いが佐紀子の中には残っていた。脳裏に、赤ん坊のときから、ついこの前……頬が痩けて目が吊り上がる前までの弥生の顔が走馬灯のように浮かんできた。弱虫で甘えん坊だった弥生、何でも「お母さん、お母さん」と佐紀子に頼ってきた弥生、素直で優しくおっとりと、悦朗と佐紀子の期待どおりに育った弥生……二十年以上、大事に大事に育ててきた一人娘である。母親の自分が話して通じないはずがない、佐紀子はそう思った。思いたかった。

　しかし、それは、マンションの部屋のインターホンのボタンを押し、「はい」と応答した弥生に、「私よ、お母さん」と告げた直後に裏切られた。

　弥生は佐紀子の突然の訪問に驚いたらしく、しばし声がなかった。それでも、佐紀子は、すぐにドアが開けられるものと思い、待っていた。ところが、少しして、

　――お母さん、お願い。このまま帰って。

　という思ってもみなかった言葉がインターホンから流れ出た。

　今度、声をなくしたのは佐紀子だった。呆然とドアの前に立ち尽くした。

　――お母さん、お願い……。

　弥生の声に涙が交じった。

　――どうして……どうして開けてくれないの？

佐紀子はやっと言った。

――お願い……。

弥生が繰り返した。

――なぜ？　なぜなの？　理由ぐらい話してくれたっていいでしょう。

――話せない。話せないの。

――どうして？

――どうしても。

――とにかく開けて。そして、私を中へ入れてちょうだい。

――できないの。お母さんの顔を見たら、私、何を言い出すかわからないから。

――何を言ってもいいわ。お母さん驚かないし、怒らないから。

――たとえお母さんが怒らなくても、私言えないの。言いたくないの。

――おかしいわ。言いたくないんなら、言わなければいいだけなのに。

――そうね。でも、お母さんと面と向かって話したら、私、きっと言ってしまうと思うの。言わないではいられなくなると思うの。

――だったら、言ったらいいのに。

――お母さん、お願い。お願いよ。このまま帰って。

――そう言われても、やっぱり理由がわからないのでは……。

──これはお母さんのためでもあるの。私がお母さんに会わないのは、お母さんへの私の思いやりなの。

思いやり？　佐紀子はますますわけがわからなくなった。弥生が何を、どう考えているのか。ただ、それはわからなくても、弥生をおかしくしたのは三井晴美のカウンセリングであることだけはいまや百パーセント間違いないと思った。

──あなたがそんなふうになったのはカウンセリングのせいね？　三井晴美というセラピストが……。

──先生を呼び捨てにしないで！

──あなたは騙されているのよ。あなたは気づいていないけど、三井セラピストのカウンセリングは間違って……。

──先生は間違っていないし、私は騙されてなんかいないわ。

──だったら、どのようなカウンセリングが行なわれているのか、具体的に話してちょうだい。

──話したくないわ。

──わかった。じゃ、話さなくてもいいから、ドアを開けて。

──できない。

──どうして……。

——お母さん、お願い。お願いだから、帰って。

また繰り返しだった。

これ以上ねばっても、弥生はドアを開けそうにはない。

佐紀子は、こうなったら悦朗に相談し、武を交えて話し合う以外にないだろう、と結論した。そして、今日は帰るけど、また来るから、と言って、ドアの前を離れた。

三人で話し合うと決まったら、一日でも早いほうがいい。

佐紀子はそう考えると、悦朗に電話して簡単に事情を説明し、彼から武に連絡を取ってもらった。

だが、昨夜は武がどうしても時間が取れず、話し合いは今夜になったのだった。

「こちらこそ、お義父さんとお義母さんにご心配をかけて、申し訳ありませんでした」

と、武が言った。

佐紀子と悦朗が弥生のことを詫びたのに対しての言葉だ。

「ぼくが気づいてきちんと対処しなければいけないことなのに……」

「でも、武さんはお仕事が忙しく、昼は家にいないんだから、仕方がないわ」

佐紀子は助け船を出した。「頰の肉が落ちて、目が吊り上がり、人相が変わってしまったといっても、毎日、朝晩見ていたら気づかなくても不思議じゃないし」

佐紀子は、後からそうも思ったのだった。自分が弥生の変化に気づき、驚いたのは、一週間なり二週間なりの間をおいて見たからではないか、と。

「いえ、ぼくの注意力が足りなかったんです。昨日、お義父さんから連絡をいただき、家へ帰って、びっくりしました。お義母さんの言われたとおり、弥生はまるで別人のような顔をしていました。それで早速、青葉ヒーリングルームで何があったのか、聞いたんですが……」

「弥生は話さない？」

「そうなんです。というか、べつに変わったことはないと言うんです」

「これまではどうだったの？　どのようなカウンセリングが行なわれているのか、弥生は武さんには話していたの？」

「いえ、具体的なことは何も。ぼくが聞いても、うまくいっているから心配は要《い》らないって言うだけで。ぼくがもっとしつこく聞いていれば、話したのかもしれませんが……」

「私には初めのうちはよく話していたんだけど、五回目か六回目のカウンセリングの頃からほとんど話さなくなってしまったの」

「そうですか……」

「愛ちゃんをベビールームにあずける理由については、弥生はどう言ったのかね？」

悦朗が武に聞いた。

「お母さんに面倒をかけるから、と……」

「ということは——」

と、悦朗が佐紀子に顔を向け、「きみに言ったのと同じか」

そうね、と佐紀子は応えた。

「昨夜、ぼくは、玄関のドアも開けずにお義母さんを追い返した理由も質したんですが、それについては話したくないと言うんです」

武が言った。

「夫であるきみにも、か……」

悦朗が深刻げにつぶやいた。

「ええ。繰り返し聞いても、駄目でした。あんな頑固な弥生は初めてでした。ただ、いずれぼくにだけは話すつもりなのでもうしばらく待ってくれ、とは言ったんですが」

「いずれきみにだけは——ということは、私と佐紀子には話さないという意味かな」

「そうかもしれません」

「それにしても、弥生が佐紀子に会わないのは〝お母さんのためでもある〟というのはどういう意味だろう？　それは〝お母さんへの自分の思いやりだ〟というのは？」

「ぼくにもわかりません」

と、武が首をかしげた。「弥生はそのことも説明しようとしませんでした」

佐紀子も、弥生に言われてからずっと考えていた。弥生の現在の状態とともに、もっとも気になる事柄だった。が、いくら頭をひねっても想像がつかない。

「とにかく、弥生を変えたのは三井晴美というセラピストだな」

と、悦朗が言った。

「それは間違いないと思います」

武が強い声で同調した。

もちろん佐紀子もそう思っていたが、

「でも、弥生はそれを認めないわけでしょう?」

と、武を見やった。

そうなんです、と武が困ったように白い顔を曇らせた。

「三井先生とは何の関係もない、と言い張っているんです。そのため、ぼくがもうカウンセリングはやめるようにと言っても、聴かないんです。せっかく病気が治りかかっているのにどうしてやめなければならないのか、いくら夫でもそんなことを強制する権利はないはずだ、と言って。弥生が権利などという言葉を持ち出してぼくに逆らったのは結婚して初めてです」

「マインドコントロールにかかっているのかもしれないね」

つぶやいた悦朗の表情はいよいよ深刻げだった。

「宗教でもないのに、マインドコントロールなんてあるのですか？」

佐紀子は問うたが、その可能性は彼女も考えていたことだった。

「マインドコントロールという言い方が適切かどうかはわからないが、弥生が三井セラピストの言動に強い影響を受けているのは確かだと思うね」

悦朗が答えた。

「ぼくもそう思います。ですから、弥生をいまの状態から抜け出させるには三井セラピストに会わせないようにする以外にないのですが……」

武が言った。

「といって、力ずくで外出を止めるわけには行かないし」

「そんなことをしたら、あの娘《こ》、ますますおかしくなってしまうと思います」

「もちろんだよ」

と、悦朗が佐紀子の言葉につづけた。「だから、どんなに難しくても説得するしかない。説得して、青葉ヒーリングルームへ行くのをやめさせる以外にない」

それが結論だった。そして、明日、佐紀子と悦朗が千駄木のマンションを訪ね、武と三人で弥生と話し合うことにした。

翌二十日——。

弥生は、夫と両親を前に彫像のように座りつづけた。

佐紀子たち三人は何とかして弥生の心を開かせようと様々な角度から話しかけた。しかし、無駄だった。三人が何を聞いても、何を言っても、弥生は終始無言だった。その顔はまるで白い能面を被っているかのように見えた。怒りと嫌悪と軽蔑の入り交じった表情を固定させた。

自分の娘であって、娘ではない顔。佐紀子は母親としての自分の無力を思い知らされた。情けなかった。手塩にかけて育てた娘がどうしてこんなふうになってしまったのかと思うと、悲しみや怒りよりも情けなさが先に立ち、涙がこぼれた。

佐紀子は我慢できなくなり、立ち上がって弥生の前へ行った。両肩に手を置き、顔を覗き込むようにして揺すった。なぜなのか、なぜ何も言わないのか、と。

弥生は首をかくかくさせ、佐紀子のするがままに任せていた。

「黙っていたんじゃ、あなたが何を考えているのか、わからないでしょう。武さんもお父さんも、これだけあなたのことを心配してくださっているのよ。それなのに、どうして何も言おうとしないの？　三井セラピストに何も話すなと言われているの？」

三井セラピストという語に、弥生が一瞬きっと目を上げ、佐紀子を睨《にら》んだ。

「そうなのね？　三井セラピストにそう言われているのね？」

すかさず佐紀子はつづけた。

だが、弥生はすぐに視線を佐紀子から逸らし、返事をしようとしなかった。

「そうなんでしょう?」

弥生は無言。

「あなたは、三井セラピストのマインドコントロールにかかっているのよ。それがわからないの?」

佐紀子はなおも言うが、弥生は口を開かない。

「弥生、何とか言って。ずっとずっとあなたを大事に、大切に育ててきたお父さんとお母さんより、あなたはこの前知り合ったばかりの三井セラピストの言葉を信じるの? ご主人の武さんよりも愛よりも、あなたは三井セラピストのほうが大切なの?」

「そんなことない!」

と、弥生が初めて強い調子で言葉を口にした。「私は、武さんと愛をこの世で一番大切に思っているわ」

「だったら、武さんの言うことに少しは耳を傾けたらどうなの」

「武さんには、いずれ話すわ」

「どういうこと? じゃ、私とお父さんには話せないということ?」

弥生がまた口を噤んだ。

「弥生、どうなんだ?」

横から武が返事を促した。

しかし、弥生は答えない。

「弥生！」

武が珍しく顔を赤くして強い声を出した。「どういうことか言いなさい！」

それでも、弥生の唇は固く結ばれたままだった。

佐紀子は、弥生の両肩に置いていた手を外した。

「どうしてなの？」

と、弥生の目を覗き込んで尋ねた。「どうして私とお父さんの前では言えないの？」

弥生が佐紀子の視線から逃れるように顔をわずかに横に向けた。

「それだけでもいいから教えて」

「…………」

「ね、弥生……」

「私、この前、お母さんに言ったわ」

弥生が佐紀子の目を見ずに言った。

「私、聞いてない」

佐紀子は首を強く横に振った。「あなたがどうして私とお父さんに話せないのか、なんて」

「言ったわよ。これはお母さんへの私の思いやりだって」

「ああ、あれね。でも、あれは、あなたが玄関のドアを開けない理由として言ったことじゃない。私と会わない理由として……」

「同じことなの。私がいま何も話さないのはお母さんとお父さんのためなの。お母さんとお父さんに対する私の思いやりなの。だから、これ以上聞かずに帰って」

弥生が佐紀子の目を見つめた。これ以上はないと言うほど真剣な表情だった。

「そんなこと言われても、なぜ私とお父さんに対する思いやりなのかがわからないでは納得できないわ」

「お願いよ、お母さん」

「でも……」

「お願い」

弥生の目に涙がにじんだ。「私にこれ以上言わせないで」

今度は佐紀子が黙る番だった。

「弥生」

と、悦朗が呼びかけた。「私もお母さんも、何を言われたって怒らない。だから、話してくれないか」

弥生がぴくりと肩のあたりを震わせたが、悦朗を見ようとはしなかったし、何も応えようとはしなかった。

「もし弥生の中に本当に私とお母さんを思いやる気持ちがあるなら、話してほしい」

悦朗が言葉を継いだ。「このまま何も知らされないほうが、私たちにはずっと辛いんだよ。それをわかってくれないか」

「………」

「弥生」

と佐紀子が言葉を添えたのとほとんど同時に、武も、

「お義父さんとお義母さんがこれだけおっしゃっているんだ。だから……」

と、弥生を促した。

だが、弥生は、自分の話さないのがなぜ佐紀子と悦朗に対する思いやりなのかについては最後まで説明しなかった。

そして、その代わりのように、

「私、もう二度と中野の家《うち》に行くつもりはないから」

と、告げた。「だから、お父さんもお母さんも、もうここへ来ないで。電話もしないで。そして私と愛のことは忘れて」

第二部　沈黙の殺人者

依頼

1

2002年10月15日

釧館《くしだて》中央警察署で犬飼《いぬかい》に応対したのは小坂井《こさかい》という髭《ひげ》の濃い中年の刑事だった。

小坂井は、犬飼の差し出した《ジャーナリスト（フリーランス）　犬飼隆志《たかし》》の名刺にちらっと目をやっただけで、あとは取材の趣旨を説明する彼の顔を無遠慮に見ていた。どこかいらいらした感じで。そして、犬飼が話し終わるや、今朝の釧館日報を読んだかと聞き、犬飼が読んだと答えると、

「それなら、わかるだろう。話したくたって、話せることなんて何もない」

とぶっきらぼうに言った。

小坂井のいらついている理由は明らかだった。十日前の十月五日、ここ釧館市のホテル

で起きた精神科医・隈本洋二郎の殺害事件、通称「隈本事件」について連日報じている釧館日報の朝刊は、被疑者・相沢佐紀子が相変わらず何も話そうとしない、と伝えていたからだ。

どうやら、訪ねるタイミングが悪かったようだ。

それでも犬飼は二、三の点を小坂井の口から確認し、警察署から歩いて七、八分のところにある迫田《さこた》法律事務所を訪ねた。

週刊誌によると、被疑者の弁護人は福島昭《ふくしまあきら》、安藤和雄《あんどうかずお》、迫田光義《みつよし》の三人である。複数の刑事事件で無罪判決を勝ち取った実績のある福島と安藤は、被疑者の夫である札幌高等裁判所判事の相沢悦朗が依頼したらしい。が、二人とも東京在住であるうえに非常に多忙なため、頻繁には北海道の釧館まで来られない。それで、二人の口利きにより現地の弁護士、迫田が加えられたようだ。

迫田光義は痩せた背の高い男だった。歳は六十四、五か。中年の女性事務員が一人いるだけの小さな法律事務所で、いかにも閑《ひま》そうに煙草《たばこ》を吸っていた。弁護士に対する取材というと、みんな東京の福島か安藤のところへ行ってしまうからか、自称フリージャーナリストの飛び込み取材にも嫌な顔をせずに会ってくれた。

しかし、新しい情報は得られなかった。相沢佐紀子が弁護士に対しても事件について何も話さないのは事実であり、報じられているとおりだ、と迫田は言った。ありのままを話すようにという夫・相沢悦朗の言葉を伝えても彼女の態度は変わらず、夫の日常生活に必要な細々としたことを迫田に伝言するだけなのだという。

犬飼は市電でJR釧館駅へ戻り、午後四時四分発の特急「北星《ほくせい》15号」に乗った。乗る前に買った缶ビールを飲みながら、隈本事件について考えをめぐらせていると、迫田弁護士の浮かない顔が何度も思い出された。口にこそ出さなかったが、彼が困惑しているのは明らかだった。起訴された後も現在の状態がつづいた場合、つまり相沢佐紀子が殺意の有無さえ明らかにしなかった場合、どう裁判を闘ったらいいのかわからないからにちがいない。

列車が終点の札幌に着いたのは七時四十五分。犬飼は地下鉄を乗り継いで西28丁目駅まで行き、スーパーで鶏肉、白菜、豆腐、糸こんにゃくなどを買ってから円山《まるやま》公園の北側にあるアパートへ帰った。

三階建ての一階の端にある2LDKの部屋が、犬飼が田上美鈴《たがみみすず》と暮らしている住まいであり仕事場である。

美鈴は犬飼より五つ下の二十五歳。アパートから自転車で十分ほどのところにあるスポーツジムに勤めている。プールを利用したアクアビクス、アクアウォーキングなどを指導しているインストラクターだが、犬飼は彼女の職場へ行ったことはない。仕事のないときは碁会所に入り浸《びた》りの犬飼に、煙草の煙が充満した不健康きわまりない部屋で背中を丸めているならジムへ来い、と言うが、ごめんだった。そんな時間があったら、円山公園のベンチで昼寝をしているかビールでも飲んでいたほうがよっぽどましだ。

犬飼は玄関に入って灯《あか》りを点け、居間へ上がって行った。まだ八時半前なので、遅番勤務の美鈴が帰ってくるまでには二時間以上あった。今夜の食事は犬飼の当番だが、鶏の水炊きなので簡単だ。御飯は今朝炊いたのを電子レンジで温めればいいし、二十分もあれば用意できるだろう。

犬飼はそう思い、顔と手を洗った後、冷蔵庫から缶ビールを出して一口飲み、それを持って自分の部屋へ行った。

自分の部屋、つまり「犬飼調査事務所」のオフィスである。といっても、五畳ほどの広さの洋間に机が置かれ、その上にファックス兼用電話機、ノート型パソコン、電子辞書、ファイル立てなどが載っているだけ。他に備品としては常時持ち歩いている仕事専用の携帯電話が一台あるきり。言うまでもなく、犬飼以外の所員はいない。

犬飼はパソコンのカバーを開き、メールを覗《のぞ》いてみた。

新しい依頼も問い合わせもなかった。

犬飼はワードの文書作成画面に変え、海原遥香《うなばらはるか》に送る書きかけの第一回報告書を呼び出した。すでに八割方はできているので、あとは今日釧館で見聞きしたことを入れてまとめれば完成だ。

犬飼が海原遥香と名乗る人物から「犬飼調査事務所のホームページを見たが……」と問い合わせのメールを受けたのは先週の水曜日、十月九日である。

ほとんどの探偵社・調査事務所は、営業項目として浮気調査、素行調査、行方調査、信用調査、電話番号調査、盗聴器発見調査などを挙げているが、犬飼調査事務所のホームページには、そうした記載はない。

〈当事務所は、過去・現在を問わず、北海道内で起きた事件、事故、道内の場所、北海道に関係ある人物等についての調査、取材、資料収集を行なっています。これまで主に研究者、小説家、ノンフィクション作家のお手伝いをして好評をいただいておりますが、そうしたお仕事と無関係な方のお問い合わせも大歓迎です。電話またはメールでお気軽にご相談ください。所長の犬飼隆志が誠意をもってお答えいたします〉

というのがコピーの全文だ。

海原遥香は、それを見て問い合わせてきたのだった。

メールによれば、海原遥香は、五日の晩釧館で殺された隈本洋二郎に縁《ゆかり》のある東京在住の女優だという。生前の隈本に物心両面の世話になり、恩義を感じているので、事件について、新聞やテレビの報道以上に詳しく知りたいと思っている。が、それほど有名ではないものの一応世間に顔を知られているため、自分で動き回るわけにはいかない。また、裁判が始まっても、マスコミ関係者だけでなく隈本の妻も来るかもしれないところへ傍聴に行けない。だから、自分の代わりに釧館へ行って事件について調べ、裁判が始まったら傍聴して、法廷の様子を詳しく知らせてくれそうな人を探していた。ただし、質問、報告等のやり取りはすべて電子メールで行ないたい。ついては、こちらの希望に沿った調査・取材が可能かどうか、メールだけで事足りるかどうか、ご返事をいただきたい――。

調べる対象が強い興味を覚えていた事件であるうえに、仕事の依頼が途切れていたときだったので、海原遥香からの問い合わせは犬飼にとって願ってもないことだった。

海原遥香なる人物については、会ったわけでも声を聞いたわけでもないので、隈本と関わりのあった女優という話はもとより女性かどうかさえはっきりしない。が、その素性や、いかなる理由・事情から事件についての詳しい情報がほしいかなんて、犬飼には関係ない。メールを見るや、ぜひやらせてくださいと返事を出したかった。

だが、あまり物欲しそうに飛びつくと相手が警戒し、退《ひ》くおそれがあった。経験の教えるところである。犬飼は逸《はや》る気持ちを抑え、基本料金や割増料金の額、算定基準、その支払方法などを事務的に説明し、これらのことさえ諒解してもらえるなら、あとはすべてそちらの望むとおりでかまわない、という返事を送った。

すると、二日後、海原遥香から、

――それではお願いしたい。ついては、着手金を今日中に振り込むので、まずは報道されている事実を含めて事件の経過を詳しく知らせてほしい。

という依頼のメールが届いた。

犬飼は、着手金の入金を確認後、ニフティサーブを利用して、隈本事件に関して調べられるかぎりの新聞を調べ、さらに図書館へ行ってニフティサーブに入っていない道内の新聞と週刊誌の記事をコピーしてきた。これだけで海原遥香への最初の報告は作れるが、連休明けの今日十五日、釧館まで行って、事件の起きた釧館ユニバーサルホテルのフロント係、小坂井刑事、迫田弁護士に当たったのだった。


犬飼は缶ビールを空にしてからキーを叩き始め、四十分ほどで報告書を書き上げた。読み返し、これでいいだろうと思ったが、第一回目の印象は大事なので、明日もう一度目を通してから海原遥香に送ることにし、上書き保存してワードを終了させた。

なんとなくまだ何かし残していることがあるような、落ちつかない気分で、ビールをもう一缶持ってきて飲んだ。

それでも気持ちがすっきりしない。

早いが夕食の準備をしてしまおうと、立ち上がった。

そのとき、犬飼の脳裏に一つの考えが浮かんだ。隈本事件をノンフィクションとして書いてみたらどうか、という考えだ。

隈本事件には仕事を離れても興味を覚えている。といって、海原遥香の依頼がなかったら、交通費をつかって釧館まで行ったりはしない。起訴されて裁判が始まっても、傍聴に行くことはないだろう。ところが、金をもらってそれができるのだ。少なくとも第一審の判決が出るまでは、仕事として事件の有様をこの目で見つづけられるのである。しかも、報告書を基にすれば、ノンフィクションに仕立てるのはそれほど難しくないだろう。出来、不出来さえ度外視すれば。

犬飼には、ノンフィクション作家になろうなどという野心はない。主な仕事が作家の取材・調査の手伝いという変わった「探偵」になったのはちょっとした偶然からである。ただ、これまで報告書を作っていて、〝この事件について自分で書いてみたらどうだろうか〟といった誘惑を覚えたことは何度かある。作家に依頼されて集めた材料をつかって自分で書くのは——たとえ発表の当てはなくても——信義に反するから、実行には移さなかったが。だが、今回の依頼者・海原遥香は作家ではない。本当かどうかはともかく、被害者・隈本洋二郎の隠れた愛人だと仄《ほの》めかしている人物である。報告書を送った後の資料を犬飼がどうつかうか、といった点に何の制約もない。それなら、書いてみてもいいのではないだろうか。

犬飼はあらためてそう考えると、新しいビールを取ってきた。

しかし、いざ書こうとすると最初の一行が難しい。机の上に五百ミリリットルの空缶が三本並んでも、パソコンの画面——海原遥香への報告書はワードで作成しているので、こちらは一太郎をつかった――には『有名精神科医刺殺事件』という初めに打った仮の題名が記されているだけ。

もう一缶ビールを……と目を上げ、犬飼は少し慌てた。まだ十時ぐらいだろうと思ったら、あと六、七分で十時半だった。

急いでパソコンを終了させ、台所へ行った。

美鈴は一刻も早く空の胃袋を満たすことだけを考えて帰ってくる。だから、すぐに食べられるようになっていないと、にこやかだった顔がとたんに鬼のようになる。彼女はよく腹を減らすだけでなく、食べる量もすごい。犬飼の二倍半はゆうに食べる。それにもかかわらず引き締まった身体をしているのはエネルギーの消費量が多いからだろう。因《ちな》みに犬飼は身長百七十センチ、体重七十六キロと「立派な」肥満体である。

土鍋《どなべ》に水とだしの素を入れて火にかけてから、鶏肉や白菜や糸こんにゃくを切って大皿に盛った。そして、テーブルに卓上ガスコンロを用意したとき、砂利の上にマウンテンバイクを停める音がした。

どうやら滑り込みセーフだったらしい。

玄関の物音につづいて食堂とひとつづきになった居間のドアが開き、

「ただいまぁー。もう、お腹ぺっこぺこで、死にそう！」

ジーパンを穿《は》いた美鈴のすらりとした姿と一緒に定番の帰宅の挨拶《あいさつ》が入ってきた。

2

翌十六日、九時過ぎに朝食を摂って美鈴を送り出した後、犬飼は昨日書いた報告書を読み返し、二、三ヵ所簡単に手を入れて海原遥香に送った。それから『有名精神科医刺殺事件』に取りかかり、夕方六時近くまでほとんど机の前に座りつづけた。その間に口にしたのはコーヒー一杯と水がわりに飲んだビールが二缶、東京とおさらばしたのを機に煙草をやめてから噛《か》むようになったガムを数枚だけ。それでも全然空腹を覚えなかった。

同じ事件について書くのでも、依頼者に送る報告書を作るのと、曲がりなりにも自分の作品……ノンフィクションと名の付くものを書くのとでは、気分がまるで違った。昨日さんざん考えたからか、書出しがじきに決まって――著名な作品の調子をちょっと真似たが――書き始めると、乗るというのだろうか、言葉や書きたいことが次々に頭に浮かんできて、キーを打つ指の動きが間に合わないぐらいだった。

犬飼は、缶の底に残っていたビールを飲み干し、書き上げた〈はじめに〉と〈事件の経過〉を読んでみた。

まああの出来である。

これなら、半ば自費出版のようなかたちで本にできるかもしれない、という欲が生まれた。

事件に一応の決着がついてからの話だが、作品の仕上がり具合によっては赤沼正一《あかぬましょういち》に相談してみてもいい。元銀行員の犬飼が、札幌へ来たときは想像もしていなかった一風変わった探偵業を営むきっかけを作ったのは、東京の出版社に勤めている友人の赤沼なのだから。

犬飼はパソコンの画面から目を離し、時計を見た。早番勤務の美鈴がそろそろ帰ってくる頃だった。今夜の食事当番は彼女なので、途中で買物をして。

犬飼は、書き終えた分を美鈴に読んでもらおうと思った。自分一人で悦に入《い》っていても、他人の目に晒《さら》してみないことには、うまく書けているかどうか、はっきりしない。

美鈴は一見、体育会系だが、子供の頃は体育の授業は見学ばかりしていたひ弱な文学少女だったとかで、いまでも吉本ばななや村上春樹などをよく読んでいる。素人《しろうと》の自分が初めて書いた括弧《かっこ》付きノンフィクションの書出しを、当代きっての人気作家たちの作品と同列に置くほど犬飼は厚顔ではないが、美鈴の感想なら信用してもいいと思ったのだ。もっとも、彼女の場合、腹に収めるべきものを収めてからでないと、何を言っても上の空だったが……。

美鈴が読み終わって、「うーん」と感想の言葉に窮《きゅう》するようだったら、犬飼は書きつづけるのをきっぱりとやめるつもりでプリントアウトした。

『有名精神科医刺殺事件』

（はじめに）

精神科医で慶明大学教授でもある隈本洋二郎が講演に行った先のホテルの一室で包丁で刺されて死亡するという事件が起きたとき、マスコミは沸き立った。人が死んだのに沸き立ったとは何事だ、不謹慎ではないかというお叱りを受けるかもしれないが、十月五日の事件発生から十日余り経った現在まで——私がこの文章を書き出したのは二〇〇二年十月十六日である——の新聞やテレビ、週刊誌の報道を見るかぎり、私はそれ以上に適切な表現を思いつかない。

事件に強い興味と関心を示したのはマスコミだけではなかった。報道の受け手側もそうだったことは、事件を取り上げたテレビのワイドショーの視聴率が軒並み三〜五パーセント上昇《アップ》した事実を見れば明らかだろう。

その最大の理由は、被害者・隈本洋二郎がテレビや雑誌等で活躍していた、たぶん現在の日本でもっとも名の知られた精神科医だったからだ、と思われる。

が、事件の話題性を高めたのはそれだけではない。もう一点、彼を刺したのが現職裁判官の妻であるという事実も小さくない。つまり、情報の送り手も受け手も、

——また判事の妻が……。

と思ったのだった。

また……というのは、一昨年の暮れから昨年の正月にかけて起きた〝判事の妻が起こした事件〟があったからだ。福岡高等裁判所の判事の妻が、電子メールを通じて知り合った

男性が別の女性と親密な関係にあると邪推し、その女性に対して嫌がらせをした事件――女性の夫名義の携帯電話に「殺してやる」といった脅迫メールを送り、彼の勤める会社に千数百回にものぼる嫌がらせ電話をかけていたという呆《あき》れるべき事件――である。いや、これだけなら、呆れるだけで済んだが、そこには〈捜査情報を地検の次席検事が当の判事に漏らす〉という、本筋の事件よりはるかに由々しい、且《か》つ重大な事件が付随していた。そのため、裁判所と検察庁の〝癒着〟が問題になり、人々の記憶に残っていたようだ。

今度の事件の場合、そうした癒着の疑いは出ていない。が、判事の妻による痴情がらみの事件らしい、という点では前の事件と共通している。それで人々は、著名な精神科医である被害者と現職判事の妻の間にいかなる関係があったのか、と強い興味をそそられたようだ。

私がこの事件に興味を持ったのも、そうした事情があったことは否定しない。といって、それだけだったら、おそらく警察と検察による捜査の進展を黙って見まもっていただろう。では、私がなぜ自分の目と足をつかって事件を調べてみようと思ったかというと、私のつたない想像力では事件の構図がどうにもうまく描けなかったからだ。

というのは、被疑者・相沢佐紀子が、隈本洋二郎を包丁で刺した事実を認めた以外、一切黙秘を貫いているからである。もし殺意がなかったのならそう主張して然《しか》るべきだし、たとえ殺意があったとしても、「なかった」と主張できるのに。

事件の四日前、相沢佐紀子が凶器として使用された包丁を札幌のデパートで買った事実は突き止められている。彼女がそれを持って隈本が一人で泊まっている部屋を訪ねたことも。だから、警察は殺人の疑いが濃厚と見てそう発表したし、私も事件が殺人であることだけは間違いないように思う。だが、相沢佐紀子が何も話さないので、彼女がどのような経緯からその晩隈本の部屋を訪ねたのか、なぜ彼を刺したのか、がわかっていない。午後十時過ぎに男の部屋を訪ねているだけでなく、事件の約一ヵ月前の九月九日にも東京赤坂のホテルで夜隈本と一緒にいるところを目撃されているから、二人が親密な関係にあったことだけは、ほぼ確実だが。

弁護団の一人によれば、佐紀子は弁護士に対しても事件についてまったく語らないという。夫である札幌高等裁判所判事の相沢悦朗が、事実をありのままに話すようにと促しても。そのため、弁護団は、警察・検察以上に困惑しているかに見える。

勾留《こうりゅう》期限は（延長されても）あと二週間足らずで切れるから、それまでには相沢佐紀子は起訴されるだろう。十中八九、殺人罪で――。しかし、裁判が始まっても彼女が口を開くとはかぎらないし、事実がどこまで明らかになるかわからない。

そこで私は、裁判の進行を見まもりながら自分の目と足で調べてみよう、と思ったのである。

私の関心事は相沢佐紀子の罪名ではない。彼女が隈本洋二郎を刺した事情、動機であり、なぜ殺意の有無さえ語ろうとしないのか、という理由である。被害者の口が永久に閉ざされたいま、相沢佐紀子はいくらでも自分に都合よく脚色して話すことができる。それなのに、彼女はなぜそれをしないのか――。

犯行動機と密接に関係していると思われるそうした相沢佐紀子の態度。そこに、私は最大の謎と興味を覚えたのだ。

自分が微力なことはもとより承知している。個人の力では、検察、警察といった国家機関に到底太刀打ちできないことも。しかし、それでも、調べてみようとしているのは、彼らと違った視点に立てば、彼らには見えない〝風景〟が見えるかもしれない、と思っているからである。果たしてそんな〝風景〟を目にすることができるか、自信はないが、とにかくいまは進めるかぎり前へ進んでみようと考えている。見えることを期待して。

（事件の経過）

事件は二〇〇二年（平成一四）十月五日、土曜日の夜に起きた。現場はJR釧館駅に近い大栄町の釧館ユニバーサルホテル。北側のどの部屋からも釧館港を一望にできるという九階建てのシティホテルだ。

事件が発覚した端緒は、同日午後十時四十三分頃、九〇八号室からフロントに「人を刺したので救急車を呼んでほしい」という内線電話がかかったことである。九〇八号室の客は隈本洋二郎だが、電話してきたのは女の声である。フロント係の浅井和典は驚いて、消防署に連絡を取った後、主任の大石登、ナイトマネージャーの原島太一《たいち》とともに九〇八号室へ駆けつけた。すると、隈本洋二郎が胸から血を流して死んでおり（その後行なわれた検死と翌日の解剖の結果、死因は胸を包丁で一突きにされたことによる失血死と判明）、五十歳前後の女が一人、青ざめた顔をして立っていた。

浅井たちに対し、女は隈本を刺した事実は認めたものの、あとは一切話さなかった。住所・氏名さえ明かすのを拒んだ。刑事が駆けつけて逮捕された後もその姿勢は変わらず、札幌市豊平《とよひら》区の主婦・相沢佐紀子（54）と判明したのは釧館中央警察署へ連行されてしばらくしてからだった。

しかし、その時点では、警察は被疑者の夫の職業まではつかんでいなかった。相沢佐紀子は公務員としか言わなかったからだ。そのため、札幌高等裁判所部総括判事である相沢悦朗（58）とわかったときは、刑事たちは驚き、多少は困惑もしたようだ。記者会見の席上、そのことについてどう考えるかと聞かれたとき、「被疑者がたとえ総理大臣の奥さんであったとしてもわれわれの捜査方針は変わらない、われわれは真実追究のためにいささかも手心を加えるつもりはない」と署長は答えていたが。

署長がどう言おうと、世間はそうは見ない。いや、たとえ警察はそのつもりでも、裁判所と人事交流などがある検察は違うのではないか、と疑った。世の中の動きが目まぐるしく、人々が忘れやすくなっているとはいえ、福岡の事件からまだ二年も経っていなかったからだ。

人々の疑いはその後も払拭《ふっしょく》されず、むしろふくらんでいるようだ。事件から十日も経つというのに、検察は被疑者から何の供述も得られず、起訴できずにいたからである。取り調べに手心を加えているのではないか、いや、単に追及の仕方が甘いだけでなく、被疑者に捜査側の手の内が漏れているために足下を見られているのではないか、といった声があちこちで上がり始めた。

私は、警察と検察の肩を持つ気はさらさらない。が、公正を期するために言っておくと、私の窺い知るかぎりでは、警察も検察も取り調べに手加減を加えている様子はない。ましてや、捜査側の内情が被疑者側に漏れているといった可能性はありえないと思う。もし被疑者が判事の妻だということで何かあるとすれば、刑事や検事が一般の容疑者に対しては平気で吐く暴言を多少は自制しているぐらいではないか……。

警察と検察が被疑者の追及をおざなりにしているわけではないということは、彼らの置かれている状況を見ても明らかである。

警察は、相沢佐紀子を隈本洋二郎を殺害した容疑で逮捕した。彼女は隈本を刺した事実は認めているのだし、凶器の包丁を購入した事実もわかっているのだから、殺人を立証するのは簡単だろう――おそらくそう考えて。ところが、相沢佐紀子は殺意の有無、隈本を訪ねた目的など、一切話さない。調べても、二人の関係がすっきりしない。不倫関係を示す状況証拠はあるものの、事件との関連はわからない。そのため、検察は苦境に立たされていた。殺人罪で起訴しようにも、動機が不明では弱いからだ。といって、殺人罪の旗を下ろし、傷害致死または過失致死に変えるわけにもいかない。それらの立証も、殺人の立証に劣らず難しかった。いや、たとえそのどちらかの筋書きが描けたとしても、それはできない。もしそんなことをしたら、それこそ検察が世間の非難と怒りの集中砲火を浴びるのは火を見るより明らかだろう。やはり裁判所と検察庁は癒着していたのか、身内の人間の場合は殺人さえ見逃すのか、と。

つまり、警察も検察も、いま死に物狂いで相沢佐紀子と隈本洋二郎の関係を探り、殺人の動機を捜しているはずなのである。

だから、彼らが相沢佐紀子の取り調べに手心を加えているということは考えられなかった。

さて、ここで事件の経過に戻り、隈本洋二郎と相沢佐紀子、二人の事件当日の足取りを見ておこう。

まず、隈本洋二郎から——

彼は午後一時半過ぎに東京目黒区の自宅を出て羽田空港へ行き、午後四時に釧館空港に着いた。その晩、彼は六時から市内千倉町の市民ホールで講演する予定になっていた。釧館空港には講演の主催団体である釧館青少年健全育成協議会の幹事二人が出迎え、車で釧館ユニバーサルホテルまで案内した。隈本は同ホテルの九〇八号室に一旦旅装を解いてから、ロビーで待っていた二人の案内で市民ホールへ。講演は『子供のシグナルを見誤らないために』という題で行なわれ、立って聴く者が出るほどの盛況のうちに七時三十分に終了。参加者から出されたいくつかの質問に隈本が答え、閉会になったのは予定時刻を多少過ぎた八時六、七分。その後、隈本は主催団体の幹事たち数人と松波町の活魚料理店「漁《いさ》り火」で夕食を共にし、歩いても十分とかからない釧館ユニバーサルホテルまでタクシーで帰った。それが九時半を六、七分回った頃だったことは、ホテルまで送った主催団体の幹事と隈本に九〇八号室のキーを渡したフロント係・浅井和典が証言しているから間違いない。さらに浅井は、キーを受け取った隈本がエレベーターホールのほうへ歩いて行くのを見ている。だから、隈本が九〇八号室へ帰ったのは九時四十分前後だったと考えられる。それから、人を刺したと相沢佐紀子がフロントに内線電話をかけてきた十時四十三分まで、およそ一時間、隈本の行動は不明である（彼の死亡推定時刻は十時半～十一時だという）。また、相沢佐紀子がいつ隈本の部屋を訪ねたのかも。ただ、浅井は、隈本を見送ってから十時半にカウンター勤務を金田に代わるまで、一度もカウンターを離れていないという。だから、九時五十分～五十五分頃、浅井が三人連れの外国人にパンフレットや観光地図を見せて説明しているとき、ロビーを抜けて行った可能性が高い。

隈本洋二郎と相沢佐紀子は前もって会う約束をしていたと思われるが、そのことは釧館青少年健全育成協議会の幹事の話からも窺える。幹事の一人によると、二週間ほど前、電話で講演の打ち合わせをしたときの隈本は、釧館には面白いところがありますかねと言い、講演が終わった後で飲みに行くつもりでいた。そのため幹事は、カラオケ好きだと聞いていた彼の気に入りそうな店を二、三軒探しておいた。それなのに、隈本は、軽くビールを飲んで夕食を済ますと、電話で言ったことなど忘れたように、「それじゃ、ぼくはこれで……」と帰ろうとした。先生、もしよろしかったら、これから釧館の夜の街をご案内したいのですが……と言っても、「せっかくですが、今日は疲れたし、明日までに書かなければならない原稿があるので失礼します」と、さっさと立ってしまった——。

これは、隈本が幹事と電話で話した後で相沢佐紀子と密会の約束をした可能性を窺わせる。

相沢佐紀子が住んでいるのは、釧館と同じ道内とはいっても特急列車で約三時間半かかる札幌である。そのため、隈本は講演を引き受けても彼女に会えるとは思っていなかった。ところが、彼女に連絡を取ると、釧館まで行くという。それで、彼は夕食を済ますと早々に席を立ち、ホテルへ帰ったのではないか、というのである。

また、死亡した隈本には風呂に入るかシャワーを浴びた形跡はなかった。講演と食事から帰って、ジャケットを脱いだだけのワイシャツ姿で死亡していた。この事実も、彼が相沢佐紀子の来訪を待っていたと考えるとうまく説明がつく。

といって、それらの事実は、隈本が相沢佐紀子と会う約束をしていたことを裏付けるものではない。隈本は本当に原稿を書くつもりでホテルへ帰ってきて、シャワーを浴びる前に一休みしていただけなのかもしれないし、たとえ原稿云々《うんぬん》が嘘だったとしても、佐紀子の訪問とは関係のない何らかの予定――例えば一人でどこかに出かけるとか――があり、その前にやはりしばらく休んでいた、といった可能性もないではない。

隈本の携帯電話に、釧館ユニバーサルホテルの外にある公衆電話からの受信記録があった。時刻は同夜九時四十八分。彼をホテルまで送った幹事はかけていないというので、佐紀子が何らかの理由から……例えば隈本の帰りを確認するためか彼の部屋番号を聞くためにかけた可能性が高い。しかし、その電話が相沢佐紀子のかけたものだったとしても、彼女の訪問が約束されていたものだったのかどうかを判断する材料にはならない。

次に、相沢佐紀子の事件当日の行動を見てみよう。

相沢佐紀子が札幌市の自宅を出たのは五日の午後三時四十分頃だった。

彼女は、夫の相沢悦朗が甲府地方裁判所の所長から札幌高等裁判所の部総括判事に異動になった九月初め――九月一日付けの辞令だった――夫とともに札幌市豊平区にある裁判所の官舎に越してきた。相沢夫妻には娘が一人いるが、十一年前に結婚したため、以来、夫婦二人暮らし。五日は土曜日だったので、佐紀子が家を出るとき悦朗は家にいた（彼はマスコミの取材には応じていないが、警察の捜査には協力しているという〉。

相沢悦朗によると、事件の一週間ほど前、佐紀子は、〈東京から来る友人を新千歳《しんちとせ》空港に出迎え、そのまま一緒に登別《のぼりべつ》温泉へ行って一泊してきたいが……〉と遠慮がちに言い出した。妻が友達と温泉へ行きたいなどと言ったのは初めてだったので、悦朗は、ぜひ行ってきたらいいと応えた。そして当日、友達と温泉へ行くにしてはなんだか硬い表情をしているなと感じたものの、さほど気にもとめずに、楽しんでくるようにと言って送り出した――。

午後三時四十分に自宅を出た相沢佐紀子が札幌駅へ行った交通手段はわからない。が、札幌発午後四時三十六分の特急「スーパー北星16号」に乗ったことはほぼ間違いない。検札した車掌が年齢、服装ともに彼女に似た女性を覚えていた。

列車が釧館に着いたのは八時四分で、その後、相沢佐紀子が目撃されているのは釧館駅前にある喫茶店「オルガン」である。オルガンの女性経営者によると、佐紀子と思われる女性――顔、服装、年齢などから佐紀子と見て九分九厘間違いない――は八時二十分頃に店へ来て、九時十五分頃出て行ったという。紅茶とミックスサンドを注文したものの、サンドイッチにはほとんど手を付けず、一番隅の席でじっと何かを考えるように座っていた――。

オルガンから釧館ユニバーサルホテルまでは歩いて四、五分。もし店を出て真っ直ぐホテルへ行っていれば、九時二十分前後には着いたはずだが、佐紀子がいつホテルへ入ったのかはわからない。ただ、隈本の携帯電話にかかった九時四十八分の電話が彼女なら、しばらくホテルの外で時間を潰《つぶ》し、隈本と約束していた時間――十時か？――の直前まで待って、フロント係の浅井が外国人客の応対に注意を奪われていた間に入った可能性が高い。

以上のように、事件当日の被害者、加害者双方の足取りは、かなりはっきりした。

しかし、二人がホテルの部屋で会ってからのことは何もわからないに等しい。一方が用意して行った包丁で他方の胸を刺し、刺されたほうが死んだ――という結果が残されていただけである。


犬飼が文章をプリントアウトしてホチキスで綴《と》じ、最初から読みなおしているとき、美鈴が帰ってきた。

美鈴はちょっと犬飼の仕事場を覗いただけで食事の準備を始め、スパゲッティと三平汁《さんぺいじる》を作った。

妙な取り合わせだが、三平汁は犬飼の好物なのだ。

一見、酒豪のように見える美鈴は、コップ半分のビールで真っ赤になってしまう下戸。食事になると、犬飼は一人で焼酎《しょうちゅう》のお湯わりを飲んだ。三平汁に入っている鮭のアラやジャガイモをつつき、ときには塩味が絶妙な汁を啜りながら。

その間、美鈴はひたすら食べつづけた。そして、大皿に山と盛られたスパゲッティ・ミートソースを平らげたところで初めて満足そうな笑みを浮かべ、

「さっき読んでいたの、何？」

と、聞いた。

犬飼は、仕事場からプリントの綴りを持ってきて美鈴の前に置いた。

「え、なにこれ、『有名精神科医刺殺事件』て！　隆志が書いたの？」

手に取った美鈴がちょっと驚いたような声を出した。

「ああ」

「依頼者、海原遥香って言ったっけ……。そこに送る報告書とは別に？」

「いくらなんでも、報告書にこんな題は付けられないよ」

「じゃ、ノンフィクションっていうか、ドキュメンタリーっていうか……」

「そのつもり」

「つもり？」

「ああ。自分ではノンフィクションのつもりで書いても、他人がそう認めるかどうかは別だろう」

「読んでいーい？」

「もちろん。ただ、まだ〈序〉みたいなものだけどね」

「連載第一回、っていうわけか……」

美鈴は言うと、読み始めた。

犬飼は落ちつかない気分になった。銀行員時代、自分の書いた稟議書《りんぎしょ》に目を通している上司の顔を見ていたときと似ていなくもない。もっとも、そちらは落ちつかないというより、いつ皮肉か罵声《ばせい》を浴びせられないかとびくびくしていたと言ったほうが正確だが。

犬飼は、残っていた焼酎を飲み干し、三杯目のお湯わりを作るために台所に立った。

『有名精神科医刺殺事件』の綴りは七枚しかないので、犬飼がテーブルに戻ると間もなく美鈴が読み終えた。しみじみといった目つきで犬飼を見る。少なくとも感想に窮したといった表情ではない。

犬飼は少しほっとし、「どうだった？」と聞きたいのを我慢し、相手が口を開くのを待った。

「隆志って、こんなのも書けたんだ！　私、見なおしちゃった」

美鈴の顔が嬉《うれ》しそうにくずれた。

「ということは、これまでは酒を飲んでいるか碁を打っているかしか能がないデブ、と思っていたわけだ」

「そういうわけじゃないけど、これなら立派なノンフィクションだわ。連載第二回、ぜひ読ませて」

と、美鈴が言った。

3

「話していただけませんか」

黙っていてもどうにもならないので、森島宏之は繰り返した。まるで懇願しているようだな、と多少自嘲《じちょう》ぎみに思いながら。

検事用の彼の大机を挟んで対面に掛けた相沢佐紀子は何も応えない。顔は上げているが、微妙に視線を外し、森島と目を合わせないようにしている。

被疑者が口を開かないのでは検察事務官の仕事はない。調書作成用のパソコンを前にした倉橋恵吾《くらはしけいご》がさっきから何度もあくびを噛み殺しているのが森島にはわかった。

「よほどの事情がないかぎり、あなたが人を刺すなどということは考えられません。ですから、その事情を話してほしいんです」

森島は佐紀子の顔を見てつづけた。

しかし、佐紀子は無言。ただ、今度は話す意思のないことを詫びるかのように軽く頭を下げた。

十月十八日（金曜日）の午後、釧館地方検察庁の庁舎三階にある森島検事室である。広さは約二十平方メートル、畳に換算すると十二畳ばかり。ブラインドを下ろした奥の窓を背にして森島の机が、その斜め前、入口から見て左側に倉橋の机が配されている。他に備品といえば、ドアを入ったすぐ内側に立てられた衝立《ついたて》と、右の壁際のロッカーとスチール本棚ぐらい。殺風景な部屋だが、どこの検事室もだいたいこんなものである。

「何度も言うように、相沢判事は、あなたがすべてをありのままに話すことを望んでおられます。判事は警察の事情聴取に応じられ、小坂井刑事たちに、はっきりとそう言われました」

森島は強調した。

しかし、これまでもそうだったように、「相沢判事」という言葉に一瞬、佐紀子の顔を動揺の色がかすめたように感じられたが、その口が開かれることはなかった。

「お願いします。ありのままを話してください」

森島は机に両手をつき、佐紀子に頭を下げた。

倉橋が半ば呆れたような、半ば非難するような目で見ているのがわかったが、森島は気にしなかった。

森島の心の内は誰にもわかりはしない。自分が何を望んでいるのか、どうなることをもっとも願っているのか、森島本人でさえ時々わからなくなるのだから。

森島は、相沢佐紀子との関わりについて一部の事実――彼が司法研修所の修習生だった十四～十六年前、佐紀子の夫・相沢悦朗が研修所の教官だった事実――しか明かしていない。倉橋だけでなく、木村《きむら》検事正と田辺《たなべ》次席検事にも。だから、彼らは、初め判事志望だった森島が相沢教官に可愛がられ、何度も教官宅に招かれて佐紀子の手料理をご馳走《ちそう》になった事実を知らないし、ましてや相沢夫妻の一人娘・弥生との個人的な関わりは知る由もない。

田辺次席検事に隈本事件の担当を命じられたとき、森島は相沢家との関わりについてよほど話そうかと思った。が、迷っているうちに話す機会を逸した。釧館地方検察庁は検事正と次席検事を含めて検事五人という小所帯である。当然、刑事部、公判部の区別もない。森島が隈本事件の担当を外れれば、上司と同僚に大きなしわ寄せがいく。しかも、現在、彼らはみな難しい事件を抱えていた。そうした状況を考えたとき、森島は――個人的な事情によって真相究明の矛先を鈍らせるつもりはなかったし――明かす必要はないだろう、と判断したのだ。

「お願いします」

と、森島はもう一度頭を下げた。「隈本さんとの関わりを教えてください。五日の夜、隈本さんを訪ねた目的は何だったのか、ホテルの部屋でどういうことがあったのか、なぜ刺したのか、話してください」

佐紀子が申し訳なさそうな顔をし、

「すみません」

と、小さな声で謝った。

話す気はないらしい。

彼女はいったいどうしてそれほどまでに話すのを拒むのか、と森島は自問する。これまで繰り返し考えているのだが、わからない。隈本との関係を明かし、彼を訪ねた理由なり目的なりを明かせば、殺意のあったことが明確になるからだろうか。しかし、もしそうなら、なぜ「殺す気はなかった」と殺意の存在を否定しないのか。なぜ、警察と検察の推理、判断に異議を唱えないのか。なぜ、そのうえで黙秘しないのか。森島がこれまで取り調べた容疑者の中にも黙秘を貫いた者は何人かいる。が、彼らはみな自分が掛けられている容疑を否認したうえでの黙秘だった。佐紀子のように、殺人容疑を肯定も否定もせず——相手を刺した事実だけは認めながら——黙秘した例はない。佐紀子は公判にすべてを賭《か》けているのだろうか。公判が始まってから容疑を否認し、殺人に関して無罪を主張するつもりなのだろうか。いまのところ、そう考えるのがもっとも自然だが、森島はどうもそうではないような気がする。そんな計算をしているわけではないように思える。佐紀子はそうした策略をめぐらすような……めぐらせられるような人間ではない、と思う。しかし、それでは何のための黙秘なのか？　——と考えても、皆目見当がつかないのだ。

そもそも、夜、包丁を隠し持って男の部屋を訪ねた、ということが森島には容易には信じられなかった。事件の約一ヵ月前、九月九日にも隈本と東京のホテルで密会していたらしい事実が判明しているが、そうした行動は、かつての佐紀子を知る森島の想像力を超えていた。夫と娘を誰よりも大切に思っている慎み深い家庭的な女性――。これが森島の記憶の中にある〝相沢佐紀子の像〟だが、それは誤っていたのだろうか。それとも、十数年という歳月の流れが彼女を変えてしまったのだろうか。

ただ、わからないことが多い中で、これだけは確かだった。佐紀子が、罪を逃れようとして黙秘をつづける多くの被疑者とは違っているという点だけは。そうした人間の示すふてぶてしさ、あるいは卑屈さ、ふとした目の配りや表情の奥に覗く狡《ずる》さといったものは彼女からは感じられなかった。だからといって、彼女の中に隈本に対する殺意がなかったと判断するわけにはいかないが……。

それにしても、と森島は思う。いったい、どうやったら相沢佐紀子の口を開かせられるだろうか。そう考えると、彼はあらためて強い焦りに襲われた。

今日で佐紀子の十日間の勾留期限が切れる。それだというのに、彼女からはまだ何一つ聞き出せないでいる。さらに十日間の勾留延長が認められるだろうから、起訴までの猶予期間はあと十日ある。しかし、逮捕による留置期間の七十二時間を入れて今日で十三日……十日以上かけても警察と検察の捜査は進まなかったのだ。今後、彼女の〝殺人〟を立証できるだけのものが手に入るという保証はない。

相沢佐紀子を、隈本洋二郎を殺した罪で起訴し、有罪判決を勝ち取ること——これは、森島に課せられた至上命令である。裁判所に対する遠慮からか、検事正も次席検事も「厳正に真相の解明を目指す」としか言っていないが、彼らにとっての真相は〝佐紀子の殺人〟を除いてはない。もしそれが解明できずに終わった場合、——被疑者が裁判官の妻なので検察の腰が引けた。検察は不公正な判断をして殺人犯を見逃した。

と、検察への批判、非難、怒りの声が湧き起こるだろうことは必至だった。

田辺次席検事から隈本事件の担当を命じられたとき、森島は、佐紀子の取り調べがこれほど難渋するとは予想しなかった。刑事の尋問には答えなくても自分になら腹を割って話すだろう、と深く考えずに思った。また、事情はどうあれ、殺人であることは間違いないだろう、と(その判断は現在も変わらないが)。それもあって、自分が佐紀子の取り調べを行ない、さらに公判に立ち会えば、彼女のために最大限公正な取り扱いをしてやれる、そう考えたこともあって、担当を辞退しなかったのだった。

しかし、それは甘い予測、思い上がりだったと思い知らされた。もう十日以上もこうして面と向かい合っているのに、佐紀子は一向に口も心も開く気配がないのだった。

このままなら、森島は、肝腎の犯行動機を解明できないまま佐紀子を殺人の罪で起訴せざるをえなくなる。それは、何としても避けたかった。裁判上は初公判の冒頭陳述で明らかにすればいいので特に問題はないが、森島としては、動機をきちんと解明したうえで起訴したかった。

「それでは別のことをお聞きします」

と、森島は気を変えて言った。「事件の四日前の十月一日、あなたは札幌市薄野《すすきの》にあるデパート『石田屋』で包丁を一本購入していますね？」

佐紀子は答えない。

「犯行につかわれた包丁は、その日の午後三時過ぎ、『石田屋』の家庭用品売り場で売られたことがはっきりしています。そして、店員は、買ったのはあなたによく似た女性だったと証言しています。そのとき、包丁を購入したのはあなたですね？」

佐紀子は無言。

「それぐらい認めてもいいでしょう」

「…………」

「相沢判事もあなたが事実を話すことを望んでおられるんですよ」

佐紀子の顔にまたかすかに反応があったが、今度は動揺の色というほどはっきりしたものではなかった。

「話してくれませんか」

森島は押した。

しかし、返ってきたのは、「すみません。お話ししたくありません」という、これまでに幾度も繰り返された言葉だった。

「あなたは、隈本さんを刺した事実を認めているのに、どうして凶器の包丁を手に入れたことは認めないんですか？　おかしいじゃないですか」

佐紀子が目を伏せた。

いくら相手が佐紀子でも、森島は腹立たしくなった。

「私を見てください」

佐紀子がためらいがちに目を上げた。

「今更、凶器を手に入れた経緯を明かしたからといって、あなたに不利になることは何もないでしょう。違いますか？」

佐紀子は答えない。

「どうしても話してくれない……」

佐紀子が詫びるように小さく頭を下げた。

「あなたがその気なら仕方ありませんが、あなたは相沢判事がどんな立場に立たされているかを考えたことがあるんですか？　娘さんやお孫さんがどういう気持ちでいるかを一度でも思いやったことがあるんですか？」

佐紀子が夫や娘のことを考えないはずはない。森島はそう思ったが、言った。

案の定、佐紀子の口元が苦しげに歪み、目に深い悲しみをたたえた絶望の色が浮かんだ。

それでも、彼女は口を開かない。

――なぜだ？

と、森島は何度目かの問いを胸の内で発した。

わからない。どうして、佐紀子が何も話そうとしないのか。

佐紀子がもし森島の知っている佐紀子なら、自分のことを措《お》いても、夫や娘、孫の置かれている辛い立場を考えるはずである。素直に事実を供述し、彼らに対する世間の風当たりが少しでも軽くなるように努めるはずである。だが、佐紀子はそうしない。彼女はやはり変わってしまったのだろうか。

いや、いまの表情の変化を見るかぎり、彼女は現在も夫や娘のことを深く思いやっているように思えるのだが……。

しかし、それなら、そもそも佐紀子はどうして夫を窮地に追い込み、夫や娘に最大の苦しみと悲しみを与える罪を犯したのか。

森島はその動機を知りたかった。同時に、佐紀子の黙秘の理由を――。

佐紀子がどうしても話さないなら、自分たちでそれを突き止める以外にない。それには
どうしたらいいか？　佐紀子と隈本がいつ、どこで、どうして知り合ったのか――やはり、

それを知らないことには謎が解けないような気がした。

今日の夕方、小坂井部長刑事と君原《きみはら》刑事が来ることになっている。そのとき、隈本と佐紀子それぞれの過去の交友関係をもう一度調べなおすように言おう、と森島は思った。

隈本の秘書・南裕子《みなみゆうこ》の話から、佐紀子が慶明大学の隈本研究室に少なくとも二回電話していることはわかっている。一回は六年前の一月、もう一回は今年の七月、事件の三ヵ月前だ。といって、佐紀子と隈本の関係は六年前の電話で始まったわけではないらしい。佐紀子が南裕子に隈本への電話の取り次ぎを頼んだとき、「昔の知り合い」だと告げていたから。ただ、その言葉を手掛かりに小坂井たちが隈本と佐紀子の過去を調べても、二人が知り合っていたという事実はつかめなかったのだった。

時計を見ると、予定時刻を過ぎていた。

森島は倉橋の問うような視線にうなずき、

「今日はこれで終わりにします」

と、佐紀子に言った。

4

その日、森島は午後七時四十分に退庁し、松波町の小料理店へ向かった。同じ年に検事に任官し、現在は札幌地検にいる谷川正昭《たにがわまさあき》と会うためである。司法研修所時代、森島は谷川と別のクラスだったから、ほとんど口をきいたことがなかったが、任官一年目の「新任」のとき千葉地検で一緒だったため、その後別々の任地になってからも時々機会を見つけては酒を酌み交わすようになっていた。

出張で釧館へ来ていると谷川から森島に電話があったのは、今日の昼過ぎである。森島が忙しかったら、谷川は日帰りするつもりだったらしい。だが、森島が夜なら空いていると言ったので、明朝一番の特急で帰ることにしたのだった。

森島は大通りを渡り、小学校の横の狭い道へ入った。左へ行けばすぐに市電通りだが、谷川と待ち合わせた小料理店「味処《あじどころ》みなと家」は歩いても十二、三分。市電に乗るまでもない。

釧館地方検察庁のあるのは釧館市新沼町。JR釧館駅の東、一キロ余りのところだ。隣りは地裁と家裁が入った釧館地方家庭裁判所で、近くには道《どう》の合同庁舎や税務署なども建っている釧館の官庁街である。今月五日、隈本洋二郎の講演会が行なわれた釧館市民ホールも、検察庁の庁舎から二百メートルと離れていない千倉町電停の手前にあった。

松波町に入れば、裏通りでも赤提灯《あかちょうちん》やネオン看板が少なくないが、このあたりは住宅街である。街灯が薄ぼんやりとした光を狭い舗道《ほどう》に投げかけているだけ。通る車も少なく、ひっそりとしていた。

森島は、いつもは千倉町停留所からJR釧館駅とは反対の方向へ向かう市電に乗って官舎へ帰る。一人住まいだが、自宅を離れての単身赴任ではない。妻はいないし、いま住んでいる官舎以外に家はない。ただ、九歳になる長男を信州の両親のもとにあずけてはいるが。

四年前に別れた元妻の君恵《きみえ》は、現在ニューヨークに住んで絵を描いている。知る人ぞ知る新進気鋭の画家だという。森島との結婚を機に捨てたはずの画家になる夢――。それが森島との間の溝が深くなるにしたがって彼女の中でふくらみ、ちょうどその頃、彼女を支援するアメリカ人の男性が現われた。彼女は、離婚して息子の宏一《こういち》を引き取りたい、と森島に申し出た。森島は、宏一は渡さない、自分と別れてアメリカへ行きたいのなら一人で行け、と応えた。その頃、森島は前橋に単身赴任していたので、そのまま別居状態になり、半年後、彼女は……相当迷い、悩み、苦しんだようだが、結局一人息子よりも絵と新しいパートナーを選んだのだった。

森島はいま、自分の選択が正しかったのかどうかわからなくなっている。どんなに忙しくても月に一度は宏一に会いに実家へ帰るが、息子にとっては母親と一緒にアメリカへ渡ったほうが良かったのではないか、最近はそんなふうに思うことが少なくない。宏一はけっして母親の話をしない。だから、どう思っているのかはっきりしないが、九歳の少年が母親のことをまったく口にしないという事実が一つの答えを示しているとも言える。同居している祖母（森島の母親）が、「おまえの母さんは、息子のおまえと父さんを捨ててアメリカ人の男について行ってしまったひどい女だ……」と言うとき、宏一はどんな気持ちでそれを聞いているのだろう。ぼくを捨てたお母さん、と単純に恨んでいるとは思えない。心の奥で激しく母を慕い、母を求めているにちがいない。が、宏一自身にも自分の気持ちがよくわからないのではないか。母を恨み憎んでいるのか、それとも慕っているのか。だから、何も言えないでいるのではないか。そう思うと、森島は息子が不憫《ふびん》だった。息子にとって良かれと思ってした選択のつもりだったのだが、自分を捨てた妻に対する恨みと、見も知らない外国人に息子を取られたくないという意地がさせた選択に過ぎなかったのではないか、そんな気がしないでもない。そして、自分は息子を不幸にしてしまったのではないか……。いずれは息子を呼び寄せ、一緒に暮らそうと考えている。しかし、たとえそうなったとしても、非常に忙しく、三年ごとに転勤のある父親と二人で暮らす息子は、果たして幸せだろうか。

森島の両親はいまでこそ、そこそこ仲良く、穏やかに暮らしているが、森島が子供の頃は違った。父親の女性関係が因《もと》で夫婦喧嘩《げんか》が絶えなかった。母親が髪を振り乱して罵《ののし》り、泣き喚《わめ》くと、口ではかなわない父が暴力をふるった。その当てつけに、母は子供と一緒に死んでやると言って、何度森島と妹を連れて家を出たことか。森島はそのたびに自分は死ぬのかと思い、怖くてたまらなかった。小学校三年か四年ぐらいになると、母には死ぬ気などないらしいと思うようになったが、それでも、「さあ宏之、母さんと一緒に死んでおくれ。そうしたら父さんは余所《よそ》の女と楽しく暮らすそうだから」と言いながら、腕をがっしとつかまれ、ぐいと引かれると、反射的に恐怖で心臓がちぢみ上がった。

そんな家庭に育ったので、森島は夫婦喧嘩を嫌悪した。子供心に、喧嘩するんなら結婚しなければいいじゃないか、子供なんか作らなければいいじゃないか、と思った。と同時に、こんな両親の子供に生まれた自分も、将来結婚したら同じようになるのではないか、という恐れを抱くようになった。

その恐れは、初めは漠《ばく》としてそれほど強いものではなかったが、成長するにつれてはっきりしてきた。そして、自分は結婚できない、結婚してはならない、結婚したら子供を不幸にする、という一種の強迫観念にまで育っていった。

そのため、大学時代、大学を卒業して学習塾の講師をしながら司法試験に挑戦していた頃と、何人かの女性を好きになったが、このまま交際を深めてもどうせ結婚できないのだからと思うと次第に消極的になり、〝恋〟の段階に進むことはなかった。

いや、それは正確ではない。強迫観念も多少関係していたが、森島が〝恋〟をしなかった理由は彼を夢中にさせるような相手が現われなかっただけかもしれない。なぜなら、やがて彼は、相手を一目見ただけで身を焦がすような〝恋の虜《とりこ》になる〟という経験をしたのだから。

それは、司法試験に合格した翌年、司法修習生になってしばらくした頃である。

司法修習期間は現在は一年半だが、当時は二年間。最初と最後の四ヵ月〈前期修習と後期修習〉は司法研修所――現在は埼玉県和光市だが当時は東京湯島にあった――で一クラス六十人前後のクラス別に行なわれ、中の一年四ヵ月〈実務修習〉は全国の裁判所、検察庁、弁護士事務所に散って行なわれた。前期修習では裁判官、検察官、弁護士の教官に起訴状、判決、訴状、準備書面、弁論要旨といった書類の書き方を主に学び、実務修習では三者それぞれの業務を実際に経験し、後期修習ではそれらの総仕上げをする。

森島が恋をしたのは、前期修習が始まって三ヵ月ほどした七月初めだった。

相手は相沢弥生。司法研修所の裁判官教官・相沢悦朗と妻佐紀子の一人娘である。森島は、同じクラスの石峰武と二人、相沢教官に目を掛けられ、可愛がられた。石峰は相沢教官と同じ東大だし、在学中に司法試験に合格した秀才だが、森島は私大卒で、司法試験も大学を卒業した翌年の秋に合格したという並の修習生だった。また、石峰は初めから信念を持って裁判官を志望していたのに、森島は弁護士よりは裁判官か検事が面白いかな、と思っていた程度。それなのに、相沢教官がどうして自分に目を掛け、裁判官にならないかと勧めてくれたのか、いまでもよくわからないのだが……。

相沢教官の意図はともかく、教官の住んでいた中野の官舎に初めて食事に招かれて行ったとき、森島が衝撃を受けたことは二点ある。一点は、当時まだ高校一年生だった弥生の息を呑むような清楚《せいそ》な美しさであり、もう一点は、自分の生まれ育った家とはまるで違う雰囲気を持った家庭と家族関係を見せられたことだった。森島は一日で弥生に恋をし、同時に世の中にはこのような家庭、家族もあるのだと驚き、感動した。夫と妻、母と娘、父と娘……互いに交わすやり取りや見交わす目は実に自然であり、しかも愛情に溢《あふ》れていた。それが、客の前だからと演技しているのでないことは明白だった。面倒な演技をしなければならないぐらいなら、誰が教え子を自宅に招待などするだろうか。それに、森島はその後も何度か相沢宅を訪問したが——たいがいは石峰と一緒だったが、実務修習中に上京した折、一人で訪ねたこともある——最初の印象が崩れることはなかった。森島にとって相沢悦朗と佐紀子は理想の夫婦であり、相沢家は理想の家庭だった。森島は、いずれ弥生と結婚し、相沢家のような家庭を作りたい、と夢想するようになった。そしてそう考えるときは強迫観念に脅かされることはなかった。

その後、石峰は志望どおり裁判官になり、森島は自分には検事のほうが向いているように思い、検事になった。志望届けを出す前に森島が相沢に相談すると、彼は快く諒解してくれた。だから、けっして関係がこじれたわけではないのだが、裁判官である彼の家を訪れるのは遠慮するようになった。ただ、弥生とは時々会い、食事をしたり一緒に映画やミュージカルを観たりといった交際をつづけた。そんなとき、弥生は森島の気持ちを知ってか知らずか、自分には兄弟がいないので森島のような兄がほしかったのだ、と嬉しそうに言った。森島としては「兄」では少し寂しかったが、いまは仕方がない、こうして弥生と会い、彼女の顔を見、彼女の声を聞けるだけでもいいではないか、と自分に言い聞かせた。弥生が成人式を迎える頃までに兄から恋人になれれば、と。

検事は、任官一年目の「新任」時代は全国に十三ある大規模地検で半ば見習い勤務をし、「新任明け」の二年目からは地方の小規模地検に配属される。森島の場合、「新任」は千葉地検だったので、弥生と頻繁に会うことができた。が、「新任明け」は三重県の津地検だったから、月に一度会えるか会えないかというようになった。

そして、津に行って一年半余り経ち、出張で上京した折、彼は弥生が石峰武と婚約したと知らされた。


森島が「味処みなと家」の暖簾《のれん》をくぐり、ガラスの引き戸を開けると、谷川のひときわ大きな姿がすぐに目に入った。遅れるかもしれないので先にやっていてくれと電話で言っておいたからだろう、白木のテーブルにはビールとお通しが載っていた。

「何だ、遅れなかったじゃないか」

近づいた森島に気づくや、谷川がちょっと咎めるような目を向けた。それなら待っていたのに……と言いたいらしい。

「何とか時間どおりに来られた」

応じながら、森島は谷川の前に掛けた。

「例の事件、大変なのか?」

「ま、大変と言えば大変だが、調べが進まないのでどうにもならないでいる。今夜は別の事件の参考人から話を聞いていたんだが、思ったより早く済んだ」

小坂井と君原が帰った後、夜しか時間が取れないというある詐欺事件の参考人に会っていたのだった。

絣《かすり》の着物を着て赤い帯を締めた女店員が注文を取りに来た。谷川が森島の希望を聞いて、ビールの追加と刺身の盛り合わせを注文し、森島のコップがきたところでビールを注ぎ合い、乾杯した。

「この前会ったのはあんたが札幌へ来たときだから、確かまだ夏前だったような気がするが……」

谷川がビールのコップを置き、そのときのことを思い起こすような目をした。

彼は強度の近視なので、見る角度によってはレンズに渦巻き状の縞《しま》模様が現われた。

「五月の末だ」

と、森島は応えた。

「じゃ、およそ五ヵ月ぶりの再会というわけか。同じ北海道にいながら……。地裁と地検が他の都府県の四倍もあるだけあって、北海道は広いな」

地方裁判所は各都府県に一つずつしかない。が、北海道だけは特別で、札幌地方裁判所の他に釧館地方裁判所など三つあった。それに対応して地方検察庁も四ヵ所あるのだった。

「ところで、相沢判事の奥さん、まだ何も話さないのか？」

谷川が心持ち声をひそめた。

うん、と森島はうなずいた。

「あんた、どうして担当を辞退しなかったんだ？」

「どうしてと言うほどの理由はない。みんな忙しい仕事を抱えているし、誰がやったって同じだと思ったからだ」

「しかし、研修所時代、相沢判事とは個人的な付き合いがあったんじゃないのか？　クラスが別だったからよくは知らないが、相沢教官があんたと石峰氏に狙いを付け、引っ張ろうとしている、と裁判官志望だった久保《くぼ》から聞いた覚えがある。結局は弁護士になった久保卓也《たくや》……知っているだろう？」

「知っている」

「だから、当時、俺はあんたも判事になるものとばかり思っていた」

「相沢教官には確かにお世話になったし、裁判官にならないかと誘われたこともある。だからといって、相沢判事の奥さんが起こした事件とは何の関係もない」

「建前はそうだが……」

「本音も同じだよ。そう思ったから、担当している」

「ふーん、それならいいが」

信じていない目だ。谷川は、森島が相沢家を訪れて佐紀子にも会ったことがあると思っているにちがいない。教官がお気に入りの修習生を自宅へ招くのは珍しいことではないからだ。

谷川がどう思っていようと森島はかまわない。ただ、自分から佐紀子との関わりを明かすことはしなかった。谷川は同期任官の仲間であると同時にライバルでもある。何の利害関係もない学生時代の友人とは違う。森島を陥れようとする意図はなくても、検事正や次席検事のいる席で彼の減点になるような話をしないともかぎらない。

「相沢判事がどうしているかは知っているか?」

谷川が話を進めた。

「どうしてって、表面上は特に変わりがないはずだが……。警察の事情聴取では、被疑者が事実をありのままに話すことを望んでおられたそうだ」

相沢悦朗から事情を聴いたのは道警本部の警部と小坂井である。

そのとき相沢は、これまで妻の不貞を疑ったことは一度もないし、事件の起きたいまもその点に関しては妻を信じている、と言ったという。

本心かどうかはわからない。小坂井たち警察は、嘘ではないかと疑っていた。嘘というより、相沢は自分をコキュと認めるのが耐え難いため、そう思おうとしているのではないか、と。

しかし、森島は、

——ホテルで隈本と二人きりで会っていた妻には、夫の自分にも言えない何らかの事情があったにちがいない。

という相沢の言葉に、その可能性もないわけではない、と思った。

「やはり、知らないようだな」

谷川が残っていたビールを飲み干し、コップを置いた。

「違うのか？」

森島は聞いた。

「それは先週の話だろう」

「じゃ、いまは……？」

「一昨日、休暇届けを出し、昨日から勤めを休んでいるはずだ。レポーターやカメラマンが押しかけたり待ち伏せしたりして裁判所に迷惑をかけるからというのが表向きの理由だが、長官からそれとなく休むように言われたか、相沢判事が長官と最高裁の意を汲んだんじゃないかという噂《うわさ》だ」

「そうか……」

充分ありうる話だった。

「それから、うちの次席が高裁のある判事から聞いた話によると、相沢判事はすでに辞職の意思を固めているらしい。奥さんが殺人の罪で起訴されたら、だが。福岡の事件のように相沢判事に証拠隠滅の疑いがかかったわけではないし、奥さんの事件との関わりが出てきたわけでもない。だから、相沢判事には何の責任もないはずだが、世間はそれじゃ通らないからね。万引き程度の軽い罪ならともかく、事は殺人だ。奥さんが人を殺した疑いで裁かれる身になったとき、夫がそれを裁く側の一員でありつづけるわけにはいかない、ということだろう。しかも、釧館地裁は札幌高裁の管轄下にあるわけだし」

森島は、谷川に気づかれないように溜息をついた。

自分が佐紀子を殺人の罪で起訴すれば、相沢悦朗は裁判官を辞める――。

森島は、また一つ大きな重りが自分の背中にかかるのを感じた。

それにしても、佐紀子はなぜ何も話さないのか、と彼は常に頭から離れない疑問に還《かえ》った。そもそも、夫と娘を深く愛していた（としか思えない）あの佐紀子が、どうして夫が裁判官を辞めなければならなくなるような罪を、夫や娘に大きな苦しみと悲しみを与える罪を、犯したのか。

森島は、相沢判事のためにも、弥生のためにも、できるだけのことはしてやりたいと思う。佐紀子の罪を糾弾する側にいる人間ではあるが、彼女の事情、動機などを公正に判断して。

しかし、佐紀子が何も話さないのでは、どうすることもできなかった。

森島は、駅前のビジネスホテルに部屋を取ってあるという谷川と別れ、市電で官舎へ帰った。

留守電もファックスも入っていなかったが、パソコンのスイッチを入れると宏一からのメールが届いていた。

去年の暮れ、クリスマスプレゼントにパソコンがほしいというので買ってやると、宏一はすぐに操作を覚え、以来、週に二、三回メールをくれるのだ。たわいないことを書いた短い文章だが、それを読み、森島も返事を書く。それが、現在の彼にとって一つの生活の張りになっていた。

宏一は、今日は学校の遠足で高ボッチ山に登り、南アルプスの奥に富士山まで見えた、と書いてきた。

そこで森島は、自分も中学一年のとき高ボッチ山に登ったが、霞《かす》んでいて、南アルプスどころか八ヶ岳も諏訪《すわ》湖も見えずにがっかりした覚えがある、と書いた。

――よし、来年の夏、一緒に高ボッチと鉢伏《はちぶせ》に登ろう。どっちが速いか競争だぞ。お父さんは負けないからな。

パソコンのスイッチが切れるのを待って、森島は机を離れ、着替えの下着とバスタオルを取ってきて、浴室へ行った。

シャワーの湯を出して温度を調節しておいてから、脱衣所でズボンやシャツを脱ぎ始めた。

アンダーシャツを脱ぎ、あとはパンツだけになったとき、

――佐紀子が何も話さないのは、誰かを庇《かば》っているからではないか。

という考えが閃《ひらめ》いた。彼女は、誰かの身代わりになろうとしているのではないか。

そう考えれば、隈本を刺したということだけは自分から進んで言っておきながら、他は一切口を噤んでいる説明がつく。

しかし、佐紀子はいったい誰を庇い、誰の身代わりになろうとしているのか？

殺人の罪まで引き受けようとしているからには、夫の悦朗か娘の弥生だろう。

他には考えられない。

そこまで想像を進め、森島は首を横に振った。

ありえなかった。事件の晩、悦朗か弥生が釧館まで来てホテルの隈本の部屋を訪ね、彼を刺した、などということは。それも、佐紀子が購入した包丁をつかって。

「駄目か……」

森島はつぶやき、裸になって浴室に入った。

公判

1

十一月に入り、隈本事件の発生から一ヵ月が経った。

この間に相沢佐紀子は殺人の罪で起訴され、第一回公判の日時も決まった。

犬飼は、海原遥香にそのことは知らせたものの、事件そのものに関してはほとんど新しい事実を報告できなかった。

といって、彼は座して捜査の進展を待っていたわけではない。美鈴に励まされて『有名精神科医刺殺事件』を書き継いでみようと思ってから、相沢佐紀子と隈本が共に大学時代を過ごした東京、佐紀子の郷里である宮城県の古川《ふるかわ》……と動き回った。海原遥香に依頼された仕事のためというよりは、美鈴に読ませるノンフィクションのつづき——美鈴言うところの連載第二回——を書くために。

海原遥香は、最初の印象どおり、依頼者として申し分なかった。犬飼が交通費や宿泊代を記した精算依頼のメールを送ると、翌日か翌々日には彼の請求したとおりの額が必ず振り込まれた。内容を細かく問い質したりせずに。

依頼人がどのような人間であろうと犯罪に関係していないかぎりかまわない、と犬飼はずっと思ってきた。たとえ依頼人の身元がはっきりしなくても詮索しない、詮索しないだけでなく考えまい、と。それなのに、海原遥香という依頼人だけは妙に気になった。事件が事件であり、依頼人の求めている情報が情報だからかもしれない。

テレビのワイドショーや週刊誌で隈本洋二郎の愛人だったという女性が何人か取り沙汰《ざた》されているから、海原遥香がその一人である可能性はある。犬飼に取材と調査を依頼してきた理由もメールに書いてきたとおりかもしれない。が、犬飼は何となく違うような気がしていた。事件との関わりも、依頼の理由も。

もしこの想像が当たっていた場合、海原遥香とは誰なのか。女なのか、男なのか。隈本事件と、あるいは事件の関係者と、いかなる関わりを持った人物なのか。けっして少額とは言えない金を払ってまで事件の詳しい情報を得たいと思っているのはなぜなのか。女性名をつかっているということは、逆に男である可能性が高いかもしれない(少なくとも海原遥香という女優はいなかった)。

そう考えても、犬飼には皆目見当がつかないのである。

依頼者の件はさておき、自分の「作品」に美鈴という読者ができたため、犬飼の意気込みは違った。元々強い興味を持っていた事件とはいえ、海原遥香の依頼だけだったらそこまではしないだろうという行動を取った。

その結果、警察や新聞社もつかんでいないと思われる相沢佐紀子と隈本洋二郎の過去の接点――正確に言うと〝接点らしきもの〟――をつかんだ。

それによって、犬飼は、『有名精神科医刺殺事件』のつづきを書くことができた。

（接点）

『有名精神科医刺殺事件』

事件発生から二十日経った十月二十五日、相沢佐紀子は殺人の罪で起訴され、第一回公判は来年、二〇〇三年の一月十日（金曜日）に釧館地方裁判所で開かれることが決まった。

しかし、警察も検察も、被告人――起訴によって被疑者は被告人になった――の殺人動機については明らかにしていない。これは秘密にしているわけではなく、解明できていないからであろう。相沢佐紀子が一貫して黙秘しているために。

殺人動機が不明のまま殺人罪で起訴するという検察の選択に、私は首をかしげざるをえない。殺人とは殺そうという意思をもって相手を殺害することである。それなのに、動機がわからないのに、どうしたら被告人の殺意を立証できるのか、私には理解できない。取り敢《あ》えず起訴しておき、公判が始まるまでに動機を見つけ出そうというのだろうか。もしそうだとしたら、単に安易、無謀というだけでなく、危険を感じる。

四年前、和歌山市で起きた毒物カレー事件――一審判決が今年の暮れに出る――では、検察側はやはり起訴時に動機を示さず、冒頭陳述で明らかにすると表明した。しかし、四ヵ月半後に開かれた初公判でもそれは曖昧なかたちでしか示されず、弁護側と激しい応酬があった。弁護側の異議申し立てに、検察側は「示した」と主張して。そして、結局それが明確にされたのはすべての証拠調べが終わった後、論告・求刑のときだった。

もしかしたら検察は今回もそれと似た方法を採るつもりなのだろうか、と私は思ったのである。

和歌山毒物カレー事件といえば、被告人である主婦H・Mは、警察と検察の取り調べに対してだけでなく、公判中も黙秘をつづけた。その点、相沢佐紀子がどうするつもりなのかは、裁判が始まってみないとわからない。ただ、取り調べ段階の黙秘について比べたとき、同じ黙秘といっても、二人には大きな相違がある。H・Mは事件との関わりを否定したうえで、つまり「自分は無実である」と言明したうえで、黙秘していた。これは、警察と検察に追及の糸口を与えまいとする防衛の意図から出たものであることは間違いないだろう。ところが、相沢佐紀子にはその意図があるのかないのかはっきりしない。佐紀子は事件のあったホテルの部屋から自らフロントに電話をかけ、隈本を包丁で刺した事実を認めている。それでいて、他の一切を黙秘している。「刺したことは刺したが殺すつもりはなかった」と殺意を否定した後で黙秘するなら不思議はないが、それさえ口にしていない。

私はいちじ、この完全黙秘も裁判を有利に進めるための策かもしれないと思った。有能だという評判の福島、安藤両弁護士が相沢佐紀子に授けた。しかし、その想像は間違いだったようだ。起訴と同時に、佐紀子は、釧館に事務所を持つ迫田光義弁護士だけを残し、二人の弁護士を解任してしまったのだ。二人に告げた解任の理由は、自分には三人もの弁護士は必要ないから、ということだったらしい。

相沢佐紀子の黙秘の理由はともかく、彼女を殺人の罪で起訴した検察には、二つの難問が待ち受けている。彼らが裁判で勝つためには、佐紀子に殺人の意思（殺意）があったことを示すと同時に彼女の犯行の動機を明らかにしなければならない。

事件の約一ヵ月前の夜、佐紀子は東京赤坂のホテルで隈本と二人だけで会っており、事件の晩も隈本が一人で泊まっているホテルの部屋を訪ねている。これらの事実は二人が相当親密な関係にあったらしいことを示している。そのため、少なからぬマスコミは、犯行動機は不倫関係のもつれではないかと報じていた（警察がリークしたのかもしれない）。

これは妥当な線だし、私もその可能性が高いと思う。といって、相沢佐紀子と隈本が確かに不倫関係にあったという証拠はないし、たとえ二人がそうした関係にあったとしても、〈不倫関係のもつれからの殺人〉の立証にはほど遠い。

不倫関係のもつれといっても、二人の関係はどのようにもつれていたのか、それがどうして相沢佐紀子の中に殺意を生み、彼女を犯行に踏み切らせたのか――それらが明らかにされなくては、彼女の殺人を立証したことにはならない。

と考えたとき、私は、相沢佐紀子と隈本の関わりがいつ、どこで生じたものかを知らなくては始まらない、と思った。二人が夜ホテルの部屋で誰にも知られずに会うようになるには、それなりの事情、経緯があったはずである。事件の謎を解くうえで重要な手掛かりになるはずの。それを知る……少なくともそれを推測するためには、二人のそもそもの出会いを突き止める必要がある。

相沢佐紀子が六年前（一九九六年）の一月と今年の七月、隈本の研究室に電話している事実はわかっている。そして、六年前に電話したとき、秘書に「隈本の昔の知り合い」だと言っている。だから、少なくともそれより前――昔と言うからにはかなり前だろう――二人の間に何らかの関わりがあったのは間違いない。しかし、警察は（当然調べたはずなのに）つかめなかったようだ。警察の力が及ばなかったことを、個人の力で明らかにできるか。もちろん難しいだろう。が、とにかくやるだけやってみよう、私はそう考えたのである。

隈本洋二郎は一九四六年（昭和二一）十一月、相沢佐紀子は一九四八年（昭和二三）三月の生まれである。生年は二年違うが、佐紀子は早生まれなので学年で言うと一年違いである。隈本は神戸の開業医の次男として生まれ、高校を卒業するまで神戸で育った。一方の佐紀子は宮城県の古川市出身で（父親は県立高校の国語教師だった）、大学受験のために上京するまで修学旅行のときを除いて県外へ出たことがなかったという。

　この経歴から見て、二人が六年前の一月以前に接触していたとしたら、大学に入学するために東京へ出てきてからであろう。原口佐紀子――原口は佐紀子の旧姓――が上京して吉祥寺にある東明《とうめい》女子大学英文科に入学したのは一九六六年（昭和四一）の四月、京都で二年間浪人生活を送った隈本が四谷《よつや》の清恵《せいけい》医科大学に入学したのは翌六七年の四月である。だから、それは一九六七年四月以降ということになる。

　ただ、佐紀子は一九六九年（昭和四四）の暮れ、大学在学中に再従兄《はとこ》で父親と同じ高校教師だった太田純男と結婚。二ヵ月半後の卒業式を待たずに郷里の宮城県へ帰り（卒業はしたようだ）、仙台で新生活を始めている。一方、隈本は一九七三年の春までは医学部学生として、その後は研修医として、東京で暮らしていた。

　佐紀子は結婚した翌年の夏に娘を産み、二年後、夫の太田純男が交通事故で死亡した後も、娘と二人、仙台で暮らしつづけた。亡夫の遺産と保険金などが入り、しばらくは働かなくても生活できたようだが、英語の力を生かして――通信教育で科学技術文書の翻訳を学んだのち――輸入機械や薬品の説明書を日本語に訳すアルバイトをしていたらしい。その頃、知人に仙台地方裁判所の判事補だった相沢悦朗を紹介され、一九七四年（昭和四九)の秋に結婚。悦朗は三十歳、佐紀子は二十六歳。悦朗は初婚だが、佐紀子はもちろん再婚で、前夫との間の娘は四歳になっていた。

以後、佐紀子は浜松、長野、前橋と相沢悦朗の任地に暮らし、悦朗が司法研修所教官、東京高裁判事、最高裁事務総局の課長などを務めていた十年余りは東京中野の官舎に住んでいた。その間に一人娘は高校、短大と卒業して、悦朗の後輩の判事と結婚。その後、佐紀子たちは夫婦二人になり、二年数ヵ月の甲府暮らしを経て、事件の約一ヵ月前――悦朗が甲府地方裁判所の所長から札幌高等裁判所の部総括判事に異動になるのと同時に――札幌へ移り住んだ。

私はこれまでに、相沢佐紀子の兄――佐紀子はすでに両親がなく、郷里古川には四歳違いの兄の一家が住んでいた――だけでなく、彼から名前と住所を聞いた従姉《いとこ》の紅林松子《くればやしまつこ》と高校時代の親友・田淵美也《たぶちみや》からも話を聞いた。二人はずっと佐紀子と親しく交際してきたという、彼女をもっともよく知っていると思われる人たちである。その二人は、言い方は多少違うものの、佐紀子が夫を裏切って隈本洋二郎と不倫関係にあったなんて信じられない、と言った。昔もいまも佐紀子の口から隈本という名前を聞いたことはないし、佐紀子が彼とホテルで会っていたのには何か理由、事情があるのではないか、と。悦朗はエリート裁判官であるにもかかわらず偉ぶったところがなく、穏やかな性格で、一方の佐紀子は芯《しん》は強いが慎み深く、〝淑女〟の形容がぴったりの女性だった、二人はオシドリ夫婦で、互いを思いやり、信頼し合い、強い愛情で結ばれているのは傍目《はため》からもよくわかった、休日にはいつも連れ立って散歩をし、コンサートや絵画展にも一緒によく出かけていたようだし、二人はまさに理想的な夫婦に見えた、それなのに、佐紀子が夫を裏切って別の男──それが隈本洋二郎であれ誰であれ──と深い関係になるなどといったことはありえないのではないか、というのである。

多くの夫婦には他人には窺い知れない部分が……ときには闇とも言える部分がある。ましてや、悦朗はいずれは高裁長官──裁判官は全国に三千人近くいるが高等裁判所は八ヵ所しかない──になるだろうと言われていたエリート。妻との間に何らかの問題があったとしても、あるいはすでに夫婦関係が破綻《はたん》していたとしても、外からは絶対に見えないようにしていた可能性がある。その場合、妻の佐紀子だって全面的に協力しただろう。離婚しないかぎりは、夫の出世は自分のためでもあるのだから。

と考えると、佐紀子の従姉と親友の言ったことが事実であるとはかぎらない。

次は隈本洋二郎の半生を見てみよう。

隈本は、佐紀子が仙台で暮らし始めた四年後の一九七三年（昭和四八）三月、清恵医科大学を卒業した。それから一年半近く、母校の附属病院と関連病院で研修医として働いていたが、七四年の夏、「日本の精神医学は遅れている、日本にいたのではまともな研究も診療もできない」と研修医仲間に漏らし、二年間の研修期間の途中だったにもかかわらず、アメリカへ留学した（因みに佐紀子が相沢悦朗と再婚したのは同年の十一月である）。アメリカではサンフランシスコ医科大学大学院で精神医学を学んで博士号《ドクター》を取得し、さらに別の大学院で臨床心理学と犯罪心理学を修めた。その後、ロサンゼルスにあるH・ハイマン病院附属精神医学研究所・トラウマ研究局に勤務していたが、十二年前の一九九〇年（平成二）の春に帰国し、慶明大学人間科学部臨床心理学科の教授に就任。以来、日本における心的外傷後ストレス障害（PTSD）研究の第一人者として活躍していた。

隈本がアメリカへ行っていたのは約十六年間。その間はもとより、一九九〇年に帰国した後も、九六年一月の電話以前に相沢佐紀子との出会いがあったようには思えない。いや、もしかしたらあったのかもしれないが、それは再会というかたちではなかったか、と私は考えた。

となると、最初の出会い、接点は、隈本と佐紀子が共に東京で暮らしていた二人の大学時代しかない。佐紀子に一年遅れて隈本が上京した一九六七年四月から、佐紀子が太田純男と結婚した一九六九年十二月まで、三年弱の間である。

焦点が絞られたところで、私はまず、清恵医科大学の隈本の同期生や、当時神戸から東京へ出てきていた彼の高校の同窓生に話を聞いた。しかし、電話取材を含めて十人近い人間に当たったにもかかわらず、誰ひとり、原口佐紀子という名についても、隈本が東明女子大の学生と関わりがあったかどうかについても記憶している者はいなかった（三十年以上も前の、しかも他人のことなので、よほど印象に残るような出来事でもないかぎり当然かもしれないが)。ただ、二宮靖久《にのみややすひさ》という高校の同窓生がちょっと気になる話をした。隈本と大学は違うが、時々会って飲み歩いていたという男である。彼によると、隈本は潤沢な仕送りがあったうえに社交的で話がうまかったので女によくもてた、という。付き合いのあった女子大生やOLも少なくなく、いわゆるプレイボーイだったらしい。ところが、そんな隈本が大学三年か四年頃、俺、気が狂いそうだよ、と恋に苦しんでいたことがあったというのだ。何かわけありの相手なのか、聞いても名前や素性は話さなかったが、辛そうな顔をして、「どんなに好きでもどうにもならないんだ、諦めるしかないんだ」そんなふうに言っていた——。

次いで、私は佐紀子の側から調べるために、東明女子大学英文科の同級生たちに当たった。だが、彼女たちは佐紀子が起こした事件に一様に驚きを口にしたものの、佐紀子が清恵医科大学の学生と関わりがあったという話は聞いていない、と言った。ただ、彼女たちの一人が口にした別の科の同期生を訪ね、気になる話を聞いた。佐紀子と同じ三鷹《みたか》の女子学生専用アパートに住んでいた向井貴子《むかいたかこ》という元仏文科の学生である。佐紀子には好きな人がいたが、四年生の秋に別れるか捨てられるかしたようだ、というのだ。貴子によると、佐紀子とはそれほど親しかったわけではないので交際相手の名前までは聞いていないが、医学部の学生だったのは間違いない、という。なぜ恋が破綻したと思ったかというと、十一月の終わり頃、佐紀子が一週間ぐらい部屋に閉じ籠《こ》もったまま出てこなかったことがあり、心配して訪ねると、頬のあたりがげっそりと瘦けて、病人のようだった、佐紀子は風邪をひいたと言ったが、瞼《まぶた》が腫《は》れ上がって目は真っ赤、ずっと泣いていたのは間違いない、しかも、それから一ヵ月もしないうちに別れも言わずに部屋を引き払い、大学へも出てこなくなった――。

この話が事実なら、佐紀子は、恋が破綻した直後、それも大学卒業を二ヵ月半後に控えた年の暮れ、別の男・太田純男と結婚したことになる(貴子は佐紀子が郷里へ帰って結婚したことは知らなかった)。

これはどういうわけか?

恋が破綻して茫然自失の状態にいるとき、両親に強く勧められて……という場合も考えられるが、私は違うような気がした。恋は破綻させられたのではないか、と思った。つまり、佐紀子は、両親に強引に恋人との仲を裂かれて郷里へ連れ帰られ、無理やり遠縁の男と結婚させられたのではないか。

それにしても……と私は首をかしげた。私の想像が当たっていたとしての話だが、佐紀子の両親はどうしてそれほど急いで娘を結婚させる必要があったのだろうか。

私は再び古川へ行き、佐紀子の兄・原口功《いさお》に会った。

功は、佐紀子に恋人がいたなんて初耳だし、両親は佐紀子を無理やり結婚させたわけではない、と私の想像を否定した。佐紀子と太田純男はずっと前から婚約しており、二人は佐紀子の卒業と同時に結婚する予定だった、それが少し早まったのは純男の父親がガンで余命いくばくもないと医師に言われたため、彼に息子の結婚式を見せてやろうとしたからである——。

彼はそう言うと、私の目の前で春山かつ子という太田純男の姉に電話をかけ、自分で直接尋ねるようにと私に受話器を渡した。私は、犬飼と申しますと名乗り、純男の父親の死亡した年月日を問うた。すると、相手の女性は、弟の結婚した翌年（一九七〇年）の二月十八日だと答えた。死因は胃ガンだという。

——父の病気のことがあったので、原口さんに無理を言い、佐紀子さんとの結婚式を早めていただいたんです。

彼女の口振りも、二人が婚約していた事実を裏付けていた。

ということは、佐紀子に医大生の恋人がいたというのは向井貴子の思い違いだったのだろうか。四年生の秋にその恋が破綻したらしいというのは、彼女の誤った想像だったのだろうか。

向井貴子は佐紀子の恋人を見たわけではないので、その可能性はある。

が、私は事実だったような気がしていた。佐紀子が一週間も部屋に閉じ籠もり、泣き腫らした目をしていた、という話から。

私は確かめるために佐紀子の兄に顔を戻した。彼なら事情を知っているにちがいない。

だが、私が質すより先に地元の農協に勤めているという実直そうな男は言った。

「繰り返しますが、純男さんと結婚する前の佐紀子に恋人なんていませんよ。ですから、親父やお袋が強引に別れさせたなんていうことも絶対にありません」

「ですが、医大生と……」

「佐紀子は、純男さんと婚約していたんですよ」

原口功が胡麻塩頭《ごましお》を振り、いらだたしげに私の言葉を遮った。「それなのに、恋人なんているわけがないでしょう。あんたは、それが隈本という人だったとでも言うつもりなんですか？」

「そこまでは、まだ……」

「私は他の誰よりも妹の性格を知っているつもりです。婚約者がありながら別の男と親しくなんてできる人間じゃない。今度のことだって、世間は不倫だ何だと思って勝手なことを言って騒いでいるが、私は他人《ひと》に言えない何か別の事情があったんだと思っている。確かに妹は隈本という人を刺したかもしれない。だが、亭主以外の男と寝るような、そんなふしだらな女じゃない」

原口功の顔は嘘をついている人間の顔には見えなかった。本気で怒っているようだった。といって、佐紀子と隈本が不倫関係になかったとは言えないし、東京時代の佐紀子に恋人がいなかったとも言えないが……。

　ただ、佐紀子の両親が彼女を恋人と強引に別れさせて郷里へ連れ帰っていれば、兄である彼が知らないはずはない。だから、私のその想像は間違っていたのかもしれない。

　私は古川から鳴子《なるこ》まで足を延ばし、やはり前に会っている紅林松子を訪ねた。

　だが、佐紀子の従姉は本当に何も知らないらしく、自分は純男さんの父親が危ないので結婚を早めたとしか聞いていないが、他にも理由があったのか、と逆に聞き返された。

「東京の大学へ行っていた佐紀子さんに恋人がいたという話を聞いたことはないでしょうか？」

「エッ、佐紀ちゃんに恋人ォ？　まさか！　だって、佐紀ちゃん、大学を卒業したら純男さんと結婚することになっていたのよ。婚約していたのよ。親戚中、誰も知らない者はないわ。それなのに、恋人なんているわけないじゃない。佐紀ちゃん、そんな尻軽じゃないわ」

　私も、佐紀子が尻軽女だと思っているわけではない。が、尻軽でなくても、またたとえ婚約中であっても、人は誰かに本気で恋してしまう場合がある。

　私はそう思いながら、佐紀子と太田純男はどういう経緯で婚約したのか、と尋ねた。

「婚約は佐紀子さん本人の意思ですか？」

「はっきりしたことは私も知らないけど、初めは親どうしが望んだみたい。でも、純男さんは前々から佐紀ちゃんが好きだったようだし、佐紀ちゃんも、純男兄ちゃん、純男兄ちゃんと子供の頃から純男さんを慕っていたのよ。だから、それぞれの親から言われると、二人とも喜んで承諾したんじゃないかしら」

そのとおりだったとしても、佐紀子は太田純男に恋したわけではないのではないか。佐紀子にとって、純男は兄のような存在だったのではないか。

とすれば、郷里を離れて東京へ行った佐紀子が、初めて兄、再従兄《はとこ》といった身内の男ではない男性と親しく接する機会を持ち、そのうちの一人に胸をときめかせたとしても不思議はない。そして、恋に落ちたとしても。

この可能性は充分にありうる、と私は思った。

だが、佐紀子は郷里の両親や婚約者を裏切れなかった。そのため、(両親に強引に引き裂かれたわけではなく)自らの意思で恋人に別れを告げた。しかし、自分で決めたといっても、好きな相手と別れた悲しさが一朝一夕に癒《い》えるものではない。どうする術《すべ》もなく、部屋に閉じ籠もり、泣き暮らしていた。多少自棄的にもなっていただろう。そこに、郷里から、結婚式を早めたいという太田家の事情が届く。彼女は相手の望むまま、両親の言葉に従った――。

これが、佐紀子が卒業式を待たずに東京を引き払い、太田純男と結婚した事情ではないだろうか。

証拠はないが、向井貴子、原口功、春山かつ子、紅林松子の話を総合すると、そう考えるのがもっとも自然である。

では、それが事実だった場合、佐紀子の別れた恋人は誰か？

――隈本だったのではないか。

と、私は考えたのである。医大生という向井貴子の話、プレイボーイだった隈本が大学三年か四年頃（彼が三年なら佐紀子は四年）、恋に苦しみ、気が狂いそうだと二宮靖久に漏らしていたこと、さらには、どんなに好きでもどうにもならない、諦めるしかない、と言っていたこと……などの符合から。どんなに好きでも諦めるしかない、というのは、もちろん佐紀子に婚約者がいて、彼女が相手を裏切れないと言っていたからであろう。

それこそ証拠は何一つない。だが、六年前の一月から見て昔、佐紀子と隈本の間に接点があったとすれば――あったのは間違いないだろう――二人が出会えたのは共に東京にいた学生時代しか考えられない。二人の別離が一九六九年の秋だったとすると、それから隈本がアメリカへ行くまで五年近くある。だから、その間に二人が再び……。佐紀子が暮らしていた仙台か別のどこかで出会い、何らかの関わりを持っていた可能性はあるが……。

というように、私は、相沢佐紀子と隈本洋二郎の接点を突き止めた。正確には〝接点らしきもの〟だが、向井貴子に出会えた幸運により、警察や検察さえ及んでいないと思われる地点に到達できた。それによって、私は、彼らには見えない〝風景〟が本当に見えてくるかもしれない、と前より少し強く思えるようになった。

私の突き止めた接点が事件に関係しているのかいないのか——いまのところ、どちらとも言えない。が、私は、どこかで関係しているような、そしてそこに事件の謎を解く重要なカギが隠されているような、そんな気がしている。

2

新しい年——二〇〇三年——が明けると松の内がアッという間に過ぎ、十日（金曜日）、隈本事件第一回公判の日がきた。

札幌は朝から大雪で、テレビのニュースでは日本海側や釧館地方は吹雪になっていると言っていた。

犬飼は美鈴とともに六時四十分にアパートを出ると地下鉄で札幌駅まで行き、七時三十分発の特急「北星4号」に乗った。一時間後に札幌を出る「スーパー北星6号」でも釧館着は十二時前、何もアクシデントがなければ午後一時の開廷に間に合うが、悪天候で列車が遅れるか不通になるおそれがあったため、一列車早めたのである。

美鈴を同行したのは、前から彼女が一度裁判を傍聴したいと言っていたからだが、犬飼の中には傍聴席が抽選になった場合にそなえる気持ちもないではなかった。もっとも、傍聴希望者が多くて抽選になった場合、たとえ二人いても必ず当たるという保証はない。だから、そのときは現地で急遽《きゅうきょ》アルバイトを雇うつもりでいた。

初回の裁判を傍聴できなかったら、犬飼の予定は狂ってしまう。海原遥香に依頼をキャンセルされるおそれが多分にあったし、そうなったら好条件の仕事を失うだけでは済まない。『有名精神科医刺殺事件』を書き継ぐのも困難になるだろう。相沢佐紀子と隈本の接点らしきものを突き止め、せっかく気持ちが乗ってきていたというのに。

だから、犬飼としては、どんなことがあっても一人分の傍聴席は確保しなければならないのである。

しかし、彼の心配は杞憂《きゆう》に終わった。釧館が東京や札幌といった大都会から離れており、そこに吹雪という悪天候が重なったからのようだ。釧館地方裁判所で一番大きな第一号法廷の六十余りある傍聴席は、満席にはなったものの抽選にはならなかった。

迫田弁護士、検事、二人の刑務官に伴われた被告人と姿を見せ、最後に三人の裁判官が雛壇《ひなだん》に現われ、裁判が始まった。犬飼は、彼ら……この裁判の主役・準主役たちの印象、表情などをメモした。海原遥香に裁判の様子をできるだけ詳しく知らせてほしいと言われていたし、報告書を書いた後で『有名精神科医刺殺事件』を書くために。静かに落ちついているようにしか見えない被告人については特に注意して観察し、記録した。

冒頭手続きは、被告人の氏名、年齢などを確認する人定質問、検事による起訴状の朗読、被告人に対する黙秘権の告知——言いたくないことは言わなくてもいいし答えたくないことは答えなくてもいいと裁判長が被告人に告げること——へと進んだ。

「……ただし、陳述した以上は、それが被告人に有利な内容であれ、不利な内容であれ、証拠として採用されることがあります。その点、注意するように。いいですね」

六十を越していると思われる大杉《おおすぎ》といういかつい顔をした裁判長が最後に念を押すと、

「わかりました」

と、証言台の佐紀子が答えた。

ここまでは何の問題もない。

今日、犬飼が……いや、犬飼だけでなくたぶん傍聴席にいる誰もがもっとも聞きたいと思っているのは、次の罪状認否だった。

罪状認否とは、起訴状に記された公訴事実——この場合は〈佐紀子が殺意をもって隈本を包丁で刺し、死亡させた〉という検事の主張——に対し、被告人が意見を陳述することである。

これまで相沢佐紀子は、隈本を刺した事実を認めた以外は黙秘を貫いてきた。だから、公判の場で彼女がどういう態度を示すか、注目されていたのだ。

「では、被告人は、検察官がいま朗読した起訴状に書かれている事実に対してどう思いますか? 意見があったら述べなさい」

裁判長が言った。

「隈本さんを包丁で刺した事実は認めます。ですが、その他のことについては何も申し上げたくありません」

と、佐紀子が答えた。取り調べ段階で述べてきたのと同じである。つまり、殺意があったと認めもしなければ、なかったと否定もしなかった。

「弁護人の意見は？」

大杉裁判長が迫田に尋ねた。

ひょろりとした迫田がどこか怒っているような顔をして立ち上がり、

「被告人と同じです」

と、ぶっきらぼうに答えた。

内心、彼は大いに戸惑い、困っているにちがいない。これでは、殺人に関して無罪を主張して闘うことも、殺人を認めたうえで少しでも刑を軽くするために被告人の情状を訴えることもできない。

相沢佐紀子が起訴された後、迫田は佐紀子を説得しつづけてきたものと思われる。もし殺人を認める気がないのなら、罪状認否で「殺意はなかった」とはっきり主張するように、と。だが、佐紀子はそれを聞き入れなかったらしい。

裁判は検事の冒頭陳述に進んだ。

検事は森島という中肉中背の男だった。もちろん釧館地検の検事であろう。歳は四十前後だろうか。特別目つきが鋭いわけでもなく、高校教師あるいは大学助教授といった印象だ。

検事は、起訴状に記した公訴事実について冒頭陳述で詳しく述べ、立証方針を説明する。たいがいはいくつかの項目に分けて。

犬飼は、罪状認否とともに冒頭陳述にも注目していた。いまだに示されていない相沢佐紀子の犯行動機――。それを検事は公判初日の冒頭陳述で明確にするのだろうか、と。

森島検事は、〈犯行に至る経緯〉と〈犯行状況等〉の項でそれについて言及した。明確とは言いがたかったが、要約すると、次のように。

《被告人・相沢佐紀子は被害者・隈本洋二郎と不倫関係にあった。が、被害者に騙されたと思った被告人は、場合によっては被害者を殺そうと考え、事件の四日前、札幌市内のデパートで包丁を購入。事件当日、被告人はそれをバッグにひそませ、被害者の泊まっているホテルの部屋を訪ねた。そして被害者に謝罪を要求したが、被害者はそれを拒否しただけでなく、被告人に対してすでに何の未練もないことを侮辱的なかたちで示した。そのため、被告人の中で被害者に対する怒りと憎しみが募り、それが殺意にまで高まった。殺してやると思い、バッグから包丁を取り出し、両手で柄を握って胸の前に構え、被害者めがけて突進した》

これは、テレビや週刊誌等でさんざん言われていた「不倫関係のもつれからの殺人」を多少具体的に説明して見せただけだった。大部分は想像で――。〝騙されたと思った〟とか、〝何の未練もないことを侮辱的なかたちで示した〟とか、と述べるからには、検察と警察は何かつかんだのだろうが、いまや事実は被告人しか知らないのだし、当の被告人が口を開かないのだから、想像であることに変わりはない。

森島検事は、自分の描いた殺人の構図をこれからどうやって証明するつもりなのだろうか。

そう思うと、犬飼は、今後の裁判の展開に大いに興味を引かれた。

昨年十二月に判決の言い渡しがあった和歌山毒物カレー事件の一審では、検察の主張した犯行動機が採用されなかったにもかかわらず、有罪（死刑）の判決が下された。動機はわからない、としたまま。

それを知って、釧館地検は力を得たのだろうか。たとえ動機を解明できなくても有罪判決を勝ち取れるのだ、と。そんなふうには想像したくないが、もしそうした甘い考えが少しでもあれば、いずれ大きなツケが回ってくるだろう。

冒頭陳述が終わると、検事による証拠調べの請求が行なわれ、弁護人が証拠書類の標《ひょう》目《もく》を見ながら、同意・不同意の意見表明をした。同意された書証《しょしょう》については検事が要旨を告知し、次いで証人尋問へと進んだ。

証人は、釧館中央警察署の小坂井始《はじめ》部長刑事である。傍聴席にいた小坂井が、森島検事に促されて証言台へ移動した。

今日尋問が予定されている証人は検察側が申請した小坂井一人だけのようだ。

人定尋問、宣誓、証言拒絶権の告知、偽証の警告と型どおりの手続きが済み、森島の尋問が始まった。

しかし、小坂井の証言は、事件の通報を受けて釧館ユニバーサルホテルの現場へ急行したときの模様やその後の捜査について述べたもので、すでに報じられている内容をほとんど出なかった。

最後に次回公判の日時が決められ、閉廷になったのは四時十分前。

犬飼と美鈴が市電で釧館駅へ行くと、札幌行きの列車が不通になっていた。構内放送によると、雪のために架線が切れ、復旧の目処《めど》が立っていないという。

犬飼たちは思い切って釧館に泊まることにし、奮発して、タクシーで湯ノ山温泉へ行った。腹を減らして急いでいた美鈴のマウンテンバイクにぶつけられたのがきっかけで知り合い、一緒に住むようになって二年半……初めての贅沢《ぜいたく》である。

温泉に浸かった後、ビールを飲んでいると、列車の運転が再開されたとテレビが報じた。

駅で待っていたほうがよかったか……という後悔がちょっぴり犬飼の胸に萌した。

たぶんそれが表情に出たのだろう、いつもより多くコップに八分目近くビールを飲んで茹《ゆ》で蛸《だこ》のようになった美鈴が、

「でも、いいじゃない。裁判の傍聴ができて、温泉に入って美味《おい》しいお酒が飲めたんだから」

と、言った。

二人は翌朝七時二十分に釧館を出る「北星1号」で札幌へ帰り、美鈴はすぐにスポーツジムへ出勤し、犬飼は夜までかかって海原遥香に送る報告書を書いた。

3

二月十八日（火曜日）――。

森島は朝八時半に官舎を出ると、凍った雪道を市電の停留所まで五分ほど歩いた。四日ぶりに雪がやみ、青空が覗いていた。その分、明け方は冷え込んだようだが、釧館地検へ来て二度目の冬なのでだいぶ慣れた。釧館ほどではないにしても、森島の生まれ育った長野県の塩尻《しおじり》市も、雪は少ないが冷え込みの厳しい地だったし。

新沼町の検察庁庁舎に着いたのは八時五十五分。倉橋事務官の淹れてくれたコーヒーを飲みながら、前日そろえておいた隈本事件の関係書類にざっと目を通す。今日はこれから

同事件の第二回公判が開かれるのである。昨夜は別の事件の論告・求刑の準備があり、時間が取れなかったのだ。

隈本事件は、現在森島が担当している事件の中で〝もっとも重い〟事件である。難しさ、世間の注目の高さ、森島個人の思い入れの深さ……と様々な意味で。とはいっても、二十件近い別の事件も同時に担当しているため、この事件にばかり時間を割くわけにはいかない。

「九時三十分を過ぎました」

と倉橋に言われ、森島は書類を風呂敷に包んだ。それを抱えて部屋を出、庁舎の東側通用口から隣りの裁判所へ向かった。

釧館地方家庭裁判所は、地下一階地上五階建てである。法廷はすべて二階にあり、隈本事件の第二回公判が開かれる第一号法廷は、一号から七号まである法廷の中で一番大きな法廷だった。

横の通用口を入って階段を上って行くと、一号法廷と二号法廷の間のロビーには報道関係者らしい男女が七、八人、煙草を吸ったり携帯電話で話したりしていた。彼らの何人かは森島に気づいて立ち上がってきたが、森島は何も言うことはないと手を振り、彼らから離れたところに立っていた女性に近づいた。

ニットの黒のスーツを着て、赤いオーバーを腕に掛けた四十代半ばの女性——今日の最初の証人、慶明大学人間科学部の隈本研究室で教授秘書をしていた南裕子だ。

　東京地裁のように証人待合室が設けられている裁判所もあるが、ほとんどの地裁や地裁支部にはない。そのため、出廷した証人はこのようにロビーや廊下、傍聴席で待たされる。

　南裕子には、六年半の間を置いて佐紀子が少なくとも二回隈本研究室に電話してきた、という事実の他に、もう一点、小坂井たちが彼女に再度当たって聞き出した事実について証言してもらうことになっていた。

　南裕子が森島を認め、黙礼した。

「遠いところ、ご苦労さまです。寒かったでしょう?」

　森島は微笑みかけた。

が、南裕子は硬い表情をして、ええとうなずいただけ。緊張しきっている様子だ。

「中へ入って、証人カードを書いていただけますか?」

「いま、書いて参りました」

　刑事事件の証人・鑑定人・通訳は、旅費、宿泊費、日当を請求できる。それもあって、カードに署名・捺印《なついん》し、廷吏に提出する。

「そうですか。では、もうしばらくしたら裁判が始まり、廷吏が呼びに来ますから、それまでお待ちください」

　森島は言い、検察官・弁護人入口から法廷へ入った。

開廷時刻の十時にはまだ十分以上あったが、すでに迫田弁護士が来て廷吏と立ち話をしていたし、六十四ある傍聴席も七割方が埋まっていた。

森島は、中央の証言台を挟んで弁護人席と向かい合った奥の検察官席へ行きながら、傍聴席に視線を走らせた。

彼が請求したもう一人の証人、宮沢利明《みやざわとしあき》はまだ来ていないようだ。それに……先月十日に開かれた初公判のときもそうだったが、相沢悦朗と石峰弥生の姿もない。

たとえ相沢悦朗か弥生が傍聴に来ていたからといって、森島の態度と行動にいささかの変更もないが、彼は何となくほっとした。

初公判のときは吹雪という悪天候にもかかわらず、傍聴席は満席になった。今日も開廷までには満席か満席に近い状態になるにちがいない。事件がそれだけ人々の注目を集めている証拠だった。被害者が有名な精神科医、被告人がエリート裁判官の妻というだけでなく、被告人が黙秘を貫いているために。また世間が関心を寄せているのは、裁判官と検事が何らかの裏取り引きをするかもしれないという疑念も持っているからだろう。

裏取り引きなどしようがないし、たとえできたとしても、森島にはそんなつもりは毛頭ない。それでいて、彼の気持ちは複雑だったし、相変わらず分裂していた。佐紀子を殺人の罪で起訴したからには、検事としては何としても殺意があったことを立証し、有罪判決を勝ち取らなければならない。が、検事の職務を離れた森島個人としては、佐紀子に殺意がなかったことを望んでいた。無条件に佐紀子を救いたいというのではない。佐紀子が殺人の罪を犯しているのに、彼女を逃れさせてやりたいというのではない。事実がそうだったこと、つまり隈本を包丁で刺すという彼女の行為の裏に殺意が存在しなかったこと、を願っているのである。

しかし、いまや、それはないだろうと森島は思っていた。

昨年の十月に起訴した段階では、佐紀子の殺意が立証できるかどうか、多少怪しかった。彼女の犯行動機がはっきりしなかったために。それでも、森島は殺人罪での起訴に踏み切った。検事は一人一人が独立して検察権の行使を決定する権限を持っている。独任制官庁と呼ばれる所以《ゆえん》である。しかし、一方に検察官同一体の原則がある。だから、相沢佐紀子を殺人の罪で起訴したのは、法律上は森島だが、森島一人で決めたわけではない。検事正と次席検事の意を受けて決定した。いや、全国的に注目を浴びた本事件の場合、一地方検察庁が判断できる範囲を超えていた。だから、検事正は札幌高等検察庁に、さらには最高検察庁にお伺いを立てた。その結果が、〝検察官と裁判官との癒着〟という批判を避けるためには殺人罪での起訴を措いてない、という結論だったのである。それだけに、勝訴は至上命令であり、森島の受けたプレッシャーは大きかった。

その状況が、いまや変わった。検察側から見れば好転した。佐紀子と隈本の間に不倫関係の存在した事実が動かしがたくなり、さらには佐紀子の殺人動機がほぼ明らかになったのである。

森島が検事席に着いて間もなく、彼の背後のドアが開き、二人の女性刑務官に伴われた佐紀子が入ってきた。手錠、腰縄を付けられて。どこの裁判所でも、被告人や収監中の証人はロビーを通らずに法廷に出入りできるようになっているのだ。

佐紀子は、検事席のテーブルの横を通り、証言台の後ろを弁護人席のほうへ進む。この前は黒のコールテンズボンに焦げ茶色のセーターだけだったが、今日はセーターの上に深緑色のジャンパーを羽織《はお》っている。顔は白く、かさかさに乾き、潤いがまったく感じられない。灰色の筋が目立つパーマの伸びてしまった髪はゴムで後ろに束ねられていた。

彼女は弁護人席の前にある被告人席まで行き、そこで腰縄だけ外され、刑務官に挟まれて腰を下ろした。ジャンパーが大きいのか、また一段と痩《や》せたように見える。第一回公判のとき、森島は約二ヵ月半ぶりに佐紀子と対面し、頬が痩《こ》けて二重瞼《ふたえまぶた》の目が大きく落ちくぼんでいるのに驚いたのだが……。

佐紀子は顔を心持ち俯け、明らかに森島と目を合わせないようにしていた。傍聴席のほうも見ようとしない。夫や娘が来ていないことはわかっているのだろう。

この女性が、夫の相沢悦朗を裏切って、不倫をしていた――。

森島にはいまでも信じられない思いだが、いまや信じないわけにいかない。

人を見る自分の目は節穴だったのだろうか。それとも、自分が相沢家を訪れ、佐紀子と巡り会った後で、相沢夫妻の間に彼女を不倫に走らせるような何かがあったのだろうか。

いずれにせよ、森島の務めははっきりしている。それは、佐紀子の人間性を追及することでも、彼女が不倫に走った理由を解明することでもない。この裁判を通して、佐紀子と隈本が不倫関係にあった事実を明らかにし、彼女には隈本を殺害する動機があったことを示す、それだけである。

前回、初公判の罪状認否では、佐紀子が殺意を否認するのではないか、と森島は思っていた。だが、彼女は、捜査段階からの態度を変えず、殺意があったともなかったとも言わなかった。そのため、森島は、彼女の供述の矛盾を衝くといった方法は採れないが、相手が反論しようとしまいとこちらの主張を裏付ける証拠を重ねていく、という点では同じだった。

開廷時刻の五分前になったとき、宮沢利明がコートを着たまま少し慌てた様子で傍聴人入口から入ってきた。年齢は四十一歳。テレビ太陽《たいよう》のプロデューサーである。

森島は、傍聴席を仕切っている柵の開閉口まで立って行き、宮沢を弁護人席の後ろに入れた。壁際に置かれた長テーブルに用意された証人カードに署名・捺印させ、名前を呼ばれるまでロビーで待つようにと言った。

宮沢が廊下へ出て行き、森島が自分の席へ戻るのに前後して、書記官と速記係が入廷した。さっきロビーにいた一群も入ってきて、傍聴席の最前列に設けられた記者席におさまった。しかし、前回同様、隈本の妻の姿はない。森島が事情を聴いたとき、隈本の女性関係のために夫婦仲は冷え切っていたと言っていたから、自分を裏切って別の女と密会していた夫が殺された事件の裁判など傍聴したくないのかもしれない。

十時ジャスト。法廷が一瞬しんとしたとき、正面雛壇の左側から三人の裁判官が姿を現わし、廷吏の「起立」という声が響いた。

三人の裁判官は、森島や傍聴人たちがそれぞれのペースでざわざわと腰を上げている間に椅子に掛けた。裁判長は大杉庸介《ようすけ》、右陪席は宮本明子《みやもとあきこ》、左陪席は太田黒敦《おおたぐろあつし》である。森島が聞いているところによると、大杉庸介は来年の三月で定年らしいから、六十四歳か。宮本明子と太田黒敦の正確な年齢は知らないが、色が浅黒くてでっぷりした宮本明子は四十歳前後、彼女と対照的に色白で、いかにも育ちのよさそうな秀才面をした太田黒敦は任官して四、五年目らしいから、三十前だろう。

「今日、尋問が予定されている二人の証人は来ていますか?」

全員が腰を下ろして、法廷内が静まるのを待ち、大杉裁判長が廷吏に聞いた。声は優しいが、太い眉《まゆ》にぎょろりとした目、厚い唇、獅子《しし》のような鼻と、いかつい顔をしていた。

廷吏が「はい」と応えた。

「検察官、どちらを先に尋問しますか?」

ぎょろりとした目が森島に向けられた。

「南裕子からお願いします」

と、森島は応えた。

「では、呼んでください」

裁判長の命を受けて、廷吏が廊下へ出て行き、南裕子を連れてきた。

南裕子の顔は青ざめ、さっき以上に緊張しているようだった。

彼女はオーバーとショルダーバッグを壁際のテーブルに置き、裁判長の正面に設けられた証言台に立った。

佐紀子は一度ちらっと目を上げて南裕子を見たようだったが、いまはまた視線を彼女の足下のあたりに向けていた。

大杉裁判長が、証人が南裕子であることを確認する人定尋問を行なった。次いで証人の宣誓、裁判長による偽証の警告、証言拒絶権の告知、と型どおりに進んだ。

偽証の警告とは、偽証した場合は処罰されるから注意するようにと釘を刺しておくことであり、証言拒絶権の告知とは、証人本人か近親者が刑事訴追を受けるおそれがある場合などには理由を示して証言を拒むことができる、と知らせることである。

一連の手続きが済むと、大杉裁判長は南裕子を椅子に掛けさせ、

「それでは検察官、尋問を始めてください」

と、森島を促した。

今日の証人は森島が申請した証人なので彼から先に尋問（主尋問）し、弁護人・被告人による尋問（反対尋問）は後なのだ。反対尋問の後で森島に新たに尋問したい点が出てくれば、それは再主尋問となる。

森島は大杉に黙礼して立ち上がった。

南裕子は上体をわずかにひねって顔を彼のほうへ向けたが、佐紀子は相変わらず俯いたまま。

森島の胸を佐紀子に対する個人的な感情がかすめたが、もうそれにとらわれることはない。自分は検事としての職分を全うするだけだと思い、

「証人の仕事について教えてください」

と、南裕子に聞いた。硬くなっている彼女の気持ちをほぐすため、できるだけ穏やかな視線を向けて。

「慶明大学人間科学部の職員です」

と、南裕子が答えた。

「本事件の被害者、隈本洋二郎氏とはどのような関係ですか？」

「去年の秋、隈本先生が亡くなられるまで、先生の秘書をしておりました」

「隈本氏の秘書になったのはいつからでしょう？」

「隈本先生がアメリカから帰国し、慶明大学の教授になられた平成二年……一九九〇年の

四月からです」

「隈本氏の秘書になる前から慶明大学の職員だったのですか？」

「いいえ、違います。先生の秘書になるのと同時に慶明大学人間科学部に職員として採用されました」

「隈本氏の秘書になる前は何をしていたのですか？」

「主婦だったのですが、その半年ほど前に離婚して仕事を探しておりました」

「隈本氏の秘書になった事情について説明していただけますか」

「セクレタリースクールを卒業して結婚するまでの五年余り、ある民間研究所の所長秘書をしていた経験があったため、知人が隈本先生に紹介してくださったのです。それで先生の面接を受け、秘書に採用されました」

「教授室と秘書室は別ですか？」

「いいえ、教授室の中に私の席もありました。先生の机は一番奥の窓際で、私の机はドアを入ったすぐ左手でした」

「お二人の席の間の距離はどれぐらいでしょう？」

「間にソファとテーブルがありますから、五、六メートルほどです」

「そうすると、あなたは、一九九〇年の春から去年二〇〇二年の秋まで十二年半、文字通り、隈本氏のすぐ近くで仕事をしてこられたわけですね」

「はい」

「それだけ長く隈本氏のそばで、しかも秘書の仕事をしていると、当然、隈本氏の私生活をかいま見ることになったのではありませんか？」

「いいえ。私は、お仕事に関係のないことは見ないようにしておりました」

南裕子が森島に視線を向け、語気を強めた。だいぶ緊張が解けてきたようだった。

「もちろん、証人が意図的に見たと言っているわけではありません。見ようとしなくても目に映ったり、聞こうとしなくても耳に入ったりしたのではないか、ということです。いかがでしょう？」

森島は言い換えた。

「そういうことでしたら、少しは……」

「自然に目や耳に入ってきた、ということですね？」

南裕子が小さな声ではいと肯定した。

ここまではいわば前置きである。隈本に関する南裕子の証言が信用のおけるものであることを判事たちに印象づけたのだ。

森島は三人の判事たちに順に目をやってから、それを南裕子に戻し、

「それでは具体的なことをお尋ねします」

と、質問を継いだ。「隈本氏は事件の五年前、一九九七年の夏頃から自宅に帰らないで

ホテルに泊まる日が多くなったのではありませんか？」

「はい」

「それはどうしてでしょうか？」

「テレビの収録や雑誌の座談会といったお仕事で非常に忙しくなり、夜遅くなることが多くなったからだと思います」

「そうした本業以外の仕事が忙しくなったのはもっと前……一九九五年の一月と三月に起きた阪神・淡路大震災と地下鉄サリン事件の後、間もなくからではないのですか？」

「そうですが、九七年頃から前にも増して忙しくなられたのです」

「隈本氏の自宅は目黒だったのですから、夜遅くなってもタクシーで帰ればすぐだと思いますが……。その点、隈本氏は何か言っていましたか？」

「午前一時、二時に帰ったのでは家族に迷惑をかけるし、明け方まで論文を書いたり本を読んだりすることが多いのでホテルのほうが気兼ねがないのだ、とおっしゃっていました」

「あなたは、それを言葉どおりに受け取りましたか？」

　南裕子が、どう答えたらいいのか困ったような顔をして口を噤んだ。

「結構です。質問を変えます」

　と、森島は退《ひ》いた。隈本が女との交際のためにホテルに泊まるようになった――と暗示できれば、よかったからだ。

「隈本氏が自宅へ帰らない日、ホテルの予約は誰がしたのですか?」

「ほとんどの場合、私がしたのではないかと思います」

南裕子がほっとしたように答えた。

「泊まるホテルは決まっていたのですか?」

「決まっておりました」

「どこの何というホテルですか?」

「紀尾井《きおい》町のグランドトーヨー・ホテルか、赤坂のホテル・ニューロイヤルです」

「どちらも一流ホテルですね?」

「はい」

「あなたが隈本氏のために予約していた部屋のタイプは?」

「希望どおりにいかず、ツインのお部屋にしたこともありましたが、たいていはダブルでした」

「ところで――」

と、森島はわずかに声を高め、

「証人は、本事件が報道される前から被告人、相沢佐紀子をご存じでしたか?」

いよいよ本題に入った。

突然、自分の名が検事の口から出たからか、佐紀子の肩のあたりがぴくっと震えた。

しかし、目を上げて森島を見ることはなかった。

「ご本人は存じ上げませんが、相沢さんという苗字《みょうじ》だけでしたら」

と、南裕子が答えた。

「どうして知ったのですか？」

「隈本研究室に電話してこられたとき、私が先生にお取り次ぎしたことがあったからです」

「つまり、電話は隈本氏宛で、相手の女性は相沢と名乗った？」

「はい」

「それは一度だけですか？」

「いいえ、二度ございました」

「一度目はいつですか？」

「平成八年……一九九六年の一月十二日です」

「一九九六年の一月というと、いまから七年前……事件からでも六年半以上前ですが、間違いありませんか？」

「調べたので間違いございません。その日は、志賀高原のスキー教室へ行っていた中学生の長男が脚を折った日なんです」

「隈本氏に取り次いだだけの電話を、よくご長男の骨折された日にかかってきたと覚えておられましたね？」

「相沢さんのお電話の後、三十分もしないうちに長男の学校から知らせが届いたため、二つの電話が私の頭の中で結びついていたのです」

「相沢と名乗る女性の電話は、それほどあなたの印象に残るものだったのですか?」

南裕子が考えるように首をかしげた。

「その女性は、電話に出たあなたに何と言ったんでしょう?」

森島は聞き方を変えた。

「正確には覚えておりませんが、確か隈本先生の昔のお知り合いだと言われ、相沢という姓と旧姓……旧姓のほうは忘れましたが、両方を名乗られたのではなかったか、と思います」

「特に印象的な電話というようにも思えませんが、いかがですか?」

「いいえ」

と、今度は南裕子がはっきりと答えた。「昔のお知り合いだという女性の方が旧姓まで名乗って先生にお電話してきたのは初めてでしたし、ちょっとお話ししただけですが、とても感じの好い方でしたから」

「それで、あなたの印象に残った?」

「はい」

「その女性と隈本氏がどういう知り合いだったのかはご存じですか?」

「存じません」

「昔というからには、隈本氏がアメリカへ留学した一九七四年……昭和四十九年より前の知り合いではないかと思われますが、隈本氏はあなたに何も話さなかったのですか？」

「電話が終わった後で、先生も、『昔の知り合いだよ』あるいは『昔の知り合いでね』そんなふうに言われたような気がしますが、それ以上は話されませんでした」

「電話での隈本氏の話しぶりや言葉から、想像がつきませんでしたか？」

「先生が電話で個人的なお話をされるとき、私はできるだけ席を外すようにしていましたから、聞いておりません」

　佐紀子と隈本の過去の関わりについては警察がさんざん調べた。大学時代、東京で知り合っていた可能性が高い、という想定のもとに。しかし、佐紀子と隈本それぞれの友人、知人たちに当たっても、二人の間に関わりがあったと証言する者はいなかったのだった。

「女性が隈本氏にかけてきた電話の用件はわかりますか？」

「お友達の娘さんの病気のことで相談してきたようでした」

「それはどうして知ったんでしょう？」

「先生がそう言われたからです。電話の後で昔の知り合いだと言われたときです」

　隈本には南裕子に嘘をつく理由はなかったはずである。とすれば、そのとき佐紀子が隈本に嘘をついたことは明らかだった。なぜなら、その頃、心の病をかかえていたのは友達の娘などではなく、佐紀子の一人娘・石峰弥生だったのだから。

森島は、その事実を次回・第三回公判の証人尋問で明らかにするつもりだった。できることなら弥生の個人的な事情を表に出したくないが、事件と密接に関わっていると思われるため、やむを得ない。

「ところで、証人は、女性が名乗った相沢という姓を、七年前の電話のときからずっと覚えていたのですか？」

森島は尋問を進めた。

「いいえ。去年の七月、もう一度電話があったときに思い出しました」

南裕子が答えた。

「それが二度目の電話というわけですね」

「はい」

「電話があったのは七月何日でしょう？」

「七月に入って十日ぐらい経ってからだったように思いますが、正確な日にちは覚えておりません」

「そのとき、相手は何と言ったのですか？」

「隈本先生の昔の知り合いの相沢と申しますが……と、初めての電話のように言われました。私を六年前に応対した人間だとは気づかなかったのだと思います。ですが、私のほうは、ああ、あのときの……とすぐに思い出しました。お名前からというより、声や話し方から」

「用件はわかりますか？」

「わかりません」

「そのときは、隈本氏があなたに話さなかったのですか？」

「はい」

「六年前には話したのに、どうしてでしょう？」

「ちょうど教授会に行かれる直前で、慌ただしかったのです」

「あなたはまた席を外された？」

「いいえ、先生の持って行かれる書類などをそろえ、準備を手伝っていましたから、外しておりません」

「では、聞こうとしなくても、隈本氏の話が少しは耳に入ったと思いますが、覚えている言葉があったら教えてください」

「先生は机の前に立ったまま、あまり言葉を挟まずに一、二分、相手の話を聞かれ、それなら一度会いましょう、時間を作りますから東京へ出てきてください、そんなふうに言われました。私の覚えているのはそれだけです」

「一度会おう、時間を作るから東京へ出てきてくれ……ですか。ということは、被告人はそれほど時を置かずにまた隈本氏に電話してきた可能性が高いと思いますが、いかがですか?」

「そうかもしれませんが、私は受けていないのでわかりません」

「当然、隈本氏が直接電話に出ることもあったわけですね?」

「はい。私が席を外しているときはそうされていました」

去年の七月なら、相沢判事が札幌高裁へ転勤する前なので佐紀子はまだ山梨県の甲府市に住んでいた。甲府・新宿間は特急列車で一時間半〜一時間四十分。夫の悦朗が裁判所へ出勤している間に往復するのは容易だっただろう。

「被告人と隈本氏が東京で会ったかどうか、ご存じですか?」

知らない、と南裕子は答えた。

が、二人は会っている可能性が高いだろう、と森島は思う。なぜなら、南裕子が取り次いだ七月十日前後の電話から九月九日、佐紀子が札幌から上京してホテル・ニューロイヤルで隈本と会うまで約二ヵ月、二人の間に何の接触もなく、いきなり〝夜の密会〟、というのは不自然だからだ。

「電話に話を戻します。被告人から隈本研究室に電話がかかってきて、証人がそれを隈本氏に取り次いだのは二回だけだった、そういうことでしたね?」

森島は今日の尋問で一番重要な点へと話を進めた。

「はい」

と、南裕子が答えた。

「しかし、証人は、他にも被告人からかかってきた電話に出たことがあったのではありませんか?」

佐紀子の肩がぴくりと震えた。

裁判長が不審げな、それでいてどこか興味深げな目を森島に向けた。

森島の聞いたことは、南裕子の諒解している件だった。が、彼女の目の中で戸惑っているような翳が揺れた。

森島は彼女の返答を待たずに、

「それは、研究室にかかってきた電話ではなく、隈本氏にも取り次がなかった電話です。いかがでしょう?」

と、聞き方を変えた。

南裕子が、はいと小さな声で認めた。

「出たことがあるわけですね?」

「はい」

南裕子が今度は普通の声で答えた。

「どういう電話ですか?」

「先生の携帯電話にかかってきた電話です」

「隈本氏の携帯電話にかかってきた電話にあなたが出た、というのはどういうわけでしょう？　そのときの状況を説明していただけますか」

「先生が席におられなかったとき、机の上に置いてあった携帯電話が鳴り出したのです。先生はといっても、他人《ひと》の携帯電話に出たら悪いので、私はそのままにしておきました。先生はすぐに戻ってこられるだろうと思っておりましたし。ところが、一度切れた電話がまた鳴り出しても、先生は戻られません。それで私は、もしかしたら緊急の用事かもしれない、もしそうなら先生を探してお知らせしなければ……と思い、電話に出たのです」

「なるほど。証人が心ならずも隈本氏の携帯電話に出た事情はよくわかりました」

森島は殊更《ことさら》に大きくうなずいて見せた。南裕子の心の負担を軽くしてやるために。

南裕子は、隈本の携帯電話に出て他人の秘密を覗いてしまったことにこだわりと罪悪感を覚えていたらしく、森島や小坂井が最初に事情を聞いたときにはこの件を話さなかったのだった。

「それでは、電話に出たときの様子を話してくれませんか」

「私が通話ボタンを押して、もしもし……と言うより前に、相手の方は怒ったように『相沢ですけど、騙したんですね！』と言われました」

「相手が相沢と名乗ったのは確かですか？」

「はい」

「隈本氏の携帯電話なので、当然、相手は隈本氏が出たと思ったわけですね？」

「そうだと思います」

「で、あなたはどうしましたか？」

「びっくりして、『あ、あの、私……』と言いかけると、相沢さんと思われる女の方は一瞬息を呑まれたようでしたが、すみませんと言うなり電話を切ってしまいました」

「この電話の件を、あなたは隈本氏に話しましたか？」

「いいえ。なんだか悪いことをしたようで、お話しできませんでした」

「その電話があったのはいつですか？」

「九月下旬の水曜日でしたから、二十五日ではないかと思います」

「何年の九月二十五日ですか？」

「すみません、去年……二〇〇二年です」

「去年の九月二十五日というと、本事件が起きる十日前ですね」

「はい」

「被告人は、七月のときは研究室に電話してきたのに、そのときは隈本氏の携帯電話にかけてきた――。このことを、証人はどう思いましたか？」

「七月の電話の後で先生とお会いして、先生から携帯電話の番号をお聞きしたのだろう、

か?」

と、森島は言った。

「尋問を終わります。寒いところ、遠くからご苦労さまでした」

「間違いございません。強い言葉でしたし、ずっと気になっていましたから」

「最後にもう一度確認します。証人が隈本氏の携帯電話に出たとき相手が言った『相沢ですけど、騙したんですね!』という言葉ですが、これはこのとおりに間違いありませんか?」

と思いました」

4

大杉裁判長に促され、迫田弁護士が反対尋問に立った。

迫田は、隈本の携帯電話にかかってきた電話が被告人からのものだったとは言い切れないのではないか、もしそう断定するなら証拠は何か、と質した。

それに対し、南裕子は、証拠はないが、相手は相沢と名乗ったし、七月の電話の声がまだ記憶に残っていたので被告人からの電話に間違いないと思う、と答えた。

別の人間が相沢と名乗るのは容易だし、声と言っても、普通に話すときと怒ったときとでは違うのではないか、と迫田が追及した。それなのに、非常に短い怒った言葉を聞いただけで同一人だと思うのは証人の先入観のせいではないか――。

先入観なんてありません、と南裕子が反撥した。それに、相手は先生の携帯電話に別の人が出るとは思っていないのに、偽名なんかつかうはずがないと思います。

迫田の追及もそこまでだった。

「尋問を終わります」

と、長い首を裁判長に向けて下げ、腰を下ろした。

冴《さ》えない顔だ。殺意を否定も肯定もしない被告人の態度によって、迫田が闘う意欲をそがれているのは間違いなかった。いまも、南裕子をさらに問い詰めて彼女の証言の価値を多少減殺《げんさい》できたとしても、裁判の成り行きを左右できるわけではない、そう考えたのかもしれない。

「では、被告人、証人に尋問したいことがあったらしてください」

「ございません」

と、佐紀子が答えた。

その後、右陪席の宮本判事が一点だけ確認の質問をし、南裕子に対する証人尋問は終わった。

南裕子がバッグとオーバーを持って廊下へ出て行くより前に宮沢利明が廷吏に呼ばれて入ってきた。

どことなく生意気そうな顔をした小柄な男だった。南裕子と違って隈本との関わりが薄いからか、緊張している様子はない。

彼の場合も、南裕子と同様の冒頭手続きが済むと、森島から尋問が始まった。

森島は、プロデューサーの仕事についてひとわたり質問してから、

「隈本洋二郎氏とはいつ、どうして知り合われたんですか?」

と、聞いた。

「もう七、八年前になるでしょうか、うちのワイドショーに出演していただけないかとお願いに伺ったのが最初です」

と、宮沢利明が答えた。

「訪ねたのは自宅ですか、それとも大学の研究室ですか?」

「目黒のご自宅です」

「その後、隈本氏と一緒に仕事をされたことはありますか?」

「何度もあります」

「何度もというのはどれぐらいでしょう?」

「調べてみないと正確にはわかりませんが、十回は下らないと思います」

「なぜそれほど多く隈本氏と一緒に仕事をされたのですか?」

「ご存じのように、九五年の地下鉄サリン事件と悪蛇羅聖人事件以後、九七年の酒鬼薔薇《さかきばら》

聖斗《せいと》事件、二〇〇〇年の少年バスジャック事件等々、それ以前には想像もできなかったような凶悪犯罪、少年犯罪が続発し、精神科医や心理学者の方の意見を伺う必要が増えていたわけです。その場合、犯罪先進国アメリカで精神科医として、また臨床心理学者、犯罪心理学者として実践を積んでこられた隈本先生は、まさに打って付けの方だったのです。しかも、先生の話は面白くてわかりやすい、と視聴者の間で好評でしたし」

「仕事を離れて、隈本氏と個人的な付き合いはありましたか？」

「仕事の後で一緒に飲みに行ったり食事に行ったりは何度かしましたが、それ以上の付き合いはございません」

宮沢利明がちょっと警戒するような目をして語尾に力を込めた。隈本が殺された事件とは何の関係もないということを言いたかったのかもしれない。

「昨年、二〇〇二年の九月九日、証人は東京赤坂にあるホテル・ニューロイヤルで隈本氏と会われませんでしたか？」

森島は本題に入った。

「お会いしました」

と、宮沢が答えた。

「何時頃、ホテルのどこで会われたんでしょう？」

「夜の九時近く、上に行くエレベーターの中です。レストラン街のある地下から昇ってきたエレベーターに私が一階で乗り込むと、先生が乗っていたんです」

「隈本氏は一人でしたか？」

「いえ、和服の女性と一緒でした」

「そのとき隈本氏と一緒にいた女性が誰かはわかりますか？」

「わかります」

「誰ですか？」

「そこにいる――」

と、宮沢が佐紀子のほうへ顔を振り向け、「被告人です」と言った。

「どうして被告人だとわかったのですか？」

「隈本先生が殺され、逮捕された容疑者の写真が新聞やテレビで報道されたからです」

宮沢は、隈本と一緒にいたのが相沢佐紀子だとわかっても警察に通報せず、自社のテレビのワイドショーで特ダネとして流した。そして、そのことを小坂井たちに咎められても、――犯人が逮捕されたのなら、一ヵ月近くも前に私が見た事実など知らせるまでもないと思ったからです。

と、うそぶいていたらしい。

「証人は、エレベーターの中で女性の顔をよく見たわけですね？」

「見ました。私が先生の知り合いだとわかると下を向いてしまいましたが、乗り込んだときに正面から。また、その後も先生と話しながらちらちらと……。あまり若くはないし、水商売の女性の感じでもないので、どんな人かなと何となく気になったものですから」

「そのとき、エレベーターに乗っていたのは何人ですか？」

「先生とその女性、それに私の三人です」

「証人はどういう目的でホテル・ニューロイヤルへ行ったんですか？」

「ホテルに泊まっていた松木誠三《まつきせいぞう》という脚本家と打ち合わせをするためです」

「あなたがエレベーターに乗り込んだときの隈本氏の反応は？」

「『あ、何だ、きみか！』とちょっとびっくりされたようでした」

「隈本氏は、一緒にいた被告人について証人に何か言いましたか？」

「いえ、何も言われませんでした。そうしたときは照れ笑いしたり、あれこれ言い訳したりする男が多いと思うのですが、先生は自分には関係ないと言わんばかりに澄ましていました。私の想像ですが、こういうときは黙っているにかぎる、と経験から学ばれていたのかもしれません」

「証人」

　と、大杉裁判長が宮沢に呼びかけ、「証人は聞かれたことにだけ答えるように」と注意した。

「わかりました」

と、宮沢が裁判長に頭を下げた。

「エレベーターの中で、証人は隈本氏とどういう話をしたんですか?」

森島は質問を継いだ。

「『こんな時間、どうしたの?』と聞かれたので、ホテルに泊まっている脚本家と打ち合わせに行くのだと答えました」

「証人のほうは、隈本氏がどうしてホテルにいるのか、尋ねなかったのですか?」

「じきにエレベーターが十一階に着き、『じゃ、ぼくはここだから』と女性を促して降りて行かれたので、尋ねる時間なんてありませんでした。たとえ時間があったとしても同じでしたでしょうけどね」

「時間があっても同じ、というのは?」

「夜、女性と二人でホテルのエレベーターに乗っているのに、どうして……なんて野暮なこと、聞けるわけがありません。それに、隈本先生のお盛んなことは有名でしたし、ニューロイヤルをよく利用されているのも知っていましたから」

「あなたが隈本氏と話しているとき、被告人はどんな様子でしたか?」

「下を向いて、いまにも倒れてしまうのではないかと心配になるほど真っ青な顔をしていました」

宮沢の向こうに掛けた佐紀子の顔も真っ青だった。宮沢が何を言っても、目を上げようとしない。

森島は大杉裁判長に尋問の終了を告げ、腰を下ろした。

佐紀子は、隈本と会う前日の九月八日（日曜日）、東明女子大時代のクラス会に出席すると夫に言って上京し、十日に札幌へ帰った。しかし、八日にも九日にもクラス会は開かれておらず、東京へ来ていながら文京区千駄木に住んでいる娘も訪ねていない。これらは、いずれも証拠決定済みの悦朗、弥生、佐紀子の同窓生の員面《いんめん》調書で明らかになっていた（弥生は、彼女の自宅を訪ねた小坂井らにほとんど何も話さなかったが、イエス・ノーで答えられる質問には答えたのだという）。

以上の事実から、佐紀子が何を目的に札幌から上京したのかは明らかだった。隈本と会うためだったとしか考えられない。しかも、夜の九時過ぎ、夫に嘘をついて家を出てきた女がホテルの部屋で男と密《ひそ》かに会っていた――。これによって、佐紀子が隈本と特別な関係にあった事実はほぼ証明できたと見ていいだろう。

とすれば、次は、こうした二人の関係から佐紀子の中にいかにして隈本に対する殺意が生じたかを示すこと、である。

その殺意の形成過程を暗示するのが、ホテル・ニューロイヤルの密会から二週間余り経った九月二十五日――事件の十日前――佐紀子が隈本の携帯電話に電話して、「騙したんですね！」と怒ったように言ったという南裕子の証言だった。

もちろん、これだけでは犯行時、佐紀子の中に殺意が存在したことの証拠にはならない。九月九日の密会の後、二人の間に〝佐紀子が騙されたと思うような出来事〟があったらしいことを示しているだけである。その出来事によって佐紀子の中に生まれた思いが、どのようにして殺意に結び付き、あるいは変化し、十月五日の犯行に至ったのか——を明確にしないかぎり、彼女の「殺人」を立証したことにはならない。

そうした殺意の立証へと進む前に、森島は一旦事件の六年前へ戻り、佐紀子と隈本が深い関係を結ぶに至った事情を明らかにするつもりだった。それは、二人の仲がもつれて、佐紀子の中に殺意が醸成された過程、事情とも密接に関係しているはずだからだ。

弁護人・被告人とも、宮沢利明に対する反対尋問は行なわなかった。左陪席の太田黒判事が二点ほど質したが、それもすぐに済んだ。

これで今日の証人尋問は終了である。

大杉裁判長が、次の証拠調べについて森島と迫田に尋ねた。

森島は予定していた女性二人の証人尋問を申請し、それによって被告人と被害者が不倫関係を結ぶに至った事情を明らかにできる見込みだ、と立証趣旨を説明した。

次回公判は三月二十五日午後一時半からと決まり、第二回公判は閉廷した。

病　因

1

春分の日が過ぎ、北海道にもようやく春が訪れようとしていた。道端や空地などに築かれた泥だらけの雪の山が溶け出し、冬の間は厚い化粧で隠されていた街の肌も露出し始めた。といっても、東京ではそろそろ桜が咲く頃だというのに、気温はまだ東京の真冬並み。昼はともかく、早朝や夜に外出するときは厚手のオーバーが放せなかった。

三月二十五日（火曜日）、隈本事件の第三回公判が開かれる日——。

犬飼は、オーバーの上から美鈴が編んでくれたマフラーを首に巻いて朝七時前にアパートを出、札幌発七時三十分の「北星4号」に乗った。開廷は午後一時半だったが、裁判が始まる前に小坂井刑事と迫田弁護士に会うつもりだった。

列車はほぼ定刻に釧館に着き、改札口を抜けたのは十一時二、三分過ぎ。札幌は晴天だったのに、釧館の空は曇っていた。雨か雪が降り出しそうな気配はないが、陽が射さないと気温が上がらないので寒い。

犬飼は、堀山町まで十分ほど市電に乗り、まず釧館中央警察署に小坂井を訪ねたが、彼は不在だった。昼には戻るというので、それなら……と五百メートルと離れていない迫田法律事務所へ回った。

迫田弁護士にはこれまでに二度会って話を聞くと同時に被告人と接見できるよう取りはからってほしいと頼んでいた。事件の真相、真実を見極めるためにはどうしても相沢佐紀子本人から話を聞く必要があったからだ。

相沢佐紀子は刑事や検事の取り調べに対してだけでなく、公判の場でも黙秘を通している。自分の弁護人である迫田にさえ腹の内を明かしていないらしい。それなのに、見も知らない自称フリージャーナリストに会う可能性などゼロに近い。犬飼とてわかっているが、それでも……と思って、あらためて迫田に相談に行ったのだ。

迫田は人が好いのか、呆れたような顔をして嗤《わら》っただけで、犬飼を追い返しはしなかった。ただ、返答は前と同じだった。いくら頼まれてもどうにもならない、何度来ても無駄だ、というのである。これまで佐紀子に接見できたのは弁護士の他には彼女の家族だけ。いかなる理由、目的を告げようとも、マスコミ関係者とは会おうとしない――。

犬飼が釧館中央署へ戻ると、小坂井刑事が帰っていた。色の黒い髭面は相変わらず無愛想な印象だが、心根は顔から想像されるほどには意地悪ではない。昼飯は食べたかと聞くので犬飼がまだだと答えると、近くの食堂へ誘われた。どうやら、この前の〝貸し〟のせいのようだ。

十二時を十分ほど回ったばかりなので、食堂は込んでいた。犬飼たちは、近くの会社に勤めているらしい若い女性二人と相席になった。

小坂井が、犬飼の好みを聞いて焼き魚定食を二人分注文してから、

「例の二人だが、わからんね」

と、言った。

「はっきりしませんか？」

犬飼は少しがっかりしながら応じた。

「うん」

とうなずき、小坂井が黙った。

例の二人とは相沢佐紀子と隈本洋二郎のことだが、前の席でイクラ丼と帆立フライ定食を食べている女性たちにはもちろん何の話かわかりようがない。

去年の十一月、犬飼は相沢佐紀子と隈本洋二郎、二人の過去の〝接点らしきもの〟をつかんだ。学生時代、二人は恋人同士だったのではないか、という。しかし、犬飼個人の力ではそこまでが限度だった。いくつかの方法を試みたが、結局、二人の関係を突き止める

ことは叶わなかった。そこで——できれば自分だけのネタにしておきたかったのだが——先月十八日、第二回公判の後で小坂井に会い、佐紀子には医大生の恋人がいたらしいという向井貴子から聞いた話をし、自分の推理を明かしたのである。警察が調べた結果を自分にも教えるという条件で。

小坂井はいま、その捜査の結果を犬飼に告げているのだった。

犬飼たちの焼き魚定食が運ばれてくるのに前後して、二人の女性が食べ終わり、出て行った。

だいぶ空《す》いたので、もう相席になることはないだろう。

小坂井もそう見たらしく、

「あんたが調べたように、大学時代の被告人《マルヒ》に恋人がいたのは確実なようだし、被害者《マルガイ》と恋人同士だった可能性は低くないと思う」

と、脂ののったホッケの開きを箸《はし》でつつきながら言った。「だが、証拠はつかめなかった」

「そうですか」

と、犬飼は先に一口啜《すす》った味噌汁の椀を置いて、応じた。

「その証拠が出てくれれば、三十年も経ってから二人が不倫関係を結ぶに至った経緯が、よりはっきりするんだが……」

「二人が別れたのは、婚約者のいた相沢佐紀子が、その婚約者や両親の意向を裏切れなかったからですかね」

「たぶんそうだと思うが、ちょっと気になる事実がないでもない」

「気になる事実、ですか？」

「いや、たいしたことじゃない」

「どういうことでしょう？　教えてくれませんか」

「事件には関係ないよ」

そう言われても、犬飼は気になった。

「ですが……」

「余計な情報は仕込まないほうがいい。惑わされて事件の筋を見誤るだけだ。そう思ったから、俺は上司にも検事にも話していない」

本当だろうか。嘘をついているようには見えないが、事実なら、この小坂井という刑事はかなり不遜《ふそん》だった。「気になる事実」だと言いながら、それを自分一人の判断で握りつぶしているわけだから。

「それより、早く食べて、裁判所へ行ったほうがいい。傍聴席がいっぱいになっていたら、入れないよ」

小坂井が言って、御飯を頬張った。

こちらは貴重な情報を教えたのに、と思うと犬飼は恨めしかった。小坂井の言うとおり、事件とは関係のない余計な情報かもしれないが、犬飼としてはその判断を自分でしたかった。

食事を終えると、市電通りまで百メートルばかり小坂井と一緒に戻った。これから犬飼は裁判所へ行き、小坂井は反対方向の署へ帰る。小坂井の場合、裁判を傍聴したくても新しい事件が次々と起きるため、起訴された事件にいつまでも関わっているわけにはいかないのだという。

釧館地裁までは市電で二駅。歩いても十分とかからないので、犬飼は歩くことにした。焼き魚定食の礼を言って小坂井と別れると、犬飼は小坂井が言いかけてやめた件が気になり出した。会話の流れから推し量ると、それは、相沢佐紀子が隈本と思われる恋人と別れて婚約者だった太田純男と結婚した事情に関係しているようだった。

いろいろ想像してみたが、裁判所の最寄り駅である千倉町停留所が見えてきても、納得のいく答えは出てこない。

犬飼は頭を切り換え、海原遥香に送る報告書と、『有名精神科医刺殺事件』について考えた。今日の裁判を傍聴すれば、海原遥香に送る報告のメールは書ける。裁判の進行をできるだけ忠実に再現し、そこに犬飼の目に映った被告人、検事、弁護士らの様子を書き添えればいいのだから。第一回、第二回公判の模様の報告については、海原遥香から満足だという返事があった。

だが、『有名精神科医刺殺事件』のほうはそう簡単にはいかない。

犬飼はいま、壁にぶつかっていた。その意識はなかったが、どこかでノンフィクションを甘く見ていたようだ。書出しの〈はじめに〉から〈事件の経過〉、〈接点〉、〈初公判〉、〈第二回公判〉と、自分が考えていた以上に美鈴に好評だったために。

ここまでは、それほど悪くないだろう。

だが、次章で今日の第三回公判の模様を、さらにまた次の章で第四回公判の模様を描くだけだとしたら、芸がない。平板すぎる。

——海原遥香に依頼された仕事を引き受けて報告書を書くなら、ノンフィクションも書けるのではないか。

犬飼の頭には初めそんな思いがあった。そして、ろくに構想も練らずに書き出した。

その無知と安直さのツケが回ってきたのだった。

だから、犬飼はいま、『有名精神科医刺殺事件』を書くのを休止しようか、と考えていた。休止したからといって、書くのを諦《あきら》めるわけではない。海原遥香の依頼があるかぎり、事件との関わりはつづくわけだし。ただ、このままずるずると書いていくより一旦打ち切り、一審の判決が出て一応の区切りが付いた時点であらためて事件全体を見なおし、しっかりした構成のもとに書いたほうがいいのではないか、と思ったのだ。

とはいっても、途中まで書いてきたのを中断するには勇気が要る。そのため、どうしようかと迷っていたのだった。

——休止するにせよ、書きつづけるにせよ、今日の公判を傍聴してから決めよう。

犬飼はそう結論した。というより、結論を先送りした。市電通りから逸れ、両側に北海道合同庁舎や釧館税務署、釧館地方家庭裁判所などの並んでいる通りへ入って行った。

裁判所二階にある第一号法廷——。

今回は前の二回より傍聴者がかなり少なく、開廷間際になっても空いている席が半分近くあった。前回、第二回公判の証人尋問で検察側の描く事件の筋道がはっきりしてきたし、次から次へと耳目を引く新しい事件が起きていたから、「裁判官の妻による有名精神科医の殺人」に対する世間の関心も急速に薄れているのだろう。

犬飼は傍聴席のほぼ中央に座り、被告人席に掛けた相沢佐紀子の顔をじっと観察していた。

これまでの二回の公判のときと同様、佐紀子は二人の女性刑務官に挟まれて腰を下ろしてから、ほとんど顔を上げない。日に当たらない顔は青白かったが、諦め、打ちひしがれているといった感じではない。といって、負けるものかと闘志を燃やし、毅然《きぜん》としているというのでもない。静かに成り行きに任せている……そう見るのが一番自然のようだが、実際のところはわからない。表情から彼女がいま何を考え、どう思っているのか、窺い知るのは難しかった。

やがて三人の判事たちが登場。大杉裁判長が開廷を告げると、前回、森島検事の申請した証人が呼ばれた。

初めは吉川《よしかわ》さやかという、身長が百七十センチ近くあるすらりとした女性だった。年齢は三十歳前後か。

今日、尋問が予定されている証人は女性が二人。森島検事によると、〈相沢佐紀子と隈本洋二郎が不倫関係を結ぶに至った事情を立証するための証人〉だというが、彼らとの関わりは想像がつかない。

冒頭手続きの後、裁判長が証人を証言台の椅子に掛けさせ、検事に尋問を促した。

森島検事が黙礼して立ち上がり、どういう意図からか、

「証人は結婚されていますか？」

と、いきなり聞いた。

吉川さやかが森島のほうへちょっと顔を振り向け、「はい」と答えた。

「裁判長の人定尋問に無職と答えられましたが、主婦ということですか？」

「はい、そうです」

「結婚されたのはいつでしょう？」

「二年前の秋です」

「旧姓は？」

「志田と申します」

「シダの綴りは？」

「志《こころざし》に田圃《たんぼ》の田です」

「証人は、本事件の被害者である隈本洋二郎氏をご存じですか？」

「はい」

「どのような関係でしょう？」

「先生は、私が慶明大学人間科学部臨床心理学科の学生だったときの大恩人です」

「大恩人ということは、単に教授と学生という関わりではなかった？」

「はい」

「もし差し支えなければ、その事情を話していただけませんか」

「私が郷里の岐阜から上京して慶明大学に入学したのは平成四年……一九九二年四月ですが、翌年、二年生になって間もなく、強い不安障害にかかったのです。いくつもの病院の神経科や心療内科を訪ねても一向に良くならず、大学も休学し、このままでは死ぬしかないと思い詰めるほどの。ところが、それまで何となく敬遠していた大学の相談室を訪ね、隈本先生に救っていただいたのです」

「隈本氏のカウンセリングを受けた、ということですか？」

「はい。初めに私を担当された方が先生の教授特別相談に回してくださったんです。おかげで、それまでは教室で講義を受けるだけだった先生に一対一でじっくりとお話を聞いていただき、私は自分の不安障害の原因について教えていただきました。正確には、先生は一つの可能性を示されただけですが、先生の紹介してくださった三井晴美セラピストのカウンセリングを受け、先生の言われたことが正しかったとわかったのです」

三井晴美というのは、吉川さやかの後に尋問が予定されている証人である。

それがわかっても、犬飼には今後の展開がまるで読めなかった。

「証人の不安障害の原因は何だったのですか？」

森島検事が尋ねた。

「父との関係から生じたトラウマだった——こう申し上げただけではいけませんか？」

吉川さやかが問い返した。

「結構です。で、証人の不安障害は治ったのですか？」

「はい。原因が特定できただけでもかなり良くなったのですが、三井セラピストによるカウンセリングを受けながら、私が父に手紙を書くという方法を採り、治りました」

証人にとって隈本洋二郎が恩人であるという事情はわかった、と森島が言った。

彼は質問を進めた。

「いまから七年前、一九九六年の一月、証人は慶明大学の学生でしたか？」

「はい、一年休学したので三年生でした」

「そのとき、あなたは隈本教授に何か依頼されませんでしたか？」

「されました」

「依頼の内容は？」

「ある人に近づき、その人を青葉ヒーリングルームの三井晴美セラピストに紹介してやってほしいというお話でした」

いったいどういうことか、と犬飼は緊張した。

「ある人とは誰ですか？」

森島検事が当然の質問をした。

「石峰弥生さんです」

と、吉川さやかが答えた。

法廷にかすかなざわめきが起きた。犬飼も驚いたが、みな意外だったにちがいない。弥生という名前までは表に出ていないはずだが、佐紀子の娘婿が石峰という姓の判事であることは一部のメディアで流されていた。

「証人は、石峰弥生さんと被告人の関係をご存じですか？」

森島検事が尋問を継いだ。

「知っています。被告人のお嬢さんです」

と、吉川さやかが答えた。

「それはいつ知ったのですか？」

「去年の秋、事件の後です」

「七年前の一月の時点では石峰弥生さんの家族関係は知らなかった？」

「結婚して小さなお嬢さんがいるということしか知りませんでした」

「そのとき、証人は隈本教授にどのような説明を受けたのですか？」

「石峰弥生さんは先生の知人のお嬢さんで、パニック障害を病んでいる、もしかしたらパニック発作特性PTSDかもしれない、何とかして救ってやりたいのだが、ちょっとした事情があって、自分が勧めたのでは知人はウンと言わない、だから力を貸してほしい、という説明でした」

「パニック発作特性PTSDとは？」

「症状から見るとパニック障害なのですが、原因から見るとPTSD……心的外傷後ストレス障害に近いのではないかと思われる病気です。パニック障害のお薬が効かない、パニック発作を主症状とする病気に隈本先生がそう名付けられたのです」

「石峰弥生さんを三井晴美セラピストに紹介してやってほしいと隈本教授から頼まれたのが一月の何日頃か、覚えていますか？」

「確か、成人の日が過ぎて三、四日した頃ではなかったかと思います」

相沢佐紀子が隈本研究室に最初に電話したのは同じ年、一九九六年の一月十二日である。だから……当時、成人の日は一月十五日と決まっていたので、吉川さやかの記憶が正しければ、隈本の依頼は佐紀子の電話の約一週間後、一月十八、九日頃だったということになる。

南裕子が隈本から聞いた話によると、佐紀子の電話は、隈本の「昔の知り合い」が「友人の娘の病気」の件で彼に相談してきたらしい。

相沢佐紀子が隈本にかけた電話と、志田さやかに対する隈本の依頼――。

時間的な符合から見て、これら二つの件が関係しているのはほぼ確実と思われた。

「証人に対する隈本氏の依頼について、具体的に説明していただけますか」

森島が質問を進めた。

「お話しした私の不安障害の治癒体験はその三年前のことですが、それを現在の話として石峰さんにお話しし、石峰さんも青葉ヒーリングルームへ行くように勧めてほしい、そのとき慶明大学の名を出さないように、というご依頼でした」

吉川さやかが答えた。

「その依頼を受け、証人はどうされたのですか?」

「石峰さんに怪しまれずに話を聞いてもらう必要があるので、石峰さんと同じ御茶ノ水の富士記念病院に通院しているように装いました。そして、心療内科の待合所でわざとキーホルダーを落とし、石峰さんに近づくきっかけを作りました」

「それは証人が考えたのですか？」

「いいえ、隈本先生です。私は先生に渡された石峰さんの写真を持って富士記念病院へ行き、先生に教えられたとおりにしただけです」

「石峰弥生さんを騙したわけですね？」

吉川さやかが黙った。犬飼からは彼女の横顔の一部しか見えないが、森島検事の〝騙した〟という言葉に引っ掛かったらしい。

「騙したといっても……」

と、さやかが不満げに口を開いた。「石峰さんのためになると思ってしたのです」

「確かに」

と、森島検事が証人の意を迎えるように応じた。「証人は、石峰さんのためになると思ったからこそ隈本教授の言うとおりにされた、そういうわけですね？」

「はい」

と、吉川さやかが語調を強めた。「私は、私を救ってくださった隈本先生と三井セラピストのお二人を尊敬し、信頼しておりました。ですから、病名こそ違いますが、同じ心の病気で苦しんでいる石峰さんも青葉ヒーリングルームへ行かれたらそれを克服できるにちがいない、と思ったのです。それなら、石峰さんのためになることですから」

すか?」

「証人の意図はよくわかりました。それで、証人は石峰弥生さんに首尾よく近づけたので

「近づけました」

「そして、青葉ヒーリングルームへ行くように勧められたわけですね」

「そうです」

「石峰さんはどうしましたか?」

「ご主人と一緒に行かれました。……あ、それは、最初だけですけど」

「最初だけご主人と行かれ、その後は?」

「お一人で通われました」

「その結果、石峰弥生さんのパニック障害あるいはパニック発作特性PTSDはどうなりましたか?」

「良くなられたそうです。直接石峰さんから聞いたわけではありませんが、隈本先生がそうおっしゃっていました。きみのおかげだ、ありがとう、と」

「尋問を終わります」

と、森島検事が質問を終えた。

犬飼にも森島の意図がようやく見えてきた。

佐紀子と隈本が不倫関係を結ぶに至った裏には、隈本のおかげで佐紀子の一人娘・石峰

弥生の病気が快癒したという事実が存在した——。森島はそう言いたいらしい。

しかし、そう考えても、よくわからないことがある。

一つは、隈本の隠れた行為を佐紀子がいつ、誰から聞いて知ったのかという点であり、もう一つは時間——事実の推移——に関係した疑問だ。

志田さやかが石峰弥生に青葉ヒーリングルームへ行くように勧めたのは一九九六年の一月である。それから弥生のパニック障害が治るまで仮に一年から二年かかったとして、九七年か九八年。その時点で佐紀子が隈本の行為を知り、彼に感謝して深い関係になったというのならわかるが、二人の関わりは事件の起きた昨年（二〇〇二年）の七月までなかったようなのだ。なぜなら、そのときの電話で佐紀子は、「隈本先生の昔の知り合いの相沢と申しますが……」と、六年前の一月と同じように南裕子に名乗った、という話だからだ。

いや、それとも、一九九七、八年頃、佐紀子と隈本の間に多少の交流があったのだろうか。その連絡に研究室の電話をつかわなかったので、昨年七月に電話したとき、佐紀子は南裕子に「昔の知り合いの……」と言ったのだろうか。

この可能性も考えられないわけではない。つまり、弥生の病気が治った時点で、佐紀子が弥生を介して三井晴美から隈本の行為と意図について聞き、彼に礼の電話をかけるか礼状を出していた、といった場合だ。

ただ、そのどちらだったとしても、わからない。弥生の病気が良くなって四、五年も経ってから、佐紀子が再び隈本の研究室に電話したのはなぜだったのか。その電話の後、二人の関係は急速に進んだものと思われるが、二ヵ月後、九月九日のホテル・ニューロイヤルにおける密会、同二十五日の「騙したのですね!」という佐紀子の電話……と経て、それが破綻したのはなぜだったのか――。

これらの問題について、森島検事は当然考えているにちがいない。それらの疑問に対する解答なしには相沢佐紀子の犯行動機を明確にすることはできないはずだから。

しかし、吉川さやかに対する尋問と彼女の証言を聞いただけでは、そこまでは想像がつかなかった。

2

迫田弁護士も相沢佐紀子も吉川さやかに対する反対尋問をしなかった。また、判事たちの尋問もなかったので、彼女は裁判長に促され、退廷した。

吉川さやかと入れ替わりに入ってきた三井晴美は、小豆《あずき》色のワンピースを着て、ツルの両側にそれと同系の色模様が入ったフレームレスの眼鏡をかけていた。中背だが、肥り気味で、ワンピースはかなりきつそうだ。年齢は四十代の半ばぐらい。証人になりたくない事情でもあるのか、吉川さやかが入ってきたときよりも緊張しているように見えた。

今度も尋問は森島からである。冒頭手続きが済むと、彼は青葉ヒーリングルームの場所から尋ねた。

「自宅と同じ東京都世田谷区弦巻です」

と、三井晴美が答えた。

宣誓書を読み上げたときの声は少しかすれていたが、いまは落ちついた声だった。

「開設はいつですか？」

「平成三年……一九九一年十月一日です」

「すると、今月の末でちょうど十二年半ですか」

「はい」

「青葉ヒーリングルームを開く前は何をしておられたのですか？」

「九一年三月から十月までは開業のための準備をしておりました。その前の五年間ほどはアメリカにおりました」

「アメリカでは何をしておられたんでしょう？」

「昭和六一年……一九八六年に渡米し、ロサンゼルスのジョージ・スミス大学院で臨床心理学とカウンセリング理論を学んだ後、全米心理療法協会認定セラピストの資格を取り、心理療法クリニックに勤務しておりました」

「アメリカへ行かれる前は何をされていたんですか？」

「中学校の教師をしておりました」

「それがまた、どうして畑違いのセラピストになろうとしたんでしょう?」

「いえ、それほど畑違いというわけではありません。大学は教育学部ですし、専攻は教育心理学でしたから。ただ、セラピストになろうとした直接のきっかけは、生徒や同僚との人間関係がうまくいかなくなり、鬱病になったことでした。病気は半年ほど休職して治ったのですが、その間にいろいろ考え、自分と同じように心の病を抱えている人たちのためになれないか、と思ったのです」

「アメリカへ行かれたのはなぜでしょう?」

「臨床心理学の理論と実践が日本よりはるかに進んでいる、と聞いていたからです。それから、アメリカではPTSD、トラウマの研究が盛んでした。それらが日本で問題にされるのはずっと後になってからですが、私は教師をしているときからトラウマの問題に強い関心を抱き、いつか本格的に勉強してみたいと思っておりました。そうした事情もあって、同じ時間と労力をつかって学ぶのならアメリカへ行って最新の研究と実践に触れよう、と思ったのです」

「そのとき、証人には家族がいたのでしょうか?」

「高校の教師をしている夫がおりました」

「あなたの希望に対して、ご夫君は何と言われましたか?」

「初めは反対でしたが、私の意志が固いのを知ると、それほど真剣に考えているならと認めてくれました。留学のための費用は独身時代からの預金で何とかなりましたが、私が何の心配もなくアメリカで勉強できたのも、また帰国してすぐに開業できたのも、主人のおかげと感謝しています」

「それでは——」

と、森島検事が心持ち声を高めた。「隈本洋二郎氏についてお尋ねします」

隈本洋二郎という名に、三井晴美と相沢佐紀子、二人の身体に一瞬緊張が走ったように感じられた。

「証人は隈本洋二郎氏をご存じですね」

森島検事が問うと、三井晴美が「はい」と答えた。

「どのようなご関係ですか？」

「恩人あるいは恩師と言ったらいいかと思います」

「知り合ったのはいつですか？」

「私が渡米して一年ほどした頃ですから、一九八七年です。当時、アメリカでＰＴＳＤ研究の第一人者と言われていたＫ・Ｌ・ハリス教授の講演会を聴きに行ったとき、紹介されたのです。それからは精神医学や臨床心理学を研究したり勉強したりしている日本人の集まりなどで時々お会いし、いろいろ教えていただきました。また、大学院修了後は先生に紹介していただいたクリニックでセラピストとして働きました」

「証人は隈本氏に一年遅れて帰国されていますが、証人の帰国は隈本氏の帰国と関係があるのですか？」

「いいえ、ございません。私がそろそろ日本へ帰ろうかと迷っていたとき、先生が慶明大学に招聘《しょうへい》されて先に帰国されただけです」

「帰国後の隈本氏との付き合いは？」

「先生はとてもお忙しい方でしたし、私も自分の施療院を始めて無我夢中でしたから、お会いする機会はほとんどありませんでした。ただ、時々お電話をくださいましたし、私も難しいケースにぶつかったときは電話で先生にご相談しました」

「いまから七年前、一九九六年の冬に青葉ヒーリングルームを訪ねた石峰弥生さんという相談者を覚えておられますか？」

「覚えています」

「ずいぶん前のことですが、どうしてでしょう、特別の理由があるのですか？」

「石峰さんの場合はございます。ですが、特別の理由などなくても、私はクライアントは全員覚えております。一、二度来ただけでやめてしまった方は別ですが」

「石峰さんについての特別の理由とは？」

「石峰弥生さんは隈本先生に依頼されたクライアントでした」

「隈本氏は、証人に対してどのように依頼したんでしょう?」

「昔親しくしていた知人の娘さんがパニック障害で苦しんでいる、精神科医にかかって薬を飲んでいるが発作がおさまらないのでパニック発作特性PTSDかもしれない、近々青葉ヒーリングルームを訪ねて行くと思うが、行ったら病気の原因を突き止めて治してやってほしい、そういうお話でした」

「隈本氏は、単に『知人の娘さん』と言ったのではなく、『昔親しくしていた知人の娘さん』と言った?」

「はい」

「間違いありませんか?」

「ございません」

吉川さやかに対しては、隈本はただ単に「知人のお嬢さん」と言ったということだったが、この言い方の違いに何か意味があるのだろうか。

言い方の違いは意識されたものではなく、そこに意味はないのかもしれないが、「昔親しくしていた……」という言葉そのものには当然意味があるはずである。とすれば、〈佐紀子と隈本はかつて恋人同士だったのではないか〉という犬飼の推理は、事実に向かってまた一歩近づいたことになる。

「昔親しくしていた知人といってもいろいろあると思いますが、隈本氏はどのような関係の知人か説明しましたか？」

「いいえ」

「男性か女性かは？」

「女性の方だとは言われました」

「石峰弥生さんのカウンセリングと施療はどうだったのですか？」

「うまくいきました」

三井晴美が答えた瞬間、相沢佐紀子の肩が小さく震えた。

「病気は治った？」

「そう申し上げていいと思います。一年ほど私のところへ通われ、発作がまったく起きなくなりましたから」

「その間、石峰さんは病院にも通われ、パニック障害の薬を飲んでいたのではありませんか？」

「飲んでおりました」

「では、病気が治ったのは薬が効いたからだったのかもしれませんね？」

「お薬の効果も多少はあったかもしれませんが、主には私のもとで行なった心理療法によるものだったと考えられます」

「どうしてそう言えるのでしょう？」

「石峰さんの病気は隈本先生が名付けられたパニック発作特性PTSDだった可能性が高いからです。そして、病気を引き起こしていたと思われる原因がわかってから、病状がどんどん快方に向かったからです」

俯いていた相沢佐紀子がつと顔を起こした。同時に、その硬い表情の奥を一瞬、怒りの色がよぎったように感じられた。

どういうことか、と犬飼は思った。いったいどういうわけか……。

佐紀子の示した反応は、三井晴美の証言のせいだったのは間違いない。

三井晴美の言葉は嘘だったのだろうか。弥生の病気は三井晴美が言うようには治らなかったのだろうか。

しかし、病気が治ったかどうかは調べればすぐにわかることである。それなのに、三井晴美が出鱈目《でたらめ》を言ったとも思えない。

としたら、見間違いだろうか。佐紀子の顔を怒りの色がよぎったように感じたのは、彼女の首の動きと光の加減で自分が錯覚したのだろうか。

「これは差し支えなければで結構ですが、石峰弥生さんの病気を引き起こしたと思われる原因は何だったのか、教えていただけますか？」

森島検事が質問を継いだ。

と、佐紀子が脅えたような表情をした。今度はけっして錯覚なんかではない。

だが、それは、

「クライアントの秘密に関わることなのでお話ししたくありません」

という三井晴美の返答とともにすーっと消えた。もちろん娘の個人的な事情が公にされずに済んだからだろう。

刑事訴訟法には、医師や看護師、弁護士、宗教職にある者などは仕事上知りえた他人の秘密に関わる事実については証言を拒否できる、とある。そこにカウンセラーという職業は載っていないが、医師に準ずる仕事なのでカウンセラーも拒否できるのかもしれない。

もっとも、いまの場合は検事が「差し支えなければ……」と言っているのだから、定めのあるなしにかかわらず、答えなくても咎められるおそれはなかったが。

三井晴美のもとで突き止められたという石峰弥生の病気の原因――。

それが今度の殺人事件に関わっているとも思えない。だが、犬飼は聞けなくて残念な気がした。佐紀子が初めて強い反応を示した件だったからだ。

「わかりました、結構です」

と森島が応じ、次の質問に進んだ。

「石峰弥生さんの病気の原因が突き止められ、それが治ったことを、証人は隈本氏に報告されましたか？」

「もちろん、報告いたしました」

と、三井晴美が答えた。「時々先生のアドバイスを受けながらカウンセリングと心理療法を行ないましたから」

「隈本氏に依頼されたという事実を、石峰さんには話されたんでしょうか？」

「いいえ、話しておりません」

「病気が治った後も？」

「はい。隈本先生のお名前は一度も出しておりません」

「どうしてでしょう？」

「自分の名前は絶対に出さないように、と先生に言われていたからです」

「その理由について、隈本氏は説明しましたか？」

「はい。石峰さんが先生とお母さんの関係について余計な気を回してはいけないから、というお話でした」

どういうことか、と犬飼は思った。

さっき、犬飼は、もしかしたら三井晴美が石峰弥生に隈本のことを話し、弥生がそれを佐紀子に伝えたのではないか、と考えた。ところが、三井晴美は、自分の施療の裏に隈本の意思が働いていた事実を弥生に話していないという。これでは、佐紀子には隈本のしたことを知りようがない。

ということは、弥生の病気が治っても、佐紀子は隈本の意思と行為について知らなかったのだろうか。五年も知らずにいて、二〇〇二年の七月、何らかの理由から再び彼の研究室に電話をかけたのだろうか。

「あ、ただ、先生は、石峰さんのお母さんには自分の口から事情を説明すると言われました」

三井晴美が補足した。

それなら、わかる。隈本が自分で佐紀子に知らせたのなら。

「隈本氏が被告人にいつ、どのように話したのか、証人はご存じですか？」

「どのように話されたのかは存じません。ですが、話されたのは石峰さんが私のところへ通う必要がなくなって間もない頃ではないかと思います」

相沢佐紀子がまた顔を起こして三井晴美を見た。どことなく咎めるような表情だが、三井晴美が嘘を言っているとは思えない。ただ、隈本が彼女に嘘をついた可能性はあるが……。

「ということは、隈本氏が三井さんに言ったとおりに行動したとすれば、それは一九九七年の春頃……？」

「はい、その頃ではないかと思います」

森島検事が、裁判長に「尋問を終わります」と言って、腰を下ろした。

森島は、吉川さやかと三井晴美の証人尋問によって、相沢佐紀子と隈本が不倫関係に至った事情を明確にしたとは言えない。が、二人が昔親しかったらしいこと、隈本のおかげで石峰弥生の病気が快癒したらしいことを明らかにし、二人が不倫関係を結んでもおかしくない条件は呈示した。

三井晴美の証言したとおりなら、一九九七年の春頃、佐紀子が隈本に感謝したのは間違いない。それが、二人が不倫関係を結ぶに至った事情に大きな役割を果たしたであろうことは容易に想像できる。ただ、それから五年数ヵ月、その間に二人に何があったのかは今日の証人尋問ではわからなかったし、昨年二〇〇二年の七月、佐紀子が再び隈本研究室に電話した理由あるいは目的もわからなかった。

昨年七月の佐紀子の電話は、娘・弥生の病気が再発し、どうしたらいいかを隈本に相談しようとしたのではないか、と犬飼は考えてみた。その相談に乗ってもらう過程で佐紀子と隈本は深い関係になったのではないか、と。その後、隈本の裏切りとでも呼ぶような行為があり、騙されたと感じた佐紀子が彼に殺意を抱くに至った――。

そう考えると、一つのストーリーは描けるが、当たっているかどうかはわからない。

迫田弁護士と相沢佐紀子は、今度も反対尋問を行なわなかった。佐紀子の場合は予想されたことだが、迫田弁護士の対応は少し意外だった。尋問してもしなくてもほとんど変わらないだろうが、かたちだけでも何か質すだろうと犬飼は思っていた。弁護士にさえ心を開かない被告人の態度に、迫田は怒るというより匙《さじ》を投げてしまったのだろうか。覇気の感じられない彼の冴えない顔を見ていると、そんなふうにも思えた。

弁護士の対応はさておき、犬飼は少し前から石峰弥生の病気の原因が気になり出していた。森島検事がそれについて三井晴美に質したとき、佐紀子の示した脅えたような表情――。さっきは娘の個人的な事情が公になることを恐れたからだと思ったが、いまはそれだけではなかったのではないかという気がした。弥生の病気の原因が事件に関係していたからではないか、と思い始めていた。だから、三井晴美が返答を拒否したとき、強い安堵《あんど》の色を浮かべたのではなかったか。

だが、犬飼が自分の想像の当否を確かめたいと思っても、そのことを知っていそうな人間――三井晴美と石峰弥生の他には弥生の夫と彼女の両親ぐらいか――は誰も口を開きそうにない。いや、絶対に開かないだろう。

では、どうしたらいいか？

そう考えて、もしかしたら警察と検察は三井晴美から聞いて知っているのではないか、と犬飼は思い当たった。森島検事は知っていたので、「差し支えなければで結構ですが……」と三井晴美に尋問した可能性がある。もしそうなら、彼には、何がなんでも弥生の病気の原因を判事たちに知らせる必要はなかったということであり、事件とは無関係だった可能性が高くなるが……。

とにかく、もう一度小坂井を訪ねてみよう、と犬飼は思った。小坂井が教えるかどうかは微妙なところだが、彼が知っているとわかれば、手がないではない。いずれ交換条件を用意すれば、聞き出せるだろう。

三井晴美が退廷し、今日の証拠調べが終わると、森島検事が次回公判の証人として有吉《ありよし》美希《みき》の喚問を請求した。

有吉美希——。

初めて聞く名前である。

森島検事は、その証人尋問によって被告人の直接の犯行動機を明らかにできる見込みだ、と立証趣旨を述べた。

閉廷後、犬飼は釧館中央警察署まで歩き、前後して帰ってきた小坂井に会った。

しかし、小坂井は、石峰弥生の病気の原因についてはわからない、と答えた。彼も気になり、聞き出そうとしたが、三井晴美だけでなく、相沢悦朗と石峰弥生も、事件には関係ないと言って答えるのを拒否したのだという。

小坂井が嘘をついているようには見えず、犬飼はこれで弥生の病気の原因を知る道が断たれたかと少しがっかりした。

市電に乗って釧館駅へ行った。

五時十五分発の特急「スーパー北星17号」が出た直後だったので、次の「北星19号」まで一時間近くあった。缶ビールを買って飲みながら、港のほうでも少しぶらついてこようと構内を出た。

広場を囲んだ歩道を歩き出すと、ふっと小坂井の言ったことが頭に浮かんできた。小坂井の……といっても、いま彼が言ったことではなく、さっき裁判の傍聴に行く前に会ったとき彼が口にした言葉だ。石峰弥生の病気の件がずっと頭の片隅に引っ掛かっていたせいかもしれない。

昼、犬飼たちは食堂で焼き魚定食を食べながら、相沢佐紀子と隈本がかつて恋人同士ではなかったかと話し合った。そのとき、犬飼は、二人が別れたのは佐紀子が婚約者や両親を裏切れなかったからですかね、と言った。すると小坂井が、「たぶんそうだと思うが、ちょっと気になる事実がないでもない」と応じた。しかし、気になる事実とは何かと犬飼が聞いても、事件には関係ないと教えなかった。さらに彼は、余計な情報は仕込まないほうがいい、そう思ったから自分は上司にも検事にも話していない、と言った。

その話が佐紀子の娘・石峰弥生に結びついたのである。

犬飼はビールを飲み干して屑籠《くずかご》に缶を捨てると、港のほうへは向かわず、市電通りを渡って書店を探した。

アーケードのつづく商店街の中ほどにそれはあった。CDや文房具なども売っている結構大きな店だった。

　彼は医学・健康・妊娠出産といった関係の本が並んでいる棚の前に行き、一冊抜き出した。

　知りたかった〈人の妊娠期間〉は、初めのほうに出ていた。平均は二十八日を一月として計算して十ヵ月、二百八十日。大部分は〈二百八十日±十七日〉に収まるらしい。

　彼は書店を出て、駅へ戻った。

　待合所の椅子に腰掛け、メモ帳を出して書きながら考えた。

　相沢佐紀子の兄と従姉によれば、佐紀子が前夫・太田純男と結婚したのは一九六九年の十二月で、長女の弥生が生まれたのは翌七〇年の七月である。どちらも日にちまではわからないが、結婚が十二月二日だったとして計算しても、それから二百八十日後は九月八日。弥生の誕生が七月末だったとしても妊娠期間は平均より約四十日短く、〈二百八十日±十七日〉の中に収まらない。もし結婚が十二月中頃で、弥生の出生も七月中頃なら、妊娠期間は約二百十日……七ヵ月半で弥生は生まれたことになる。

　もちろん、早産だった可能性はある。

　が、同時に、弥生は太田純男の子供ではない可能性もあった。

　その場合、佐紀子の別れた恋人の子供、という結論になろう。つまり、もし佐紀子の恋人が隈本だったとしたら、弥生は隈本の子供だったということになる。

　石峰弥生は佐紀子と隈本の子供かもしれない――。

これはまだ一つの可能性にすぎない。

弥生が佐紀子の恋人の子供だと証明されたわけではないし、佐紀子の恋人が隈本だったと確かめられたわけでもないのだから。

ただ、一九六九年十二月の時点で佐紀子がすでに妊娠二ヵ月だったと考えると——恋人が隈本であれ別の誰かであれ——佐紀子が恋人と別れざるをえなかった事情はうまく説明がつく。彼女の両親が強引に恋人と別れさせ、郷里へ連れ帰ったのだ。一日も早く太田純男と結婚させるために。つまり、太田純男の父親がガンだったというのは偶然であって、たとえそれがなくても佐紀子は急いで結婚させられていたのではないか。

もしこの想像が当たっていれば、佐紀子の兄は当然事情を知っているはずである。知っていて、隠したのだろう。

犬飼はここまで考えてきて、強い昂奮《こうふん》を覚えた。石峰弥生がもし隈本の子供だとしたら、事件の様相はかなり違ってくる。たとえ隈本の子供ではなく、別の男の子供だったとしても、その事実を隈本が知っていたか気づいていたとしたら、やはり違ってくるだろう。

小坂井が明かさなかった「ちょっと気になる事実」が、いま犬飼が考えた石峰弥生の出生に関わる件だったのかどうかはわからない。が、もしそうだったとしたら、ちょっと気になる……どころではない。今日の証人尋問を聞いた後だからでもあるが、大いに気になった。

さて、ではどうするか、と犬飼は考えを進めた。どうしたら、自分の想像の当否がわかるだろうか。佐紀子の兄——いまや佐紀子を除いて事情を知っている唯一の人間だと思われる——に質したところで、前と同じ答えしか返ってこないだろうことは容易に想像できる。

小坂井に話して、佐紀子、弥生、隈本、太田純男の血液型、佐紀子と太田純男が結婚した正確な日にち、弥生の誕生日などを調べてもらうしかないのだろうか。ただ、たとえそれらが判明しても、当否どちらかの可能性が多少高まるだけで、結論までは出ない。としたら、自分の気づいたことを小坂井に教えたくない。状況によっては明かす必要が出てくるかもしれないが、しばらくは自分だけのものにしておきたい。

石峰弥生の出生に関わる事実か、三井晴美が証言を拒否した弥生の病気の原因——。これらのどちらかが突き止められれば、『有名精神科医刺殺事件』を書き継げる。少なくとも書き継ぐ意欲は生まれるだろう。

とにかくもうしばらく考えてみよう、と犬飼は思った。『有名精神科医刺殺事件』を書くのをひとまず休止して。そうすれば、自分の推理の当否を突き止める巧《うま》い方法が浮かぶかもしれない。

列車の入線時刻が近づいたので、彼は腰を上げた。売店でビール二缶と缶酎ハイとおつまみを買い、改札口を入った。

3

隈本事件の第三回公判が開かれた日の三日後、三月二十八日（金曜日）、森島は休暇を取った。理由は息子の問題で塩尻の実家へ行くためだが、実はもう一つ目的があった。

塩尻の最寄り空港は松本空港である。が、釧館から松本へ行く直行便はないので、新千歳空港までJRの特急列車で行って飛行機に乗るか、釧館空港から東京（羽田）まで飛んで新宿からJR中央線の特急「あずさ」を利用するか、である。正味の所要時間はどちらも四時間四、五十分で、運賃は三万五千円前後。松本空港から実家までと塩尻駅から実家までのタクシー代も——空港が松本市の西南端、塩尻市に隣接した地にあるので——千円と違わない。

どちらかというと、森島は東京経由より新千歳空港経由を利用するときのほうが多い。新千歳・松本間の飛行便は日に一往復しかないが、羽田・新宿間の電車の移動が何となく面倒なのだ。

だが、その日は釧館空港を八時五十分に出る始発便で羽田へ飛んだ。新宿へ行く前に東京駅で石峰武と会う約束をしていたからである。

モノレール、山手線と乗り継いで東京駅まで行き、地下街の喫茶店に着いたのは十一時

二、三分過ぎ。約束の十一時十五分よりだいぶ前だったが、石峰はすでに来て、分厚い洋書を読んでいた。やたらな場所で裁判資料を開くわけにはいかないので、外では覗き見られても内容のわからない洋書を読むことにしているのだ、とかなり前に聞いたことがあった。その習慣……というか、やり方はずっと変わらないらしい。

石峰武が森島の接近に気づいた。心持ち長い首を上げて、本を閉じた。

フレームレスの眼鏡をかけた色白の顔は、相変わらず秀才といった印象だった。電話では年に二、三回は話すものの、会うのは確か五年数ヵ月ぶり。前回会ったときは、二年半ぶりに顔を合わせたにもかかわらず、少しやつれて五つも六つも年取ったように見えたが、いまは三十九という年齢相応に見えた。

森島が「やあ」と笑いかけると、相手が硬い表情のまま「うん」とうなずいた。

「呼び出してすまなかったな」

森島は言って、前に腰を下ろした。

「いや」

応えたものの、石峰はにこりともしない。

森島は、相手が迷惑に感じているのは承知のうえだったので、気にしなかった。

森島が今日石峰武に会った表向きの理由は仕事ではない。旧交を温めるため、ということになっている。だから次席検事にも話してないし、休暇を取って来た。だが、森島の本心は別のところにあったし、石峰にもわかっているにちがいない。

森島は、四月二十四日に決まった次回・第四回公判で有吉美希の証人尋問を行なう。それによって被告人・相沢佐紀子の犯行の引き金になったもの、つまり直接の犯行動機を明らかにするつもりだし、明らかにできる見込みだった。その後で弁護人が請求した証人の尋問が一、二回行なわれたとしても、有罪判決は動かないだろう。だから、佐紀子がたとえ最後まで黙秘を通しても特に問題はない。

それでいて、森島は、

――このまま裁判が進行し、結審してしまっていいのか？

と自問したとき、胸にかすかな引っ掛かりを覚えた。

尊敬する相沢悦朗の妻、かつて愛した弥生の母、そして自分の母親がこんな人だったらどんなに良かっただろうと思った女性……その女性が理由・事情はどうあれ、夫や娘を裏切り、不倫を働き、その挙げ句の果てに相手の男を刺し殺した――。

本当にこれが事件の真相なのだろうか、肝腎な点を見落としていることはないのだろうか、そのおそれはないのだろうか。

そう思うと、彼はじっとしていられない気持ちになった。もし間違った事実が裁判の結論として公になったら、取り返しがつかない。検事としての面目は立つだろうが、一生悔いることになるだろう。

といって、では、「不倫の果ての殺人」以外に〝事件の真相〟があるのか、と考えても、想像がつかない。

何よりも、森島は相沢佐紀子の話を聞きたかった。彼女が黙している理由と、彼女の隠しているものを知りたかった。

しかし、相沢佐紀子は何も語らない。警察と検察の取り調べに対してだけでなく、法廷でも。

彼女が語らないのは判事や検事の前だけではないらしい。弁護人にさえ心の内を明かしていないようだった。それは、法廷における迫田弁護士の打つ手に窮した様子と、苦り切ったような顔を見れば、わかる。迫田弁護士はベテランだが、腹芸は苦手で、直球型のわかりやすい弁護活動をすることで知られていた。彼には、検事に気づかれないように爆弾を隠し持ち、最後の被告人質問によって逆転勝利を狙う、といった変化球は投げられない。

では、相沢佐紀子が隠しているものを知るにはどうしたらいいのか？

佐紀子の家族に当たる以外になかった。

といって、佐紀子は夫の相沢悦朗にさえ肝腎の話はしていないようだから、彼女の心の内は家族も知らない可能性が高い。たとえ知っていたとしても、彼女に不利になるような事実を検事に話すわけがない。だから、森島は、佐紀子の家族に当たることによって、せめて、彼女の隠しているものを探るための手掛かりを得られないか、と思っているのである。

また森島は、できれば弥生の病気の原因も知りたかった。事件に関係しているかどうかはわからないが、三井晴美のカウンセリングによってそれが突き止められた裏に隈本の意思が働いていたという事実が気になるのだ。そして、三井晴美が法廷で証言を拒否しただけでなく、森島の事情聴取のときにも明かさなかったという点が。

弥生には小坂井刑事たちが二度当たっている。森島が三井晴美から事情を聴く前と後に。しかし、弥生は、自分は母の事件とは関係ないと言って、二度とも玄関に立ったまま小坂井たちの質問に短く答えただけだった。

パニック障害あるいはパニック発作特性PTSDだったらしい弥生の病気の原因――。それを知っている者も、三井晴美を除いては佐紀子の家族しかいないだろう。家族に当たったからといって、すんなりと話を聞ける可能性は高くないが、行動しなければ何も出てこない。

そう考えて、森島は初め、札幌に相沢悦朗を訪ねようかと思った。しかし、相沢の退官がまだ決定していない事情――森島が佐紀子を起訴した後間もなく相沢は辞職願を最高裁に出したが、それはまだ任命権者である内閣に提出されていないらしい――を考え、思いとどまった。担当検事と被告人の夫である裁判官の談合と誤解されかねない行動を取り、自分はともかく相沢に迷惑をかけたくない。

次に頭に浮かべたのは弥生である。が、彼女が森島に会ってくれる可能性は極めて低い。母親を起訴して追及している森島を憎悪しているだろうから、電話などしたら、どの面下げて……と罵られるかもしれない。

というわけで、森島は、もっとも抵抗が小さい石峰武に電話をかけたのだった。たまにはお茶でも飲まないか、と。

石峰は返事を渋った。己《おの》れの身に降りかかる災厄を想像したのかもしれない。だが、近々東京回りで信州の実家へ帰るので一時間ほど時間を取ってくれるとありがたいんだが……と森島がつづけると、わかったと応えた。昼、東京の喫茶店で二人の男が会っていても、横浜の裁判官――現在石峰は横浜地方裁判所の民事部に勤務している――と釧館の検事だと想像する者はいないからだろう。

義母の事件を担当している森島が本当に一緒にお茶を飲みたくて電話してくるわけがないことぐらい、石峰武は百も承知している。だから、彼は迷惑に感じると同時に警戒もしているにちがいない。にこりともしないで硬い表情をしていた。

森島は、水とおしぼりを運んできたウェートレスにコーヒーを注文すると、

「奥さんとお嬢さんは元気か？」

と、半ば儀礼的に聞いた。

「うん、まあ……」

と、石峰がどこか屈託ありげに応えた。

「お嬢さんは何年生だっけ？」

「四月から四年になる」

「あ、そうだった、俺の息子より一つ下だったからな」

石峰は、森島の息子・宏一については何も尋ねなかった。元気かとも、いつまで離ればなれに暮らすつもりなのかとも。

「仕事のほうはどうなんだい？　横浜ともなると、田舎の釧館とは違って……」

「早く本題に入れよ」

石峰が腕時計を見て、森島の言葉を遮った。「そんな話をするために俺を呼び出したわけじゃないだろう。きみが一時間と言ったから、俺はそれしか時間を取ってないんだ」

「すまん、忙しいのに」

「俺に何を聞きたいのか知らないが、答えられることは答える」

「ありがとう」

「といっても、俺はまだ被告人の身内だからな。知っていても言いたくないことは言わない」

「まだ？」

森島は思わず相手の言い方に引っ掛かって聞いた。

「たぶん……話し合って決めたわけじゃないが、たぶん、離婚することになると思う」

「離婚！　弥生さんと……？」

「当たり前だ」

石峰が昏に小馬鹿にしたような笑みを浮かべた。「だが、言っておくが、俺たち夫婦の問題とお義母さんの事件は関係ない。実は、去年の夏から俺たちは別居しているんだ。俺は千駄木のマンションを出て、横浜にアパートを借りている。官舎へは入れないからな。今日もそこから来た」

「じゃ、千駄木のマンションには奥さんとお嬢さんだけで……？」

「まだ離婚したわけではないので、俺も時々は帰るが、そういうことだ」

「そうか……！」

森島は驚いていた。石峰武と弥生の仲がそうした状態になっているとは想像もしなかったからだ。今回もそうだったように、石峰に連絡を取るときは、弥生と話すのを避けて勤務先に電話していたし……。

森島は理由を聞きたかった。なぜ二人の夫婦関係が壊れてしまったのか。しかし、彼にはそこまで立ち入る権利はない。

「それほど驚くことでもないだろう。きみだって、奥さんと別れたんだから」

「ま、それはそうだが」

森島のコーヒーが運ばれてきた。

森島はそれをブラックで一口啜った。

「それより、俺に何を聞きたいんだ？」

石峰が話を戻した。

「被告人が肝腎なことを一切話さないのは知っていると思うが？」

森島はカップをソーサーに置き、石峰の目を見つめた。

「知っている」

「できれば、その理由と、被告人の隠していることだな」

「俺にもわからない。弥生も困惑している」

「相沢判事はどうなんだろう？」

「義父《ちち》もわからないと言っている。だが、義父の場合は、俺や弥生とは違うようだ。もしかしたら見当ぐらいはついているのかもしれない。事件の直後はともかく、いまは何となくそんな気がする」

「しかし、相沢判事はそうは言われない？」

「うん」

「なぜだろう？」

「義母《はは》が隠している理由と同じか、あるいは義母の気持ちに共感するか、それを尊重しているからじゃないのか。……といっても、俺には想像もつかない」

「そうか……」

「そんなこと、どうして気にするんだ？　知らなくても、きみが立証しようとしている筋書きには関係ないだろう」

「関係ないが、気になる。正直言って、自分はとんでもない読み違いをしているんじゃないかという不安がある」

「しかし、被告人である義母が明かさないんだから、仕方がない」

「うん」

「俺に聞きたいのはそれだけか？」

石峰がまた時計を見た。話が済んだのなら帰るぞ、とでも言うように。

「ま、そうだが……ついでにプライバシーに関わることを聞いてもいいか？」

森島は言った。

「何だ？」

と、石峰が表情を硬くした。

「いまから七年前……九六年頃、弥生さんが苦しんだという病気は、もうすっかりいいのか？」

「ああ、それなら心配ない」

「パニック障害あるいはパニック発作特性PTSDだったそうだが」

「パニック障害だよ。パニック発作特性PTSDなどという病気はない」

「確かに、それは正式に認知された病名ではないらしいが……」

「うん」

「弥生さんの病気と、きみらが離婚することになった事情とは関係あるのか？」

「まったくないわけじゃないが、直接の関係はない」

「弥生さんのパニック障害は精神科医にかかってもなかなか治らなかった、だが、青葉ヒーリングルームの三井晴美セラピストを訪ねて、病気の原因を突き止めたうえで心理療法を受けると完治した——そう聞いているが？」

「そのとおりだが……そんなこと、義母の事件には関係ないだろう」

石峰が不快そうに顔をしかめ、いらいらした調子で言った。

「いや、そうは言い切れない。三日前の公判で吉川さやか……旧姓志田という女性と三井晴美の証人尋問をしたところ、弥生さんに対する三井セラピストのカウンセリングは隈本洋二郎によって用意されたものだとわかった」

森島は三日前に知ったわけではない。二人から事情を聴いた時点でわかっていた。

「だから、どうだというんだ？　六年も七年も前のそんなことが事件に関係しているとは思えない」

石峰は、弥生の病気の治療に隈本洋二郎が関わっていたという事実に驚かなかった。当然といえば当然だったが、三日前の証人尋問の内容を知っているらしい。迫田弁護士から報告を受けた相沢悦朗が娘の弥生に知らせた話を聞いたのかもしれないし、弥生と別居している彼は独自に釧館地裁の裁判官か書記官を通して情報を得ているのかもしれない。

「じゃ、それはいいとして、三井セラピストのカウンセリングによって突き止められたという弥生さんの病気の原因を教えてくれないか」

森島は聞いた。今更ぼかしても同じなので単刀直入に。

「教えたくない」

石峰もきっぱりと拒否した。

「法廷に出さないと約束しても駄目か？」

「駄目だね。だいたい、どうしてそんな個人的な問題を知りたがる？　弥生のことだからか？」

「……？」

「俺たちが結婚する前、きみが弥生を好きだったのは知っているよ。地方へ行ってからも時々上京して会っていたのを」

「そ、そんなことは関係ない」

森島は思わず少し声を荒くした。

「そうかな」

石峰が目に薄ら笑いをにじませた。

「関係ない、断じて関係ない」

「だったら、なぜ他人のプライバシーを侵害しようとする?」

「そんなつもりはない。もしかしたら事件に関係しているかもしれないと思うから、事実を知りたいだけだ」

そう、それ以外に理由はない。ない、と森島は思う。

「事件には関係ないよ」

石峰が冷たい声で言った。

「関係ないかどうか、自分で判断したい」

「俺の判断じゃ信用できないか」

「そういうわけじゃないが……」

「そういうわけじゃないなら、信用しろよ。きみにだって、他人に知られたくない個人的な事情があるだろう」

「まあ、ないではない」

「それを俺が無理やり知りたがったら、どうする? 教えるか?」

「すまなかった」

と、森島は謝った。まだ気にならないではなかったが、それはそれとして、石峰の言うことはもっともだからだ。

「じゃ、俺は帰るが、いいか？」

「ああ」

「もうお義母さんの裁判が終わるまでは連絡しないでくれ。こんなふうにきみと会っているところを誰かに見られ、マスコミにでも流されたら、何て言われるかわかったものじゃない」

「わかった」

「正直言うと、俺は弥生と結婚して、疲れた……」

上げかけた腰を戻し、石峰が告白するように言った。この男にしては珍しかった。誰かに話したかったのかもしれない。

「このごろは新聞などで取り上げられているから、きみもだいたいの症状は知っていると思うが、パニック障害というのは実に厄介な病気なんだ」

「突然、ものすごい不安の発作に襲われる病気だとか……」

「そう。だから、一人で外出するのもままならなくなる。弥生は、娘がまだ二歳になったかならないかというとき、そうした厄介な病気に罹ったんだ。その頃はパニック障害などという病気は医師にさえあまり知られていなかったから、俺たちはどうしたらいいのかわからず、右往左往するだけ。本当に大変だった。そしてそれが何とか治ったと思ったら……実はその後も別の問題があったんだが、今度は義母の殺人事件だ。俺は疲れたよ」

石峰の自分本位の言い方に森島は怒りを覚えたが、黙っていた。

「事件が起きる前に離婚していればよかったと後悔している」

石峰が目に自嘲《じちょう》するような笑いをにじませた。

「きみには、困難な状況にいる弥生さんを少しでも支えてやろうという気持ちはないのか?」

森島は感情を抑えて言った。

「娘がいるし、ないわけじゃない。だが、俺も疲れたんだよ。これでも、俺はずいぶん……きみには想像がつかないぐらい弥生の力になってきたつもりだ。相当、仕事も犠牲にしてね」

「夫婦なら当たり前だろう」

「そうか?」

「そうだろう」

「じゃ、きみはどうなんだ?」

石峰が森島に顔を近づけ、探るような目を向けた。「きみは、別れた奥さんや息子さんのためにそんなに仕事を犠牲にしたことがあるのか?」

森島は返答に詰まり、石峰の視線から目を逸らした。

まだ妻の君恵がいた頃、森島は常に仕事優先だった。検事としての使命感もあったし、それが当たり前だと思っていた。自分は外で意義のある仕事をし、妻は家庭を守り、子供を育てる――。そのことに何の疑問も感じなかった。だから、朝から晩まで家にいる妻が何をどう思い、考えているか、といったことなど想像してみたことさえなかった。君恵がそう言ったわけではないが、彼女が絵と新しいパートナーを選んだ裏には、そうした森島の思い込みがあったのは間違いない。

「ま、お義父さん……相沢判事こそ、最大の被害者だけどね」

森島が黙っていると、石峰が上体を引き、言葉を継いだ。「相沢判事は弥生の母親と結婚したために、それこそ二重に、俺以上にひどい目に遭っているんだから」

「二重に？」

森島は石峰の言葉に引っ掛かった。「相沢判事が弥生さんのお母さんと結婚したために、二重にきみ以上にひどい目に遭っている、というのはどういう意味だ？」

「あ、いや、二重にといっても、一方はたいしたことじゃない」

石峰が目をぱちぱちさせて森島の視線から逃れた。彼にしては珍しく慌てていた。「二重に、俺以上にひどい目に……」というのは、どうやら、うっかり口にしてしまった言葉らしい。

「きみも、弥生の母親が再婚で、弥生は前の夫の子供だということは知っているだろう？」

彼が言った。

「ああ」

「それで、二重にと言ったんだ。弥生のパニック障害は、お義母さんだけでなく、お義父さんにもずいぶん迷惑をかけたんでね。俺がどうしても休めないときは、お義父さんに裁判所から駆けつけてもらったりして」

嘘だ、と森島は思った。いや、相沢悦朗が弥生の発作の知らせを受けて裁判所から駆けつけたことが嘘だというのではない。そういうときも実際にあったのだろう。が、それは大変だったかもしれないが、相沢にとってけっして〝ひどい目〟ではない。相沢は弥生を実の娘のように可愛がり、大切にしていた。弥生も相沢を心から慕い、二人は固い愛情の絆《きずな》で結ばれていた。それは間違いない。それなのに、弥生が病気で苦しんでいるのを見て相沢が心を痛めることはあっても、こんな娘を連れた佐紀子と結婚してひどい目に遭ったとは絶対に思わないだろう。

ということは、相沢悦朗ではなく、石峰がそう思ったのだろうか。石峰の目から見たとき、相沢が弥生の母親と結婚したために二重に自分よりひどい目に遭っていると映った、ということだろうか。

そうも取れないことはないが、森島は違うような気がした。石峰の慌てぶりから考えても。

　では、どういうことだろう？

　相沢悦朗が弥生の母親・佐紀子と結婚したために、二重に、石峰以上にひどい目に遭った――。

　これはどういう意味だろう。

　〝二重に〟の一方が、佐紀子の起こした隈本刺殺事件であるのは間違いない。相沢悦朗は佐紀子の夫なのだから、佐紀子の娘婿にすぎない石峰より何倍も〝ひどい目〟に遭ったのは確かである。

　しかし、もう一つがわからなかった。相沢悦朗の身に何があったのだろうか。彼は弥生の母親・佐紀子と結婚したことにより、いったいどういうひどい目に遭ったのだろうか。それは佐紀子の事件が起きる前の出来事だと思われるが、事件とは関係がないのだろうか。さっき石峰は、弥生の病気が治ってから佐紀子の殺人事件までの間に「別の問題」もあったと言った。もしかしたら、その問題が関係しているのだろうか。可能性はあるが、問題の内容がわからないのだから、想像のしようがない。

「じゃ、俺は行くから」

　と、石峰が今度は躊躇なく立ち上がった。森島の新たな質問から逃げるように。

「ああ、今日はありがとう」

森島は相手のほうへ目を上げた。

「本当は、俺のほうが礼を言うべきなのかもしれない」

「……？」

「きみは義母のことを考えてくれたから、わざわざ時間を割いて俺と話そうなどと思ったのだろう」

「いや、俺はただ事実を……」

石峰が笑みを浮かべて黙って片手を挙げ、テーブルから離れた。

その後ろ姿を見送りながら、森島は思った。事件が起きる前に弥生と離婚していればよかったと後悔している、というさっきの石峰の言葉は、彼の本心ではなかったのではないか、と。

森島は、石峰の姿が店の外に消えた後もしばらく座って考えつづけた。石峰が口にした「別の問題」「二重に」といった言葉について。だが、それらが具体的な意味に収束することはなかった。

4

特急「あずさ59号」は定刻どおり午後三時四十分に塩尻に着いた。新宿発が午後一時だから、所要時間は二時間四十分。釧館と東京を一時間二十分で結ぶ飛行機に比べれば遅いが、これでもずいぶん速くなった。

森島が東京の私立大学に入学したのは一九八〇年（昭和五五）。学生時代はもとより、司法試験のための勉強中も彼は倹約のために特急列車には乗らなかった。たまに急行「アルプス」に乗ることはあっても、ほとんどの場合は普通列車を利用した。一九八三年に塩嶺《えんれい》トンネルが開通し、岡谷《おかや》・塩尻間が距離にして十六キロ、時間にして二十数分から一時間近く（列車によって違う）短縮されたが、それでも普通列車だと五時間前後かかった。だから、森島個人にかぎって言えば、司法試験に合格する前に比べ、いまは東京・塩尻間の距離が半分になったのに等しい。

森島は駅の西側に出た。東京には春が訪れ、電車の窓から新宿御苑《ぎょえん》の桜が見えたが、信州の風はまだ冷たかった。街のいたるところに雪がある釧館ほどではないにしても。

市街地の広がっている東側に比べ、こちらは閑散としている。商店一軒ない狭い広場にタクシーが数台停まっているだけ。

森島はその一台に乗り、行き先を告げた。東側に出ればバスもあるが、宏一と一緒に街へ行った帰りでもないと乗らなかった。

森島の実家は、ここから西へ四キロほど行った市の外れだった。二、三百メートル先は東筑摩《ひがしちくま》郡の朝日村だ。当然ながら、学生時代に帰省したときはバスを利用したし、松本の高校へ通った三年間は雪の日を除いて自転車で駅まで出た。

国道19号線（中山道《なかせんどう》）との交差点を過ぎた。このあたり一帯は桔梗《ききょう》ヶ原《はら》と呼ばれる台地で、ブドウ畑が多く、ワイン工場もある。河岸段丘のゆるやかな坂を下り、奈良井《ならい》川を渡った。再び台地を登り、市役所の支所や公民館、小学校などのある集落を抜け、さらに西へ進む。ここは松本盆地（安曇野《あずみの》）の南端なので、窓の左側は山だ。木曾《きそ》までつづいている嶺々《みねみね》が高く低く重なり合っている。反対に北へ行けば、リンゴや梨の果樹園がじきにレタス畑、スイカ畑にかわり、安曇野一の畑作地帯が広がっている。

奈良井川の支流の小さな川、小曾部《こそぶ》川を渡ると、森島の実家のある集落だった。

彼は家を囲む屋敷森の外でタクシーを停め、料金を払って降りた。

扉のない門を入り、父の置いた大きな石――数年前に諏訪の会社を定年退職した父は、やたら大きな石を買っては庭や玄関前に置いた――の間を玄関まで六、七メートル進む。ガラスの引き戸の前で足を止め、右手、南側の庭へ通じている通路を見やった。

昔を思い出したのである。外から帰っても玄関になど入らず、庭に面した縁側へ回って、家族が過ごす居間へ直行した子供の頃のことを。

森島の脳裏に宏一の顔と姿が浮かんだ。息子はどうしているのだろう、と思う。息子は玄関を出入りしているのだろうか……。

森島にとって、今回はこれまでにも増して気の重い帰省だった。息子の宏一に会えるのは嬉しいが、息子の本当の気持ちを聞き出す……というよりは探り出さなければならなかったからだ。と同時に、自分も重大な決断をしなければならない。

父と母から逃げ出すようにこの家を出て二十年余り、森島にとって帰省はいつも気が重かった。特に学生時代を含めた独身時代は、年末や夏休みが近づくと一時的に鬱病のような状態になった。それでも、いつ来るのかという母の催促の電話を無視するだけの強さのない森島は松本行きの列車に乗るのだが、塩尻が近づくにしたがって手足の先が冷たくなるのがわかった。父と母は仲良くやっているだろうか、また喧嘩しているのではないだろうか、そして母は自分の顔を見るなり速射砲のように父の悪口をまくし立て、自分がいかに哀れな日々を送っているかを泣いて訴えるのではないだろうか……そう想像しただけで、身体が強張り、駅に降り立つ足が竦《すく》みそうになった。他人に話せば、何をその程度のことで、と嗤《わら》われるかもしれないが、これは、両親の不和を日々目の当たりにし、ヒステリー症の母親に「自分と一緒に死んでくれ」と腕をつかまれたことがある者でないとわからないだろう。いま、当時の心の内を分析してみると、幼時体験が一種のトラウマになっていたのかもしれないと思うが、はっきりしたことはわからない。

君恵と結婚し、宏一が生まれ、親子三人で帰るようになってしばらくはよかった。父親の女性関係が薄れたのか、両親の喧嘩は以前ほどひどくなくなっていたし、母はたまに来た孫を可愛がり、世話をするのに忙しく、夫の悪口を言うひまがなかったからだ。

しかし、四年前、森島が君恵と離婚し、宏一を両親のもとにあずけてから事情がまた変わった。母は孫と一緒に暮らすのが内心満更《まんざら》でもないのに、二言目には森島と君恵の無責任さを責めた。宏一の前であろうとなかろうと、「子供を捨ててアメリカ人なんかにくっついて行ってしまったひどい嫁」を口汚く罵《ののし》った。そのため、森島の帰省の足は前とは別の意味で重くなった。

いや、そうではない。母の愚痴と罵りの言葉を聞くのも嫌にはちがいないが、森島の気持ちを重くしている最大の理由は息子の宏一だった。宏一に会えるのは、もちろん無条件で嬉しい。もっと頻繁に会えたら、と思う。それでいて、宏一に会うのが辛いのだ。翌日か翌々日には別れなければならないし、そのときの息子を見るのが。父親がタクシーを呼んで帰るとき、後を追って泣かれたりしたら、それはそれで辛いだろう。その点、宏一は、森島が彼を実家にあずけるために送ってきた最初の別れのときに涙ぐんだだけだった。が、まだ小学生の子供が〝ぼく寂しくなんかないよ、お父さんが帰るのなんて平気だよ〟といった素振りをしているのを見るのも、父親としては心を引きちぎられるような思いがする。泣き叫びたくなる気持ちと必死になって闘い、懸命に寂しさに耐えている心の内が手に取るようにわかるだけに。

そうした森島の気持ちは今回も変わらない。だが、今日の帰省はそれだけではなかった。離ればなれに暮らしているとはいっても、いまは実家まで来れば、いつだって宏一に会える。照れて恥ずかしがる息子を抱え上げたり、一緒に風呂に入って背中を流してやることもできる。時間があるときは二人で釣りに行ったりスキーに行くことも。しかし、宏一の気持ちと森島の決断によっては、それができなくなるのだった。

大城《おおしろ》という東京の弁護士が突然森島を訪ねてきたのは半月ほど前である。君恵の委任状を持って。

君恵は、森島との離婚が成立した後も宏一を引き取りたいと何度か電話してきた。が、「勝手に家を出て行って、きみにそんなことを言う権利はないはずだ」という森島の言葉に、やがて諦め、引き下がったかのように見えた。ところが、一年ほど前からまた頻繁にアメリカから電話してくるようになった。どうしても宏一をこのままにしておくことはできない、現在の夫もぜひ引き取って一緒に暮らそうと言ってくれている、勝手に家を出たことは謝るが、それとこれとは別だ、私もあなたも宏一の幸せを第一に考えるべきである、そう言ってきた。そして、森島の予定に合わせて釧館へ行くので会ってほしい、会って自分の話を聞いてほしい、と繰り返した。

しかし、森島は君恵と会うつもりはなかった。初めの何回かは話に付き合ったが、最近は彼女だとわかると、何度言ってきてもこちらの答えは同じだし無駄だからもう電話しないでくれ、とすぐに受話器を下ろした。

そのため、君恵は弁護士に依頼し、もしこのまま話し合いに応じなければ宏一の親権を求める訴えを起こす、と通告してきたのだった。民法第八一九条の⑥には《子の利益のため必要があると認めるときは、家庭裁判所は、子の親族の請求によって、親権者を他の一方に変更することができる》とあるからだ。

森島は怒りを感じたが、君恵としては、宏一を引き取るためにはそれしか方法がないのも確かだった。それに、君恵が家を出て一年ぐらいならともかく、まる四年近く宏一を実家の両親にあずけていることも森島の弱みだった。

いや、弱みも強みもない、と森島は反省した。この際、自分と君恵の問題……君恵に対する恨み、怒り、意地といった感情の問題を排して、純粋に宏一のことだけを考えてみた。法律にも「子の利益のため」とあるように、息子が何を望み、どうするのが息子にとってもっとも幸せかを。

宏一が一番望んでいるのは、縒《よ》りを戻した森島と君恵、二人とともに暮らすことであろう。が、それはもう叶わない。としたら、君恵と暮らすか、森島と暮らすか、どちらかである。これまでの森島の頭には後者の道しかなく、宏一を君恵に渡し、アメリカへ遣る可能性など考えもしなかった。息子もそうにちがいない、と思っていた。母親を恋しく感じることはあっても、アメリカへ行って母親の新しい夫——見も知らない外国人の男——と一緒に暮らすのまでは望んでいないだろう、と。

宏一の気持ちはいまでもそうかもしれない。母親と暮らす道を父親の森島によって否応《いやおう》なく断たれてしまい、その可能性を夢想することさえ悪であるかのように、父親に、祖父母に暗に強制されているために。しかし、自由に選択してよいと言われたら、息子はどうするだろうか。長い間の呪縛《じゅばく》……一種のマインドコントロールは簡単には解けないだろうから、森島のところへ行くと言うかもしれない。いや、十中八九、そう言うだろう。だが、それが息子の本当の気持ち、望みだと取るわけにはいかない。

そう考えたとき、森島は半ば心を決めたのだった。宏一をアメリカへ遣ろう、と。息子の幸せを考えれば、そのほうがよい。森島と一緒に暮らしても、息子が鍵っ子として寂しい思いをするのは目に見えている。森島がたとえ検事を辞めて弁護士になったとしても、転勤がなくなるだけで忙しさは変わらないだろう。いまのところ、再婚したい相手、宏一の新しい母親になってほしいと思うような相手もいない。もちろん、最後の選択をする前に息子とよく話し合い、無意識の願望を含めた息子の気持ちを探り出すつもりではあったが……。

つまり、森島の今回の帰省には、その決断をするという大仕事があるのだった。

半ば心を決めてきたとはいうものの、やはり最後の判断を下すには勇気が要る。

それだけではない。

決断したら、次は宏一を説得し、納得させなければならない。これまでは自分の気持ちを抑えてきた宏一も、それを解き放つだろう。嫌だ、アメリカへなんか行きたくない、と泣くだろう。お父さんと一緒に暮らせなくてもいい、アメリカへ行くぐらいならここにいる、お祖父《じい》ちゃんとお祖母《ばあ》ちゃんのところにいる、と言い張るだろう。それでも、お母さんのところへ行け、それがおまえにとって一番いいのだ、と説得しなければならない。森島にとって、これは自分の心を決めること以上に辛く重い仕事になるかもしれなかった。宏一を説得した後には、もう一つ仕事が待っている。自分が出した結論を両親に話すという。

父も母も猛反対するのは目に見えていた。特に母は半狂乱になって泣き叫び、森島をなじるだろう。死んでも、あんな女に孫を、森島家の跡取りを渡すものか、宏一は絶対に手放さない、と言い張るにちがいない。

このことも、考えれば気が重い。

しかし、髪を振り乱して泣き喚く母の姿を思い浮かべても、今回はそれほど苦にならなかった。父や母とどんなに揉《も》めようと、一人息子をアメリカへ遣《や》る決断をして、それを息子に納得させる作業に比べれば、軽い小さなことだった。

森島は、気持ちの準備をするように軽く深呼吸してから玄関のガラス戸を開けた。

「ただいま」

と、薄暗い廊下の奥に向かって殊更に明るい声をかけた。

留　学

1

隈本事件の第四回公判を八日後に控えた四月十六日、犬飼は新千歳空港を午前十時半に発《た》つ飛行機で上京した。三井晴美を訪ねるためである。

羽田に着いたのは正午。空港ビルの中で軽い食事を摂ってから、京急空港線で品川《しながわ》へ出て、ＪＲ山手線に乗り換えた。

北海道はようやく雪が消えたばかりだったが、車窓から見る東京はすでに桜の花が散り、葉桜の季節を迎えていた。

電車が目黒駅に近づいたとき、犬飼はふと、目黒区碑文谷《ひもんや》の大きな家とそこに住んでいた女《ひと》を思い起こした。東京を逃げ出して間もなく六年になり、彼が好きになった相手はもうその家に住んでいないというのに。もっとも、思い起こしたからといっていまでは胸が騒ぐことはなかったが。

それにしても、あの頃はおれも初《うぶ》だったな……と犬飼は胸の内で苦笑する。十五も年上の人妻は寂しさを紛らせるための遊びだったのに、こっちは食事も喉《のど》を通らないほど夢中になってしまったのだから。そして、クビになったわけでもないのに銀行を辞め、東京に住みつづけるのが辛くて……多分に感傷的な気持ちから、誰も知った者のいない北海道まで逃げて行ったのだった（そうした経緯があったので、相沢佐紀子の過去を調べたとき、婚約者のいた彼女が東京で激しい恋に落ちても不思議はない、とすぐに思ったのかもしれない）。

とはいえ、札幌に住み着くことになろうとは思っていなかった。しばらくして金がなくなったら東京へ帰ってまた仕事を見つけるつもりでいた。ところが、出版社に勤めている赤沼正一から、

——作家の宮崎啓介《みやざきけいすけ》を知っているだろう？　今度彼が昭和初期の北海道を舞台にした小説を書くんだが、どうせ閑でいるんなら取材と資料集めを手伝ってくれないか。

と言われ、一回かぎりのつもりで引き受けたのが思わぬ転機になった。その後も同様の依頼がぽつぽつくるようになり、いつの間にか、作家や研究者の資料収集、代理取材、現地調査などを請け負う一風変わった探偵を生業《なりわい》にするようになっていたのだった。

青葉ヒーリングルームは、渋谷で山手線から乗り換えた東急田園都市線の沿線にあった。

桜新町《さくらしんまち》駅から歩いて十分ほどの閑静な住宅街である。施療院は道路から直接出入りできるが、十メートル余り離れて「三井」の表札が掛かった門があり、ひとつづきのブロック塀の中に古い二階家が建っていた。十二年前（一九九一年）、アメリカから帰った三井晴美が自宅の庭に平屋の離れを建てて心理療法の施療院を始めたというから、そちらが母屋だろう。

犬飼が玄関を入ると、ドアの開閉に連動しているらしいチャイムが鳴り、廊下の奥から三井晴美の姿が現われた。先月、釧館地裁の法廷で見たときの緊張した表情からは想像できない、相手を優しく包み込むようなにこやかな笑みを浮かべて。服装は紺のスラックスに、緑と茶の模様が入った白のセーター。セーターの胸で大きなペンダントが揺れていた。

犬飼が「先日お電話した犬飼です」と言うと、三井晴美も「セラピストの三井です」と名乗った。彼女は、自分が証人尋問されていたとき犬飼が傍聴席にいたことなど気づいていないにちがいない。

お上がりくださいという言葉に従い、犬飼は靴をスリッパに履き替えた。

上がってすぐ前が受付窓口、廊下の左手が待合室になっていた。が、どこにも人のいる気配がしないから、事務員も相談者もいないようだ。

犬飼は直接施療室へ通され、木製の肘付き椅子に三井晴美と斜めに対して掛けた。

ヒーリングルームと言うだけあって、明るくて落ちついた、居心地のよさそうな部屋だった。

三井晴美が、「御相談カード」と印刷された紙の載ったクリップボードを犬飼に差し出した。そして、差し支えのない範囲でできるだけ詳しく書いてくれと言い、自分はテーブルに用意してあった器具で茶を淹《い》れ始めた。

先週、犬飼は「ご相談をお願いしたい」とカウンセリングを求めているかのように装って電話した。目的は取材だが、隈本事件に関係した件で話を聞きたいと言ったら十中八九会うのを拒否されるだろうと思ったので、意図的に相手が誤解するような言い方をしたのである。

犬飼は氏名・年齢・電話（携帯電話の番号）は正直に書き、住所は赤沼正一の住んでいる東京国分寺の所番地を記した。札幌の住所を避けたのは、なぜそんな遠くから……と怪しまれ、何も聞かないうちに追い返されてしまったら、高い飛行機代をつかって上京した甲斐がないからだ。また、職業は文筆業とし、悩みの内容は〝不眠で困っている〟と、満更嘘でもないことを書いた。

三井晴美が茶葉を入れたティーサーバーにポットの湯を注いだところで身体を回し、犬飼のほうに笑みを向けた。

犬飼はクリップボードを返した。

三井晴美がちらりとそれを見て、

「失礼ですが、お仕事の文筆業というのは、どういうものを書いてらっしゃるんですか？」

と、聞いた。

悩みが不眠なら、仕事の内容と切り離しては考えられないからだろう。

「フリーなので、いろいろです」

と、犬飼はぼかして答えた。必要なら、後でフリージャーナリストかノンフィクションライターの肩書きが入った名刺を出すつもりだった。

「生活は不規則ですか？」

「ま、そうですね」

「眠れないで困っておられるということですが、具体的にお話しいただけますか」

「はあ……」

「まず、寝付きが悪いのか、それとも夜中に何度も目が覚めてしまうのか……」

犬飼は本当の目的を話そうと心を決めた。しばらく様子を見て、タイミングを見計らって切り出そうと考えていたのだが、実際に三井晴美と対してみて気づいたのだ。このままいい加減な相談をつづけた場合、事実を告げたとき、相手をよりいっそう怒らせるだけでしかないだろう、と。

「申し訳ありません」

彼は先に詫びた。

三井晴美が怪訝な顔をし、問うような視線を向けた。

「すみません」

と、犬飼はもう一度頭を下げた。「実は、電話で相談をお願いしたいと言ったのは、カウンセリングの件ではなかったんです」

まだ意味がわからないからだろう、三井晴美は怪しむような目で犬飼を見ているだけで、何も言わない。ただ、顔からはいましがたまで浮かんでいたにこやかな笑みが消え、硬い表情に変わっていた。

「嘘をついたようになってしまった点は重々お詫びします。ですが、このようにでもしないと、会っていただけないだろうと思ったからなんです」

嘘をついたようになってしまった――わけではなく、嘘をついたのだが、犬飼はそう言った。

「で、ご用件は何ですか？」

三井晴美が怒りを帯びた冷たい声で聞いた。

「隈本洋二郎氏が刺されて亡くなった件に関して、どうしてもお尋ねしたいことがあったんです」

三井晴美の顔に強い警戒の色が浮かんだように感じられた。

「それなら、お話しすることはありません。お帰りください」

と、彼女が立ち上がった。

「待ってください。私の質問だけでも聞いてくれませんか」

犬飼は椅子から腰を離さずに言った。「先月二十五日、三井さんが釧館地裁で証言されたことに関連しているんです」

三井晴美は一瞬逡巡《しゅんじゅん》したように見えた。釧館地裁における証言と聞いたからか。

だが、彼女はすぐに、

「聞きたくありません」

と、強い調子で言った。「どんなことでも、嘘をついて騙した人の話なんか」

「ですから、その点は重々お詫び……」

「詫びて済むことではありませんわ」

三井晴美が犬飼の言葉を遮った。「どうぞお引き取りください」

「一つ……一点だけで結構です。ですから、私の質問に……」

「お答えするつもりはございません。もしこれ以上居座るなら、警察を呼びます」

三井晴美が断固とした調子で言い、テーブルの上に置かれた電話の子機を取った。

「お願いします。三井さんの答えを聞いたら、すぐに帰りますから」

三井晴美が犬飼の言葉を無視し、最初の番号ボタンをゆっくりと押した。たぶん1を。

犬飼は脅すようなことを言いたくなかったが、電話が１１０番につながってしまってからでは遅い。

「あなたがその気なら、私も隈本洋二郎氏とあなたがアメリカで何をしたか、週刊誌に書きますよ」

三井晴美の指が二度目の1を押した後、ぴたりと止まった。

ということは、犬飼がロサンゼルスの探偵社をつかって突き止めた内容は事実だったらしい。

「もし、あなたが私の質問に答えてくれたら、私は調べたことを公表するつもりはありません」

三井晴美が質問に答えようと答えまいと、犬飼にはそれを公表する場はない。いや、インターネットのホームページはあるが、ホームページで他人の個人的な事情を暴く気はなかった。ただ、成り行きによっては小坂井にネタを流すつもりだった。

三井晴美が子機をテーブルに戻し、ふてくされたような顔を犬飼に向けた。

「掛けてくれませんか」

三井晴美が黙って元の椅子に腰を下ろした。

「私に何を聞きたいんですか?」

言い方は投げやりな感じだが、目には不安そうな翳が漂っていた。

「被告人の娘、石峰弥生さんの病気の原因……あなたがカウンセリングを通して突き止めたという彼女のパニック発作特性ＰＴＳＤの原因です」

犬飼は、三井晴美の顔を真っ直ぐに見て、言った。

「それは答えられません」

と、三井晴美が犬飼を見返した。

「なぜですか？」

「証人尋問のとき傍聴席にいらしたのなら、私の言った理由を聞いているはずです。クライアントの秘密に関わることをお話しするわけにはいきません」

あの日、犬飼は小坂井刑事を再度訪ねた後、佐紀子の結婚と弥生の誕生にまつわる疑義に気づいた。弥生は太田純男の子供ではなく、佐紀子の別れた恋人——隈本だった可能性が低くない——の子供ではないか、と。

弥生がもし隈本の娘であって、彼がそれを知っていたとなれば、事件の様相はこれまで考えられていたのとだいぶ違ってくる。犬飼はそう思い、昂奮した。弥生の病気の原因か彼女の出生に関わる件——検事さえ気づいていないと思われるこれらの事実を突き止められれば、行き詰まっていた『有名精神科医刺殺事件』を書き継げるかもしれない……。

しかし、札幌へ帰って海原遥香に第三回公判の模様を書き送った後、毎日頭を絞っても、それらを突き止めるための妙案は浮かばなかった。

そんなとき美鈴が、弥生の出生に関わる件は何の権限もない個人の力で調べるのは無理ではないか、と言い出した。病気の原因に的を絞るべきではないか、と。的を一方に絞ったからといって、すぐに巧い考えが出てきたわけではない。小坂井によれば、三井晴美だけでなく、弥生も相沢悦朗もそれについての返答は拒否しているという話だった。三人の他にそれを知っている可能性があるのは、佐紀子と弥生の夫ぐらいだろう。が、佐紀子はもとより弥生の夫にしても犬飼に会って質問に答えてくれる可能性は限りなくゼロに近い。

回り回って、結局、犬飼は三井晴美に戻った。五人の中で一番弱いのは弥生と赤の他人の三井晴美であり、もし破れるとしたら三井晴美という〝門〟しかないだろう、と考えたのだ。とはいっても、正面から正攻法でぶつかったのでは撥《は》ね返されるのは目に見えている。

では、どうしたらいいか？

三井晴美の弱みを探り出し、そこから攻める以外にない。卑怯《ひきょう》なやり方だが、背に腹は替えられない。犬飼は善良というよりも臆病なためにためらったが、美鈴は「脅迫罪で警察に捕まらないようにやればいいのよ」と軽く言った。

実は、犬飼は、この前の証人尋問を聴いたときから、三井晴美と隈本洋二郎の関係を怪しんでいた。三井晴美は「恩人あるいは恩師」だと言ったが、アメリカ時代、二人の間には本当にそれだけの関係しかなかったのだろうか、と。もし男と女の関係があったとすれば、彼女の弱みを押さえることができる――。

ただ、この調査にはアメリカへ行く必要があるかもしれないため、犬飼は躊躇した。金と時間をかけてアメリカまで行っても、調査が成功するとはかぎらない。いや、たとえ調査がうまくいって、さらに思ったとおりに三井晴美の口を開かせられたとしても、それが『有名精神科医刺殺事件』というノンフィクションに結実するという保証はない。

犬飼はまず、アメリカへ行かなくても済む方法はないかとインターネットを探った。すると、ロサンゼルスで探偵業を営んでいるロバート・サトウという男性――写真で見ると三、四十代の日系人らしい――のホームページにぶつかった。企業・個人の信用調査から人捜しまで何でも請け負う、という日本語で書かれた日本向けの広告である。銀行員時代に犬飼は英語の研修を受けていたが、アメリカの探偵社と英語だけで交渉しなければならないとなったら、二の足を踏んだだろう。こちらの意図を相手に正確に伝えられる自信がない。その点、日本語のホームページは犬飼の気持ちを楽にした。

隈本のアメリカ時代についてはいろいろ報道されていたが、三井晴美に関しては彼女が証人尋問で答えた事実しかわからなかった。一九八六年に渡米して大学院で臨床心理学とカウンセリング理論を学んだ後、全米心理療法協会認定セラピストの資格――といっても州公認セラピストのような公的な資格ではないらしい――を取ったこと、隈本とは八七年に知り合ったこと、彼に紹介された心理療法クリニックに勤務していたが、彼の帰国の一年後、九一年に帰国したこと、と。だから犬飼は、ロバート・サトウに連絡を取る前に、彼女の勤務していた心理療法クリニックの名前だけでも知りたいと思った。それを知らせるかどうかで、ロバート・サトウの労力……つまりは犬飼の支払う調査費用がかなり違ってくるはずだからだ。

犬飼の知りたかったことは、青葉ヒーリングルームのホームページを見てわかった。三井晴美の経歴の欄に、アメリカへ留学したことが大きく謳《うた》われ、セラピストの資格を取得してから帰国するまでの二年半、ロサンゼルス市郊外にある「ベアー・メンタルクリニック」で施療に携わっていた、と記されていたのだ。

犬飼は、依頼する前に相手と話したいと思い、ロバート・サトウの探偵事務所に電話をかけた。ロバート・サトウはアメリカで生まれ育った日系三世だそうで、かなり怪しい日本語を話したが、相手の話を聴いたり新聞を読んだりするのは不自由なくできる、という。料金もさほど高くなく、良心的な印象だった。犬飼はもう一度検討したいと言って電話を切り、翌日メールで依頼し、着手金を振り込んだ。

犬飼の求めているのは、隈本と三井晴美が男と女の関係になかったかどうかの情報であり、できればその証拠だった。

ロバート・サトウからの報告は八日後に届いた。初め概略だけ知らせてきて、料金の払い込みが確認されてから詳細な調査結果がメールで送られてきた。

それによると――

隈本はH・ハイマン病院附属精神医学研究所に勤務していたが、同時にベアー・メンタルクリニックの医師も兼ねており、週に一回は同クリニックで診療していた。隈本の診療は、彼の紹介で三井晴美が同クリニックに勤務するようになってからもつづいた。当時同クリニックに勤めていた看護婦と女子事務員は、隈本と三井晴美は単に日本人同士だからという以上に親密に見えたと言い、同じく同クリニックのスタッフだった男性セラピストは、二人が恋人同士だったのは間違いない、と証言した。

男性セラピストは、その証言に関係して興味深い話をした。隈本が日本へ帰る半年ほど前（ということは一九八九年の秋頃か）、彼の車が三井晴美を助手席に乗せてモーテルの駐車場から出てきたとき、酒に酔った農夫が運転するトラクターと衝突。隈本は軽い怪我で済んだものの三井晴美は全治二ヵ月の重傷を負ったのだという。しかも、その事故の裏には、隠された事情があった可能性が高い――。なぜなら、事故を起こした農夫の妻はベアー・メンタルクリニックで三井晴美のカウンセリングを受けていたクライアントで、農夫は妻の件で何度か医院へ怒鳴り込んできていたからだ。要するに、交通事故は偶発的なものではなかったのではないか、とセラピストは言うのだった。

ロバート・サトウの報告によって、隈本と三井晴美が不倫関係にあったのはほぼ確実になった。とはいえ、証拠としては弱い。三井晴美が否認した場合、崩すのは難しい。が、もし事故が男性セラピストの推測どおりだったとわかれば、三井晴美に口を割らせる有力な武器になるだろう。

犬飼は、ロバート・サトウが示した料金の加算を了承し、裏付け調査を依頼した。

その結果、当の農夫の口から次のような事実が明らかになった（農夫は警察に知らせないことを条件にロバート・サトウに話したらしい）。

過食症の農夫の妻は、ベアー・メンタルクリニックへ行って隈本の診断ののち三井晴美のカウンセリングを受けるようになってから、精神状態がおかしくなり、二度も自殺を企てた。それなのに妻は彼の言うことを聴かず、カウンセリングをつづけると言い張った。彼が強制的に止めようとすると悪魔だと叫んで半狂乱になり、最後はナイフを振り回す始末。これはセラピストが良からぬことを妻に吹き込んでいるからにちがいないと思い、彼は二度ばかりベアー・メンタルクリニックへ行って隈本に掛け合った。が、相手にしてもらえず、〈畜生、ジャップのくせに、いまに目にもの見せてやる!〉と心に誓った。その後、妻を二度とベアー・メンタルクリニックへ行かせないようにするには隈本と三井晴美に怪我をさせるのが一番簡単だと考え、ベアー・メンタルクリニックの近くで張り込みをつづけた。そして、二人がそろって出てきた晩、彼らの車のあとを尾けてモーテルまで行き、自宅に帰ってトラクターを取ってきた。彼らの車にトラクターをぶつけるつもりで。

しかし、いざ実行となると怖くなり、二人がモーテルから出るのを待っている間、酒を飲まずにはいられなかった。

トラクターをぶつけた後も運転席で震えていると、相手の車から隈本が降りてきた。農夫は、震えながらも、たまっていた怒りをぶつけた。隈本は農夫の身元と意図がわかったようだ。今夜の件は、あんたのためにも事件にしないほうがいいはずだ、だから過失による事故ということにして、警察には奥さんの件は話さないことにしないか、と提案してきた。あんたの希望どおり、奥さんのカウンセリングは打ち切るから、と。農夫に異論はなかった。わかったと了承し、駆けつけてきた警官の前では妻の話は一切出さず、相手とは初対面であるかのように装った――。

犬飼は、ロバート・サトウの調査によって以上の事実をつかみ、今日、青葉ヒーリングルームを訪ねたのだった。

「三井さんがクライアントの秘密に関わることを話すわけにはいかないと言われる事情はわかります」

と、犬飼はひとまず三井晴美の言い分を認めた。

が、その後ですぐにつづけた。

「ですが、あなたが突き止めたという石峰さんの病気の原因がわからないと、相沢佐紀子が隈本洋二郎氏を刺した事件の真相が見えてこないんです」

「石峰さんの病気の原因と、彼女のお母さんが起こした事件とは何の関係もありませんわ」

と、三井晴美が言った。

「どうしてそう断定できるんですか？」

「私にはわかります」

「それなら、私にも教えてください。自分の頭で判断したいんです。その結果、もし事件に関係がないとわかれば、絶対に口外しません」

「私は刑事さんにも検事さんにも話していません。それなのに、石峰さんと縁もゆかりもない方に、どうして石峰さんの秘密を教えなければならないんでしょうか？」

正論にはちがいない。だが、犬飼は彼女の真意を怪しんでいたので、

「あなたは、本当に石峰さんの秘密に関わることなので話さないんですか？」

と、疑問をぶつけた。

「他にどんな理由があると言うんですか？」

三井晴美が犬飼にきつい視線を向けた。

「あなたの……というか、あなたと隈本氏のためです」

「何を根拠にそんなことを？」

「事件に関係がなかったら口外しないと約束しているにもかかわらず、あなたが話そうと

しないからです」

「その理由はいま申しました。私には、初対面の犬飼さんに話す必要もなければ話さなければならない義務もないからです」

「わかりました。それでは、私にも、あなたと隈本氏に関して調べたことを秘密にしておく必要も義務もないということになりますから、早速何らかのかたちで発表することにします」

犬飼は反撃した。これは取り引きなのだ、と自分に言い聞かせながら。

「卑怯です。私たちが何をしたと言うんですか？　先生か私が、何か法に触れるようなことをしましたか？」

「あなたはしていないかもしれません。ですが、隈本氏はしています。クライアントの夫である農夫を抱き込んで、傷害事件を交通事故に見せかけたのは、立派な犯罪です」

三井晴美の目が大きく見開かれた。驚きと恐怖の色が浮かんでいた。そこまで知られているとは想像していなかったらしい。

「おわかりいただけたと思いますが、私はあなたにフィフティ・フィフティの取り引きを申し出ているんです」

「そんなの、取り引きじゃありません！　脅迫です」

三井晴美が甲高い声を出した。

「脅迫は一切していません」

犬飼は自分を守るためにはっきりと言った。「もしあなたがここを出て行けと言えば、すぐにも出て行きます」

三井晴美が、恨みと悔しさのない交ぜになったような表情をして唇を噛んだ。

「教えてください。あなたが突き止めたという石峰弥生さんのパニック発作特性PTSDの原因を」

三井晴美は答えない。何か策はないかと必死になって考えているようだ。

「そうすれば、私も自分の調べたあなたと隈本氏に関わる件は書きません」

犬飼はつづけた。「約束します」

「わかりました」

と、三井晴美が静かに応えた。話す以外に道はない、と判断したようだ。

しかし、それにしては落ちつきすぎている。もしかしたら、どこかに新しい道でも……

と犬飼が危惧《きぐ》するより早く、

「でも、私の一存では決められません」

と、三井晴美が言葉を継いだ。

「どういうことです？」

犬飼は内心かすかに狼狽《ろうばい》しながら質した。「誰に相談しようというんですか？」

「もちろんクライアントの石峰弥生さんです。石峰さんに伺ってみて、もし石峰さんが犬飼さんに話してもいいというご返事でしたら、お話しします」

三井晴美は余裕を取り戻したようだ。顔にはかすかな笑みが浮かんでいた。

石峰弥生に問い合わせた場合、彼女がどう答えるかは百パーセント明らかだった。

「だって、それは当然でしょう?」

犬飼が追及の言葉に窮していると、三井晴美がつづけた。「石峰さんの秘密に関わる件なんですから、当人の諒解を得るのは」

「しかし、その場合、石峰さんがノーと言ったら、あなたの恩師が殺された事件の真相は永久に明らかにならないかもしれませんよ」

犬飼は言ったが、非常に弱い反撃でしかないことを充分承知していた。

「それならそれで仕方ありませんわ」

「私は事件の真相を知りたいんです。明らかにしたいんです」

「さっきも申し上げたように、石峰さんの病気の原因と事件は関係ないと思います。いえ、たとえあったとしても、石峰さんや石峰さんのお母さんがそれを知られたくないと思っていらっしゃるのでしたら、そちらの意思を尊重すべきではないでしょうか」

犬飼は負けを悟った。話したくない三井晴美の真意がどこにあろうとも、それは道理だったからだ。自分の行為は脅迫ではないと言った手前、それでも〝あんたと隈本の秘密を公表されたくなかったら石峰弥生の病気の原因を明かせ〟とは要求できなかった。いや、たとえ強引にそう押しても、形勢が逆転したいまとなっては三井晴美は恐れないだろう。犬飼の「脅し」を警察に告発して闘う、と反撃するにちがいない。

「わかりました」

と、犬飼は退いた。

三井晴美の安堵した表情の奥に、ふっと勝ち誇ったような色が覗いた。

アメリカの探偵社までつかって彼女と隈本の関係をつかんだのに……と思うと、残念というより悔しいが、仕方がない。

「よろしいでしょうか？　次のクライアントが来られますので」

三井晴美が腕時計を見て、用が済んだのなら帰れと暗に促した。

犬飼は、規定の相談料を支払いたいと申し出た。

が、三井晴美は受け取らなかった。

不本意な結果ではあったが、とにかく時間を割いてくれた礼を述べ、彼は青葉ヒーリングルームをあとにした。

駅へ向かう脚が重かった。安くない費用をかけ、期待していただけに。

途中の児童遊園でビールと缶酎ハイを引っ掛け、来たときのコースを逆に羽田まで行き、新千歳空港行きの飛行機に乗った。

羽田と新千歳空港の間は電車並みの間隔で飛行機が行き交っているので、料金さえ問題にしなければ近かった。これからどうしたらいいか、犬飼が答えを出せないでいるうちに、飛行機は北海道の地に着いた。

犬飼は、ＪＲの快速エアポートに乗ってからも考えつづけた。弥生の出生に関わる件を調べる手立てはなく、彼女の病気の原因を突き止める道も断たれたいま、自分に何ができるか、と。何がわかれば、事件の真相に近づけるか……。

犬飼の頭に、〈去年の七月、佐紀子が隈本の研究室に二度目の電話をかけた頃、弥生の様子、状態を調べてみたらどうか〉という考えが浮かんだのは、電車が札幌に着く直前だった。もし、その頃、弥生にパニック障害が再発するか、別の何らかの心の病に冒されていた形跡があれば、佐紀子が隈本に電話した目的は、以前犬飼が考えたとおりだった可能性が高くなる。つまり、一九九六年一月のときと同じように、弥生の病気について相談した、というわけである。ただし、今度は「友人の娘さん」などという嘘はつかずに。

もしこの想像が当たっていれば、その後、佐紀子と隈本が深い関係になった――元恋人同士だったとすれば関係を復活させた――事情はうまく説明できる。

反対に、去年の七月頃、弥生が心の病に冒されていた形跡がなければ、佐紀子が隈本に電話した目的は弥生の病気の相談ではなかった可能性が高く、そのときは振り出しに戻って考えなければならない。

いずれにしても、六年半の間を置いて佐紀子が隈本の研究室にかけた二度目の電話は、それから十月五日の事件に至るまでの経緯を読み解く鍵であろう。その意味がはっきりしなければ、事件の真相に到達するのは難しい。

しかし、去年の七月頃の弥生の状態を調べるといっても、具体的にどうしたらいいか？〝石峰という姓の裁判官〟というセンから弥生の住所を調べ、近所を聞き込む――。犬飼にできるのはその程度だった。

近所を聞き込んだぐらいで、去年の夏、弥生が心の病に冒されていたかどうかを突き止めるのは難しいかもしれない。また、金もかかる。

だがここで諦める気にはなれなかった。

犬飼の脳裏に、自分の推理とそれに基づいた調査を海原遥香に売れないだろうか、という考えが浮かんだ。これまでは、ロバート・サトウをつかって調べた事実や三井晴美に当たった経緯を海原遥香に報告する気はなかった。が、打診してみてもいいかもしれない。売れなくて元々だし、もし買ってもいいという返事がきたら、調査費用の全額とはいかなくても、半分ぐらいは取り戻せる。これからも何度か東京まで行って調べなければならないことを考えると、その金は大きかった。

犬飼がアパートに帰ったとき、美鈴はまだ帰っていなかった。早番なのでおっつけ帰るだろうが、今夜の食事当番は彼女なので、犬飼は何もする必要がない。缶ビールを飲みながらパソコンに向かい、海原遥香に送る売り込みのメールを書いた。自分は、事件の真相に被告人の娘である石峰弥生の心の病が大きく関わっている可能性があると考え、調べている。しかし、これは自分の推理でしかないため、報告する必要があるかどうか、依頼者の意向を伺いたい。そういう文面だった。

犬飼がメールを送ると、海原遥香の返事はその晩のうちに届いた。結論は「報告する必要はない」というものだった。特に乱暴な言葉遣いがされているわけではないものの、文章からは〝余計なこと〟をしている犬飼に対する怒りが感じられた。

私は、自分の代わりに釧館へ行って警察やホテルの従業員から話を聞いてほしい、裁判を傍聴して法廷の様子を詳しく知らせてほしい、とは依頼したが、事件を推理してくれと言った覚えはない。ましてや、その推理に基づいて調べてほしいと頼んだことは一度もない。そうした調査は今後とも必要ないし、つづけても無駄になるだけなので、即刻打ち切ってもらいたい――。

ところが、翌日の昼、受信トレイを覗くと、前夜の返事の四十数分後に送られた海原遥香のメールが届いており、そこには次のように書かれていた。

――先ほどは、報告していただく必要がないとご返事しましたが、せっかくお調べになったのにそれでは申し訳ありませんので、料金をお知らせください。もう一度検討し、犬飼さんの推理と調査の結果を伺うかどうか、決めたいと思います。ただし、もし報告をいただくことになっても今回限りで、今後の調査は無用ですので、その点はどうかご承知おきください。

犬飼に申し訳なく思ったというのは口実で、彼の推理と調査が気になったにちがいない。犬飼はそう思ったが、理由はどうでもかまわない。一度は諦めた件が生き返ったので嬉しかった。彼は、調査に要した費用の三分の一の料金を決め、諒解したという返事を出した。

2

森島は、大杉裁判長による有吉美希に対する偽証の警告、証言拒絶権の告知などを聞きながら、証言台の向こうの相沢佐紀子を見ていた。

女性刑務官に挟まれた佐紀子は、いつものように俯きがちに静かに座っていた。彼女が何を思い、考えているのか、森島には相変わらず見当がつかない。一見、従容《しょうよう》として裁きの結果を受け入れようとしている、そんな感じがしないでもないが。

四月二十四日(木曜日)——。

午前十時から隈本事件の第四回公判が始まり、森島は朝目覚めたときから引きずっていた息子・宏一の問題を心の奥に封じ込めたところである。

今日の証人尋問で証拠調べの主なところは終わりになるだろう、と思う。その後、弁護人がどういう証人を出してこようと、有罪の判決が下されることはほぼ間違いない。それは、起訴した検事としては喜ぶべきことだった。それなのに、森島は気が晴れなかった。わからないことが多すぎた。弥生の病気と事件との関わりの有無、佐紀子が隈本と深い関係を結ぶようになった理由と経緯、そして佐紀子の犯行動機……と。そのため、森島は、事件が自分の立証しようとしているとおりのものなのかどうか、自信が持てないのだ。自分の知っている佐紀子の犯行として違和感があるのである。

といって、佐紀子が口を開かない以上、どうにもならない。彼女が、自分の隠していることを明かすより殺人の罪で有罪になるほうを選ぶ、というのなら、そのとおりにする以外に方法がなかった。森島としては、これまで、たとえ裁判で負けても真実を明らかにしたい、と考えてきた。それなりの努力もしてきたつもりである。しかし、もはや時間切れだった。

大杉裁判長が有吉美希を証言台の椅子に掛けさせ、森島に尋問を促した。

森島は一礼して立ち上がると、

「それでは証人にお尋ねします」

と、有吉美希に言った。

有吉美希が小さな椅子の上で窮屈そうに身体をにじり、森島を見た。とりわけ美人というのではないが、長い付け睫《まつげ》と濃いアイシャドウを施した目はくりくりと大きく、スーパーのチラシに水着のモデルとして載ったことがあるという均整の取れた容姿とともに彼女の〝売り〟のようだった。年齢は二十一歳。高校を中退して美容学校に通っていたらしいが、現在はタレント志望のフリーターだという。

「証人は東京にお住まいだということですが、釧館へはいつ来ましたか?」

森島は最初の質問をした。

「昨日です」

髪を赤く染めた女が一瞬戸惑ったような表情をして答えた。その大きな目は、〈何よ、昨日ホテルで会っているのに〉と言っているようだった。

「昨夜は釧館のどこに泊まりましたか?」

森島はかまわずに聞いた。

「釧館ユニバーサルホテルです」

と、有吉美希が答えた。

「釧館ユニバーサルホテルに泊まったのは初めてですか?」

「いいえ、二度目です」

「最初に泊まったのはいつですか?」

「去年の十月五日です」

有吉美希の返答と同時に傍聴席に小さなざわめきが起きた。

「去年の十月五日というと、夜、釧館ユニバーサルホテルで隈本洋二郎氏が包丁で刺されて死亡したときですが、ご存じですか？」

「はい」

今度は、有吉美希が当然じゃないかという目をした。

「証人は、その晩……去年の十月五日に泊まった部屋を覚えていますか？」

「覚えています」

「何階の何号室でしょう？」

「八階の八一三号室です」

「では、同じ晩、隈本洋二郎氏が死亡した部屋は？」

「九階の九〇八号室です」

「証人は、どうしてそれほどはっきりと覚えているんでしょう？」

森島は次第に核心に近づいていった。

「忘れられるわけがありません。隈本先生に呼ばれて釧館まで来たのに、先生があんなふうに殺されてしまったんですから」

有吉美希の言葉に、再び傍聴席がざわめいた。迫田弁護士の顔にも一瞬驚いたような色が浮かんだ。が、被告人席の相沢佐紀子だけは顔を上げず、表情を変えなかった。

「証人が隈本氏に呼ばれて釧館まで来た、ということは、証人と隈本氏は前からの知り合いだったわけですね?」

森島は質問を継いだ。

「はい」

「どういう関係だったんでしょう?」

「恋人です」

有吉美希が悪びれた様子もなく答えた。恋人、つまり彼女は隈本の愛人だったと言っているのだ。

「いつ、どこで知り合ったんですか?」

「事件の半年ぐらい前、私、テレビ太陽の『笑ってすっきり!』に出たんですけど……そのとき先生と一緒だったんです」

有吉美希が得意げに答えた。

彼女によると、『笑ってすっきり!』というバラエティー番組に出演し、ゲストの隈本に摂食障害について相談する役回りをつとめたのだという。

「去年の十月五日、隈本氏は講演のために釧館へ来たわけですが、彼はいつ、何と言って証人を釧館へ呼んだのですか?」

「一週間ぐらい前に電話がかかってきて、講演会の翌日、一緒にドライブをしないか、って言われたんです。五日の夜はあまり遅くならないうちに引き上げるから、夕食を摂ってホテルの部屋で待っているように、って」

「証人が泊まった部屋は誰が予約したんですか？」

「私です。先生に言われてですけど」

「ということは、隈本氏はその晩、恋人である証人と一緒に夜を過ごすつもりだったわけですね？」

「ええ」

「どちらの部屋に合流するつもりだったんでしょう？」

「私の部屋です。そのためにダブルの部屋を取りました」

「理由は？」

「隈本先生は有名人なので、私が先生の部屋へ入るところを写真にでも撮られたらまずいと思ったんじゃないですか」

「隈本氏がそう言ったんですか？」

「言ったわけじゃないですけど」

「隈本氏の部屋に誰か別の人が訪ねてくる予定になっていた、そのために隈本氏が証人の部屋へ行くようにした、電話からそんな様子は感じられませんでしたか？」

「べつに感じませんでした」

「十月五日の晩、あなたが釧館ユニバーサルホテルの部屋で待っているとき、隈本氏から連絡はありましたか？」

「ありました」

「何時頃でしょう？」

「九時五十分頃です」

九時五十分というのは、隈本がその十分ほど前に部屋へ帰り、佐紀子が来るのを待っていた頃と思われる。

「何て言ってきたんですか？」

「いま、ホテルへ戻ったところなので、一時間ほどしたら、そちら……私の部屋へ行くからって」

「一時間ほどしたら、と言ったのは間違いありませんか？」

「ありません」

「すぐにではなく、一時間もしてからというのはどういうわけでしょう？　隈本氏はその理由を説明しましたか？」

「はい、しました」

「何て言ったんでしょう？」

「大事な電話がかかってくることになっているから、って」

「部屋に？」

「はい。電話ならケータイだってあるのにと私が言うと、相手は先生のケータイの番号を知らないからここで待っているしかないんだって」

「隈本氏は、人が訪ねてくることになっているとは言わなかったんですね？」

「言いませんでした」

「あなたは、自分のほうから隈本氏の部屋へ行ってみようとは思いませんでしたか？」

「思いました」

有吉美希が打てば響くように答えた。「電話がかかってくるだけなら、私が先生と一緒にいたって相手にはわかりませんから。でも、私がそう言って、行ってもいいかって聞くと、先生が駄目だと怒ったように答えたんです。絶対に誰にも見られないようにするからと言っても、それだけはやめろって」

「それで、あなたは隈本氏の部屋へ行くのを諦めた？」

「はい」

「自分の部屋で何をしていたんですか？」

「ケータイでメールを読んだり、メールを送ったりして……それから、半分ぐらいはテレビを見ていました」

「何時頃まで？」

「十一時頃です」

「それからどうしましたか？」

「一時間を過ぎても先生は来ないし、遅れるとも何とも言ってこないので、先生のお部屋に電話しました」

「隈本氏は電話に出ましたか？」

「いいえ」

「では、誰か別の人が出ましたか？」

「はい」

「証人はどうしましたか？」

「先生だと思って、電話はまだかかってこないのって聞こうとしたら、相手がホテルの人だと言って私の名前を聞いたので、間違ったのかと思い、慌てて受話器を置きました」

そのとき有吉美希の電話に出たのは、佐紀子の電話を受けて部屋へ駆けつけたフロント係、浅井和典だった。

「その後、証人は電話をかけなおしましたか？」

「いいえ」

「間違ったと思ったのなら、どうしてかけなおさなかったのでしょう？」

「かけなおそうとしていたら救急車の音が聞こえてきて、その後も救急車かパトカーかわからないサイレンの音が何台もホテルのほうへ近づいてくるみたいだったので、何となくそのままになってしまったんです」

「しかし、その時点の証人は、救急隊員や警察が隈本氏の部屋へ向かってきているとは知らなかったわけですね？」

「知りませんでした」

「それを知ったのはいつですか？」

「二、三十分してからです。廊下へ出てみると、誰かが、九階に泊まっていた精神科医の隈本洋二郎が刺されて重体らしいとか、死んだらしいとか、話していたんです」

「それを聞いて、あなたはどうしましたか？」

「それはもう、びっくりしました」

有吉美希はそのときのことを思い出したらしく、目を丸くして驚きの表情を見せた。

「しかし、あなたは、部屋で隈本氏と会う約束になっていたことを警察に話さなかったわけですね？」

「話しませんでした」

「どうしてでしょう？」

「事件とは関係ありませんし、亡くなった先生が知られたくないと思っていたことをわざわざ話す必要はないですから」

有吉美希が話さなかったのは彼女自身があれこれ刑事に聞かれるのが嫌だったからだろうが、それはこの際、関係ない。

ただ、警察は彼女が言ったようには考えなかった。事件の直後に隈本の部屋に電話してきて、応対した浅井がどなたかと聞いたとたん切ってしまった女の存在を、小坂井たちは意識にとめていた。直接的にはともかく、事件と何らかの関わりがあるのではないか、少なくとも捜査の参考になる事実を知っているのではないか、と。そして、つかわれたのが館内電話だったということを手掛かりに、当夜の宿泊客の中から有吉美希を割り出したのだった。

小坂井たちが有吉美希に当たると、彼女は悪びれた様子もなく事実を語った。

それによって、森島は、自分の描いていた事件の構図〝竜の画《え》〟に最後の睛《ひとみ》を描き入れることができたのだった。

「隈本氏が被告人に刺されて死んだことを証人が知ったのはいつですか?」

森島は質問を継いだ。

「翌日の朝です」

と、有吉美希が答えた。「テレビのニュースで見たんです」

「そのとき、証人はどう思いましたか?」

「殺されたなんて可哀想だと思いました」

「それだけですか?」

「ショックでしたし、少し腹が立ちました」

「腹が立った?　それはどういうわけで?」

「私には絶対に部屋へ来るなと言っておきながら、別の女の人と会っていたからです」

「もし隈本氏が生きていたら、証人はどうしたと思いますか?」

「たぶん喧嘩したと思います」

「では、被告人の側から見ても、隈本氏のやり方は腹が立ったと思いませんか?」

「被告人の側から見て……?」

有吉美希が怪訝そうに聞き返した。

「被告人の立場に自分を置いてみたら、という意味です」

森島は、迫田が異議を差し挟むのではないかと思いながら言ったが、弁護人席から声は上がらなかった。

「先生のやり方というのは、私を東京から呼んでいたということですか?」

「そうです。被告人と夜ホテルの部屋で会う約束をしておきながら、同じホテルに被告人よりずっと若い恋人、つまりあなたを東京から呼んでいた、ということです」

「それは頭へきたと思います。もし先生が私のことを話すか、その人に私のことを知られたら、ですけど」

森島は有吉美希に礼を言って、尋問を終えた。

事件当夜、同じホテルに有吉美希が泊まっているのを佐紀子が知っていた、という証拠はない。が、何らかの理由から隈本が佐紀子との関係を終わらせようとしていたとすれば、東京から呼んだ若い愛人についてこれ見よがしに話したとしても不思議はない。あるいは、早く帰れと言わんばかりの隈本の態度に不審を抱いた佐紀子が問い詰め、彼が明かした可能性もある。被告人が黙秘しているため、推定に頼らざるを得ないが、これで、凶器を準備したときから被告人の中に醸成されつつあった隈本に対する殺意がはっきりと固まった、つまり、冒頭陳述で述べた〝不倫関係のもつれから殺意をもって刺した〟はほぼ立証できたと見ていいだろう。

昨年の暮れに一審の判決が出た和歌山・毒物カレー事件では、検察側の推定した動機が否定されながら、動機不明のまま有罪の判断が下された。犯行の事実や殺意の存在を示す直接的な証拠は何一つなく、すべてが状況証拠でしかなかったにもかかわらず。しかも、被告人は犯行を否認していた。犯行を強く否認したうえで黙秘を通していた。一方、隈本事件では、被告人の相沢佐紀子は隈本を刺した事実は認めている。殺意の有無についても、肯定はしていないが、否定もしていない。一切黙秘である。黙秘権の行使は憲法に保証された権利であり、有罪・無罪の判断材料にはされない。とはいえ、被告人の態度は、判事たちの心証形成に小さからぬ影響を及ぼすだろう。もし殺意がなかったのなら、「なかった」と明言したうえで黙秘を貫くのが、誰が考えても妥当な対応なのだから。また、殺意があったにもかかわらず無罪判決を狙って黙秘を貫いているなら、それこそ初めに声高に罪状を否認したはずである。

いずれにせよ、いまひとつはっきりしないし、すっきりしないが、これで森島の描こうとした〈事件の構図〉は完成したのだった。

森島は、有罪判決を確信した。

ただ、それでいて、彼のいまの心境は満足感、達成感からはほど遠かった。本当にこれでいいのか、という内なる声に苦しめられていた。佐紀子が口を開かない以上やむをえないではないか、と自分の胸に言い聞かせながらも、自分の描いた構図がもし誤っていたら、と恐れた。

――しかし、これ以上、自分に何ができるのか、何をどうしたらいいのか？

森島は、迫力の全然感じられない迫田弁護士の反対尋問を上の空で聞きながら、考えつづけた。

だが、これといった方法は浮かんでこなかった。

再会

1

五月十日（土曜日）の午後一時半過ぎ、犬飼は地下鉄千代田線の千駄木駅で電車を降りた。朝、札幌のアパートを出て新千歳空港から羽田まで飛び、モノレールと地下鉄を乗り継いできたのである。

前回、東京に来たのは四月十六日。まだ一月と経っていないが、この間、隈本事件の第四回公判が開かれ、裁判はいよいよ検察側の描いた筋書きどおりに進んでいた。

犬飼は地上に出て、団子坂を登り始めた。

東京に住んでいた頃、不忍通りを何度か車で通ったことがあるので、このあたりの地理は頭に残っていた。

一昨日、美鈴と円山公園を散歩したとき——美鈴はゴールデンウィーク中に出勤したので代休を取った――公園の桜はまだ二、三分咲き。風も肌寒かった。が、東京はすでに初夏の陽気だった。日射しが強く、汗をかいたので、犬飼は坂の途中でジャケットの下に着ていたセーターを脱ぎ、ショルダーバッグに入れた。

坂をほぼ登り切ったところで右に折れた。

二百メートルほど行くと、道路の左側に複雑な形をしたマンションが建っていた。

植え込みの間にアーチ型の門が付いたそのマンションが石峰弥生の住んでいるメゾン団子坂だった。

犬飼はこのマンションを東京の探偵社に依頼して調べた。彼の場合、探偵といっても専門の教育や訓練を受けたわけではないので、苦労して自分で調べるより頼んだほうが早いし、安上がりなのだ。

弥生の住所と一緒に夫・石峰武の勤務地なども調べてもらうと、〈昭和六三年四月任官。現在、横浜地方裁判所勤務〉という事実がわかった。

その後、犬飼は、石峰武が四×期司法修習生だったことを自分で調べ、同期の修習生の中に釧館地検検事の森島宏之がいた事実、当時、相沢悦朗が司法研修所の教官だった事実を突き止めた。

相沢悦朗がかつて司法研修所の教官を務めていたことは知っていたので、もしかしたら石峰武は彼の教え子ではないかと思っていた。だから、そう判明しても驚かなかったが、同期に森島検事がいたのは意外であり、驚きだった。同期の司法修習生といっても何百人もいるだろうから、二人の間に交友関係があったとはかぎらないし、また、二人が相沢悦朗の指導を受けたともかぎらないが。いずれにしても、今回の事件と直接の関わりはないだろう、と犬飼は思った。森島検事が個人的な事情から被告人の追及に手心を加えるのは難しいし、これまで犬飼が見てきたかぎり、そうした様子は窺えなかった。

門をくぐって玄関を入ると、管理人室があった。

窓口に人の姿はない。

一九八一年に建てられたマンションだという報告だったから、最近のセキュリティシステムは設置されていないだろうと思ってきたが、管理人の不在は幸運だった。

犬飼は、管理人が顔を覗かせないうちにロビーへ入り、郵便受けを素早く調べた。七〇三号室に「石峰」の名札を見つけ、エレベーターに乗った。

七階で降りるとちょっとしたホールになっていて、そこから右と左それぞれに鉤形《かぎがた》に廊下が延びていた。

廊下の両側に部屋が並んでいるので、外は見えない。照明は暗くないが、明るい太陽の下から来たせいか、ビニールタイルの廊下は何となく寒々と感じられた。

ホテルのような案内表示はないし、方向がわからないから、犬飼は初め左の廊下を行き、途中で戻って右へ行った。

石峰の表札が付いた七〇三号室は奥から二番目、右側の部屋だった。

犬飼は今日、場合によっては石峰弥生に直接ぶつかるつもりでいた。ぶつかっても、たぶん何も聞けないとは思うが、顔を見るだけでもいい。

ただ、その前に近所の住人に当たり、石峰弥生の様子について話を聞くつもりだった。佐紀子が隈本の研究室に二度目の電話をかけた去年の七月頃、弥生がどのような状態だったかを探るために。パニック障害が再発するか、あるいは別の心の病を得て、もし深刻な状況にあったとすれば、近所の住人の話の中にそれを示すものが見いだせるのではないか、犬飼はそう考えていた。

石峰弥生の個人的な秘密を暴くのは犬飼の本意ではない。だが、相沢佐紀子が隈本を刺した事件の真相につながっている可能性があるかぎり、知る必要があった。犬飼の想像が外れて、もし事件と関係がないとわかったら、もちろん表に出すつもりはないし、海原遥香への報告書にも書かない。海原遥香の意に反して、犬飼が「余計な推理と調査」をつづけているとわかれば、契約を打ち切られるおそれがあった。

犬飼は、石峰家の両隣りの七〇一号室と七〇五号室、向かいと斜向《はすむ》かいの七〇二号室、七〇四号室、七〇六号室と順にチャイムを鳴らした。だが、不在なのか、居ても出ないのか、四軒目までは応答なし。五軒目の七〇六号室、木島《きじま》という表札が出た部屋まで来てやっと応答があった。それも、昼寝から覚めたばかりのような大儀そうな女性の声で。その声からは、訪問者の用件によってはすぐにもインターホンの送受器を元に戻してしまおうという意思が窺えた。

犬飼は相手にその判断をさせないように、

「私は、七〇三号室にお住まいの石峰さんの奥さん、弥生さんの妹さんについて家族調査を頼まれた者です」

と、考えてきた言葉を口にした。

相手が石峰弥生に兄弟姉妹のいないことを知っていたら嘘とばれるが、石峰家が近所とたいした付き合いはしていないだろうという判断に賭けたのだ。

「ついては、五分ほどで結構ですから、姉の弥生さんについての話を聞かせていただけないでしょうか」

犬飼は、相手が言葉を挟む前につづけた。

「私、石峰さんの奥さんのことなんか何も知らないわ」

声の感じからすると四、五十代ではないかと思われる女が応えた。何も知らないと言いながらも拒否しているのではなさそうだった。犬飼の述べた訪問の理由に興味を引かれたのか、声から面倒臭そうな調子が薄れていた。

第一関門、突破である。

「もちろんご存じのことで結構です」

と、犬飼は言った。

「でも、顔を合わせたときに挨拶をするぐらいなのよね」

「もし差し支えなかったら、玄関に入れていただけませんか」

「そうね、廊下で話していて、ご本人が出てきたらまずいものね」

じゃ、ちょっと待って――と女が言って、インターホンを切り、四、五分してドアを開けた。

声から想像したとおり、年は四十三、四歳。目の細い、顔も身体もぽってりした感じの女性だった。木島家の主婦にちがいない。

犬飼は、おじゃましますと言って、中へ入った。

「学校が土曜日も休みなんて、何もいいことがないわ。息子たちは、ただうちにごろごろしているだけで……」

と、女が暗に一人ではないことを示すためか、脱ぎ散らかされた大きなスニーカーを片付けた。

「ご面倒をおかけして恐縮です」

「べつにいいわ。忙しいわけじゃないから」

女が上がりがまちに戻った。

明かりの下で見る女の顔には白粉《おしろい》の斑《むら》ができていた。ちょっと待ってと言ってからドアを開けるまで四、五分かかったのは、急いで化粧していたのかもしれない。

「石峰さんの妹さんの家族調査って、結婚のため？」

女が聞いたので、そうだと犬飼は答えた。

相沢佐紀子が隈本洋二郎を刺した事件はマスコミが大騒ぎしたから、たぶん女も知っているだろう。が、石峰家と佐紀子との関わりについては何も知らないらしいので、犬飼はほっとした。

「ただ、さっきも言ったけど、私、石峰さんの奥さんのこと、ほとんど何も知らないのよね。ううん、私だけじゃないわ。ご主人が裁判官だからかどうか知らないけど、石峰さん、ご近所のどなたともお付き合いがないみたい」

女が言った。

「石峰さんのご主人は裁判官なんですか？」

犬飼は知らないふりをして尋ねた。

「そう。ご主人がまだ東大の学生さんだった頃からお隣りに住んでいた富田《とみた》さんが言っていたから間違いないわ」

「富田さん……？」

「いまは君塚《きみづか》さんがおられる七〇五号室……うちの真向かいに住んでいたんだけど、二、三年前に越しちゃったの」

「石峰さんのご主人は学生時代からこのマンションに住んでいるんですか?」

「そうみたいよ。うちは五年前に越してきたから、詳しいことは知らないけど。ああ、そう言えば、最近、石峰さんのご主人、全然見かけないわ。以前は廊下やエレベーターで時々顔を合わせたのに。遠くに転勤になって、単身赴任しているんじゃないかしら?」

弥生の夫・石峰武は二年前の四月から横浜地方裁判所に勤務しており、その後転勤になったという事実はない。

だが、犬飼は女の話に引っ掛かるものを感じ、

「最近というのはいつごろからですか?」

と、聞いた。

「そうね……はっきりしないけど、半年以上にはなるわね」

女がちょっと考えるような目をして答えた。

「たまたま木島さんと顔を合わせないだけとは考えられませんか?」

「そうじゃないわね。単身赴任かどうかはともかく、ここに住んでいないのは確実だと思うわ。見かけないだけじゃなく、朝、奥さんに見送られて玄関を出て行く音も聞こえないから」

「以前は聞こえていた?」

「斜向かいといってもすぐ前だから、ドアの音はお隣りさん以上によく聞こえるの」

「石峰さんの奥さんは住んでいるわけですね？」

「奥さんと愛ちゃんはね。愛ちゃんというのはお嬢さんの名前」

それが事実なら、どういうことだろう、と犬飼は思った。石峰武は妻子と別居したということだろうか。事件とは関係ないと思われるが、少し気にならないではなかった。

「ご主人がどうしたのか、奥さんに聞いたことはないんですか？」

「ないわ。顔を合わせたとき、話しかけようとしても、挨拶もそこそこに逃げるように部屋へ入ってしまうんだもの」

「愛ちゃんという子と話すことは？」

「あるわ。愛ちゃんは小さい頃から顔を合わせると『こんにちは』って可愛い声で挨拶してくれる子だから。でも、話すっていっても、学校のことなんかを私が聞くと短く答えてくれるだけ……。たいがいはお母さんと一緒だし、うちのことを探るような質問はできないわ」

「お子さんは一人ですか？」

「二人よ。男の子ばかり……」

「いえ、石峰さんのお宅の？」

「あら、ごめんなさい」

女が照れ笑いして、「一人よ、愛ちゃんだけ」

「愛ちゃんは何歳ですか?」

「この四月から四年生だから、九歳じゃないかしら。目白にある仁愛《じんあい》女子大の付属小に行っているの。そうそう、私立は土曜日も学校のところが多いから、今朝もランドセルをしょって出て行ったわ」

木島家の主婦は、何も知らないと言ったわりにはよく知っていた。

「石峰さんの奥さんが近所と付き合いをしないのは、ご主人が裁判官だからというより、別の事情からである可能性はありませんか?」

犬飼は本題に迫った。

「別の事情から?」

女が怪しむような目で犬飼を見た。

「例えば、内気な性格で他人との交際が苦手だからとか、病気がちで人と話すのが辛いからとか……」

「病気か……。そういうこともあるかもしれないわね。痩せていて顔色が悪く、いつもどこか心配事を抱えているような暗い目つきをしているから」

「いつも暗い目つきをしているんですか?」

「私、石峰さんの奥さんの笑っている顔って見たことがないわ」

「それは以前と最近とでは……」

「ずっとよ」

女が犬飼の質問を途中で遮った。「五年前、私たちがここへ越してきてから、ずっと」

「去年の六、七月頃、特にその傾向が強かったということはありませんか?」

「去年の六、七月頃?」

女が怪訝な顔をし、「六、七月と言えばちょうど梅雨の頃だけど、その頃、何かあったの?」と逆に聞き返した。

「妹さんの知り合いによると、もしかしたらその頃体調を崩していたのではないかという話だったんです」

「石峰さんの奥さんが?」

「ええ」

「はっきりした記憶はないけど、去年の梅雨の頃に特に……といった覚えはないわね」

「その頃、家に引き籠もって全然顔を見せなかったとか、入院したといった噂を聞いたとか、は?」

「それはないわ。もしそんなことがあれば、愛ちゃんが学校へ行くとき、奥さん以外の人……ご主人か親戚の人とかが送り出したはずだけど、そんなことはなかったから」

「いつも奥さんが送り出していた?」

「そう」

ということは、弥生の心の病気について相談するために佐紀子が隈本に二度目の電話をかけた——という犬飼の推理は間違っていたのだろうか。それとも、弥生の心の病気は、かなり深刻な程度だったにもかかわらず、外から見ただけでは気づかない種類のものだったのだろうか。

「いま親戚の人と言われましたが、石峰さんのお宅には親戚らしい人がよく来ていたんですか？」

犬飼は質問を変えた。当然、肯定の返事がかえってくるだろうと予想して。

が、木島家の主婦は、

「いえ、それが全然」

と、首を横に振った。

「ご主人の両親、あるいは奥さんの両親らしい人も？」

犬飼は思わず相手の顔を見つめた。たぶん怪しむような目で。

「一度も見たことがないわ。今度ご縁談があったという妹さんらしい人も」

と、女がきっぱりと答えた。「私たちがここに住むようになってから五年になるのに、考えてみると、石峰さんの家に親戚らしい人が訪ねてきたのを見た覚えがないのよね。両方のご両親は健在なんですか？」

「ご主人のほうは知りませんが、少なくとも奥さんのご両親は健在です」

「よほど遠くに住んでいるとか……？」

「いまは北海道ですが、去年の夏までは甲府に住んでいました」

「甲府だったら、新宿から特急で二時間もかからないわよね」

「ええ」

「じゃ、私が気づかなかっただけで、時々は奥さんのご両親は来ていたのかもね。娘さんとお孫さんの顔を見に」

「たぶん」

「ううん、でも、変だわ」

と、女がつぶやいて首をかしげた。「全然それらしい様子がなかったなんて」

「…………」

「うん、やっぱり変よ」

犬飼が黙っていると、女が自分で応え、「奥さん、実家の両親と喧嘩でもしているんじゃないかしら？」と問う目を向けた。

「喧嘩ですか」

「そう。それで奥さん、あんなに暗い顔をしているんじゃないかしら？」

犬飼は首をかしげた。

それでは、佐紀子が弥生の心の病を相談するために隈本に電話した、という犬飼の推理は成り立たない。もちろん犬飼の推理が正しいという保証はないが、それが崩れると、せっかく説明のついた〈去年七月の電話の後、佐紀子と隈本が親しい関係を結ぶようになった事情〉がまたわからなくなる。

犬飼は礼を言って木島家の玄関を出ると、もう一軒ぐらいは……と思って、廊下の両側に並んだ部屋のチャイムを鳴らしていった。が、前と同様に応答のない家が多く、あっても木島家の主婦のようにはうまくいかなかった。インターホンを通して犬飼の二、三の質問に答えてくれただけで、ドアを開けようとはしなかった。

犬飼は、石峰弥生にぶつかってみようと心を決め、七〇三号室の前へ戻った。

――隠された事実が明らかになれば、たとえ有罪判決が出ても刑を軽くできるかもしれない。だから、お母さんのために知っていることを話してほしい。

そう弥生を説得するつもりで。

しかし、二度、三度とチャイムを鳴らしても、応答がなかった。

どこかへ出かけているらしい。

このまま引き上げるつもりはないが、かといって廊下にずっと立っていたら怪しまれる。

犬飼はしばらくマンションの中を歩き回ってこようと思い、エレベーターホールへ向かって歩き出した。

そのとき、廊下の角からランドセルをしょった少女が現われた。年は十歳ぐらい。服装は紺のブレザーに紺のスカート、縁のある紺の帽子と、私立の小学校の制服のようだ。

――木島家の主婦の話した石峰夫婦の一人娘、愛にちがいない。

犬飼は直感し、近寄ってきた少女に、

「こんにちは」

と、声をかけた。

見たこともない男に挨拶されたからか、少女はどこか警戒するような目で犬飼を窺った。

「こんにちは」と小声で挨拶を返し、足早に横を通り過ぎようとした。

「あ、きみ」

犬飼は呼び止め、「きみは石峰愛ちゃんかな?」と聞いた。

少女が身体を半分犬飼のほうへ向け、こっくりした。見知らぬ人間が自分の名前を知っていたことにびっくりしているようだ。

「ああ、僕はお母さんに用事があって訪ねてきたんだけど、留守みたいなんでね。お母さん、どこかへ出かけたのかな?」

「どこにも出かけていないと思います」

と、愛が答えた。緊張し、どういう素性の人間だろうと推し量っているような表情をしている。利発そうな目をした少女だ。

「でも、なんべんチャイムを鳴らしても、誰も出ないんだけどね」

愛は犬飼の意図を探るように彼を見つめている。

「きみが学校から帰る前に買物にでも行ったんじゃないのかな」

「行きません」

はっきりと否定した。

「どうしてそう思うの？」

「お母さん……母は、私が帰るまではお買物に行きません」

「じゃ、チャイムを鳴らしても出ないのはどうしてだろう？」

愛が答えずに下を向いた。

「何か理由があるんだね？」

「………」

「例えば、きみ以外の人が来ても、出ないようにしているとか……」

少女がちょっと驚いたように目を上げた。犬飼の言ったことが当たっていたらしい。つまり、チャイムを鳴らす回数か鳴らし方を決めているようだ。

「でも、お祖母ちゃんかお祖父ちゃんが訪ねてきたら、どうするんだろう？」

犬飼は気になっていることを確かめる機会だと思い、言ってみた。「きみと同じように、何か合図でも決めてあるのかな？」

「お祖母ちゃんとお祖父ちゃんは九州なので、来ません」

「九州？　ああ、それはお父さんのほうのね。でも、お母さんのほうにもお祖母ちゃんとお祖父ちゃんがいるだろう？」

「いません」

「えっ、そうなの？」

「はい。お祖父ちゃんは私が生まれる前に、お祖母ちゃんは私が二歳のときに亡くなりました」

少女の顔は嘘をついている顔ではない。両親に、母方の祖父母は死んだと教えられているらしい。ということは、愛は物心がついてから相沢悦朗と佐紀子に一度も会っていない――。

犬飼は胸がざわめき出すのを感じた。その事実がいかなる意味を持っているのか、定かではない。が、重要な何かを指し示しているように思えた。佐紀子が隈本洋二郎を刺した事件にもどこかで関係しているような気がした。

犬飼は、弥生に会うのを迷い出した。弥生は自分の娘に、母親の佐紀子は死んだと言っているらしい。理由はわからないが、そんな弥生に、佐紀子を助けるために彼女の隠していることを話してくれと訴えても九十九パーセント無駄だろう。それなら、いま明らかになった事実について、落ちついて考えてみたい。いずれは弥生にぶつかるにしても、事実が示している意味についてよく考えてからのほうがいいのではないか……。

犬飼は心を決めると、

「ああ、もう時間がなくなっちゃった」

大げさな素振りで腕時計を見やり、「それじゃ、おじさんはまた来るから。さようなら」と少女に手を振った。

少女は呆気《あっけ》にとられたような顔をして犬飼を見つめ、少ししてから「さようなら」と応えた。

角を曲がるときに振り向くと、少女は七〇三号室の前に立ち、インターホンのボタンに手を伸ばしていた。

犬飼はエレベーターを呼び、乗った。

ドアが閉じて降下し始めたとき、大きな疑問が頭に浮かんできた。

木島家の主婦から聞いたかぎりでは、去年の七月頃、弥生が特に深刻な心の病に冒されていたという様子は窺えなかった。しかも、愛によれば、少なくともここ六、七年、佐紀子と弥生の間には往来がなかったらしい。

となると、〈昨年の七月、佐紀子が弥生の心の病について相談するために隈本の研究室に電話した〉という犬飼の推理は間違っていたと見てよい。

では、佐紀子は何のために隈本に電話したのだろうか。その後、彼女はなぜ彼と会って、深い関係を結び、挙げ句は刺し殺すに至ったのだろうか。
わからない。
エレベーターが一階に着き、犬飼は首を振りふり降りた。

2

森島はメゾン団子坂のアーチ型の門の前を行ったり来たりしていた。ここまで来ながら、今更何を迷うことがあるのかと思うが、なかなか入る決心がつかない。先々月の末、東京駅地下街の喫茶店で石峰武と会ったとき、彼と弥生が別居状態にあると聞いた。だから、現在このマンションに住んでいるのは弥生と愛の二人だけであろう。その事実も森島をためらわせている理由の一つかもしれなかったが、彼自身はっきりしない。

森島は今日――五月十日――新宿のホテルのレストランで四年半ぶりに元妻の君恵に会い、宏一を託してきた。託したといっても、このまま君恵が宏一をアメリカへ連れ帰るわけではない。明日・日曜日の夕方にはまた森島が引き取り、塩尻の実家まで送って行く。

それでも、宏一と別れた後、森島の心は乱れた。昼前、新宿駅に宏一を出迎えたときには想像さえしなかったほどに。悲しみと寂しさと怒りがない交ぜになったような、何とも辛い気持ちに苛《さいな》まれた。君恵に親権を渡す決断などしなければよかった、宏一を君恵に会わせなければよかった、と後悔した。このままでは、今晩はアルコールで心が麻痺《まひ》するまで飲み歩きそうだった。

と思ったとき頭に浮かんだのが、弥生に会ったら……という考えである。自分のいまの辛さを紛らすには意識を仕事に向ける以外にない。それなら、せっかく東京に来ているのだし、思い切って弥生を訪ねてみようか、と思ったのである。これまでも何度か弥生にぶつかってみることを考えた。が、彼女に会うためにだけ上京する決心がつかずにきた。だから、こういうときでもないと裁判が終わるまで決断できないかもしれない。個人的な問題が耐え難いから、苦しいからといって、それから逃げるために仕事を利用するのは邪道だろう。気が咎めないではない。しかし、森島はこれも一つの機会だと思うことにした。そして、新宿の夜の街を泥酔して野良犬のようにほっつき歩いているよりはいいではないか、と。

弥生に会ったからといって、彼女が森島の知りたいことをすんなりと話してくれるとは思えない。が、佐紀子の黙秘の裏に隠された事件の真実を明らかにしたいのだと森島が意を尽くして説明したら、どうか。三井晴美のカウンセリングによって突き止められたという病気の原因を教えてくれる可能性がゼロではない。

先々週の木曜日・四月二十四日に開かれた第四回公判で、森島は隈本の愛人だった有吉美希の証人尋問を行なった。それにより、冒頭陳述で示した〈不倫関係のもつれからの殺人〉という構図の立証は、充分とは言えないが終わった。森島に残された仕事はあとは論告・求刑だけである。

それなのに、この二週間余り、森島は相変わらず落ちつかなかった。

――これでいいのか。事件がこのまま決着してしまって本当にいいのか？

という声が絶えず心の奥から聞こえてきて、彼は焦りに似た思いを覚えた。

理由はわかっている。

〈もしかしたら、事件の真相は自分の描いた構図とはまったく別のところにあるのかもしれない〉

という考えが残っているからだった。

森島はまた門の前を通り過ぎた。歩道に沿って飴色《あめいろ》をしたアルミのフェンスが築かれ、その内側のマンションの庭には盛りを過ぎた赤や白のツツジが咲いていた。

森島の脳裏に、いっとき消えていた宏一の顔が浮かんでくる。さっき、ホテルを出て、君恵と一緒にタクシーに乗り込む前に見せた顔だ。森島に向けられた、不安そうな恨めしげな目……。その目は、どうして自分を止めてくれないのか、どうして行くなと言ってくれないのか、と森島を責めていた。が、森島にはわかっている。それはいっときの感情にすぎないだろうと。タクシーが走り出し、狭い車内で母親と二人だけになれば、森島のことなどじきに宏一の意識から薄れてしまうにちがいない。

森島が新宿駅のホームに出迎えたときの宏一は緊張しきった様子だった。レストランで君恵と会ってからも、初めのうちはほとんど君恵の顔を見ず、話しかけられても下を向いて言葉少なに答えるだけだった。身体も心も固い鎧《よろい》で覆っているかのように見えた。しかし、強張った顔は次第に照れたような仏頂面に変わり、その下から喜びの色が覗き始めた。そうした変化は宏一自身にもわかったのか、時々気兼ねするような視線を森島に向けたが、意思とは関係なく自然に湧き出してくる嬉しさは隠しようがない。森島は、そんな息子を、安堵と嫉妬《しっと》の入り交じった気持ちで見ていたのだった。

それにしても、森島には予想外だった。宏一と別れた後、自分の心がこれほど乱れ、辛い気持ちになろうとは。

君恵は初め、五月三日・四日・五日の連休を宏一と東京で過ごしたい、と言ってきた。秋に東京で開く個展の打ち合わせのために日本へ行くから、と。それが、友達と釣りに行く約束をしていた宏一がウンと言わなかったために一週間ずれたのだが、ずれようとずれまいと森島の返答は決まっていた。九月の新学期が始まる前に宏一を君恵のもとに遣るつもりなのだから、二人を会わせない理由は何もない。むしろ、よい機会だった。最初からアメリカ人の夫が一緒では宏一が嫌がるかもしれないので今回は君恵一人で来日する、という話だったし。

三月二十八日に塩尻の実家へ帰ったとき、森島は翌日、宏一を誘って松本へ行き、宏一が前から観たいと言っていた映画「ロード・オブ・ザ・リング／二つの塔」を観た。その後、ファミリーレストランで食事をし、帰り道、奈良井川の土手に車を停め、話し合った。予想していたとおり、宏一は泣いた。泣きながら、自分はお母さんのところへなんか行かない、アメリカへなんか行かない、と言い張った。それを、森島は、向こうで暮らしてみて嫌だったらいつでも帰ってきていいのだから、そのことはお母さんも諒解しているから……と言葉を重ねて説得し、何とか首を縦に振らせた。この話し合いの結果を、森島は父親には伝えたものの、母親には話していない。話せないでいる。だが、これ以上引き延ばすわけにはいかないので、今回、君恵と宏一の再会がうまくいったら打ち明けるつもりでいた。波乱は覚悟のうえで。今日の予定が決まった後でそう考えたとき、森島にとってはそれが最大の問題になった。君恵と宏一と会っていても、ときおり母親の狂乱した姿が浮かんできて、気が滅入《めい》りそうになった。ところが、宏一と君恵の乗ったタクシーが消えるや、母親のことなどどこかへ吹っ飛んでしまい、悲しみとも寂しさとも怒りともつかない思いが胸に押し寄せてきたのだった。そして、そこから逃れるには、仕事の問題に意識のチャンネルを切り替える以外にない、と考えたのだった。

森島は、フェンスが左に回り込んでいるマンションの敷地の外れまで行って引き返した。今度こそ門を入ろうと心を決めて。

門の手前、三十メートルほどのところまで来た。

に顔を背けた。

そのとき、門から出てきたでっぷりした若い男を見て、彼は思わず足を止めた。反射的
見たことのある顔だったのだ。
男がこちらを見ていたら、森島だとわかったにちがいない。が、男は森島に注意を向けなかった。考え事でもしているのか、真剣な顔をして、森島がいるのとは逆の団子坂のほうへ歩み去った。

男の姓は犬飼。フリーのジャーナリストだという。二月の終わり頃だったか、小坂井に聞いたのだ（名前も聞いたが忘れた）。学生時代の相沢佐紀子に医大生の恋人がいたらしいという情報を小坂井に提供し、それが隈本だったのかどうか調べてほしい、と言ったらしい。その話には森島も興味を持った。だが、小坂井たちが調べても結局何もわからなかったのだった。ただ、その話を聞いてから、第三回公判、第四回公判と傍聴席のほぼ中央に座ってしきりにメモをとっている男に、森島は時々視線を向けるようになっていた。

森島は犬飼の後ろ姿を見送りながら、彼がなぜここ東京にある石峰弥生の住んでいるマンションから出てきたのか、と思う。小坂井によれば住まいは札幌だというのに。

弥生と同じマンションに犬飼の知り合いが住んでいる、といった偶然もないではない。が、その可能性はかぎりなくゼロに近いだろう。とすれば、答えは明らかだった。隈本事件の取材か調査のために石峰家を訪ねた――としか考えられない。

犬飼が訪ねても、弥生が取材に応じた可能性は薄い。が、森島は気になった。犬飼が自分と同じように弥生に目を向けた、という点が。

意外な場所で会った意外な人物――。

その登場が森島に迷いを吹っ切らせた。

3

森島が管理人室の窓口で石峰武の友人だと言うと、初老の管理人は何も聞かず、石峰さんなら七〇三号室だと教えてくれた。

森島は教えられたとおり、エレベーターで七階まで昇った。

石峰武がまだ一人で住んでいた頃、森島は二、三度このマンションへ来たことがあった。しかし、エレベーターにしても廊下にしても、まったく記憶になかった。石峰も森島も司法修習生だった十五、六年前の話だから、当然かもしれない。

森島は七〇三号室の前に立った。緊張のため、胸が苦しい。

深呼吸して、気持ちを落ちつかせてから、チャイムを鳴らした。

応答がない。

間をおいて、二度、三度と鳴らしても同じだった。

──どうやら不在らしい。

そう思い、後で出直してくるつもりで戻りかけたとき、

「どなたですか？」

と、誰何《すいか》された。

硬くて低い、どこか咎めるような調子だが、弥生の声に間違いない。

「森島宏之です」

と、森島は名乗った。

「森島さん……？」

弥生がオウム返しにつぶやいた。名前を聞いても、顔が浮かばなかったようだ。

が、森島が「昔……」と言い出すより早く、彼女は「はい、わかります」と言った。

その声がかすかに懐かしさの交じったような響きを持っていたことに、森島はわずかに緊張が解けるのを感じた。

しかし、彼女は、突然申し訳ありませんと森島が詫びたにもかかわらず、

「失礼ですわ」

今度は怒りを吐き出した。

「失礼は重々承知しているのですが、どうしても弥生さんにお会いして、お話を伺わなければ……と思ったものですから」

「何度もチャイムを鳴らされたときに出なかったのは悪かったと思います。ですが、だからといって、小学生の娘にうちのことを探るような質問をされるなんて……」

「ちょっと待ってください」

森島は遮った。「私は、お嬢さんに会っていませんが」

何か誤解があるようだった。

「どうしてそんな嘘をつかれるんですか？」

弥生が少し尖った声を出した。

「いいえ、本当です」

言ってから、森島はぴんときた。下で見た犬飼だ。

「何度もチャイムが鳴ったのはいまではなく、少し前じゃありませんか？」

「十五分か二十分ぐらい前ですけど……」

「でしたら、私ではありません。私は二、三分前にここへ来たんですから」

「では、廊下で娘と会ったのも……？」

「私ではありません」

「それじゃ、誰だったのかしら？」

弥生がつぶやいた。

森島は、犬飼を見かけたことを話そうかと思ったが黙っていた。

「ごめんなさい」

弥生が森島の言葉を信じたらしく、素直に謝った。

「いいえ」

「私、どうかしていたんです。森島さんがそんなことをする方じゃないとわかっているのに……。本当にごめんなさい」

「いいですよ。誤解されても不思議じゃない訪ね方をしたんですから」

「いま、開けますから……」

弥生が言ってから、「あ、でも、私、森島さんにお話しすることは何もありませんけど」と硬い声に戻った。

玄関へ向かいかけた足を止めてしまったようだ。

「それなら、私の話だけでも聞いてくれませんか」

「母を起訴した検事さんのお話を、どうして私が聞かなければいけないのかわかりませんが……お待ちください」

弥生が硬い声のまま言って、インターホンの送受器をフックに戻した。

と、ドアの向こうに人の気配がした。

十数年ぶりの対面に森島は緊張した。

チェーンの外される音がして、錠が解かれた。

「どうぞお入りください」

と、弥生が内側からドアを押し開けた。

「失礼します」

森島は彼女の身体の横をすり抜けて中へ入った。

弥生がドアの鍵を掛けてから森島の前へ戻った。

頰が痩《こ》け、驚くほど痩《や》せていた。森島と交際していた頃の、見るからに育ちの良さを窺わせるふっくらとした面立ちは影も形もない。

森島は適当な挨拶の言葉を思いつかず、黙って頭を下げた。

弥生は何も応えない。何をしに来たのかと責めるような目を、真っ直ぐ森島に向けている。かつての弥生は色白の綺麗な肌をしていたが、いまは静脈が透けて見えるような病的な白さだった。

森島が上がってから話すつもりでいると、弥生が白木のドアのほうへ目をやり、

「中には子供がいますので」

と、言った。

ここで話せ、ということらしい。

森島は歓迎されるとは思っていなかったが、弥生の態度に少し驚いた。

「先ほど、森島さんは自分の話だけでも聞いてほしいと言われましたが、その前に私の疑

問に答えていただけますか？」

「どういうことでしょう？」

　森島は想像がついたが、聞いた。

「母を起訴した検事さんのお話を、私がどうして聞かなければいけないんでしょうか？」

　弥生の目が挑戦的に光った。

「真実を明らかにするためです」

　森島は用意していた答えを口にした。

「でも、裁判は検事の森島さんの思いどおりに進んでいるんでしょう？　私はそう聞いていますが」

「どなたから？　石峰君からですか、それとも相沢先生からですか？」

「父です。裁判のたびに父が手紙で知らせてきます」

「手紙……電話ではないんですか？」

　森島は思わず問い返した。いまの時代、なぜ手紙なのか、なぜ電話で一刻も早く知らせてこないのか？

「あ、いえ、もちろん電話もあります。電話でも話しますけど、後から手紙で詳しく知らせてくるんです」

　弥生が答えた。森島から視線を逸らし、戸惑い、慌てたように。

——どうしてだろう？

森島は訝《いぶか》った。石峰武の言った〝相沢悦朗が弥生の母親である佐紀子と結婚したために、二重に、石峰以上にひどい目に遭っている〟という言葉が脳裏に甦った。いまの弥生の言葉と反応にどこかで関係しているような気がしたのだ。

といって、質したところできちんとした答えが返ってくるはずはない。

森島はそう思い、質問を変えた。

「現職の裁判官である相沢先生が傍聴に見えないのは仕方ありませんが、弥生さんはなぜ来られないんですか？」

初公判のときは大勢のマスコミ関係者が押し掛けることが予想されたから、弥生が傍聴に来ないのも致し方ない、と思っていた。が、その後も一度も顔を見せないというのは、夫の武が裁判官という事情を考慮しても不自然だった。

「父はもう裁判官ではありません」

弥生が森島の質問に答えずに言った。

「そうですね。でも、先月、第四回公判のときはまだ現職でした」

つい四、五日前、相沢悦朗の退官が新聞に報じられていた。何らかの理由から最高裁に留め置かれていた彼の辞職願がようやく内閣に提出され、決まったらしい。

「相沢先生はともかく、弥生さんはどうしてですか？　どうしてお母さんの裁判を一度も傍聴に来られないんですか？」

　森島は聞きなおした。

「それは夫が裁判官だからです。母が殺人容疑で捕まったというだけでも夫に大きな迷惑をかけたのに、これ以上の迷惑はかけられません」

　弥生が答えた。

「それで、お母さんの面会にも行かれないんですか？」

「えっ？」

「実は、先月、調べさせていただきました。そうしたら、相沢先生は何度か面会されているのに、弥生さんは一度もお母さんに面会されていないようですが」

　裁判の傍聴はともかく、面会にも行っていない事実は驚きだった。

「私の行動まで……失礼です」

　弥生の顔に怒りの色が浮かんだ。

「失礼はお詫びします」

と、森島は頭を下げた。「ですが、ちょっと気になったものですから」

「私には小学生の娘がいます。とても、遠い釧館まで行く時間は取れません。それは母もわかってくれていて、来なくてもいいと言っているんです」

「釧館は遠くありません。裁判を傍聴して飛行機で日帰りできます」

「母を殺人罪で起訴し、母を弾劾《だんがい》している森島さんが何を言いたいんですか？」

弥生が目を吊り上げ、森島を睨みつけた。かつての彼女からは想像もできない険しい顔だった。

「私に話したいことがあると言われたので中へ入っていただきましたが、もしないのでしたらお帰りください」

目顔でドアを示した。

「話はあります」

「でしたら……」

「確かに、私はお母さんの相沢佐紀子さんを殺人罪で起訴しました。また、その罪を立証しようとしています。ですが、私には、何がなんでも佐紀子さんに罪を着せようという意図はありません。それよりも事実が、真実が知りたいんです」

「嘘ですわ」

「嘘じゃありません」

「嘘です。嘘に決まっています。森島さんは、母を有罪にする決定的な証拠がほしくて私のところに見えたんでしょう？　もっとも、いくら捜したって、私のところにはそんなものはありませんけど」

弥生が唇に皮肉な笑みを浮かべた。

「違います」

と、森島は弥生の目を見返して語調を強めた。「お母さんを有罪にするだけなら、もう新しい証拠は必要ありません。このままで有罪判決が下るのはほぼ間違いないんですから」

弥生の唇から笑みが消えた。

「有罪判決は間違いない……」

と、つぶやくように言った。

「たぶん間違いありません。お母さんが一切弁明しようとしないために」

森島を見つめる弥生の目に、不安と恐怖の色が浮かんだ。

「弥生さんもご存じのように、お母さんは捜査段階から隈本洋二郎氏を刺した事実を認めています」

森島はつづけた。「それでいて、彼との関係、彼を刺した動機、刺したときの状況については黙秘を通しています。そのため、事件の真相がつかめないんです。私は、弥生さんのお母さんが簡単に人を刺したりする思慮の浅い人間ではないと信じています。そこに至るには重大な理由、動機があったと考えています。ですが、お母さんはそれをけっして話そうとしません。なぜでしょう？　私は、答えは一つしかないように思います。誰かを庇っているんです。庇うといっても、その人が事件に直接関わったというのではなく、お母さんが犯行の動機を明かすと、その人に重大な影響が及び、その人が大きな打撃、苦痛を蒙《こうむ》るからです」

これは森島が考えた結論だった。

「正直に言います」

弥生が何も言わないので彼はつづけた。「お母さんが庇っている人——それは弥生さんではないか、と私は考えています」

「そんなの見当違いですわ」

弥生が否定した。

「そうでしょうか？」

「ええ」

と、弥生が語調を強めた。

「私は、私の描いた事件の構図が万一間違いだったら……と不安を感じています。それでもお母さんが何も抗弁されずに私の告発を受け入れ、世間の誤った悪口《あっこう》と非難とを一人で背負ったまま事件が収束してしまったら、と恐れています」

「森島さんがどう思われても、私にお話しできることは何もありません。森島さんは、いったい私が何を知っていると考えてらっしゃるんですか？」

「一九九五、六年頃、弥生さんはパニック障害あるいはパニック発作特性ＰＴＳＤで苦しんでおられましたね？」

弥生の目に動揺の色が浮かんだ。

「その病気の原因……三井セラピストのカウンセリングによって突き止められたというその原因なら、当然知っているはずです」

「そんなの、母の事件と何の関係もありません！」

弥生が金切り声をあげた。

「ですが、弥生さんが青葉ヒーリングルームへ行くようになった裏には、今度の事件の被害者である隈本洋二郎氏の意思が働いていました。旧姓を志田と言った吉川さやかと三井晴美の証言は、弥生さんもご存じのはずですが……」

弥生の目が肯定した。

「つまり、あなたのカウンセリングは隈本氏によって……目的ははっきりしませんが、彼によって意図されたものだったわけです」

「だからといって、私の病気が事件にどう関係しているというんですか？」

「正直言って、わかりません。ですが、私はお母さんと隈本氏の関わり、お母さんの犯行動機に関係しているのではないか、と考えています。また、お母さんが頑《かたくな》に黙秘を通している事情とも」

「関係ありません。私の病気の原因など、母の事件に関係あるわけがありません」

「その判断は私に任せて、話していただけませんか？」

「その気はございません」

弥生がきっぱりと拒否した。

「では、弥生さんは、お母さんが何も話さないまま結審し、有罪判決が下されてしまってもいい、と考えているんですか？」

「そんなこと、言ってません。私は、私の病気の原因と母の事件とは関係ないと言っているだけです。また、話すか話さないかは母の判断です。母が話さないほうがいいと判断し、このまま審理が終わるのを望むなら、仕方ありません」

弥生が言い切った。

本気だろうか……と森島は訝ったが、もし本気なら、彼にはもう口にすべき言葉はなかった。

「変わりましたね」

彼は溜息をついた。

「えっ？」

と、弥生が虚を衝かれたような顔をして森島を見た。

「弥生さんはずいぶん変わりましたね。私の知っている弥生さんとはまるで別人のようだ」

弥生がどこか恥じるように視線を落とした。

「私の思い違いかもしれませんが」

弥生は何も応えない。

「きっと、私の……」

「いえ、森島さんの思い違いじゃありませんわ」

弥生が顔を上げ、森島に挑戦するような目を向けた。「森島さんとお付き合いしていた頃の私は、無知だったんです。何もわかっていなかったんです。でも、あれから、いろいろ嫌なことや辛いことを経験し、私も少しは利口になったんです。世の中の仕組みや人の醜い部分などが見えるようになったんです。ですから、私という人間だって変わって当然ですわ」

言っているうちに弥生の顔にどんどん悲しげな表情がひろがっていった。

森島は胸が痛んだ。〝弥生は変わった〟などと言わなければよかった、と後悔した。

それにしても、弥生はいったいどういう経験をしたのだろうか。「嫌なことや辛いこと」がパニック障害の苦しみだけを指しているとは思えない。石峰武は〝病気が治った後も別の問題があった〟と言ったが、佐紀子の事件が起きる前、彼や弥生に何があったのだろうか。弥生は、どのような経験によって「人の醜い部分」が見えるようになったというのだろうか。

遠い地に囚《とら》われている母親に一度も面会に行っていないらしい弥生、自分の病気の原因を絶対に明かそうとしない弥生、やつれて尖った、病人のような顔をした弥生……。

森島は、事件の真相を読み解く鍵はやはり弥生にあるような気がした。弥生の現在の状況が何によって作られたのかがわかれば、佐紀子の犯行動機も彼女が黙秘を貫いている理由も見えてくるような、そんな気がした。

しかし、弥生の口からそれを聞き出すのは不可能なようだった。

では、どうしたらいいのか？

残された道は一つ——。

相沢悦朗にぶつかる以外になかった。

森島が考えていると白木のドアの磨りガラスに小さな影が映り、

「お母さん？」

と問いかける女の子の声がした。

愛にちがいない。

どこか不安げな声だったから、母親が玄関で話し込んでいてなかなか戻ってこないので心配になったのかもしれない。

「もうちょっと待ってて。いま行くから」

弥生が顔を振り向けて応えた。優しい母親の声だった。

弥生が森島に顔を戻し、帰ってほしいと目顔で伝えた。

「突然お邪魔して失礼しました」

と、森島は詫びた。

弥生が黙って礼を返した。

森島はドアを開けて廊下へ出ると、「それじゃ」ともう一度挨拶した。

そして、ドアを閉じようとしたとき、

「森島さん」

弥生が呼びかけた。

森島は、自分を見つめる弥生の目を見返した。

優しく和んだ瞳……。それはかつての弥生の目だった。

「母のことを気にかけてくださって、ありがとうございます」

弥生が頭を下げた。

「いえ、私は、ただ事実を知りたかっただけです」

「検事さんという立場にありながら訪ねてきてくださったこと、お礼申し上げます」

「でしたら……」

「すみません。でも、私には母の考えを尊重することしかできないんです。母が話さないと決めているのなら、そのとおりにさせてあげる以外にできないんです」

森島は納得できなかったが、そうですかと応え、ドアを閉めた。

その晩、森島は新宿のビジネスホテルに泊まり、翌日の昼過ぎ、新宿駅で君恵から宏一を引き取った。別れる前、君恵が話しかけても、宏一は「うん」とか「うんう」とか「わかった」とか短く応えるだけで、言葉らしい言葉を口にしなかった。が、息子の態度は半分は照れから、半分は森島に対する気兼ねからのように思えた。たった一晩一緒に過ごしただけなのに、母子の心は完全に元の繋《つな》がりを取り戻したように感じられ、森島を安心させると同時に嫉妬させた。

君恵と別れて、特急「あずさ」の座席に並んで掛けてから、森島は昨夜君恵とどのように過ごしたのかを尋ねた。それに対して宏一は、ホテルでステーキを食べて、後は部屋でテレビを見た、と答えただけ。どんな話をしたのか、アメリカの話をいろいろしただろう、と聞いても、顔を前に向けたまま、忘れたと素っ気なく言った。もちろん忘れるわけがない。森島が複雑な思いを抱いているのとは別の意味で宏一の胸の内も複雑なのかもしれなかった。心が乱れ、分裂しているのかもしれなかった。母親と別れた寂しさも当然あるだろう。表情は暗く、どこか物思わしげだった。森島は、そんな息子の横顔を見ていると、自分の気持ちは二の次、三の次にして、やはり息子が一番幸せになれそうな道を選んでやろう、とあらためて強く思った。

その晩は森島も塩尻の実家に泊まった。翌日、宏一が学校へ行ったら、母に事情を打ち明けるつもりで。

ところが、一夜明けていざ話そうとすると、髪を振り乱して泣き喚く母の姿が浮かんできて、手足の先が冷たくなり、呼吸が苦しくなり……四十にもなって自分でも情けないと思うが、理性の力ではどうにもならず、結局切り出せずに終わった。午後、松本空港まで車で送ってもらうとき、父にだけは宏一が君恵と会った事実を話した。

森島はまた重い宿題を背負ったまま新千歳空港まで飛び、列車を乗り継いで釧館へ帰った。

駅からタクシーに乗り、官舎へ帰り着いたのは夜の八時半過ぎ。部屋に上がると、留守番電話の赤い光が点滅し、二件のメッセージが録音されていた。一件は相沢悦朗から昨夜かかってきた電話で、もう一件は三十分ほど前、母がかけてきた電話だった。

母は、宏一の様子に東京へ行く前と違うものを感じたらしく、問い詰めて東京で何があったかを聞き出したらしい。さらには、森島の考えていることを。電話の向こうで、宏一をアメリカのあの女のところへ遣るなんて死んだって許さないから、と喚いていた。

森島は顔をしかめて母の話が終わるのを待ちながら、ああ、これで自分が切り出す必要はなくなった、とむしろほっとした。

彼は、先に録音された相沢のメッセージをもう一度再生して聞きなおした。

しい。

——至急、きみに聞いてもらいたいことがある。忙しいのにすまないが、釧館まで行くので会ってもらえないだろうか。きみの都合に合わせるから、予定がついたら連絡してほしい。

相沢悦朗は自分に何を話そうというのか。もちろん、佐紀子に関する件であるのは確実だろう。森島は全身が締めつけられるような緊張感を覚えた。

それにしても、相沢の申し出は森島にとってまさに渡りに船だった。事件の真相を知るには相沢にぶつかるしかないと思いながらも、どう持ち掛けたらいいのか、と困っていたからだ。弥生のときのように突然訪ねることも考えたが、元教官にそれは失礼すぎる。といって、事前に電話して会ってほしいと頼んだ場合、断わられたら終わりだった。

森島は手帳を繰って予定を確認し、録音されていた番号に電話をかけた。

電話のそばに待っていたかのように相沢がすぐに出た。

森島は無沙汰《ぶさた》を詫びただけで、佐紀子の件には触れなかった。

相沢もただ、「忙しいだろうに、すまないね」とだけ言った。

「それほど忙しいわけではないのですが、土曜日から出掛けていて、いま帰ったものですから。すぐに電話できずに申し訳ございませんでした」

「出張かね？」

「いえ、私用です。東京と信州の実家へちょっと……」

「東京へ行っていたのか……」

相沢がどこかしら感慨深げにつぶやいた。森島が弥生を訪ねたことは知らないようだ。弥生は、相沢が手紙で裁判の経過を知らせてくると言い、森島に問われると電話でも話すと答えたが、様子がおかしかった。二人は、もしかしたら電話のやり取りをしていないのかもしれない。

「留守電に録音されていた件ですが」

と、森島は用件に入った。「釧館まで来ていただけるのでしたら、明日の晩でもかまわないのですが」

「早速、ありがとう。こちらは早いほどいい。で、場所と時間は？」

森島は、前に札幌地検の谷川と会った松波町の小料理店の名を挙げ、時間は八時でどうか、と聞いた。

「結構だが……ただ、できれば個室を取ってもらいたいんだがね。ぼくはもう裁判官じゃないので誰に何を言われようとかまわないが、万一きみに迷惑が及んだら申し訳ないから」

「お気遣いは無用ですが、それでは、とにかく個室を予約しておきます」

「ありがとう。それじゃ、明日……」

「あの、話というのは奥様の件ですね？」

森島は明日の晩まで待ちきれずに聞いた。

「そう」

「どのような……？」

「妻の犯行動機と、それと密接に関係している妻が黙秘している理由についてだ」

森島は緊張した。

「もちろん迫田弁護士に相談するつもりでいるが、その前にぜひきみに聞いておいてもらいたいと思ってね」

相沢がつづけた。

「つまり、奥様の犯行動機は不倫関係のもつれではない？」

「断じてない」

相沢が強い調子で言い切った。

「そうですか……」

「きみがそう見るのは当然だが、ぼくのほうにも根拠がある」

それはそうだろう。相沢悦朗ともあろう者が根拠もなしに軽々しく断言するわけがない。

「それは……？」

明日、会ったときに説明する、と相沢が言った。

第三部　正常と異常

証言

2002年6月

☆

佐紀子は、ふと本から目を上げて棚の置き時計を見た。

七時四、五分前だ。

晴れていればまだ明るい時刻だが、レースのカーテンを引いただけの窓の外は暗くなり始めていた。梅雨に入ってまだ十日と経っていないのに、昨日今日とここ甲信地方は梅雨の終わりを思わせるような激しい雨だった。

夫の悦朗が甲府地方裁判所所長になるのと同時に東京を離れて二年余り、佐紀子はこの官舎の生活にも、甲府の街にも慣れた。だが、毎日、何をしていても鬱々《うつうつ》として、心が晴れるときはなかった。生きているのが辛かった。自分はこれまで何のために生きてきたのだろう、そしてこれからも何のために生きていくのだろう、そう考えると、すべてが空しく、時々死の誘惑に駆られた。

しかし、昨夜、夫に薦められた本を読み出してからの佐紀子は、久しぶりに……本当に久しぶりに、そうした憂さから自由になることができた。六年前、娘の弥生に義絶を宣告されてから絶えて感じたことのない心の昂《たかぶ》りを覚え、息苦しいほどだった。そして眠れない一夜を過ごして、朝、夫を送り出すや、茶を淹《い》れる時間も惜しみ……昼食も摂らず、トイレに立ったときに水を飲んでは……むさぼるように二冊の本を読みつづけてきたのだった。

夫の悦朗は今日は最高裁まで出向いたので、十時過ぎでなければ帰ってこない。あと一時間半もすれば五、六十ページ残っている二冊目の本も読み終わるから、それから夕飯の支度をすれば間に合うだろう。

佐紀子はそう目算すると、腰を上げ、窓のカーテンを引いて居間の明かりを点けてきた。食堂のテーブルに戻り、再び本の世界に没入した。

読み終わったのは八時二十分だった。

一時間ぐらい、まだ余裕がある。

佐紀子は興奮冷めやらぬままに二冊の本をもう一度繰りながら、線を引いておいた箇所を読み返した。

二冊ともアメリカで出版された本の翻訳である。初めに読んだのは、心理学者で記憶研究の世界的な権威だというエリザベス・ロフタスがノンフィクション作家キャサリン・ケッチャムと共同で著わした『抑圧された記憶の神話――偽りの性的虐待の記憶をめぐって――』という本。後で読んだのは、ローレンス・ライトというジャーナリストが書いた『悪魔を思い出す娘たち――よみがえる性的虐待の「記憶」――』という本である。

原著が出版されたのは共に一九九四年だが、日本で翻訳出版されたのは、『悪魔を思い出す娘たち』が一九九九年(平成一一)の三月、『抑圧された記憶の神話』が翌二〇〇〇年の六月。日本語版が出てから前者はすでに三年以上、後者でも二年経っていたが、悦朗がある偶然から〝抑圧された記憶〟という言葉を目にしなかったら、佐紀子たちがそれらの本の存在を知るのは……いずれは知ったかもしれないが、もっと遅れていたにちがいない。

先日、甲府地裁で目撃証言の信用性を争点にしたある殺人事件の判決が出た。判決は有罪だったが、その裁判では、被告・弁護側が人間の記憶がいかにいい加減なものであるかを立証するための鑑定証人として著名な認知心理学者を申請し、心理学者の書いた鑑定書を提出した。その鑑定書の中に〝抑圧された記憶〟という言葉があったのだ。といって、所長が個々の裁判の資料に触れることなど普通はないのだが、悦朗はその事件に興味を覚えていたから、研究のために目を通したのである。

抑圧された記憶という言葉が出てきたのは、鑑定人がエリザベス・ロフタスの著書や研究論文を引用しつつ、記憶とはいかなるものかについて述べている部分だった。鑑定書の本筋ではないので、抑圧された記憶についての説明はわずかしかなかったが、そこに、〈ロフタス博士は記憶が容易に作られうることを実証した〉

とあった。

それを読み、悦朗は息を吞んだ。そして早速、ロフタスの著書を探して読んだ。日本語に訳されているのは共著を含めて三冊あり、いずれもテーマは〝人間の記憶〟だった。そのうち二冊は主に目撃証言に関して書かれたものだったが、残りの一冊『抑圧された記憶の神話――偽りの性的虐待の記憶をめぐって――』が、〝抑圧された記憶〟について書かれた本だったのだ。

それから悦朗は、ローレンス・ライトの『悪魔を思い出す娘たち――よみがえる性的虐待の「記憶」――』も読み、佐紀子にもそれらの本を読むように勧めたのだった。

佐紀子は活字から目を上げ、六年前、一九九六年の春から初夏にかけての頃を思い起こした。

――あのとき……弥生が、悦朗から受けた性的虐待の記憶を取り戻したと言い出した時点で、これらの本を読んでいたら。

と、思った。この六年間はまったく違ったものになっていたのではないか。弥生との親子の関係はもとより、自分と夫の関係――こちらは互いの内面の問題だったが――についても……。

しかし、それは無理な話だった。アメリカではその二年前にすでに原著が出版されていたとはいえ、まだインターネットがそれほど普及しておらず、佐紀子や悦朗がその情報を得るのは難しかった。もちろん、そうした本が出ているとわかっていれば探せただろうが、あの頃、日本では、〝抑圧された記憶〟という言葉さえほとんど知られていなかったのだから。

佐紀子は、夫の悦朗とともに千駄木のマンションを訪ね、

――私、もう二度と中野の家《うち》に行くつもりはないから。だから、お父さんもお母さんも、もうここへ来ないで。電話もしないで。そして私と愛のことは忘れて。

と、弥生に一方的に義絶を宣告された日のことはいまでも鮮明に覚えている。

また、数日後、石峰武に佐紀子だけ都心のホテルへ呼び出され、弥生の義絶の理由を聞かされたときのことも。

いや、後者については、記憶がはっきりしているのは前の半分だけ。武が肝腎な話を切り出す前、言いにくそうな顔をして、自分はそんなことはけっして信じていないが……と何度も言い訳していたところまでである。その後、「弥生が、幼いときに悦朗から受けた性的虐待の記憶を取り戻した」と聞いてからは、頭の中が壊れたテレビの画面のようにな

ってしまい、自分が何を言い、どうしたか、まったく覚えていない。もちろん、「そんなことはありえない！」と強く否定したはずだが、気がついたときには武に乗せられたらしいタクシーが中野の官舎の前に着いていた。

弥生の宣告を受けてから武の話を聞くまでの数日間、

——弥生にいったい何があったのか？　弥生はどうしたのか？

と、佐紀子は悦朗と二人で考えていた。様々な場合を想像しては心配していた。弥生がおかしくなったのは三井セラピストのカウンセリングのせいにちがいない、とも話し合った。しかし、弥生が「悦朗による性的虐待の記憶を取り戻した」などという可能性は、頭をかすめもしなかった。もちろん、そんなことはありえないし、想像の埒外《らちがい》だったからである。

佐紀子は、武に会ったことを悦朗には話さずにおいた。気分が悪いからとその晩は先に寝《やす》み、翌日、愛が昼寝する頃を見計らって千駄木のマンションを訪ねた。

以前、佐紀子を追い返したときのように、弥生は容易には玄関のドアを開けようとしなかった。が、今度は佐紀子は引き下がるわけにいかない。もし開けなければドアの前に座って待つから、と脅《おど》した。そのため、弥生は渋々佐紀子を中へ入れた。

——よりによって、あなたはなんてことを言い出すのよ。

佐紀子は殊更に軽い調子で弥生を叱り、

――お母さん、ただもうびっくりして、呆れて……。

と、苦笑いを浮かべて見せた。ショックのあまり、頭の中が壊れたテレビのようになってしまったことは隠した。

――お父さんがあなたに性的な虐待をしたなんて絶対にありえないわ。絶対に、絶対にありえない！　それは、いつだってあなたの身近にいたお母さんが一番よく知っているわ。

佐紀子がつづけても、弥生は何も応えなかった。恨めしげな目をして、佐紀子を見つめていた。

――弥生だって、お父さんがそんなことをする人かどうか、知っているでしょう？　あんなに優しく、あなたを大事に育ててくれたお父さんが、あなたにそんなひどいことをするわけがないでしょう。冷静に、よく考えてみて。そして、自分の頭で判断して。

――私は自分の頭で判断しているわ。

弥生が反撥《はんぱつ》する口調で言った。

――ううん、違う。あなたは三井セラピストの暗示にかかっているのよ。それで、ありもしないことをあったかのように思い込んでいるのよ。騙《だま》されちゃ、駄目！

――三井先生がどうして私を騙すの？　どうしてそんな必要があるの？　お母さんこそお父さんに騙されているんだわ。

弥生が唇をひん曲げて反論した。

——お父さんが私を騙すわけがないでしょう。

——あるわ。義理の娘に悪戯をしていたら、お母さんに知られないようにするに決まっているもの。

——弥生、目を覚まして！　あなたは、お母さんとお父さんより、他人の三井セラピストの言葉を信じるの？

——私は三井先生の言葉を信じているわけじゃないわ。自分の記憶を信じているだけ。私は、はっきりと思い出したの。武さんが話したと思うけど、もう一度説明すると……。

——いいわ。

——ううん、聞いて。

——聞きたくないわ。

——逃げないで聞いてよ！　聞かなければわからないでしょう。

弥生が強い調子で言い、あれは四月一日の午後だった、と話し出した。

——いつものように、私が愛に『ながいながい　すべりだい』を読んでやると、愛はスースーと心地好さそうな寝息を立て始めた……。そして私が身を乗り出し、愛の顔を覗《のぞ》き込んだ、まさにそのときだったわ、私の頭のスクリーンに突然ひとつの光景が浮かんできたのは。ベッドに寝ている子供……それは私だった。愛じゃなくて、私だった。

佐紀子は聞きたくなかった。耳を塞《ふさ》ぎたかった。

が、弥生はそのときの情景を思い浮かべているような目をしてつづけた。

――愛より大きかったから、四、五歳ぐらいかな……。私は必死で動こうとするけど、動けない。何か重く大きなものが私の身体の上に乗り、私を強く押さえ込んでいた。苦しい。お母さん助けて、お父さん助けて、と呼ぼうとするけど、声が出ない。と、霧が晴れるように、少しずつ見えてきた。私を押さえ込んでいるのは人間だった。男の人が私の下半身に覆い被さっていた。その人が顔を起こした。なんと、それはお父さん……裸のお父さんだった！　お父さんが真っ裸で私にのしかかっていた。私もパジャマの下を穿《は》いていない。お父さんが何をしているのかは見えなかったが、お腹の下のほうが痛い。「お父さん、痛いよ」と私が訴えると、「大丈夫。すぐに終わるから、じっとしているんだ」とお父さんが応えた。私は泣き出した。「泣くんじゃない。お母さんに聞こえるじゃないか」とお父さんが怒った声を出した。お父さんがそんなふうに私を叱ったのは初めて。私は怖くなって黙った。……この後、時間が飛んで、お父さんがベッドの横に立っていた。もう裸じゃなかった。寝ている私の顔を覗き込み、「お父さんがここへ来たことはお母さんには内緒だよ。弥生とお父さんだけの秘密だ。いいね？」と言う。私はこっくりした。低くて怖い声だったうえに、顔もいつもの優しいお父さんの顔ではなかったから――。

……私の頭の中の映像はここで消えたわ。でも、私は金縛りに遭ったように動けずにいたの……。

――そんなこと、ありえない。ありえないわ！

佐紀子は叫ぶように言った。

――どうして？　私ははっきりと思い出したのよ。ありもしなかったことを、どうしてこれほどはっきりと思い出せるの？

――お母さんには理屈はわからないけど、あなたの中にそんな記憶、あるわけがないのよ。事実が存在しないんだから。

――お母さんだって、二十四時間、私と一緒にいたわけじゃないのに、どうしてそんなことが言えるの？

――あなたにそんな大変なことが起きていたら、私は気づいたわ。あなたの様子とお父さんの態度を見ていれば。

――気づくはずがないわよ。お母さんは、そんなことは起こりえないと頭から信じ込んでいたんだから。

――二人だけで話していても埒が明かないわね。昨夜はお父さんに話せなかったけど、弥生が思い出したということ、私、今夜にも話すわ。だから、その後で、武さんとお父さんと四人で話し合いましょう？

――いや！

と、弥生が突然、百舌《もず》の鳴き声のような鋭い声を上げた。

い。

――だって、お父さんの話も聞いてみなければ……。

――そんなの、聞かなくたってわかっているわ。否定するに決まっているでしょう。

――とにかく、お父さんと会って、直接話を聞いてちょうだい。

――いや。私、もうお父さんには会いたくない。お父さんの顔なんか、二度と見たくない。

――弥生、あなた、本気でそんなこと言っているの！

佐紀子は信じられない思いで娘の顔を見つめた。

――本気よ。

弥生が冷たい目で見返した。

――あなたは、なんて恩知らずなの！　あれほど……あれほどあなたを大事に育ててくださったお父さんに対して。

――私を育ててくれたのは感謝しているわ。でも、お父さんの顔を見たくないの。声も聞きたくないの。

弥生の目から大粒の涙がぼろぼろとこぼれた。

佐紀子は、自分一人の力ではどうにもなりそうにないと悟り、夜、武が帰宅するまで待って、もう一度弥生と話し合った。

しかし、それでも無駄だった。

抑圧されていた記憶が甦《よみがえ》った例はアメリカでは沢山起きており、けっして珍しいことではない、と弥生は言った。一九八八年に出版されてアメリカでベストセラーになった『The Courage to Heal』という本には、

〈これまで私たちが話した女性の中で、自分が虐待を受けたのではないかと思いながら、後になってそうではなかったと判明した人は、一人としていません〉

と書いてあると言い、自分の思い出した悦朗の性的虐待は事実だと主張して譲らなかった。彼と会うのを頑として拒否した。

武が、お義父さんを加害者だと一方的に決めつけて言い分を聞かないのはおかしい、会わないのは卑怯《ひきょう》だ、と責めると、

――じゃ、あなたは、自分の娘も私と同じような目に遭ってもいいの？　愛が私のようなひどい目に遭ってもいいの？

と、泣いて食ってかかった。

佐紀子は弥生の言葉を聞き、驚くと同時に怒りを感じた。だが、

――何てことを言うの！　お父さんが愛ちゃんに、そんなことをするわけがないでしょう。

と詰《なじ》っても、弥生には通じなかった。弥生は、悦朗が孫娘の愛に対しても「自分にした」のと同じことをするのではないかと本気で恐れているらしく、

——お母さんはやっぱりお父さんの味方なのね。娘の私が子供の頃お父さんにひどい目に遭い、そのせいでパニック発作特性PTSDに苦しんでいるのに、まだお父さんの味方をするのね。

と、心底悲しそうに顔を歪《ゆが》めた。

佐紀子は弥生の説得を諦《あきら》めて帰宅すると、悦朗にすべてを打ち明け、恩知らずな娘の仕打ちを詫びた。弥生はマインドコントロールにかかっているにちがいないと強調し、必ず彼女の目を開かせるからしばらく待ってほしい、と繰り返した。

悦朗は、一言も言葉を挟まずに黙って佐紀子の話を聞いていた。が、顔からは見るみる血の気が引き、これ以上ないといった苦しげな表情に変わっていった。

彼は佐紀子の話が終わると、ただ「そうか……」と言った。そして佐紀子が、

——当然だけど、私は露ほどもあなたを疑ったことはありません。

と言っても、ウンとうなずいただけ。弁明さえしなかった。そして、佐紀子が初めて見る、心ここにあらずといった虚《うつ》ろな目をして、まるで惚《ほう》けたように座っていた。

その後、佐紀子は何度も千駄木のマンションを訪ね、自分一人で、あるいは武と一緒に弥生と話した。

だが、弥生の意識と気持ちを変えることはできなかった。

武が佐紀子と相談して、弥生のカウンセリングを打ち切ってくれと三井晴美に頼んだが、

無駄だった。自分には弥生本人の意思を尊重することしかできない、と三井晴美に撥《は》ねつけられただけではない。佐紀子たちの行動を知った弥生が半狂乱になって怒り、せっかく病気の原因が幼時のトラウマだったとわかり、これからエキスポージャー・セラピーによって快癒に向かおうというときなのに絶対にやめない、と言い張った。

それから間もなく、弥生は、佐紀子が訪ねてもドアを開けなくなった。開けるまで廊下に座り込んで待つと佐紀子が言うと、

――もしそんなことをしたら、私、愛と一緒に死ぬから。

と、逆に脅した。

電話しても、佐紀子からだとわかると何も言わずに切った。

それでも何度かに一度は応じたが、私にあれほどひどいことをしたお父さんの味方をするお母さんは敵だと言い、さらには、お母さんもお父さんが私にしたことを知っていたのではないか、とまで言い出した。

――もしかしたら、知っていて私をお父さんの自由にさせていたんじゃないの？　お父さんに捨てられるのが怖くて、知らないふりをしていたんじゃないの？

娘は狂ってしまったのだ、と佐紀子は思った。怒りよりも恐怖を感じた。そして、これはどんなことをしてでも会わなければならない、面と向かって話し合わなければならない、そう思い、これから訪ねるから、と言った。

しかし、返ってきたのは、

——来ないで！

という悲鳴とも怒号ともつかない叫びだった。

——もう二度とうちには来ないで。電話もしないで。お母さんの子供だった弥生は死んだの。もうこの世にはいないの。そう思って暮らして。私もお父さんとお母さんは死んだと思い、愛にもそう話すから。

——弥生、何を言っているの？　あなたは自分が何を言っているのか、わかっているの？

——わかっているわ。これは考えに考え抜いて出した結論だから。

——弥生、あなたはいま、悪い夢を見ているんだわ。目を覚まして。お願いだから、目を覚まして。

——私、夢なんか見ていない。目なら、ずっと覚めているわ。

——とにかく、お母さん、これからすぐにうちを出る。そして千駄木のマンションへ行く。だから……。

——来ないで！

——ううん、行くわ。

——やめて！

――だって、弥生、あなた……。

――お願いよ、お母さん。もし……もしこれ以上しつこくしたら、私、お父さんのしたことを公表しなければならなくなるわ。

佐紀子は息を呑んだ。

――公表して、告訴しなければならなくなるわ。

――ど、どういうことなの？

――私と愛が二度とお父さんと関わりを持たないようにするためには他に方法がないでしょう。

――つ、つまり、あなたが告訴しないで済ますためには、私とお父さんと縁を切るしかないというわけ？

――そう。だから、わかって。

弥生の言っている意味はわかった。

だからといって、そんなこと、諒解できるわけがない。

しかし、もし自分が諒解しなければどうなるのか、と佐紀子は思う。正常な判断力を失っている弥生は、自分が思い出したと思っていることを本当に公にし、悦朗を告訴するかもしれない。父親の悦朗だけでなく、夫である武をも裁判官の椅子から追いやる結果になるかもしれないというのに。

佐紀子は、ここは時間を置こうと判断した。時間を置いて、弥生が多少冷静になってから話そう、と。

だが、それから六年――。

その間、何度か電話で短いやり取りはしたものの、佐紀子は弥生と一度も会っていない。愛の姿は遠くから何度か見ているが、近寄って話すことは叶わなかった。もし佐紀子がそんな行動を取ったと弥生が知ったら、何をするかわからなかったからだ。

武によると、弥生は、佐紀子たち両親と絶縁してしばらくした頃からパニック発作、広場恐怖、予期不安がどんどん軽減し、七、八ヵ月すると完全におさまったらしい。三井晴美の心理療法が功を奏したのか、大泉医師の処方した薬が効いたのかは、はっきりしないが。どちらにしてもそれは喜ぶべきことだったが、ただ、病気は治ったものの、その後、弥生は自らの内に生まれた〝怪物〟――武がそう言っても弥生は認めない――から逃れられずに苦しんでいるのだという。頬は瘦《こ》け、目は落ちくぼみ、土気色の顔をして。

佐紀子はというと、彼女もまたこの六年間、自分の内なる〝暗鬼〟に苦しめられてきた。弥生の話を聞いた直後は、夫・悦朗の性的虐待などありえない、と思った。悦朗に明言したとおり、彼を疑う気持ちは毛筋ほどもなかった。それなのに、しばらくした頃、

――絶対にありえないことだろうか？

という疑いが芽生えたのだ。

悦朗の反応に疑わしい点が見られたわけではない。彼の過去の不審な行動を思い出したというのでもない。ただ、何も実体がないのに弥生があれほど具体的な光景を思い出すだろうか、と思ったのである。たとえ三井晴美の暗示や誘導があったとしても。

佐紀子は、自分の胸に萌した疑いに狼狽《ろうばい》した。慌てて否定した。いったい、何てことを考えるのか！　と自分を激しく責めた。夫が……夫にかぎって、弥生に対して性的な虐待などするわけがないではないか。

しかし、一度意識された疑心は簡単には消えない。それは暗鬼を生み、佐紀子を脅かした。弥生の声が甦り、頭の中で響き渡った。

——お母さんはやっぱりお父さんの味方なのね。娘の私がひどい目に遭わされ、そのせいでこんな病気になって苦しんでいるのに、まだお父さんの味方をするのね。

佐紀子を見つめる弥生の悲しげな目……。

佐紀子は耳を塞《ふさ》ぎ、頭を振って、弥生の声を、目を、追い払おうとした。

が、脳の内なる声と像に、そんな行為は無力だった。お母さんはお父さんの味方なのね、娘の私を見捨てて、お父さんの味方をするのね……と弥生は佐紀子を責め、どこまでも追いかけてきた。

——もしかしたら、お母さんも知っていたんじゃないの？　お父さんが私にしたこと、知っていて知らないふりをしていたんじゃないの？

それはない。それだけは断じてない！

だが……だが、夫の行為に気づかなかったということはないだろうか。その可能性はないだろうか。弥生が言ったように、自分だって弥生や悦朗と毎日二十四時間一緒にいたわけではないのだから。

——何を言っているの！

佐紀子は声に出して己れを叱った。私は何を考えているのだろう。佐紀子、おまえは悦朗を疑うのか。おまえを心から愛し、弥生を大事にしてくれた夫を信じられないのか。あれほど誠実な人間を信じられないのか。それとも、夫はおまえたち母娘《おやこ》の前でずっと誠実さを装っていたというのか。邪悪な面を隠しつづけていたというのか。もちろん、人間は一面からだけではとらえきれない。一人の人間が様々な面を持っていることぐらい、社会経験の少ない私だってわかっている。誠実で温厚な夫といえども、心の内に打算や怒りや憎しみがないわけではないだろう。しかし、幼い養女に性的な虐待を加えながら、それを隠して、誠実な夫、優しい父親を演じ通せるような人間ではない。私は二十年以上、あの人と一緒に暮らしてきたのだ。あの人がどんなに巧みに己れの邪悪さを隠そうとも、私がどんなに鈍かろうとも、もしそれが存在すれば、気づかなかったなんて考えられない。

佐紀子はほっと息を吐いた。悦朗を少しでも疑った自分を恥じると同時に、やはり彼が弥生の「思い出したようなこと」をしているわけがないと思い、安堵《あんど》した。

だが、そのときはそれで済んでも、一度生まれた疑心は佐紀子の中から消え去ることはなかった。意識の底にわだかまりつづけ、時々頭をもたげては佐紀子の内に葛藤《かっとう》を引き起こし、苦しめた。

ただ、それは意識しているのでまだいいのだが、時として佐紀子は、知らぬまに自分が夫の表情や言動に観察的な目を向けているのに気づき、愕然《がくぜん》とした。

佐紀子は自分の疑い、葛藤を夫の悦朗には話さなかった。到底、打ち明ける勇気は出なかった。が、夫は薄々気づいていたのではないか、と思う。彼もそのことを話題にしたり、自分の潔白を強調したりすることはなかったが、そんな気がする。

では、もし自分の想像どおりだったとしたら、夫はこの六年間、どのような思いで暮らしてきたのだろう。実の子供同様に愛情を注いできた娘に裏切られ、さらには妻にまで疑われていると感じざるをえなかった夫、一言の弁明もせずに（どうして自分から弁明のしようがあろうか）、表から見るかぎり、裁判官としてのそれまでの生活を淡々とつづけた夫――。その心の内は、ずっとそばにいた佐紀子にも推し量り切れない。

ただ、彼は、佐紀子を苦しめた〝暗鬼〟以上に醜悪な何かに耐えつづけてきたのは確かなような気がする。そして、その醜悪なものを生み出したのは弥生よりも佐紀子なのだった。

佐紀子はいま、『抑圧された記憶の神話』と『悪魔を思い出す娘たち』という二冊の本を読み、そう思った。深い後悔と自責の念とともに。

それらの本によって、これまでの、

――弥生がなぜありもしないことを思い出したのか？

という疑問が解け、佐紀子の内なる〝暗鬼〟が消えたからだ。

佐紀子は、弥生にもこれらの本を読ませようと思った。

そうすれば、弥生も誤りに気づくだろう。いや、そう簡単にはいかないかもしれないが、〝もしかしたら誤っているかもしれない〟という疑いを彼女の意識に差し挟むぐらいはできるだろう。そうなったら、その時点で武に話し合いの場を作ってもらえば、説得できる可能性がある。

『抑圧された記憶の神話』は、現実の事件に材を取って〝抑圧された記憶〟に疑問を投げかけた書である。そこには、カウンセラーによって人の心にいかに簡単に偽りの記憶が植えつけられるかが具体的に示され、アメリカではそのための悲劇が続出している、と書かれていた。『悪魔を思い出す娘たち』は、やはりアメリカで起きた〝作られた記憶〟をめぐる事件について書かれたノンフィクションで、そこには、この世に存在しない悪魔まで「思い出し」て自分の父親を告発した娘たちのことが物語られている。

弥生はかつて、自分の思い出したことに誤りがない根拠として『The Courage to Heal』の記述を挙げた。が、『抑圧された記憶の神話』の著者は、暗示と誘導によって偽りの記憶を植えつける一部のカウンセラーと、〝近親姦《かん》・回復運動のバイブル〟と呼ばれているらしいその書を激しく批判していた。というのは、「A Guide for Women Survivors of Child Sexual Abuse（幼児に性的な虐待を受けた女性のためのガイドブック）」という副題の付いたその本には、〝思い出せなくても、何か虐待的なことが起きたという感覚があるなら、それはおそらく起きたのだ〟とか、〝虐待されたと主張するのに、法廷で証言するような正確さは必要ない〟とか、といった粗っぽい主張が随所にあるからのようだった。

一方、『悪魔を思い出す娘たち』には、〝回復した記憶〟を理由に子供に訴えられた親たちが一九九二年に「虚偽記憶症候群協会」なる組織をフィラデルフィアで結成し、九三年六月までに四千以上の家族が名乗りを上げた、という記述があった。そして、親を告訴した子供たちの九十パーセントは成年に達した娘で、そのほとんどが『The Courage to Heal』を読んでいた、とも書かれていた。

佐紀子は久しぶりに満ち足りた気持ちで本を閉じ、顔を上げた。夫の悦朗が帰ってきたら、何はともあれ、この六年間の自分の気持ちを正直に打ち明け、詫びよう、と思った。詫びたぐらいで済む問題ではないが、そこから始める以外にない。そして、弥生にこれらの本を読ませるにはどうしたらいいかを相談し、明日にも武と連絡を取ろう……。

佐紀子は、自分の身体と心に、忘れかけていた生きていく張りが戻っているのを感じた。

1

2003年5月

隈本事件の第五回公判は五月二十日の午前十時から開かれた。

予定されているのは弁護側が申請した証人、二人の尋問である。いずれも情状証人らしく、彼らの口から新しい事実が明かされる可能性はほとんどない。そのため、すでに先が見えているからだろう、傍聴席はがらがらだった。いつものようにほぼ中央に座った犬飼の前後左右に、マスコミ関係者を入れて十五人いるかいないか。それも、五回目ともなると見た顔ばかりだった。

ただ、そうした中に一人だけ新顔が交じっていた。判事たちが登場する直前、最後に傍聴席に入ってきて、犬飼の右後ろ、入口に一番近い席に着いた初老の男だ。濃いサングラスをかけているものの、崩れた雰囲気はまったくない。だからだろう、傍聴人が濃いサングラスやマスクをかけていると理由を質しに来る廷吏もちらっと見やっただけで、何も言わない。

犬飼より六、七センチは高いと思われるその大柄の男が入ってきたとき、迫田弁護士と森島検事が同時に男のほうに目を向けた。裁判所に似合わない黒いサングラスのせいか、それとも何か別の理由があるのか、どことなく緊張した感じで。

相沢佐紀子の様子は、これまでの四回の公判と変わらなかった。弁護人席の前の被告人席に、二人の女性刑務官に挟まれて静かに座っていた。犬飼たち傍聴人に俯《うつむ》き加減の横顔を見せて。

裁判は大方の予想どおりに進んだ。二人の証人——札幌でいつも佐紀子に助けられていたという独り暮らしの老人と、佐紀子の元隣人だという退職判事の妻——に対する尋問である。二人とも、迫田弁護士の質問に答えて佐紀子の優しい人柄を示すエピソードを披露し、元隣人はさらに、佐紀子は夫に尽くす貞淑な妻で、夫婦仲も非常に良く、不倫をしていたなんて信じられない、何かの間違いではないかといまでも思っている、と述べた。

いずれも森島検事の反対尋問はなく、そのため、証人尋問は二人合わせて三十分足らずで終わった。

後に尋問が行なわれた証人、元隣人が裁判長に促されて証言台を降りたとき、

——これで決まりだな。

と、犬飼は思った。

事件に直接関わる事実について新たな証言をしそうな者がいるとは思えなかったし、佐紀子が被告人質問に応じる可能性も薄い。

とすれば、あとは検事の論告・求刑と弁護人の最終弁論を経て結審、となるだろう。

その結果、判決が言い渡されて、裁判（一審）は終わっても、事件の真相が解明されたわけではない。というより、犬飼から見たとき、それはほとんど隠されたままだった。

十日前、犬飼は石峰弥生の住む東京千駄木のマンションを訪ね、いくつかの情報を手に入れた。弥生は、両親である相沢悦朗・佐紀子夫妻とここ六、七年まったく往き来がないらしいこと、娘の愛には二人は死んだと話しているらしいこと、昨年の七月頃、弥生には深刻な心の病に冒されていた様子がないこと、と。

そこから犬飼は、佐紀子が隈本の研究室に二度目の電話をかけて彼と会ったのは弥生の心の病について相談するためではなかったらしい、と結論した。

これらの情報と推理は非常に重要な事実を暗示しているように思われた。

とはいえ、これだけでは事件の真相を読み解く手掛かりにはならなかった。その後いくら考えても、事件の三ヵ月前、佐紀子が隈本に電話した理由はおろか、彼女が彼を刺し殺すに至った事情は見えてこなかった。

事件の真相には、七年前、三井セラピストのカウンセリングによって突き止められたという弥生の病気の原因が関わっていた可能性がある。もしかしたら彼女の出生も。

しかし、そう考えても結果は同じだった。

海原遥香には事件の真相を推理しろ、突き止めろ、と依頼されたわけではない。だから、犬飼調査事務所所長としては、事件がこれで決着しても何ら問題はない。が、「ノンフィクション・ライター」犬飼隆志がこだわっているのだった。もしかしたら初めて自分の作品と呼べるものが書けるかもしれないと思っていただけに。

佐紀子の元隣人が廊下へ出て行くのを待って、

「これで、今日予定していた証拠調べは終わりますが、他に何かありますか?」

大杉裁判長が検事と弁護人に問いかけた。

犬飼は、「ございません」という二人の答えを予想したし、裁判長もおそらくそうだったと思われる。

しかし、森島検事の場合は予想どおりだったものの、迫田弁護士は違った。

彼は、「ございます」と答えながら立ち上がると、

「もう一人、証人尋問を請求いたします」

と、言った。

自分の思っていたとおりでなかったからか、裁判長が不快そうに顔をしかめた。

「次回ではなく、いまということですか?」

彼は迫田弁護士に確認した。

「そうです」

と、迫田弁護士がきっぱりと答えた。その表情には、前回の公判までの彼とは別人のような覇気が溢《あふ》れているように感じられた。

「その人は裁判所内にいるのですね？」

「おります」

証人が裁判所の構内にいる場合にかぎり、召喚しないでも尋問できる決まりがあるのだ。

ただし、不意打ち排除の原則があるので、相手方が不同意の場合はそのかぎりではない。

「その者の氏名と立証趣旨を説明してください」

「氏名は相沢悦朗、被告人の夫です」

迫田弁護士が言うや、法廷にざわめきが起きた。

犬飼は息を吞んだ。

佐紀子もハッとしたように顔を起こし、傍聴席のほうを見た。

佐紀子の視線が、犬飼の右後ろに掛けたサングラスの男の顔で止まった。

しかし、彼女はすぐにそれを逸らし、どこか脅えているような表情をして身体を硬くした。

迫田弁護士が相沢悦朗の名を口にした瞬間、三人の裁判官の顔にも驚きの色がかすめた。

が、大杉裁判長はそんなことはなかったかのようなしかつめらしい表情をして、

「静粛に」

と、言った。

濃い黒のサングラスをかけた男――。

その大柄な男が法廷に姿を見せたときの反応から判断すると、迫田弁護士だけでなく、森島検事もそれが相沢悦朗だとわかっていたようだ。それだけではない。理由は定かではないが、森島検事も相沢が現われることを知っていたような気がする。なぜなら、男を見たときの彼の顔に緊張の色はあっても、驚いたような様子はなかったからだ。

判事たちの中にも、ついこの前まで札幌高裁の部総括判事だった相沢の顔を見知っている者がいるかもしれない。が、同時期、同じ裁判所に勤務したことでもあれば別だが、過去に一、二回会ったぐらいでは、黒いサングラスで目を隠した傍聴人が相沢だとわからなかったとしても不思議はない。

大杉裁判長が迫田弁護士に視線を戻し、

「弁護人はその証人の尋問によって何を立証しようとしているのですか？」

と、説明を促した。

「被告人の犯行動機が被害者との不倫関係のもつれではないことを立証できる見込みです」

と、迫田弁護士が答えた。

彼の前に掛けた佐紀子は、顔を俯けたまま彫像のように動かなかった。

「弁護人の請求に対して検察官の意見は？」

裁判長が森島検事に問うた。

もしここで森島が異議を唱え、反対すれば、迫田弁護士の請求は却下される。

犬飼は異議を唱えないことを祈った。

「特にございません。弁護人の述べられた立証趣旨に基づくものでしたら、しかるべく」

森島検事が腰を上げて答えた。

犬飼の願いどおりではあったが、少し意外だった。犯行動機が不倫関係のもつれではないとなれば、森島検事の描いた事件の構図は崩れる。にもかかわらず、彼はなぜ、不意打ち的な証人尋問を認めたのか――。

具体的なことはわからない。だが、森島検事がサングラスをかけた相沢が入ってきたとき驚かなかった点と考え合わせると、裏で何らかの〝根回し〟に類した行為があったのは確実なようだ。

「それでは、相沢悦朗の証人尋問を認めます。弁護人は速やかに証人を出廷させてください」

裁判長が言い終わると、迫田弁護士が促すように傍聴席の相沢を見た。

相沢悦朗はいつの間にかサングラスを外していた。ネクタイは締めていないが、ジャケットのボタンをきちんと掛けている。薄いグレーにブルーの交じった、暗くはないが落ちついた色調だ。

彼が席を立って傍聴席を仕切っている柵のそばまで行くと、廷吏が柵の端に設けられた扉を開けて待っていた。

相沢は、弁護人席の後ろのテーブルで廷吏から渡された証人カードを記入。

「証人は証言台に着いてください」

裁判長に促されて法廷の中央、佐紀子の目の前へ進み出た。

佐紀子が顔を上げた。

瞬間、相沢も妻を見る。

二人の視線が出合った。

佐紀子の表情は必死になって何かを訴えているように感じられた。

相沢には当然妻の意思がわかったと思われるが、彼は何事もなかったかのように、顔と身体を正面の裁判長に向けた。

これまで、相沢は何百回となく雛壇の上から法廷を見下ろしてきただろう。だが、こうして見下ろされる側に立ったのは初めてではないか。

大杉裁判長が型どおりの人定尋問をし、

「それでは宣誓してください」

と、言った。

先ほどから言葉遣いが心なしか丁寧な感じがする。

「宣誓」

と、相沢悦朗が宣誓書を読み出した。

——良心に従って真実を述べ、何事も隠さず、偽りを述べないことを……。

彼の声は緊張しているようだったが、震えたり上擦《うわず》ったりすることはなかった。

佐紀子はというと、再び顔を俯け、全身を石のように硬くしていた。

相沢が宣誓書を読み終わるのを待って、裁判長が問うた。

「証人は、刑事訴訟法一四六条、一四七条をご存じですね?」

「はい」

と、相沢が答えた。

「それなら結構です。そこに掛けて、宣誓したとおり質問に答えてください」

刑事訴訟法第一四六条には証人本人が、一四七条には証人の配偶者などの近親者が、刑事訴追を受けるか有罪判決を受けるおそれがある場合は証言を拒むことができる——と規定されている。

それを相沢が知らないわけはないし、大杉裁判長もそんなことをゆめゆめ疑うわけがない。が、証人が被告人の夫であるため、裁判長は敢えて、決まりどおり証言拒絶権を告知したのであろう。

尋問を始めるようにと裁判長に促され、迫田弁護士が立ち上がった。

先ほどの二人の証人に対する尋問のときに比べると表情が強張り、気負っているように感じられた。

「では、お聞きします」

と、彼は相沢悦朗に言った。「まず、証人と被告人の関係をお答えください」

相沢は、弁護士の質問が終わると正面の裁判長に顔を戻し、

「被告人・相沢佐紀子は私の妻です」

と、答えた。

相沢が「……私の妻です」と言った瞬間、佐紀子の身体がぴくりと小さく震えたようだったが、顔を上げることはなかった。

「証人は、被告人と結婚して何年になりますか?」

「二十八年六ヵ月になります」

「証人は現在、無職だということでしたが、それはいつからですか?」

「今月の初め、五月一日からです」

「それまでは、何をしておられたんでしょう?」

「札幌高等裁判所の判事をしておりました」

「証人と被告人との間にお子さんはいますか?」

「娘が一人おります」

「娘さんは何歳ですか?」

「結婚されて二十八年半なのに、娘さんが三十二歳というのはどういうわけでしょう？」

「三十二歳です」

「妻が再婚だからです。つまり、娘は私の実子ではなく、妻と亡くなった先夫との間に生まれた子供です」

「なるほど。証人は、娘さんが三歳か四歳のときに被告人と結婚された？」

「娘は七月生まれで、私たちの結婚したのは秋ですから、満四歳になっていました」

「それから何年間、一緒に暮らされたのですか？」

「娘が短大を卒業して二十一歳で結婚するまでですから、約十七年です」

「四歳のときから十七年間も一緒に暮らされたのでしたら、情愛は実の親子とほとんど変わりがないのではないですか？」

「まったく変わりありません」

相沢が強調した。「妻にとって娘がたった一人の子供であるように、私にとってもただ一人の子供でした。娘もお父さん、お父さんと慕ってくれましたし、初めの一、二年はともかく、娘が小学校へ上がる頃からは養女だと意識したことはありません」

「結婚された娘さんは、現在どこに住んでいるんですか？」

「東京に住んでいます」

「家族は？」

「裁判官をしている夫と、小学四年生になる娘が一人います」

「ということは、本事件が起きた昨年十月の時点では、被告人の夫と娘婿が共に裁判官だった、というわけですね？」

「そうです」

「それでは質問を変えます」

迫田弁護士が言って、判事たちの注意を喚起するように少し間をおいた。

彼が、話をこれからどういう方向へ持っていこうとしているのか——初めに立証趣旨の説明を聞いていたので、犬飼にもおおよその想像はついた。また、迫田が弥生についてあれこれ質した事実から、やはり彼女が事件に関係しているらしい、と思った。とはいっても、相沢悦朗が妻・佐紀子の行動についてどこまで知っているのか、迫田が彼から具体的にどのような証言を引き出そうとしているのか、はわからなかった。

「証人は、被害者の隈本洋二郎氏を、本事件が起きる前から知っていましたか？」

「知っていました」

と、相沢が答えた。

「いつ知りましたか？」

「私が被告人と結婚する一年半ほど前……一九七三年の春ですから、三十年前になります」

「どういう事情から隈本洋二郎氏を知ったのでしょう?」

「佐紀子との関わりからです」

「具体的に説明してください」

「当時、私は仙台地方裁判所に勤務しており、紹介してくれる方がいて、佐紀子と見合いをしました。佐紀子は先夫・太田純男氏を一年余り前に交通事故で亡くし、娘と二人でやはり仙台に住んでいたのです。佐紀子のほうは私が初婚だという点にこだわり、自分には子供までいるため、消極的でしたが、私は彼女と交際を重ねれば重ねるほどどうしてもこの人と結婚したいと思うようになりました。そして佐紀子を愛する私の気持ちは、佐紀子がもっとも大切に思っている彼女の娘に対する愛情にもなっていきました」

相沢の言葉に佐紀子が顔に両手を当てて泣き出していた。必死になって声を出すまいとしているようだったが、それでも時々嗚咽《おえつ》が漏れてきた。

「私は本当に、佐紀子だけでなく、佐紀子の娘も佐紀子と同じように愛し始めたのです。この気持ちは結婚してからもずっと変わりませんし、現在でも変わっていません」

相沢の話は迫田の質問からずれたが、検事は異議を唱えなかったし、裁判長も注意しなかった。

ただ、相沢自身が気づき、

「失礼しました。私が隈本洋二郎氏を知った事情に戻ります」

と軌道修正した。「私が佐紀子と見合いをし、結婚を前提にして交際を始めた頃、隈本氏は清恵医科大学を卒業し、東京で研修医をしていました。彼は、佐紀子が東明女子大の学生だったときに交際していた木山文博《きやまふみひろ》氏の高校と大学の後輩で……」

——えっ？

と、犬飼は思わず声を漏らしそうになった。

「……学生時代から佐紀子と顔見知りでした。その後……佐紀子が大学四年の秋、木山氏は急性白血病で亡くなり、佐紀子は幼馴染《おさなな》《じ》みで許嫁《いいなずけ》でもあった太田氏と結婚したのですが、その太田氏も結婚して二年足らずで亡くなってしまいました」

向井貴子の言った医大生の恋人、佐紀子と相思相愛だったらしい相手は、隈本ではなく、木山という隈本の先輩だった——。

犬飼にとってはこれだけでも驚きだったのに、相沢悦朗はさらに意外な証言をした。

「すると、太田氏の死をどこでどうやって知ったのか、隈本氏が仙台まで頻繁にやってきて、佐紀子に結婚してくれと迫り始めたのです。佐紀子がいくら断わっても、母娘が住んでいるアパートを見張ったり、佐紀子のあとを尾けたりして」

ということは、隈本はいまで言うストーカーだったのか！

「それでも佐紀子は誰にも相談できずにいたのですが、私がたまたま彼女のアパートの部屋にいたとき、彼が押し掛けてきたのです」

相沢がつづけた。「そして、私がいるとも知らずに、玄関で勝手なことをまくし立て始めました。自分は木山さんが生きていた頃から佐紀子が好きだった、好きで好きでたまらなかった、だが、先輩の恋人なので気持ちを抑えていた、自分は後にも先にも佐紀子以外の女性を愛したことはない、自分は医者だし佐紀子母娘に金の不自由はさせない、二人を必ず幸せにする、だからどうか結婚してほしい、たとえ断わられても自分は諦めない、承諾してくれるまで一年でも二年でも仙台へ通いつづける……と、こんなふうにです。それで私は我慢できずに出て行き、実はまだ正式に婚約していなかったのですが、佐紀子は私と結婚するので今後彼女に近づかないでくれ、とつい声を荒らげてしまいました」

「その結果、隈本氏は被告人に近づかなくなった？」

「いいえ。そのときは帰ったものの、それぐらいでは諦めませんでした。どうしてそれほど時間が取れるのかと不思議に思われるぐらいその後も頻繁に仙台まで来て、佐紀子に付きまといつづけました。あんな男……私のことですが、あんな男のどこがいいのか、あんな男より自分のほうが何倍も佐紀子を愛しているし、佐紀子と娘を幸せにできる、だから婚約を破棄して自分と結婚してくれ、と迫りつづけました。そして、それでも佐紀子が拒否すると、佐紀子と結婚できないなら自分は死ぬ、だが、一人じゃ死なない、佐紀子と娘を道連れにしてやる、娘と二人、もし死ぬのが嫌ならあの男と別れろ、と脅し始めました」

「証人はどうしてそれを知ったのですか?」

「しばらくしてから佐紀子に聞きました」

「しばらくしてからというのは、どういうわけでしょう?」

「佐紀子は私に迷惑をかけまいと黙っていたのですが、病人のように衰弱してしまったのです。それを見て、私がびっくりして質すと、打ち明けました。佐紀子は隈本氏の影に脅え、夜も眠れなくなっていたのです。特に娘の身に何かあったらと心配して」

「証人はそれから、何か対策を取りましたか?」

「取りました」

「どういう対策ですか?」

「東京まで行って隈本氏に会いました。佐紀子は私に迷惑が及ぶのをおそれ、私の職業を公務員としか言っていなかったのですが、私は仙台地方裁判所判事補の名刺を渡し、彼と話し合いました。今後もし佐紀子の意思に反して彼女に近づけば、清恵医大の学部長に事情を知らせるし、しかるべき法的な措置を取る、と通告したのです」

犬飼は、新しく判明した事実と今度の事件との関わりについて考えた。

が、もちろんすぐには答えは浮かばなかった。

「その後、隈本氏は仙台の被告人の前に現われなかったのですか?」

迫田弁護士が質問を継いだ。

「脅しとも捨《す》て台詞《ぜりふ》とも取れる手紙を最後によこし、そのあとしばらく無言電話がつづいたようですが、現われることはありませんでした」

「では、隈本氏と証人との関わりもそこまでですか？」

「私にも裁判所気付で嫌がらせの手紙が四通届きました。もちろん無視しましたが」

「どういう内容でしょう？」

「たぶん腹癒《はらい》せのために書いたのでしょう、佐紀子に対する思いつくかぎりの悪口を並べた誹謗《ひぼう》中傷の手紙です。あれはあばずれ女だ、嘘つき女だ……と。それから、佐紀子の娘は木山さんの娘だ、木山さんにそっくりだから間違いない、あの一見おとなしそうな女は前夫の太田氏を平気で騙し、あんたも騙そうとしている、嘘だと思うのなら、佐紀子が太田氏といつ結婚し、娘がいつ生まれたか、調べてみろ、この忠告を聞いてあんたは婚約を破棄したほうがいい、実は自分も騙されそうだったので、手を引こうとしていたところだ……書き方は少しずつ違っていましたが、四通ともそんな内容でした」

「被告人の娘さんが木山氏の子供だというのは事実ですか？」

「もちろん嘘です。娘は月足らずで生まれたため、隈本氏は本気で疑っていたようですが」

「証人は、そうした事情をどうして知ったのですか？」

「佐紀子から聞きました」

「木山氏についても？」

「そうです」

「被告人はどのように話したのですか？」

「学生時代、いちじ真剣に愛し合った相手だと打ち明けました。郷里に太田氏という婚約者がいたために苦しんだが、急性白血病で亡くなった、と。ただ、真剣に……といっても、当時の若者の多くがそうだったように、木山氏との関係はあくまでもプラトニックなものだったので、子供ができるわけはない、ということでした。また佐紀子は、弥生を産んだ仙台市内の産婦人科医院の名を挙げ、七ヵ月の早産だったことはそこで尋ねてもらえばわかる、とも言いました」

「その話を聞いたのは隈本氏の嫌がらせの手紙がくる前ですか、後ですか？」

「前です。まだ隈本氏が佐紀子に付きまとっていた頃です。彼は自分の疑いを佐紀子にぶつけ、脅していたんです。娘は木山先輩の子供だろう、太田氏はうまく騙せたかもしれないが、俺にはわかっているんだよ、この事実を相沢という男にばらされたくなかったら、いまのうちに身を引いたほうがいいんじゃないのか、どうせ俺があの男に知らせてやれば、あんたは棄てられるんだから、そう言って。また彼は、自分と結婚すれば、木山先輩の忘れ形見なら誰よりも大事にしてやる、とも言っていたようです。もし前もって佐紀子からそうした話を聞いていなかったら、隈本氏の手紙を見て、私は多少動揺したかもしれません」

犬飼は納得した。弥生の出生に関する自分の推理は誤りだった、と。ただ、隈本が同じ疑いを抱いていたという事実には意味があり、事件とどこかで関わっていそうだった。

「確認します。証人が隈本氏と東京で話した後、隈本氏から被告人に一通、証人宛に四通の手紙が届き、被告人のもとにしばらく無言電話……隈本氏だという証拠はありませんが……がつづいた。だが、その後、隈本氏は被告人の前にも証人の前にも現われなかった。そういうことですね？」

「そうです」

「隈本氏が被告人の前に現われなくなってからどうしたか、ご存じですか？」

「翌一九七四年の秋、私が佐紀子と結婚する前に調べたところ、その年の夏にアメリカへ留学した、とわかりました」

隈本洋二郎は一九七四年の八月にアメリカへ渡り、その後、一時的に帰国したことはあっても、一九九〇年三月まで約十五年半、アメリカで精神医学や臨床心理学の研究、実践に携わっていた。

「それでは、隈本氏がアメリカから帰って以後のことをお尋ねします」

と、迫田弁護士が質問を進めた。「証人は、一九九六年……平成八年の一月十二日、被告人が慶明大学人間科学部の隈本研究室に電話したのをご存じですか?」

「本裁判の第二回公判で、隈本氏の秘書だった南裕子さんが証言されるまで、知りませんでした」

相沢悦朗が答えた。

「六年半後の昨年七月……事件のおよそ三ヵ月前、被告人がやはり隈本研究室に電話したのはいかがでしょう?」

「やはり、南さんの証言で初めて知りました。それまでは知りませんでした」

「ということは、被告人は二度とも隈本氏に電話した事実を夫である証人には話さなかったわけですね?」

「はい」

「一九九六年の一月十二日、被告人が最初に隈本研究室へ電話したときに話を戻します。そのとき、隈本氏が電話の後で、〝昔の知り合いが友人の娘さんの病気の件で相談してきた〟と南裕子さんに話した――そう南さんは証言していますが、このことはご存じですか?」

「知っています」

「ちょうどその頃、証人と被告人の娘である石峰弥生さんはパニック障害に苦しんでいましたか?」

「苦しんでおりました」

「パニック障害という病気については、〈駅のホームや街路などで突然ひどい不安に襲われ、激しい動悸《どうき》などがして、ときには死の恐怖さえ覚える……こうした発作をたびたび起こす病気〉である、と解説書などには書かれていますが、そのように理解して間違いありませんか？」

「正確にはアメリカ精神医学会の定めた診断基準があり、その項目にいくつ当てはまるかチェックして決めるようですが、私もだいたいそのように理解しています」

「パニック障害には、また発作が起きるかもしれない、起きたらどうしようという不安、恐怖が付随しており、患者の中には広場恐怖といって電車に乗ったり人込みへ出たりすることができなくなる者もいるそうですが、弥生さんの場合はいかがでしたか？」

「やはり予期不安に脅え、広場恐怖の症状も示していました」

「弥生さんがパニック障害に罹った……つまり最初にパニック発作が起きたのはいつでしょう？」

「一九九五年……平成七年七月十五日です」

「そのときすぐ、パニック障害という診断が下されたのですか？」

「いいえ。検査してもどこにも異状が見つからないということで、自律神経失調症という診断でした」

「パニック障害と診断されたのはいつですか?」

「その年の十一月二十日です」

「ということは、最初の発作から四ヵ月もしてから……!　なぜそんなにかかったのか、理由をご存じですか?」

「いまでこそ一般に知られるようになりましたが、当時は医師の間でもパニック障害という病気が充分に認知されていなかったからのようです。そのため、診断の誤りが非常に多かったのだそうです。これは、弥生の病気にパニック障害の診断を下した大泉利彦博士が著書の中で述べておられます」

「弥生さんは、パニック障害と診断されるまでの四ヵ月間どうしていたのでしょう?」

「繰り返し起きるパニック発作と予期不安に苦しめられていました。子供が満二歳になるかならないかのときでしたので、もし子供と二人でエレベーターに乗っているとき発作に襲われたら……といった不安と恐怖のため、外出もままならない状態でした。買物は夫の休日に済ませ、病院へ行く日は……当時は私たち夫婦も東京に住んでいたので、佐紀子が出向いて孫の面倒をみていました」

「どこの病院にかかっていたのですか」

「駒込にある東亜医科大学附属病院です」

「それでも、診断がつかなかった?」

「はい。どこの科で検査しても発作の原因がわからず、心臓神経症あるいは過呼吸症候群であろうといった診断だったのです。そのため、十一月になって病院を替えました」

「替えた病院は？」

「鳳医会《ほういかい》・富士記念病院という病院です。そこの心療内科で大泉利彦医師に出会い、やっとパニック障害という診断が下されたのです」

「パニック障害の診断が下された後、弥生さんの状態はどうなりましたか？」

「診断がついたからといってすぐに良くなるというわけにはいきませんでしたが、大泉医師の処方した薬を飲み始めて一月ほどすると発作の回数が減り、発作が起きても軽く済むようになりました」

「では、翌一九九六年一月頃の状態はかなり快方に向かっていたということですか？」

「弥生本人はもとより、弥生の夫も私たち夫婦もそう思っていました。暮れには発作が一度も起きませんでしたし」

「しかし、そうではなかった？」

「はい。明るい気持ちで新年を迎えたのですが……三日、弥生が夫と娘と初詣《はつもう》でに行った先で発作が起きてしまったのです。弥生はこれで治るのではないかと期待していただけにかなり強いショックを受け、自分の病気は本当に治るのだろうか、パニック障害という診断は正しいのだろうか、とまた強い不安と疑念を抱き始めたようでした」

「そうした不安と疑念にとらえられた弥生さんに吉川さやか……旧姓志田さやかという女性が近づいたのはご存じでしたか？」

「志田さやかが慶明大学の大学生で、隈本氏に頼まれて弥生に近づいたということは、本裁判で彼女が証言するまで知りませんでした。ですが、弥生が富士記念病院の待合所で志田という女性と知り合ったという話は弥生から聞いていました」

「弥生さんはいつ話したのですか？」

「九六年の二月三日です」

「日にちは間違いない？」

「当時の手帳を見てきたので、間違いありません」

「弥生さんは誰と誰に、また何のために志田さやかの話をしたのですか？」

「弥生が話したのは、弥生の夫と私と佐紀子の三人です。弥生は、志田さやかに勧められた青葉ヒーリングルームを訪ね、三井晴美セラピストのカウンセリングを受けたい、と私たちに相談してきたのです。志田さやかは、三井セラピストのカウンセリングを受けて重い不安障害を克服した、と弥生に話したようです。そして、弥生の場合もカウンセリングによって病気の原因を突き止めないかぎり薬だけでは完治が難しいのではないか、と言ったようです」

「相談された結果はどうなりましたか？」

「私は初め反対だったのですが、弥生がどうしても……と主張するので、弥生の夫が一緒に行って三井セラピストの話をよく聞き、納得したうえでなら、という条件で同意しました。そして結局、弥生は週一回、青葉ヒーリングルームへ通うようになりました」

「その弥生さんの行動は、志田さやかと三井晴美の証言により、隈本氏が二人をつかって仕向けた結果であることが明らかになっています。証人は、隈本氏がどうして弥生さんのパニック障害について知ったと思われますか？」

「佐紀子が隈本氏にかけた電話で〝友人の娘さんの病気〟について相談したからだと思います。佐紀子が隈本氏の研究室に電話したのが九六年一月十二日、志田さやかが弥生に近づき、弥生に自分の体験を話したのが一月下旬、私たちが弥生の相談を受けたのが二月三日ですから」

「ということは、隈本氏は、被告人の言った〝友人の娘さん……〟という話を信用せず、何らかの方法によって被告人自身の娘さんである弥生さんがパニック障害に苦しんでいる事実を突き止めた、証人はそう考えられるわけですね？」

「時間的な符合からみて、私にはそれ以外に想像がつきません」

犬飼もそう思う。隈本は私立探偵をつかって佐紀子の身辺を探り、娘の石峰弥生が富士記念病院の心療内科に通院している事実を突き止めたのだろう。病名まで知るのは難しくても、そこまでわかれば、佐紀子の電話を受けていた隈本には弥生とパニック障害は容易に結び付いたはずである。

「隈本氏は、教え子の志田さやかをつかい、彼女に嘘をつかせてまで弥生さんを青葉ヒーリングルームへ行かせようとしたわけですが、これは彼の善意から出た行為だと思いますか？」

「そうは思いません」

相沢がきっぱりと言った。

「隈本氏は弥生さんの病気を治してやろうとしたと考えられるのに、証人はなぜそうは思わないのですか？」

「先ほど申し上げたように、その二十数年前、隈本氏は妻に付きまとい、拒絶され、忌避された人間です。これ以上付きまとえば断固たる措置を取る、と私にも言われました。それなのに、わざわざ私たちの娘のことを調べ、善意から娘がカウンセリングに行くように仕向けたとは到底考えられないからです」

「では、証人は、被告人がそんな相手……自分のそばに二度と近寄らないでくれと拒絶した相手にどうして相談の電話をかけたのだと思いますか？」

「佐紀子は隈本氏に電話などかけたくなかったはずです。ですが、娘のためなら……弥生の病気を治すためなら、と自分の気持ちに蓋《ふた》をしたのだと思います。そして決意したのだと思います。その頃、佐紀子は、弥生にはまだ幼い子供がいるのにこのまま病気が良くならなかったらどうなるのか、と非常に心を痛めていました。私の仕事の邪魔をしてはいけないと気をつかい、あまり口には出しませんでしたが、心配のあまり夜は眠れず、食事も満足に喉を通らないようでした。一方、隈本氏は、昔の彼からは考えられないような有名な精神科医になっていました。私も佐紀子も隈本氏の話には触れないようにしてきましたが、新聞を見て一度だけ話題にしたことがあるので、佐紀子が彼のことを知っていたのは間違いありません。それで、日本よりずっと進んでいるアメリカで勉強してきた隈本氏に相談すれば弥生の病気を治す適切な方法を教えてもらえるかもしれない、そう考えて思い切って電話したのだと思います」

「なるほど」

と、迫田弁護士が大きくうなずいた。打ち合わせ済みの話のはずなのに、いかにも得心がいったというように。

「話を戻します」

少しあらたまった調子で迫田が言葉を継いだ。

証言台の椅子に背筋をぴんと伸ばして座っている相沢が、彼のほうへ顔を向けた。

「証人は、隈本氏が弥生さんを青葉ヒーリングルームへ行かせようとしたのは善意から出た行為ではないと思うと言われ、その理由として、かつての隈本氏と被告人・証人の関係を挙げられましたね？」

「はい」

「証人が隈本氏の善意を疑う理由はそれだけですか？」

「いいえ、違います」

「では、他にどういう理由があるのですか？」

「三井セラピストのカウンセリングによって突き止められたという弥生の病気の原因なるものが悪意に満ちており、作為的なものとしか考えられなかったからです」

相沢の声に怒りが交じり、佐紀子の身体が硬直したように感じられた。

犬飼も全身に太いベルトを巻かれ、引き絞られたような感覚に襲われた。

同時に、犬飼は、

――やはり！

と、思った。やはり、弥生の病気の原因が事件と重要な関わりを持っていたらしい。

「その原因というのは、どういうものだったのですか？」

質問を継いだ迫田弁護士の声にも緊張感がみなぎっていた。

佐紀子が顔を上げた。縋《すが》り付くような目を相沢に向けた。言わないで、それだけは言わないで！　必死になってそう訴えようとしているように見えた。

しかし、相沢は話す決意を固めたから証言台に立ったのだろう、佐紀子のほうを振り向かなかった。迫田の質問からわずかに間をおいて、答えた。

「弥生が幼いときに私から受けたという性的な虐待です」

佐紀子が両手で顔を覆った。

「それがトラウマになって弥生のパニック障害……隈本氏の名づけたパニック発作特性PTSDが引き起こされた、というのが三井セラピストの結論でした」

相沢が淡々とした調子でつづけた。

意外な証言に呆気《あっけ》にとられているのか、廷内はしんとして、しわぶきひとつ上げる者もいない。犬飼もただただ驚いていた。

「そうした性的な虐待は実際にあったのですか？」

迫田弁護士が確認した。

「ありません」

相沢が迫田に顔を向けて答え、それを判事たちのほうへ戻して、「そうしたことは断じてありません」と繰り返した。

「では、実際はありもしないことを病気の原因として突き止めた、というのはどういうことでしょう？」

迫田が質した。

誰もが覚える疑問であり、当然の質問だった。

「ずっと弥生の意識から消えていた記憶、つまり無意識の世界に閉じ込められていた〝抑圧された記憶〟が甦った、というのです」

　相沢が答えた。

「意識から消えていた〝抑圧された記憶〟ですか……！」

　いかにも奇妙な話を聞いた、といった口振りで迫田が繰り返した。

「そうです」

「そんなものが存在し、しかも二十年も経ってから突然甦る、などということがあるのですか？」

「記憶に関する専門家である心理学者や精神科医の中にも、あるという者と、疑問を呈している者と、両方おります。また、〝抑圧された記憶〟の存在は支持しても、セラピストの示唆や誘導によって偽記憶が作られうることを認め、その危険性を指摘している精神科医もおります」

「つまり、証人の認識は、弥生さんの中に甦ったのは三井セラピストによって作り出された偽記憶だった、そういうことですか？」

「そうです」

「弥生さんの認識はいかがですか？」

「弥生は事実だと信じました。自分の頭に鮮明に甦った記憶が事実でないなんてありえない、と言い張りました」

「証人と被告人は、弥生さんの誤解を解く努力はされたのですか？」

「もちろんしました。しかし、無駄でした。私には会おうとしませんし、弥生の夫と佐紀子とで説得を繰り返しても、受けつけなかったのです」

「その結果はどうなりましたか？」

「弥生は私だけでなく母親の佐紀子に対しても義絶を宣告し、私たち夫婦と弥生の親子関係は崩壊しました」

「親子関係が崩壊ですか……！　それは具体的に言うとどのような状態ですか？」

「佐紀子が訪ねて行っても弥生はドアを開けず、電話も無言で切るようになりました。つまり、会うことはおろか、電話で話すことさえできなくなったのです」

母方の祖父母は死んで、いない——という石峰愛の話の裏に隠されていた事実はそういうことだったのか、と犬飼は納得すると同時に驚いた。彼の想像力をはるかに超えた事実だった。

「弥生さんに『お父さんに性的虐待を受けた』と言われ、証人はどう思われましたか？」

「寝耳に水の話なので驚きましたが、初めのうちはそれほど深刻に考えませんでした。話せばわかるだろうと思っていたのです。ですが、弥生のあまりにも頑《かたくな》な様子を佐紀子から聞き、恐ろしくなりました。正直、弥生を憎んだこともあります。セラピストのマインドコントロールを受けているのだとわかっていても、大事に育てた娘になぜこんなひどい目に遭わされなければならないのかと思うと、情けなく悲しく、憤りを感じました」

「証人はそうした思いを被告人にぶつけることはなかったのですか？」

「ぶつけようとしたことはあります。ですが、そうしたとき、一人娘を失ったうえに、私に対する申し訳なさから一番苦しんでいるのは佐紀子ではないかと思い、言葉を呑み込みました。また、自分が佐紀子に怒りをぶつければ、何か事あるごとに『弥生はぼくの娘だよ、きみとぼくの娘じゃないか』と言いつづけてきたことがやはり口先だけでしかなかったのか、と佐紀子に思われますから。それとは直接の関係はありませんが、佐紀子さえ私を信じる気持ちがぐらついているのではないかと感じられるときがあり、そういうときは一番辛く、叫び出しそうになりました。『きみまでぼくを信じられないのか？　信じてくれ！』と。しかし、実の娘にあれほど確信的に〝父親の私に性的な虐待を受けた、そのときのことを鮮明に思い出した〟と言われたのでは、疑いが萌しても無理がないと思い、自分の気持ちを抑えました」

　佐紀子が再び両手で顔を覆って肩を震わせ始めた。夫悦朗に対するすまなさ、申し訳なさが胸を衝いたのであろう。

「証人夫婦と弥生さんとの現在の関係はいかがですか？」

　と、迫田が尋問を進めた。

「前と同じ状態です」

「ということは、いまだに……七年間も断絶した状態がつづいている！」

ええ、と相沢悦朗がちょっと苦しげな顔をして肯定した。

「要するに、証人夫婦と弥生さんとのそうした不幸な状態を作り出したのは、隈本氏が弥生さんを青葉ヒーリングルームへ行くように仕向けた結果だった、だから、それはけっして弥生さんの病気を治してやろうといった善意から出たものではない、そういうわけですね？」

迫田弁護士が一連の話をまとめ、隈本との関わりに話を戻した。

「そうです」

と、相沢が語気を強めた。

もし彼の証言が事実なら、隈本のしたことは絶対に許されない行為だった。人の心の病を治すのが仕事である精神科の医師が、人の心を操り、弄《もてあそ》び、自分の邪悪な目的に利用したのだから。

「証人と被告人が、弥生さんの行動の裏に隈本氏の意図が働いていたのを知ったのはいつですか？」

「私が知ったのは、本裁判が始まり、人を介して吉川さやかと三井晴美の証言を聞いてからですが、佐紀子はもっと前に知っていたと思われます」

「それはなぜですか？」

「佐紀子がそれを知ったために本事件が起きた、と考えるからです」

「どういう意味でしょう？　具体的に説明してくれませんか」

「先ほど説明したとおり、佐紀子は隈本氏を恐れ、嫌っていました。それなのに、彼と不倫関係を結ぶなどといったことはありません……ありえないと思います。しかし、昨年十月五日、佐紀子は隈本氏の泊まっているホテルの部屋を訪ね、彼を刺しました。これは、隈本氏の悪意に満ちた行為を知った結果だったとしか考えられないからです」

「つまり、被告人の犯行動機は不倫関係のもつれなどではなく、隈本氏に対する怒りと憎しみ、あるいは復讐《ふくしゅう》だった？」

「そこまでは私にもわかりません。ただ、隈本氏が弥生と私たち夫婦の関係を切り裂き、弥生自身を苦しめると同時に佐紀子をたった一人の娘とも会えなくしてしまった……そのことが佐紀子の犯行動機と密接に関係していたのだけは間違いない、と私は考えています」

「証人は、被告人がいつ、どうして隈本氏の意図を知ったとお考えですか？」

「昨年の七月、佐紀子が隈本氏の研究室に二度目の電話をかけた後、隈本氏自身の口から聞いたのだと考えています」

　迫田弁護士の質問は相沢の考え、判断を尋ねるものが少なくなかったが、森島検事は異議を唱えなかった。

「二度目の電話の後、隈本氏自身の口からですか？」

「そうです」

「そう考えられる根拠は？」

「一九九六年一月の電話から昨年七月の電話まで、佐紀子が隈本氏と接触したらしい形跡がないこと、隈本氏の意図は隈本氏しか知らなかったはずだと思われること、昨年の七月から事件までの間に佐紀子が少なくとも二度は隈本氏と会っていること――以上の点が考えられるからです」

「しかし、隈本氏はそれまで隠してきたと思われる悪意に満ちた自分の意図を、どうして被告人に明かしたのでしょうか？」

「そこまでは想像がつきません」

「わかりました。それじゃ、被告人が昨年七月、被害者の研究室にかけた二度目の電話について伺います」

迫田が尋問を進めた。「一九九六年の最初の電話から約六年半、被告人は隈本氏に一度も接触していなかった可能性が高いわけですが、何のためにまた電話をかけたのか、証人は想像がつきますか？」

「それなら、つきます」

と、相沢がはっきりと答えた。

「何のためでしょう？　証人の考えを話してください」

「弥生の説得を隈本氏に頼もうとしたのだと思います」

「弥生さんの説得、ですか？」

意味がわからないといった感じで迫田弁護士が聞き返した。

迫田が知らないはずはないが、犬飼には見当もつかなかった。いったい佐紀子は隈本に、弥生をどう説得してもらおうとしたのだろうか。

迫田がその点を質した。

「アメリカの心理学者エリザベス・ロフタスの書いた『抑圧された記憶の神話――偽りの性的虐待の記憶をめぐって――』と、『ニューヨーカー』誌の記者であるローレンス・ライトが書いた『悪魔を思い出す娘たち――よみがえる性的虐待の「記憶」――』を読むように、です」

と、相沢が答えた。

「それらはどういう本なのですか？」

「題名から想像がつくように、〝抑圧された記憶〟について批判的に書かれた本です。特に『抑圧された記憶の神話』は、セラピストのカウンセリングによって作り出された偽記憶により、多くの悲劇が、家族崩壊が起きている、と伝えています」

「それらの本は去年、二〇〇二年の六月頃出版されたのですか？」

「いいえ、出版されたのは一九九九年と二〇〇〇年と、もっと前ですが、私がまず読み、妻に読むように勧めたのが去年の六月でした。もっと早くそうした本があると知っていれば、前に読んだのですが……」

「証人と被告人は、それらの本を読んでどうしましたか？」

「弥生と会えなくなって以来初めて二人とも少し明るい気持ちになり、これらの本を弥生が読めば自分の記憶が誤っているかもしれないと考えなおすのではないか、と話し合いました。そして早速、佐紀子が弥生の夫に連絡を取り、弥生に読ませてほしいと頼みました」

「結果は？」

「失敗でした。弥生は佐紀子の差し金だろうと言って夫に反撥し、自分の思い出したことに誤りはないので読む必要はない、と本を目に触れない場所に入れてしまったのです」

「それからどうしましたか？」

「何とかして弥生に本を読ませる方法はないかと三人で考え、弥生の病気をパニック障害と診断した大泉医師に事情を打ち明け、説得をお願いしました。大泉医師は自分のあずかり知らないところで弥生がセラピストのカウンセリングを受けていたと聞いて少し気分を害されたようでしたが、私たちの置かれている窮状に理解と同情を示され、私たちの頼みを引き受けてくださいました。ところが、弥生が大泉医師のもとへ行くことを拒んだのです。夫が何とかして連れて行こうとしても、頑として首を縦に振らなかったのです」

「それで、被告人は隈本氏に電話し、弥生さんの説得を頼んだ？」

「私はそう考えました」

「理由は？」

「時期がちょうど去年の七月と符合していますし、他に佐紀子が隈本氏に電話する理由があったとは考えられないからです。それともう一点、七月の電話からは多少経っていますが、九月になってから……正確に言うと九月二十日、弥生が隈本氏から電話を受け、彼と会っていたのです」

事件のわずか半月前の九月二十日、隈本と弥生が会っていた――。

またもや新事実だった。しかも同じ月の九日には佐紀子が上京してホテル・ニューロイヤルで隈本と会い、二十五日には彼の携帯電話に電話して、「騙したんですね！」と言っていた。

犬飼は少しずつ事件に至る筋道が見えてきたような気がした。

「証人はそれをどうして知ったのですか？」

「事件が起きた後で、弥生の夫から聞きました。弥生の夫は、私には話さないでくれと佐紀子に頼まれていたため、それまで黙っていたのです」

「しかし、被告人は、よりによってどうして隈本氏に弥生さんの説得を頼んだのでしょう？　その点、証人はどのように考えられますか？」

「その時点……つまり去年の七月の時点では、隈本氏が三井セラピストの裏にいたことを佐紀子は知りませんし、まさか彼が三十年も昔のことをいまだに根に持っているとは想像できなかったからだと思います。また、そのときの佐紀子は、弥生にロフタスらの本を読ませることで頭がいっぱいだったのだと思います。その点、隈本氏は有名な精神科医ですし、もし彼から弥生に働きかけてもらえれば弥生も断わらないだろう、と考えたのだと思います」

「被告人はそのことを証人に一言も相談しなかったわけですね？」

「しませんでした」

「それはどうしてだと思いますか？」

「私が反対するか、たとえ反対はしなくても不快に感じるだろうと思ったからだと思います。弥生の夫に口止めしたのも、私の気持ちを考えてのことだと思います」

「隈本氏による弥生さんの説得は成功したのですか？」

成功したわけがないことはいまや誰もがわかっていたが、迫田が質した。

「いいえ」

「どうしてでしょう？」

「隈本氏が佐紀子の意図したようには弥生に話さなかったからです」

相沢は当然、隈本が弥生にした話の内容についても弥生の夫から聞いているはずである。だが、迫田弁護士は〝では、どのように話したのですか?〟と質さなかった。伝聞では……つまり弥生に直接証言させなければ、証拠にならないからだろう。

「とすると、その五日後の九月二十五日、南裕子が隈本氏の携帯電話に出たとき、『相沢ですけど、騙したんですね!』と被告人が言ったのは、そのことを言った?」

「そこまではわかりません。ですが、その可能性は低くないと思います」

「最後にお聞きします。証人の言われたように、被告人の犯行動機が不倫関係のもつれではなく、被害者隈本氏の邪悪な意図と行為の結果だったとすれば、情状が酌量される可能性が高いのに、被告人はなぜそのことを供述しないのだと思われますか?」

迫田が佐紀子の黙秘の理由に言及した。

「娘の弥生と、弥生の家族を護ろうとしているのだと思います」

と、相沢が答えた。

「もう少し詳しく説明してくれませんか」

「妻佐紀子にとって、一人娘の弥生は自分の命よりも大事な、まさに宝でした。私と再婚したのも、自分のことよりも娘の将来を考えてのことだったと思われます。その娘と娘の子供……家族をマスコミから、世間の好奇の目から護るために、自分は不倫関係のもつれから相手を刺した同情の余地のない殺人者と言われても、何も弁明しないのだと思います。

自分さえその汚名に耐えれば、弥生と事件との関わりが表に出ることはありませんから」

裁判長に顔を向けて証言する相沢を前に、佐紀子は表情を強張らせていた。相沢が「娘の弥生と、弥生の家族を……」と言ったときだけ顔を起こして彼を見たが、すぐにまたそれを俯けて。

相沢の証言が的を射たものかどうか、佐紀子の様子からは判断がつかない。それが当たっていれば、彼女にはもう黙秘をつづける理由がないわけだから、被告人質問に応じるだろう。が、外れていれば、これまでどおり沈黙をつづけるにちがいない。犬飼としては佐紀子が黙秘を解いて自ら語ることを望んでいるが、どうなるかは予測がつかなかった。

「つまり、佐紀子は、弥生と弥生の家族を巻き込むまいとして黙秘を通しているのだと思います」

相沢がつづけた。「もし一言でも何か言えば、それを糸口にして事件の真相をたぐり寄せられる可能性があるため、一切話さないでいるのだと思います」

「では、証人はどうしてそうした事情を明らかにする気になられたんでしょう?」

「このままでは佐紀子のためにも弥生のためにもならない、と判断したからです」

相沢が今日証言台に立とうと決断するまでには、相当な迷いと葛藤があったはずである。

だが、彼はそうした自分の心情には触れなかった。

「ありがとうございました。尋問を終わります」

と、迫田弁護士が言った。満足そうな顔をして腰を下ろし、ハンカチで額の汗を拭《ふ》いた。

代わって森島検事が立ち上がり、反対尋問を始めた。

2

森島はたったいま次席検事室でしたばかりの話を繰り返した。今日、隈本事件の第五回公判で相沢悦朗が被告・弁護側の証人として証言台に立った事実を伝え、その証言内容を報告した。

検事正室のひときわ大きな机の前に配置された応接セット――そのガラステーブルを挟んで森島の前に掛けているのは、木村検事正と田辺次席検事の二人だった。

森島がいま同じ報告を繰り返しているのは、森島の話を聞いた田辺が裁判の意外な展開に動揺し、検事正に連絡を取ったからである。

森島は、司法研修所時代に相沢教官の家族と交際があった事実はもとより、相沢の担当クラスだった事実も、二人の上司には伝えていなかった。心情はどうあれ、個人的な感情から事実をねじ曲げることは絶対にしないつもりだったし、無用な誤解を受けたくなかったからだ。そのため、一週間前の晩、松波町の小料理店で相沢と会って話した事実についても当然報告していない。

「つまり、動機は不倫関係のもつれではない可能性が高くなったが、殺人は動かない、そういうことだね？」

森島の報告が済んだところで、木村検事正が結論を確認した。

「そうです」

と、森島は答えた。

「それなら、べつに大した問題はないんじゃないか」

木村が田辺次席の意見を問うように彼のほうへ顔を向けた。

「ですが、そうなると、これまで考えてきたのに替わる動機を明確にする必要があります」

田辺が不満げな顔をした。

「相沢元判事が述べたように、被告人は娘のことで再び被害者の力を借りようとしたのに裏切られた、騙された、さらには娘のそうした状態を作り出したのは隈本だったと知らされた、それで怒りと憎しみから……ということにならないかね」

相沢は、「裏切られた、騙された」とは言っていない。その可能性が高いことを仄《ほの》めかしただけである。

「しかし、それは相沢元判事の想像であって、証拠がありません」

「不倫関係のもつれという動機にも確かな証拠はありませんでした」

森島は言った。「有吉美希の証言の他には、事件の晩を含めて夜二人だけで二度ホテルで会っていた、という不倫関係を示す状況証拠があっただけです」

「うん」

と、木村検事正がうなずいた。

「それに、状況証拠ならこちらにもございます。というより、こちらのほうがそろっています」

森島はつづけた。

「そろっている？」

田辺が森島に視線を当てた。

「はい」

「どういう証拠かね？」

「まず、かつての隈本と被告人の非友好的な関係があります。さらには、隈本が画策した石峰弥生のカウンセリングによって被告人夫婦と弥生の親子関係が崩壊し、その状態が六年以上もつづいていたという事実、事件の半月前の九月二十日に隈本が弥生に会い、被告人が望んでいたのとは反対の話をした事実、その五日後の二十五日、被告人が隈本の携帯電話に電話して『騙したんですね！』と言っている事実、などです」

「なるほど」

と、田辺がうなずき、「隈本が石峰弥生にした話の内容と、被告人が娘の説得を隈本に依頼した件については、石峰弥生から話を聞けばはっきりする、そういうわけだな」

「そうです」

と、森島は応えた。実は、彼は、弥生の夫の石峰武から聞いた話としてそれらのことをすでに相沢から聞いていたのだが。

「とにかく、〈被告人が前もって凶器を準備し、夜、被害者の泊まっていた部屋を訪ねた〉という事実が存在するかぎり、殺人のセンは崩れない――」

木村が結論した。

「ええ、そうですね」

と、田辺が相槌《あいづち》を打った。

「それなら、不倫関係のもつれといった曖昧《あいまい》な動機より、すっきりしてわかりやすいじゃないか」

森島もそう考えていた。

また、隈本が弥生と被告人夫婦にした行為がどんなにひどいものだったかが明らかになれば、佐紀子に対する同情が集まるだろうし、刑も減軽される。それも森島には歓迎すべきことだった。

「ところで、相沢佐紀子は被告人質問に応じそうかね？」

田辺が森島に目を戻して聞いた。

「応じてほしいんですが、はっきりしません」

と、森島は答えた。

「相沢元判事の言ったことが正しければ、被告人にはこれ以上黙秘しつづける理由がないはずだろう」

「そうなんですが……」

佐紀子が黙秘をつづけている理由について、相沢は今日、〈娘の弥生と弥生の家族を護るためにちがいない〉と証言した。

一応うなずける説明だった。それでいて、森島はいまひとつすっきりしなかった。

「はっきりしないということは、被告人の様子には、これで確実に黙秘を解くとは思わせない何かがあった？」

木村が森島に問うた。

「そうなんです」

と、森島は肯定した。

「どんな感じだったのかね？」

「私の観察が正しいとはかぎりませんが……」

「かまわんよ」

木村に促され、森島は自分の目に映った佐紀子の様子を話した。相沢悦朗が佐紀子の黙秘の理由について自分の考えを述べたとき、佐紀子は戸惑ったような、どこか悲しげな目をして彼を見た。それまで下に向けていた顔を上げて。といっても、それは短い間のことで、すぐにまた俯いてしまい、あとは相沢が話している間中、何かを真剣に考えているような表情をしていた。もし黙秘の理由が相沢の言ったとおりなら、彼の証言によって黙秘をつづける理由は消えたはずである。それが消えれば、最初は戸惑ったとしても、佐紀子は自らに課した厳しい決意から解き放たれ、ほっとした気持ちになっていたのではないだろうか。ところが、佐紀子には、緊張を解いたような和んだような様子はまったく感じられなかったのだ。

「なるほど」

と、木村がうなずいた。「では、被告人の黙秘の理由が相沢元判事の言われたようなものでなかった場合、あるいは他にもあった場合、どんな理由が考えられるかね?」

「見当がつきません」

「そうか……」

「相沢元判事が黙秘の理由について述べ始めたとき、被告人が悲しげな顔をして証人を見た、というのは確かかね?」

田辺が聞いた。

「瞬間的でしたが、そう見えました」

「相沢元判事の言ったことが当たっていなかったとしたら、戸惑った表情をしたというのはわかるが、悲しいというのはどういうわけだろうな」

森島にもわからなかった。

「ところで、相沢元判事は、どうして証人になって洗いざらい話そうと決意したんだろうね？」

木村が半ば自分に問いかけるように言った。「被告人の黙秘が被告人と娘さんのためにならないと考えたとしても……」

「被告人である奥さんに対する愛情のためであることは確かだと思います」

森島はぼかして答えた。

「しかし、そう言われても、いまひとつしっくりこない」

木村が首をひねった。

「私もです」

と、田辺が応じた。「理由はどうあれ、被告人は相沢元判事に黙って隈本と会い、挙げ句の果てに殺人まで犯したんですからね。そのため、相沢元判事は永年努力して築き上げてきたものをすべて失ったわけです。それなのに、そんな妻にまだ愛情を抱き、自分を犠牲にしてまで証言をする――。私には相沢元判事の気持ちが理解できません」

確かに、他人が相沢の気持ちを理解するのは難しいだろう。だが、森島は相沢という人間を木村と田辺よりは知っていたし、相沢が証言を決意するに至った事情を本人の口から聞いていた。だから理解とまではいかなくても納得はできた。

先週、小料理店で会ったとき、相沢は、「妻が隈本を刺し殺したと聞いた瞬間は何てことをしたのだと仰天すると同時に激しい憤りを感じた」と森島に言った。夫である自分のことを少しでも考えたことがあるのかと思った、と。

正直な気持ちだろう。

ただ、彼は、そうした感情とは別に、犯行動機が不倫関係のもつれらしいと聞いたときは〈それは違う！　それだけはありえない〉と思った、という。なぜなら、隈本と佐紀子の過去の関わりを知っていたからである。

——だが、それでは佐紀子はどうして隈本の部屋を訪ねたのか？

彼が疑問に思っていると、〈事件の半月前、佐紀子に依頼された隈本が弥生に会い、佐紀子が望んだのとは反対の話をしたらしい〉と石峰武に聞いた。それによっておおその筋は見えてきたが、佐紀子は面会に行った彼に「すみません、申し訳ございません」と謝るだけで、事件については何も話そうとしない。そのため、事件の構図を想像できたのは、裁判が始まり、第三回公判に吉川さやかと三井晴美が証人として出廷した後だった。

その頃の相沢は佐紀子に対する怒りが強かったから、彼女が黙秘をつづけるならそれもいいだろう、と思っていた。自分が証言台に立とうなどとは考えもしなかった。佐紀子と隈本の本当の関係、本当の犯行動機が明らかになれば、佐紀子の刑が軽くなるのはわかっていたが、自分の人生を台無しにした彼女が許せなかったし、そんな妻のために自分がマスコミの餌食《えじき》にされるのはご免だと考えていた。

しかし、その一方で彼は、隈本をこのまま〝罪のない被害者〟として眠らせてしまっていいのか、とも思った。隈本こそ真の加害者なのに。佐紀子は思慮が足りなかった。なぜ自分に一言相談してくれなかったのかと思うと、恨めしい。が、何とかして娘の目を覚まさせ、夫の〝冤罪《えんざい》〟を晴らし、かつての親子の関係を取り戻そうとしたのは間違いない。そんな佐紀子を、隈本は正常な神経の人間には想像もつかないような方法で騙したのである。隈本という人間は、有名な精神科医になっても、大学教授になっても、中身は昔とちっとも変わっていなかったらしい。彼の本質は五十歳を過ぎても〝佐紀子をつけ回すストーカー〟だったのだ。三十年前、相沢は佐紀子をその邪悪なストーカーから解放し、結婚した。考えてみれば、それが今度の事件の遠因だった。相沢によって佐紀子を奪われたと考えた隈本は、佐紀子と相沢を恨みつづけていたのだろう。といっても、そのまま彼に近づかなければ何も起こらなかったはずだが、七年前、娘のパニック障害に苦しんでいた佐紀子は藁《わら》にも縋《すが》る思いで彼に電話した。そのため彼は、相沢と佐紀子の娘・弥生の中に偽記憶を作り出すことによって二人に復讐しようと考え、実行した。それだけではない。佐紀子が再び六年半後に電話して弥生の説得を頼むと、彼は佐紀子を騙して復讐の追い討ちをかけ、さらには、志田さやかと三井晴美の裏に自分がいた事実をこれ見よがしに明かした。そう考えられる。

それなのに、彼は〝不幸な死を遂げた惜しむべき心の専門家〟と言われ、一方の佐紀子は〝夫を裏切って薄汚い不倫関係をつづけ、挙げ句の果てに愛人を刺し殺した一片の同情の余地もない女〟――。これではあまりにも理不尽だし、佐紀子が可哀想すぎた。

三十年前、自分は佐紀子を愛して結婚した。娘の弥生も幸せにするからと佐紀子に約束して結婚した。それなのに、二人をこのまま見放してしまっていいのか。二人とも隈本の被害者なのに。

そうだ、二人はあくまでも被害者なのだ、と相沢はあらためて思った。弥生の言動だって、隈本の邪悪な意思に操られているにすぎない。いまの弥生は、弥生であって弥生ではないのだ。よしっ、佐紀子のために証言台に立とう、と彼は決意した。すべてを明らかにし、弥生を偽記憶の呪縛《じゅばく》から救い出そう。それができるのは自分しかいないのだから。

そう考えてからも、相沢は迷った。彼の内では、佐紀子と弥生に対する愛《いと》おしさと怒り、憎しみの葛藤がつづいた。二人は自分の妻と娘ではないか、と、いや、母娘にとって自分はやはり血の繋がりのない他人にすぎなかったのだ、という思いの相克《そうこく》があった。

だが、彼は、事実を明らかにし、隈本という人間の本性をつまびらかにすることは、佐紀子と弥生を救うだけでなく自分も救われる道だ、と思い至った。自分たち親子三人が共に事件と隈本から自由になるにはそれしかない、と。こうして彼は最後の決断をし、森島に電話したのだった。

迫田弁護士に会う前に森島に話そうとしたのは、森島なら偏見を持たずに自分の話を聞き、公正に対処してくれるのではないかと思ったからだ、という。「きみには迷惑だったかもしれないがね」と相沢は言ったが、森島は、尊敬していた元教官が自分を信用してくれたのが嬉しかった。

「今後の予定は？」

と、木村検事正が森島に問うた。

「六月十七日に弁護側の申請した情状証人の尋問がもう一度あり、その後、被告人質問になる予定です」

と、森島は答えた。

「そのとき、黙秘を解くかどうかがわかるわけか……」

田辺がつぶやいた。

「解くもよし、解かなくても困らない、というわけだな」

木村が言い、時計を見た。

「はい」

と森島は応えたが、できれば……いや、何としても佐紀子に黙秘を解いてもらいたかった。そして、佐紀子本人の説明、言い分を聞きたかった。

「じゃ……」

と木村が立ち上がったので、森島は広げていた書類をファイルに収め、田辺を残して先に検事正室を出た。

葛藤

☆

2002年9月

佐紀子が東京赤坂のホテル・ニューロイヤルで隈本に会い、札幌へ帰ったのは、九月十日である。それから佐紀子は、隈本が弥生に会って話してくれるのを待ちつづけた。七月のときの繰り返しではないか、隈本は適当な理由を付けてまた約束を反故《ほご》にするのではないか……。そうおそれる気持ちの一方で、いや、今度は前とは違う、と期待しないではいられなかった。九日の晩、隈本は〝失礼な行動〟に出たことを佐紀子に謝り、その詫びの印《しるし》としてもう一度機会をくれと自分から申し出たのだから。

　結果は半月後の二十五日にわかった。弥生の夫の武が電話で知らせてきたのだ。隈本と弥生が会ったのは二十日の午後だが、武が弥生からその話を聞いたのは昨夜になってからだったのだという。

武から弥生の反応について聞かされたとき、佐紀子の頭の中は強力な白い光で満たされたようになり、逆に目の前は真っ暗になった。目眩《めまい》がし、立っているのがやっとだった。電話の向こうにいる武にも佐紀子の尋常ではない様子が伝わったのか、気遣う言葉をかけてきたようだが、彼が何と言い、自分がどう応えたのか、覚えていない。

それでも、少し経つと佐紀子は落ちつきを取り戻し、

「ありがとう。もう大丈夫だから詳しく話して」

と、武に説明を促した。

その説明によると――

隈本から弥生に電話がかかってきたのは十七日の昼過ぎ。彼は、精神科医の隈本洋二郎という者ですが……と名乗り、突然の電話を詫びた。弥生がびっくりし、もしかしたら隈本を騙《かた》る偽者ではないかと怪しんでいると、彼は、自分は佐紀子の大学時代からの知り合いで、あなたに会って話してくれないかと彼女に頼まれ、電話しているのだ、と説明した。母が隈本と知り合いだったなんて弥生は初耳だったが、仙台時代のあなたをよく知っていると言われ、信じた。といって、相手が誰であっても、母の意を受けた者とは会いたくない。申し訳ないが、そういう事情なら話したくないから、と断わった。すると、相手は弥生の反応を見こしていたのか、「ま、そんなに硬く構えないでください」と笑いながら応

じ、佐紀子に頼まれたといっても自分は彼女の代弁者ではないから安心してほしい、と言った。「ぼくはお母さんの友人である前に医師です。科学者としての良心に恥じるようなことは言いません。ですから、一度気軽に雑談でもしませんか」。著名で多忙な精神科医にそこまで言われて断わるのは失礼に思えた。それに弥生の中には、『トラウマとは何か？——心の傷からの回復——』の著者で三井セラピストが尊敬していた隈本の話を聞いてみたい、という気持ちがないではなかった。そこで、わかりましたと応え、三日後の午後二時、六年前の冬に志田さやかと話した御茶ノ水の喫茶店で会う約束をした。

弥生は、テレビで一、二度見たことがあったので隈本洋二郎の顔を知っていた。テレビでは少し威張ったような話し方をしていたので、会う前は少し怖かったが、実際に会った隈本は終始にこにこと笑みを絶やさず、優しかった。自分は弥生の亡くなったお父さんとは非常に親しく、それでお母さんとも知り合ったのだ、と話した。偉ぶらず、気さくな感じで、弥生が青葉ヒーリンググルームで三井晴美のカウンセリングを受けたことを話すと、三井晴美と面識はないが日本で指折りのセラピストだと聞いている、と言った。そして、佐紀子の意向はどうあれ、三井セラピストのカウンセリングによって甦った弥生の記憶が偽りだとは自分には思えない、と。アメリカでは確かに〝抑圧された記憶〟の存在に疑いを持っている者がいるが、それはエリザベス・ロフタスら少数者に過ぎず、その意図はどうあれ、彼らは結果として虐待された子供や女性をさらに傷つけている、そしてフェミニストからは「自由・真実・正義のための闘いに敵対する者たち」「反動主義者」と糾弾されている、と話した。エリザベス・ロフタスやローレンス・ライトの著書を読んでみるのは悪いことではない、だが、もしそれらを読むなら、トラウマ問題のバイブルとして世界中の読者に感動をもって迎えられているJ・L・ハーマンの名著『心的外傷と回復』の増補版と『The Courage to Heal』第三版の日本語訳である『生きる勇気と癒す力』も併せて読むように――。

「しかし、弥生は結局、どちらも読まなかったようです」と、武が言った。「弥生の言葉を借りれば、隈本先生の話を伺って、自分の思い出したことに誤りはないといっそう強く自信が持てたので、読む必要を感じなかったのだそうです」

「そう……」

佐紀子は溜息をついた。

自分が隈本に依頼した件は夫の悦朗には話さないでおいてほしいと武に頼み、礼を言って電話を切った。

佐紀子はいま、隈本の邪悪な意思をはっきりと感じた。同時に、それを見抜けずに彼に期待していた己れの愚かさを思い知らされた。弥生を説得する手段が他に思いつかず、藁《わら》にも縋《すが》る思いだったとはいえ、どうして彼の言葉を信じてしまったのだろう。騙されたばかりだったのに。いや、完全に信じたわけではないのだが、今度は前と違うのだからと期待してしまったのだった。

それにしてもなんという卑劣なやり方だろう、と佐紀子はあらためて隈本に激しい怒りを覚えた。今更何を言ってもどうにもならないのはわかっていたが、一言抗議しないではいられなかった。弥生の実父が木山文博だと仄めかした点についても。

部屋へ行って手帳を持ってきてから、電話の子機を取り、隈本の携帯電話にかけた。七月に甲府から上京して新宿の喫茶店で彼と会ったとき、以後の連絡は携帯電話にするようにと言われたのだ（そのとき、佐紀子は隈本の友好的な態度に気を許し、エリザベス・ロフタスらの著書を読むよう弥生を説得してくれないかと頼んだのだった）。

番号ボタンを押しながら、隈本はなぜ弥生にあんな話をしたのか、と佐紀子は考える。三十年も前のことを、まだ根に持っているのだろうか。それとも、九日の晩、佐紀子が彼の自由にならなかったことの腹癒せだろうか。あのとき――佐紀子が彼の暴力から逃れてホテルの部屋を出て行こうとしたとき――神妙な顔をして、申し訳なかった、すまなかった、自分はどうかしていたらしい、と言いながら、腹の中では仕返しを考えていたのだろうか。それで、今度は必ず約束を守るからもう一度、機会を与えてほしい、と申し出たのだろうか。
三、四回、番号を押し間違えた。

身体がカッカと熱くなってきた。怒りで。

最後まで押し終わると、呼び出し音が鳴り出した。

口の中がカラカラに渇いた。

しかし、相手は出ない。

近くにいないのか。
十四、五秒待って切り、リダイヤルボタンを押した。
それでも、なかなか出ない。

もう一度切ってかけなおそうと思ったときに通じた。

「もしもし、相沢ですけど……」

と告げるが、無言。

「相沢ですけど、騙したんですね！」

言葉をぶつけた。

だが、応えたのは「あの、私……」という女性の声。

佐紀子は息を呑み、「あ、すみません」と慌てて電話を切った。番号を間違えたと思ったのだ。

しかし、リダイヤルボタンを押して、ディスプレイに表示された番号を確かめると、隈本の携帯電話に間違いない。

では、いま出たのは誰だろう？

佐紀子はわからないまま、少し冷静になってからかけなおしたほうがいいだろうと思い、夜、夫の悦朗が帰宅しないうちにあらためて電話した。

今度はすぐに隈本が出た。

「隈本さんは『抑圧された記憶の神話』と『悪魔を思い出す娘たち』を読むように弥生に勧めてくださるはずだったのに、私を騙したんですね？」

佐紀子が言うと、彼は、自分は騙してなんかいない、約束どおりにした、と居直った。

「でも、隈本さんは、三井晴美を日本で指折りのセラピストだと誉め、彼女のカウンセリングによって甦った弥生の記憶が偽りだとは思えない、と言ったそうではないですか」

「それは事実を言ったまでです。ぼくはあなたに雇われたメッセンジャーボーイではないんだから、自分の考えぐらい口にしたっていいでしょう」

「それなら、私と話したとき、自分の考えはこうだが、そのことも弥生に話すがいいか、とどうして聞いてくれなかったんですか？」

「そんなこと、なぜぼくから言い出さなきゃいけないんです？　必要なら、あんたからぼくに聞けばよかったじゃないですか」

「そんな……！　隈本さんには、私が何のために隈本さんに相談したのか、わかっていたはずです。私が弥生をどうしてほしいのか、わかりすぎるほどわかっていたはずです。それなのに、私の望んでいた話とは逆の話を弥生にしたんです」

「わかっていたはずなどというのは、あんたの一方的な思い込みにすぎない。とにかく、ぼくは科学者だ。娘さんに嘘をつくわけにはいかない」

「アメリカで〝抑圧された記憶〟の存在に疑いを持っているのは少数者に過ぎないというのも事実だと言うんですか？」

「もちろん事実ですよ」

「それは一九九二年より前……隈本さんがアメリカにいた頃の話ではないんですか」

「いや、いまだって同じです。九二年以後、マスコミが騒ぎ始めたというだけです」

「一九八〇年代の後半から九〇年代の初めにかけて、セラピストの暗示や誘導によって甦った記憶を唯一の証拠に有罪にされた人が、いまではどんどん逆転無罪になっているはずです」

佐紀子は、エリザベス・ロフタスやローレンス・ライトの本を読んだ後、アメリカにおける〝偽りの記憶論争〟について調べたので、多少の知識はあった。

「中にはそうした事件もあるが、どんどんなんてことはない」

「ですが……」

「とにかく、ロフタスは認知心理学者、ライトは一介のジャーナリストにすぎない。精神医学を学んだ人間じゃない。フロイトのことさえよく知らない門外漢だ。だから、ロフタスは、抑圧された記憶なんて存在しないなどと平気で言う。一方、『心的外傷と回復』の著者ジュディス・ハーマン、『記憶を消す子供たち』の著者レノア・テア、『トラウマティック・ストレス――PTSDおよびトラウマ反応の臨床と研究のすべて――』をまとめたヴァン・デア・コルクら三人の編者たちは、みんな一流の精神医学者だ。その一流の精神医学者たちがみな、抑圧された記憶の存在を認めている。〈人は恐ろしい記憶や非常に辛く嫌な記憶は無意識の中に抑圧してしまうことがある〉〈その抑圧された記憶は意識されなくても存在するため、その人の行動や思考、感情に影響し、様々な精神的症状を引き起こす〉〈その抑圧された記憶は長い時を経てから突然甦ることがある〉と言っている。なぜだと思う？　ぼくもそうだが、自分の目でそうした症例を何件も見ているからだよ。あんたはそのことを知っているのか？」

「そこまでは知りませんが、『記憶を消す子供たち』は私も読みました。それによれば、レノア・テアは確かに〝抑圧された記憶〟の存在は認めています。ですが、彼女は、弥生が三井セラピストに薦められて読んだ『The Courage to Heal』について、著者たちが無茶なことを書いていると批判し、『精神医学の専門家の多くは、セラピストが患者に偽記憶を植えつけることに強い不安を抱いている』と言っています」

「ふん、それがどうした？」

「たとえ〝抑圧された記憶〟が存在しても、セラピストによって植えつけられた偽記憶もあるということじゃないんですか？　ですから、父親に性的な虐待を受けたという弥生の記憶は三井セラピストによって植えつけられた可能性がある……充分にある、ということです。それなのに、弥生の記憶が偽りだとは思えないと言った隈本さんは、科学者として嘘をつくわけにはいかないと言いながら、弥生に嘘を話したんじゃないんですか？」

「ぼくを嘘つき呼ばわりするのか」

隈本が声を荒らげた。

彼の気色ばんだ顔が目に浮かんだが、いまの佐紀子は恐れなかった。

「だって、そうじゃ……」

「ぼ、ぼくは嘘など話しとらん！」

「でしたら、三井セラピストによって甦った弥生の記憶が偽りだとは思えないと言った隈本さんの根拠は何ですか？」

「な、生意気な！」

「当然じゃありませんか。これだけ重大な問題について断定するようなことを言ったんですから。何の根拠も無しに……」

「根拠なら、ある」

「じゃ、教えてください」

「ああ、教えてやろう。だが、知らなければよかったと後悔しても知らんぞ」

「後悔なんかしません」

　後悔なんかしようがない。そんなもの、あるわけがないのだから。

「よし、それなら、来週の土曜日、十月五日に釧館でぼくの講演会があるから、釧館まで来い」

「ま、また騙すつもりですか！」

「騙すとは人聞きが悪いな」

「そうじゃないですか。もし騙す気がないのなら、いま教えてください」

「電話なんかじゃ話せない」

「いくら私が馬鹿でも、そう何度も騙されません」

「それなら、来なければいい。こっちは一向に困らない」

「根拠なんてないから、そんなことを言うんですね」

「そう思うんなら、勝手に思っていたらいいだろう」

「いま話してください」

「何度言っても同じだ。もし聞きたかったら、釧館へ来るんだな。二、三日のうちに予定がはっきりするから、電話をよこせば時間と場所を教える」

「行きません！」

「来ないでいられるかな」

「行きません」

「そんな強情を張っていていいのかね」

笑いを含んだような隈本の口調……。佐紀子の胸に不安が萌した。

「あんたは重大なことを一つ忘れている」

隈本が言葉を継いだ。

「重大なこと？」

「そうだ」

「何でしょうか？」

「もしあんたが釧館へ来なければ、ぼくは、ぼくの知っている事実を別の誰かに話すこともできる、ということだよ」

佐紀子は息を呑んだ。

「もしあんたが釧館へ来れば、あんたに話した後、それをすべて忘れてやってもいい。だが、来なかったら、どうなるか……。ま、その点もよく考えて、ぼくに電話するかどうか決めるんだな」

隈本は勝ち誇ったように言って、電話を切った。

1

２００３年５月

朝七時十五分、弥生はいつものように愛を学校へ送り出し、居間へ戻った。

食事の後片付けを後回しにして、居間の一隅に置いた机の前に座り、ノートパソコンのスイッチを入れた。夫の武が家を出て行ってから設けた弥生のささやかな「書斎」だ。空室になった武の部屋——机や本棚はそのままだったが——もあれば、広くなった寝室もあるが、愛が学校へ行っている間は家にいるのは弥生だけなのでどこでも同じだった。

パソコンが起動したところで、〈メール〉のボタンを押す。ＡＤＳＬではなくダイヤルアップ式だが、べつに不便は感じない。

弥生は、機械がダイヤルしている小さな音を聞きながら、

——まだかもしれないな。

と、思う。

まだとは、犬飼調査事務所からの報告のメールがまだ入っていないかもしれない、ということである。

昨日五月二十日は、釧館地方裁判所で母・佐紀子の事件を審理する第五回公判が開かれ、

迫田弁護士が申請した二人の証人尋問が行なわれたはずだった。そのときの法廷の様子と審理の経緯を、犬飼が「海原遥香」宛に知らせてくることになっているのである。ただ、犬飼のメールはその晩のうちに届く場合もあれば――少なくとも昨夜十一時に開いたときは届いていなかった――翌日か翌々日になることもあった。

今度のメールにはこれといって目新しい情報は入っていないだろう。二人の証人はいわゆる情状証人だというから。

そう思いながらも、弥生は気になった。というか、密かに期待しないではいられなかった。このままでは有罪判決はほぼ間違いないらしい。だから、裁判の流れを母に有利な方向に転回させるような決定的な証言がなされていないだろうか、と。

弥生は、佐紀子と母娘の縁を断ったはずである。事件の起きる六年も前から会っていないし、愛には母方の祖父母は死んだと話してきた。それでも弥生は平気だった。平気のつもりだった。が、去年の十月六日の朝、別居中の夫・武からの電話で佐紀子が逮捕されたと知らされたとき、受話器を握ったままその場で失神しそうになった。

数日後、父の悦朗は、佐紀子に面会に行くようにと武を介して言ってきた。自分とはこれまでどおり会わなくても話さなくてもいいから、佐紀子にだけは顔を見せて励ましてやってほしい、と。しかし、弥生は一度も面会に行かなかったし、裁判の傍聴にも行っていない。武に、

——きみは本当にお義母さんのことが気にならないのか、心配じゃないのか。

と、半ば呆れ、半ば怒ったように言われても、母とはもう他人になったのだから関係ない、と言い張って。

気にならないどころではない。気にしまいといくら自分に言い聞かせても、頭の中は四六時中、母のことで占められていた。夜は眠れなかったし、昼は愛を学校へ送り出した後、何度もひとりで泣いた。髪を掻《か》きむしり、大声で叫び出しそうになったことも一再ならずあった。

しかし、それでも弥生は母を許せなかった。幼い自分にひどいことをした父——記憶が甦るまでは、優しくて知的な父は弥生の自慢であり、義父だと意識したことさえなかった——を庇う母を許せなかった。母も父の行為を知りながら見て見ぬ振りをしていたのではないかという疑いが拭《ぬぐ》いきれなかった。母は父に捨てられるのが怖くて、娘の自分を生《い》け贄《にえ》として差し出したのではないか。だから、長い間抑圧されていた娘の記憶が甦っても、それを認めようとしないのではないか。何とかして、娘の思い出したことが実体のないものである、セラピストのカウンセリングによって作られたものである、と思い込ませようとしているのではないか。そのために、夫の武をつかって〝抑圧された記憶〟の存在に懐疑的なエリザベス・ロフタスらの本を読ませようとし、それでも功を奏しないとわかると、今度は著名な精神科医である隈本洋二郎に近づき、娘の説得を依頼したのではないか。弥生の亡くなった実父・太田純男の親しい友人だったらしい隈本とホテルで会い、肉体関係まで結んで。

そんな母を弥生は許せなかった。

隈本洋二郎は母の意に反し、客観的な事実を弥生に説明してくれた。母には何がなんでも娘を説得してくれ、甦った記憶は嘘である可能性が高いと話してくれと頼まれたようだが、自分は医師であり科学者だから嘘はつけない、そう言って。

隈本が母の意に沿わない話を自分にしたことが事件に関係があるのかないのか、弥生には判断がつかない。が、母の犯行動機が、警察や検察の言っている「不倫関係のもつれ」だけでなく、そのことも関わっていた可能性はあった。

いずれにせよ、母・佐紀子による殺人事件は彼女の汚らしい意図と行為が因《もと》になって起きたことは間違いなかった。

だから、弥生は母を許せないし、許す気もない。許すどころか、怒り、憎んでいる。当然、面会に行くつもりも、裁判の傍聴に行くつもりもない。それでいて……弥生自身、自分の気持ちがよくわからないのだが、片時も母から、母の事件から、自由になれないのだった。

その状態は現在もつづいているが、母が逮捕されてしばらくは意識と感情と肉体がばらばらになってしまったようで、自分はこのまま発狂するのではないかとさえ思った。もし自分が狂ってしまったら愛はどうなるのかと思うと怖かった。現職判事の妻が有名精神科医を刺し殺したからだろう、北海道で起きた事件であるにもかかわらず、新聞は全国版に一報、続報、続々報とかなり大きく載せた。武もどこからか聞き込んだ情報を電話で知らせてきた。しかし、新聞を読み、武の話を聞いても、弥生の混乱はつづいた。不倫関係のもつれから母が隈本を刺したのは間違いないらしい――頭ではそうわかるのだが、どうにも気持ちにすっきりとおさまらないのだった。母が刑事や検事に何も話さないらしいから、たとえ地元の新聞を見ても同じかもしれない。そう思う一方で、いや、現地へ行けば全国紙には載らなかった事実がわかるかもしれない、とも思った。とにかく、もっと詳しい事情を知りたかった。といって、テレビのワイドショーは見ているのに耐えられなかったし、週刊誌を読むのも辛すぎた。

どうしたら正確で詳しい情報が得られるだろうか――と考えているとき、弥生はインターネットで犬飼調査事務所の存在を知った。犬飼調査事務所は、〈研究者や作家などの依頼を受けて、北海道内で起きた事件や事故、北海道に関係ある人物についての調査、取材、資料収集をしている〉という珍しい探偵社だった。

弥生は早速、「隈本に世話になった東京在住の女優」と偽り、

――隈本事件について東京の新聞やテレビで報道されている以上の詳しい事情を知りたいが、自分で調べるわけにはいかないし、裁判が始まっても傍聴に行けないので……。

と、海原遥香の名で犬飼調査事務所にメールを送った。そして、料金や費用などを尋ねたうえで、やり取りはすべて電子メールを通して行なうという条件で契約を結んだのだった。

犬飼隆志は、裁判の傍聴をするうちに事件に強い興味を覚えたらしく、隈本と三井晴美のアメリカ時代の関係を調べ、三井晴美を半ば脅迫することまでした。〈事件の真相に被告人の娘・石峰弥生の心の病が大きく関わっている可能性がある〉と考え、弥生の病気の原因を突き止めるために。その推理と情報を買わないか、というメールを受け取ったときには、弥生は驚き、面食らった。余計なことをするな、もしこれ以上勝手な行動を取ったら依頼を打ち切る——と通告した。とはいうものの、犬飼の推理と彼が手に入れた情報が気になり、購入しないではいられなかった。

この一件さえ除けば、弥生はおおむね犬飼の対応に満足している。仕事は丁寧だったし、良心的だった。裁判の傍聴記は彼女が依頼したとおり非常に詳しく、法廷の様子がよくわかった。被告人席に掛けた母の顔まで目に浮かぶようだった。

しかし、犬飼のそうした報告を読んでも、弥生はすっきりしない。母が何も言わないためだ。事件の肝腎な部分が推理と推測の域を出ないからだ。それと、母の沈黙の理由がわからなかった。警察と検察の取り調べに対してだけでなく、裁判が始まってからも母は一貫して黙秘をつづけていた。不倫関係のもつれからの犯行といっても、相手を包丁で刺すにはそれなりの理由があったはずである。母には母の言い分があるはずである。それなのに、母は一言の弁明さえしようとしない。それが不可解だった。

弥生は、犬飼の報告によって、志田さやかと三井晴美の行動の裏に隈本の意思が働いていた事実を知った。それは想像もしなかったことなので驚いたが、だからといって、三井セラピストのカウンセリングによって自分の中に甦った記憶が偽りの記憶だったとは思わない。ありもしなかったことをあれほど鮮やかに思い出すなんて、あるわけがない。隈本の意図はいまひとつはっきりしないが、志田さやかと三井セラピストの善意は信じているし、二人には感謝している。自分の病気がパニック障害だったにせよ、パニック発作特性PTSDだったにせよ、彼らのおかげでそれが治ったのだから。

まだかもしれないと思っていた犬飼からの報告は届いていた。

受信は今日の午前二時四十二分。

弥生は、

——五月二十日に開かれた第五回公判の模様を報告いたします。

と書かれたメール本文を目で読み、すぐに添付文書を開いた。

読み進め、息を呑んだ。

予定されていた二人の証人尋問の後、父の悦朗が証言していたのだ。

弥生は視線と一緒に止めていた息を吐き出すと、報告のつづきをむさぼり読んだ。

途中で何度も、

「嘘!」

「嘘、そんなの嘘よ!」

と、言葉を漏らした。

父・悦朗の証言によれば——

隈本洋二郎はかつて佐紀子に、いまで言うストーカー行為を繰り返していた、そのため佐紀子は隈本を恐れ、嫌っていた、その隈本に佐紀子が電話して近づいたのはひとえに弥生のためだった、七年前の冬の電話は何とかして弥生をパニック障害から救い出せないかと考えたためであり、去年七月の電話は彼の力を借りて弥生にエリザベス・ロフタスらの著書を読ませるためだった、だから、佐紀子が隈本を刺した動機は不倫関係のもつれなどではない、隈本が佐紀子を騙して依頼に反した話を弥生にしたからであり、さらには志田さやかと三井晴美の行動の裏に彼の邪悪な意思が働いていた事実を自ら明かしたからである、自分(悦朗)は弥生に性的虐待を加えていない、弥生の中に甦った〝抑圧された記憶〟には実体がなく、それは三井晴美のカウンセリングによって作り出された偽りの記憶である、佐紀子が黙秘を通しているのは弥生と弥生の家族を護るためである、弥生と弥生の家族を事件に巻き込むまいとして、一言も話さず、不倫関係のもつれという誤った動機を受け入れようとしている……。

「嘘だわ、嘘に決まっているわ」

弥生は、パソコンの画面から離した視線を宙に漂わせてつぶやいた。父の言葉なんて信じられない。私に性的虐待を加えていないと言っている父の言葉なんて——。父は、母と父自身にとって都合がいいように言っているだけだわ。少しでも母の罪を軽くするために、それでいて自分に対する世間の非難、攻撃をかわすために。父がわざわざ証人になった理由は他に考えられないわ。そうだ、隈本先生が言っていたっけ。甦った記憶を否定する者たちは、トラウマに苦しんでいる子供や女性にさらに追い討ちをかけて二重に傷つけ、苦しめる反動主義者だ、と。昔、先生が母に対してストーカー行為を繰り返していたというのだって、父の一方的な話に過ぎない。本当かどうか怪しい。先生が亡くなったいま、事実を知っているのは父と母しかいないのだから。私の会った隈本先生は紳士だった。偉ぶらず、誠実な話し方をした。絶えずにこにこと優しい笑みを浮かべていた先生が、母を騙し、私を騙していたなんて、想像できない。父は、自分の妻と密通していた先生を憎んでいるのだ。だから、あんな証言をしたのだ。母の犯行動機は不倫関係のもつれではなく、先生に対する怒りと憎悪だと仄めかすような。

弥生はメールの画面を消し、パソコンのスイッチを切った。

考えまい、と思った。父が証言したことなど、どうだっていい。もう考えまい。母のことも、父のことも。彼らがどうなろうと私の知ったことではない。私には関係ない。すべては彼らが自分で播いた種なのだ。それなら、自分たちで刈り取ればいい。

弥生は腰を上げ、机の前を離れた。居間とひとつづきになったダイニングルームへ行き、朝食の後片付けを始めた。

我知らず涙が溢《あふ》れてきた。ぼろぼろと頬をつたって流れ落ちた。

弥生はテーブルに両手をつき、声をあげて泣き出した。

母が憎い。穢《けが》らわしい。だが、哀れだった。可哀想でたまらなかった。制服を着た二人の女性刑務官に挟まれて被告人席に座り、両手で顔を覆って泣いている母が。その母の前で証言する父、正面の雛壇から二人を見下ろしている三人の裁判官たち、そして検事席の森島と、弁護人席に立って尋問をつづける迫田弁護士……。

犬飼の報告に描かれた法廷場面は、弥生も彼と並んで裁判を傍聴しているような臨場感があった。

母は、私と私の家族を護るために黙秘を通している、というのは本当だろうか。私や愛を事件に巻き込むまいとして、一言の弁明もしないでいるというのは本当だろうか。昔、隈本が一方的に母に求愛を繰り返し、それを母に拒否され、父に諫《いさ》められたために二人を恨んでいた、というのは事実だろうか。そして、父と母に対する悪意から、教え子の志田さやかをつかって、二人の娘である私を三井セラピストのもとへ行くように仕向けたというのは……。

いや、やはり信じられない。

弥生はテーブルに手をついたまま首を横に振った。やはり父は嘘をついているのだ、と思う。弥生に対する性的虐待などなかった、すべては隈本の奸計《かんけい》の結果なのだ、そう言うために。

しかし――、と弥生の中に一つの疑問が生まれた。母が隈本と不倫をつづけ、事件がその果ての殺人だったとしたら、父はなぜ証人として法廷に立ったのだろう？　母は父を裏切っただけでなく、裁判官だった父の人生をめちゃめちゃにしてしまった人間のはずなのに。そんな母のために、父はなぜ〝養女に対する性的虐待〟という重大な秘密を明かす決意をしたのだろう。虐待は事実ではない――そう否定したところで、マスコミの格好のネタにされ、無傷ではいられないのに。

弥生は、どう判断したらいいのかわからなくなった。考えながらテーブルを片付け、食器を洗った。洗濯機を回し、掃除機をかけながらも考えつづけた。

そして、やがて一つの結論に至った。去年の六月、夫が母に頼まれて送ってきたエリザベス・ロフタスらの著書を読んでみよう、という。いくら考えても事実は確かめようがないが、それらの本を読んでみたら何かが見えてくるかもしれない。

押し入れを開けて、弥生が本を探しているとき、電話が鳴った。

誰だろうと緊張して子機を取ると、夫だった。

「昨日、釧館地裁で第五回公判が開かれたのは知っているだろう？」

と、彼が聞いた。

はい、と弥生は答えた。

武は、弥生が犬飼調査事務所に依頼して報告を受けていることを知らないので、公判のたびに自分の仕入れた情報を知らせてくるのだ。

「それでいま、森島から電話をもらったんだが……」

武が意外な名を口にした。

弥生は先日不意に訪ねてきた森島の顔を思い浮かべたが、そのことには触れず、

「森島さんから？」

と、意味もなく問い返した。

「うん。もう相沢元判事から聞いているかもしれないが……と言うので、何も聞いていないと答えると、昨日の公判の様子を教えてくれた」

弥生には、武の言おうとしていることがわかった。

「お義父さんが証言台に立たれた」

武が、弥生の予想したとおりの言葉をつづけた。

弥生は黙っていた。

「もしもし？」

武が問いかけた。弥生が驚いて放心状態になっているとでも思ったのかもしれない。

「聞いているわ」

と、弥生は応えた。

「ぼくもびっくりしたんだが、お義父さんはきみの中に甦った記憶の件やきみと断絶状態になっていることなどを証言したらしい。何日か前に森島に電話があり、森島に会って説明したうえでのことだったようだ」

「そう」

弥生は短く応じた。悦朗がいわば敵方の森島に話してから証言台に立ったというのは初耳だったが、それほど意外には感じなかった。

「それから、お義母さんと隈本洋二郎との関わりも。ぼくは初めて聞く話だったけど、きみはどう、知っていた？　お義母さんがお義父さんと再婚する前、隈本がいまで言うストーカー行為を繰り返していたという話……」

「いいえ」

「お義母さんが娘のきみにそんな話をするわけがないか」

「ええ」

「とにかく、それで困り果てたお義母さんが婚約中だったお義父さんに相談して……」

と、武が説明を継いだ。

知っている内容だったが、弥生は黙って聞いていた。

「きみも知っているように、去年の六月、お義母さんは何とかしてきみにロフタスらの著書を読ませようとしたが、失敗した。そこで、きみの説得を頼むために、二度と会いたくないと思っていた隈本洋二郎に電話して、会った――。これはお義父さんの想像だけど、正しいんじゃないだろうか」

最後に武が自分の考えを述べた。

弥生は胸の内で、そんなはずはない、そんなはずはない……と繰り返した。母が隈本に自分の説得を頼んだのは事実だが、それは彼と親しくなった結果なのだ。そうでなければ、母が隈本に電話してから、隈本が自分に会おうと電話してくるまで二ヵ月もかかるわけがない。

「もし、そうだとしたら……」

「そんなことないわ！」

弥生は武の言葉を遮った。「お父さんがそう思いたいだけよ。お母さんの不倫を認めたくないのよ。ううん、それだけじゃない。お父さんは、自分が妻に裏切られた人間だなんて他人に思われたくないのよ」

「いや、ぼくは違うと思うね」

「違わないわ。そうに決まっている。それからお父さんは、隈本先生を悪者にして、自分が私にしたことは出鱈目だって思わせたいのよ。私の思い出したことが先生と三井セラピストによって作られた嘘の記憶だって言いたいのよ」

「隈本洋二郎を悪者にしたところで、お義父さんは無傷でいられないよ。無傷どころか、深傷《ふかで》を負うことになるよ。それなのに、誰にも知られていないきみの件をどうして自分から表に出す気になったんだい？　お義父さんのような地位と立場にいた者にとって、それがどんなに勇気と覚悟の要ることか、きみにだって想像がつくだろう」

「そりゃ勇気が必要だったかもしれないけど、お母さんの刑を軽くしたかったからじゃないの」

「きみの考えに従えば、お義母さんの不倫はお義母さん自身の意思で行なわれていたんだよ。それなのに、お義父さんは、自分を裏切っただけでなく、自分の現在と将来をめちゃめちゃにしたお義母さん……妻のために、さらに大きな苦難を引き受けようとするかな」

武は弥生の感じていた疑問を衝いてきた。しかし、弥生はそれに屈服するわけにはいかなかった。

「そんなこと、私にはわからないわ。お父さんに聞いて！」

と、半ば叫ぶように議論を断ち切った。

「そうか……」

と、武が声の調子を沈め、「以前のきみはけっしてそんな言い方はしなかったんだが」

とどこか悲しげに言った。

弥生は唇を噛んだ。わざわざ電話してきてくれた夫に、自分だってこんな対応はしたくない。しかし、自分で自分が制御できないのだ。

「とにかく、今夜そちらへ帰るよ。そのとき、もう一度ゆっくり話そう」

武が、それじゃ法廷が始まる時間だからと言って電話を切った。

弥生は力なく子機を耳から離した。目に涙がにじんできた。夫に以前と変わったと言われたことが悲しいのか、母だけでなく夫とも心が通じ合わなくなってしまったことが悲しいのか、よくわからなかった。

きみとの生活に疲れた、しばらく離れて暮らしてみたい――武にそう言われて別居したのは去年の六月初め。それから四ヵ月して母・佐紀子の事件が起きても武は離婚したいと言い出さず、間もなく一年が経とうとしていた。自分が母のことをどう思っていようと、また絶交しようと、血の繋がりは切れない、だから、このままでは武の将来に響くにちがいない、弥生はそう考えて、いつでも離婚届に判を押す覚悟はできているのだが……。

武は頭の良い人間である。エゴイストではないが、個人主義者で、出世欲もかなり強い。だから、佐紀子の事件が起きる前、彼が離婚に踏み切れないでいるのは悦朗の存在のせいかと弥生は思っていた。ところが、事件が起きて、裁判官としての悦朗の将来が絶望的になっても（さらには彼が辞職願を出しても）、武の態度は変わらなかった。一日でも早く弥生と縁を切ったほうが得なはずなのに。

十年以上一緒に暮らし、弥生は武という人間がわかっているつもりだった。が、全然わかっていなかったのかもしれない。パニック障害騒動から始まって両親との絶交まで、夫にはさんざん迷惑をかけてきたのだから、これ以上迷惑はかけられない、かけてはいけないと思いながら、その実、娘の愛と自分のことしか念頭になく、夫のことなど何も考えていなかったのかもしれない。夫は、そうした手前勝手な妻との生活に疲れ、本当にしばらく一人になりたかっただけなのかもしれない。

それなら――

と、弥生は希望の灯がともるのを感じた。まだ、やり直しがきくかもしれない。また夫と愛と三人で暮らせるようになるかもしれない……。

「いえ、やっぱりもう遅いわね」

弥生はつぶやき、首を横に振った。武が言ったように、自分は変わってしまったにちがいない。きっと、潤いのない、ぎすぎすした人間になってしまったにちがいない。そして、もう以前の私には戻れないだろう。としたら、そんな私を武が受け入れてくれるとは思えなかった。

2

武が泊まって行った二日後の二十四日、母佐紀子の弁護士・迫田光義から弥生に電話がかかってきた。そちらの都合のよい日に上京するから会ってほしい、というのだった。

弥生はどういう用件かと尋ねた。

迫田は初め、非常に重要な件なのでお目にかかってから話したい、と返答を渋った。が、弥生が、それなら自分は会うつもりはないと断わると、彼は次のように説明した。

二十日の相沢悦朗の証言によって、佐紀子の犯行動機が不倫関係のもつれではなかったということがほぼ証明できたので、次は隈本が佐紀子を騙した事実を明らかにし、彼女の動機に同情すべき点があったことを示したい。ついては、弥生にぜひ弁護側の証人として出廷し、証言してほしい——。

「お断わりします」

と、弥生は言った。

「弥生さんが証言してくれれば、罪名は同じ殺人でも、刑期は大幅に短縮されます。刑法に酌量減軽という規定があるんです。ですから……」

「たとえ……たとえ私が証人になったとしても、母の刑が軽くなるとは思えません」

「どうしてですか？　どうしてそんなことを言うんですか？」

「私には嘘の証言はできないからです」

「嘘の証言て、弥生さんはまだ、自分のご両親より隈本のほうを信用しているんですか！」

迫田の声が裏返った。「隈本にあれほどひどい目に遭わされておきながら……」

「これ以上弁護士さんとお話ししても無駄ですから、電話を切ります」

「ちょ、ちょっと待ってください。私はけっして嘘を強制しようとしているわけじゃありません。ありのままを証言してくださればいいんです。昨年の九月二十日、隈本洋二郎と会ったときの……」

「お話ししたくありません」

「ただ事実を話すだけでいいんです。あなたは、お母さんが……」

「失礼します。もし訪ねてこられてもお会いしませんから、悪《あ》しからず」

弥生は電話を切った。

額に汗が浮かび、知らない間に電話の子機を両手でぎゅっと握りしめていた。

迫田弁護士になぜいまのような応対をしたのか、自分にもよくわからなかった。父の証言と自分が思い出したこと――どちらが事実なのか、真実なのか、本当は判断がつかなくなっているというのに。

三日前の夜、弥生は武と深夜まで話し合った。弥生の中に甦った記憶について、そして父と母について。それらのことを武と落ちついて話したのは数年ぶり……いや、初めてかもしれなかった。これまでは、武が弥生の甦った記憶に関する疑問を口にするや、話し合いにならなくなった。弥生のせいである。といって、弥生の意思がそうさせるわけではない。自分で自分が制御できなくなってしまうのだ。真っ赤に熾《おこ》った火球を頭の中に投げ込まれたようになって。あとは泣き、叫び、自分ではまったく覚えていない言葉を次々と武に投げつけたらしい。

だが、犬飼のメールと武の電話で父の証言について知った三日前は違った。武の話に口では反撥しながらも、自分をコントロールして耳を傾けることができた。

武と話す前、弥生は『抑圧された記憶の神話』と『悪魔を思い出す娘たち』にざっと目を通していた。そして翌朝、武が横浜へ帰った後、もう一度きちんと読みなおした。一昨日、昨日と二日かけて。

二冊の本はどちらも衝撃的だった。そこに登場する少なからぬ男女は、どう考えても実際にはありえないようなこと——例えば自分の腹から取り出された胎児が切り刻まれて食べられてしまったことなど——を実にリアルに、鮮明に思い出していた。単に思い出しただけではない。事実であると固く信じていた。

彼らがそれらを鮮明に思い出し、固く事実だと信じている点は、弥生の場合とそっくりだった。

といって、弥生の思い出した出来事は実際にありえないことではないし、それが事実でないと証明されたわけではない。

エリザベス・ロフタスは、暗示や誘導によって人間の脳の中に元々は存在しない記憶を作り出せることを証明した。といって、〝抑圧された記憶〟が存在しないことを立証したわけではない。つまり、弥生の中に甦ったのは、あまりの恐ろしさに意識下に抑圧してしまった〝父・悦朗から受けた性的虐待の記憶〟だった可能性はある。

しかし、いまや、弥生はそれをこれまでのように固く事実だと信じることはできなくなっていた。もしかしたら偽の記憶ではないか、もしかしたら三井セラピストのカウンセリングによって作り出された記憶ではないか、と疑うようになっていた。

それでいて、彼女は、迫田弁護士に母佐紀子のために証言してほしいと言われたとき、拒絶したのだった。

弥生は、どう判断したらいいのか、と考える。自分の中に甦った記憶がもし誤りだったとしたら、自分は父に、そして母に、とんでもない濡《ぬ》れ衣《ぎぬ》を着せてしまったわけである。さらには、自分の思い込みが母を殺人者にするという結果を生んだのだとしたら、それこそ取り返しのつかないことをしてしまったことになる。が、そう思う一方、あれほど鮮明に思い出した光景が事実ではなかった、三井セラピストのカウンセリングによって脳の中に作り出された偽記憶だった、とも簡単には信じられない。

やがて、弥生は、第三者の意見を聞いてみることを思いついた。父悦朗の証言をどう判断するか——。

事情をよく知っていてしかも事件の関係者と利害も情実も絡まない格好の人物が頭に浮かんだ。調査を依頼している犬飼隆志だ。もしかしたら、犬飼の存在が頭にあったので、弥生は第三者の意見を聞いてみようと思ったのかもしれなかった。

メールで報告を受け、時にはメールでこちらの希望や質問を送るだけの付き合いだが、弥生は犬飼を信頼の置ける人物だと感じていた。仕事が良心的なだけでなく、母佐紀子を初めとする事件の関係者に対しても偏見や思い込みをできるかぎり排そうという姿勢が窺えたからだ。彼が事件に強い興味を抱いていることは、アメリカの探偵までつかって隈本と三井晴美について調べた事実からも明らかだった。

弥生は早速、質問文を考えた。海原遥香は「かつて隈本に世話になった女優」なので、そのことを忘れないように注意して。

——いつもご丁寧な報告ありがとうございます。先日お知らせいただいた第五回公判の展開には驚きました。ただ、私は犬飼さんのご報告を読み、相沢悦朗氏の証言は、死者である隈本先生を悪者に仕立てて被告人に有利にしようとした作り話ではないか、と感じました。被告人と隈本先生との関係はもとより、相沢証人が養女に性的虐待を加えていないという話も嘘ではないか、と思いました。証言をじかにお聴きになられた犬飼さんはどう判断されたでしょうか？　証言を事実と思われたか、それとも虚偽の疑いが濃いと思われたか、差し支えなかったらお聞かせいただけませんか。その場合、理由もお書き添えいただけたら幸いです。

弥生は、以上の下書きをもとにメールを書き、最後に別料金を支払うことを明記し、犬飼調査事務所宛に送った。

返信はその晩のうちに届いた。

犬飼がどのように書いてきたかと、弥生は胸をどきどきさせながらメールを開いた。と、いきなり、

――ご依頼、承りました。海原遥香さん、あなたは、被告人・相沢佐紀子さんの娘である石峰弥生さんですね？

という書き出しが目に飛び込んできた。

弥生は、心臓に氷の塊を押し付けられたような衝撃を感じ、一瞬息が止まりそうになった。わけがわからなかった。

が、何とか気持ちを落ちつけ、つづきの文章を目で追った。

――もし間違っていたらお詫びしますが、九分九厘間違いないだろう、と自信を持っています。なぜ石峰弥生さんだとわかったのかという理由については、お会いして説明した

いと思います。また、ご依頼の質問についてもそのときにお答えします。お目にかかったからといって石峰さんに危害を加えるようなまねはけっしていたしませんし、決められた報酬以上のものを要求することもございません。それは堅くお約束します。では、私がなぜ石峰さんにお会いしたいのかと言いますと、事件の真相を解き明かす鍵を握っているのは石峰さんだと考えているからです。石峰さんは私にあのような質問をされましたが、答えはすでにわかっているはずです。ですから、私のほうこそ石峰さんにお尋ねしたいのです。実は、二週間前の土曜日、私は石峰さんの住んでいるマンション・メゾン団子坂を訪ねました。残念ながら、学校から帰ったお嬢さんに会っただけで、石峰さんにはお目にかかれませんでしたが。お会いする場所、日時はお任せします。よいご返事をお待ちしています。

犬飼のメールを読み終わり、弥生はますます困惑した。ただ、今月十日の午後、森島が訪ねてくる直前、廊下で愛に話しかけた男――薄気味悪く、ずっと気になっていた――が誰か判明し、それだけはほっとした。

とにかく弥生は、犬飼はとんでもない誤解をしているようだと書いた返信を送った。自分・海原遥香は石峰弥生ではないので石峰さんに会いたいと言われても困る、と。

――というわけですので、私の質問については、メールでお答えいただけないのでしたら仕方ありません、諦めます。

弥生のこのメールに対する犬飼の返事は三十分もしないうちにきた。

そこには、あなたが石峰弥生だというのは誤解ではないと思うし、会えなくて非常に残念だ、もし気が変わったらいつでも知らせてほしい、と記されていた。そして、弥生の質問に対しては、

——隈本洋二郎がかつて佐紀子さんに対してストーカー行為を繰り返し、佐紀子さんに嫌われていた、という相沢悦朗氏の証言は事実だと私は思っています。氏の証言を聞くまでは、隈本は佐紀子さんの学生時代の恋人ではないかと考えていたのですが、佐紀子さんの恋人は隈本の先輩だった木山文博氏だったと聞き、得心しました。また、相沢氏が弥生さんに対して性的虐待を加えていない、つまり、弥生さんの中に甦った記憶は三井晴美のカウンセリングによって作り出されたものだ、という証言も事実だと私は考えています。そう判断する理由は、公判の後で私もロフタスらの著作を読んだことにもよりますが、最大の根拠は、相沢氏が証言台に立ち、できれば隠し通したいと思うはずの事柄、しかも相沢氏がそう望めば隠し通せたはずの事柄を進んで明かした、という事実があるからです。

と、書かれていた。

——それから、これは余計なお節介かもしれませんが、ひとこと言わせてください。もし石峰さんが相沢佐紀子さんの罪が少しでも軽くなるような行動をいま取らなかったら、生涯悔いても悔いきれない結果になるかと思います。

犬飼の最後の言葉は弥生の胸に重く響いた。もしいま母のために何もしなかったら、生涯悔いることになるかもしれない……。それは、ここ数日、弥生の中に繰り返し浮かんできている思いだった。

また、犬飼が父の証言を事実と見ているという点も、弥生の気持ちを揺さぶった。そう見る最大の根拠は武と同じなので新しさはなかったが、犬飼は両親と何の利害関係もない第三者だけに。

犬飼も書いているように、悦朗の証言が事実なら弥生の甦った記憶は必然的に事実ではない、という結論になる。しかし、弥生はまだそれだけは引っ掛かっている。自分の記憶だけに。ロフタスによれば、人間の脳は実際にはなかったことをあたかもあったかのように思い出し、しかもそれが事実か虚構かの判別はつかない、というのだが……。

一週間が経ち、月が六月に替わっても弥生は結論を出せなかった。もう結論を出す必要はない、必要なのは決断だけだ、そう思っても同じだった。決断を下せずにいた。

そんなとき、武が迫田弁護士を伴って帰ってきた。

殺　意

★

隈本洋二郎の額は蛍光灯の明かりにてらてらと光っていた。講演会の打ち上げで酒を飲んできたのだろう、目の縁が赤い。講演が成功したからか、目論見《もくろみ》どおりにわたしが来たからか——たぶん両方だろう——唇に笑みを浮かべ、上機嫌だ。

いまから二十分ほど前、ホテルの外から彼の携帯電話に電話して、部屋へ来るように言われたときは、足が竦んだ。ホテル・ニューロイヤルで襲われたときのことが生々しく甦って。といって、今月一日に電話して、五日の晩は釧館ユニバーサルホテルに泊まる予定になっている、と言われたときから予想していなかったわけではない。だから、護身用に細身の中型包丁を買い求めたのだ。それをボストンバッグの一番上に入れ、ゆったりとしたニットのスーツに革製のウォーキングシューズという動きやすい格好——友達と温泉へ行くという、夫にした話にふさわしい服装――をしてきた。

隈本は淡いピンクのワイシャツを肘の上までまくり上げ、喋りつづけている。今夜の講演会が盛況で、聴衆がいかに彼の話に満足したかを。

一方、わたしは彼の前に身体を堅くして座り、考えつづけていた。どうしたら彼に必ず約束を守らせることができるか、と。四日前、釧館へ行こうと決意したときから……いや、先月二十五日、「もしあんたが釧館へ来れば、あんたと話した後、すべて忘れてやってもいい」と言われたときから考えつづけているのだが、まだ答えは浮かばない。

彼はそう言う直前、あんたは重大なことを忘れている、もしあんたが釧館へ来なければ、ぼくはぼくの知っている事実を別の誰かに話すこともできる、と脅迫した。それまでは、自分の話を聞きたかったら釧館へ来い、とわたしの判断に任せるような言い方をしていたのに。

わたしは後で、これは隈本の予定したとおりの展開だったのではないか、と思った。彼は、わたしの希望に反した話を弥生にすればわたしが抗議してくるにちがいないと読んだうえで、対応の仕方を考えていたのではないか――。

わたしは、それまで以上に隈本という人間が恐ろしくなった。底知れぬ悪意を感じて。しかし、それならなおさら釧館へ行かなければならない。行ったところで、彼が「すべて忘れてやる」という約束を守る保証はないが、もし行かなかったら、何をされるかわからなかったから。

そう思ったものの、いざ彼に返事をするとなるとなかなか決断がつかず、四日前、月が替わってからやっと電話したのである。

隈本がようやく本題に触れ始めた。〝弥生の中に甦った記憶が偽りではない〟と言った根拠について。

「実は、弥生さんを青葉ヒーリングルームへ行くように仕向けたのはぼくだったんです」

と、彼はまるで自慢するようにそれを口にした。

わたしには意味がわからない。

が、つづけて彼が、志田さやかは教え子で三井晴美はアメリカ時代の弟子だったと言ったことから、その意味を理解した。想像もしなかった話に驚き、混乱しながらも……。

さらに隈本は、弥生のカウンセリングの様子は三井晴美にビデオに撮らせ、自分はそれを見ていたのだ、と明かした。ビデオを見て、三井晴美に指示と助言を与えていたのだから、弥生の甦った記憶について自分はけっしていい加減なことを言ったわけではない、と言った。

もしそれらの話が事実なら――到底嘘とは思えない――隈本は六年前の一月にわたしがかけた電話によって邪悪な行動を開始したことになる。それとも知らず、わたしは〝飛んで火に入る夏の虫〟さながら、この七月、再び彼に近づき、弥生の説得を頼んだことになる。自分はなんて愚かで浅はかだったのだろう、とわたしは思った。弥生の頭の中にありもしない誤った記憶を甦らせ、夫に、そして弥生自身と弥生の家族に、大きな苦しみを与える因を作ったのがわたしだったとは……。もし、時間を六年前の冬、隈本に電話する前に戻せるなら死んだっていい、と思う。本気で。しかし、今更どうにもならない。たとえ命と引き替えであっても時間を逆戻りさせることはできない。

わたしが悔やみ、己れを激しく責めているのを、隈本は目に薄ら笑いを浮かべ、楽しげに見ていた。わたしと夫の悦朗に手ひどい復讐を成し遂げ、そのうえわたしをいたぶり、嬉しくて仕方がないのかもしれない。

この人はいったいどういう人間なのだろう、とわたしはあらためて恐ろしさを感じた。

それに、激しい怒りと、一刻もそばにいたくないという嫌悪感を……。

隈本が話をつづけ、自分が弥生を青葉ヒーリングルームへ行くように仕向けたのはわたしに対する好意と善意から出た行為だ、と言った。

それを聞いたとき、わたしの中で理性の糸が切れた。それまでは、何としても彼の言った「すべて忘れてやる」という言葉を再確認し、あらためて彼との約束を取り付けなければならない、と耐えていたのだが。

「も、もし、隈本さんが……」

と、わたしは言った。自分の声が怒りで震え、かすれているのがわかった。「隈本さんが、もし本当にわたしに対する好意と善意から娘のことを考えてくださったのなら、娘の中にあのような記憶を作り出すはずがございません」

隈本がわたしの目に視線を止め、その反論を予測していたかのように、にやりと笑った。

「あんたはもう少し利口かと思っていたが、何にもわかっちゃいないんだな」

「ど、どういうことですか？」

「決まっているだろう。娘さんの思い出した性的虐待は事実であり、あんたは亭主に騙されているということだよ。その証拠に、娘さんの病気が治ったじゃないか」

「それは、大泉先生にいただいていたお薬の……」

「違うね」

隈本が語気鋭くわたしの言葉を遮った。「娘さんのパニック発作特性ＰＴＳＤは、三井セラピストのカウンセリングによって病気の原因が特定され、次いで行なわれた認知行動療法……主にエキスポージャー・セラピーによって完治したんだよ。そこのところをはっきりと認識しておいてもらわないと困るね。せっかく、娘さんの病気を治してやったのに」

わたしは唇を嚙み、黙っていた。何を言っても無駄のようだからだ。それなら、一分でも一秒でも早く約束を取り付け、この部屋を出たい。

「あんたも、自分のことばかり考えていないで、少しは娘さんの身になって考えてやったらどうかね？」

わたしが黙っていると、隈本がお為ごかしに言葉を継いだ。「娘さんは、あんたの亭主にひどい目に遭わされた記憶を取り戻したんだよ。それなのに、あんたまで……」

「主人は……主人は、絶対に娘にそんなことをしていません！」

わたしは思わず叫んだ。

「そうかね？」

隈本が意味ありげなニヤニヤ笑いを浮かべ、わたしのほうへ顔を突き出した。

「もちろんです」

「ふーん。それなら、ま、いいだろう」

隈本が目に薄ら笑いを残して、上体を引いた。「ただ、そう言い張るということは、あんたはぼくの話を全然聞いていなかったということだな」

「いいえ、聞いていました」

「じゃ、聞いてはいても、脳には届かず、右の耳から左の耳へ抜けていたわけか」

ある想像が生まれ、わたしは胸騒ぎを覚えた。

「とにかく、ぼくが誠意をもって話したのは無駄だったわけだし、あんたは今夜ここへ来なかったのも同然ということになる」

やはり罠《わな》が仕掛けられていたらしいと気づいたが、もう遅かった。

「そうなれば――」

と、隈本がつづけた。「ぼくも、いま話したことを忘れるわけにはいかなくなる」

「あなたは、またわたしを騙したのですか？」

わたしは、怒りと同時に無力感を覚えながら言った。

「騙したとは人聞きの悪い。あんたがぼくの話を無視したんだから、当然じゃないかね」

「無視しておりません。隈本さんは、今夜わたしが釧館へ来ればすべて忘れてやると言われました。ですから、わたしは参りました」

「だが、あんたはぼくの話を聞かなかった」

「聞きました。聞いて考えました。それでも、納得できなかったのです」

「わかった。それじゃ、お帰りなさい。娘さんの思い出したことが事実かどうかは第三者に判断してもらいましょう」

「あ、あなたは……！」

わたしは絶句した。

「他に方法がないでしょう」

「それだけは……それだけはやめてください。お願いします」

わたしは頭を下げた。

「しかし、そうしなかったら、ぼくの立場がない。せっかく娘さんの病気を治してやったのに、まるで悪いことをしたみたいに思われているんだから」

「では、どうしたらいいんですか？　どうしたら、誰にも話さずに忘れていただけるのですか？」

「そうだな……」

隈本の目に、獲物を追いつめた猟師のような笑みがにじんだ。

わたしはハッと息を呑んだ。

「あんたがぼくのものになる」

隈本が言った。わたしの想像したとおりの意味だった。ただ、「ぼくのもの」という言い方は背筋を寒くさせた。

「今夜、あんたがぼくのものになれば、いま話したことを全部忘れてやってもいい」

隈本が嘗《な》めるようにわたしを見た。「どうするかね？」

「……お断わりします」

わたしは答えた。他に答えようがない。

「そう簡単に決めず、よく考えたほうがいいと思うがね」

「考える必要はありません」

「じゃ、札幌高等裁判所の部総括判事であるあんたの亭主が幼い養女にしたこと――それが、世間に知られてもいいんだな？」

「主人は、隈本さんの考えているようなことをしていません」

「あんたがそう言っても、世間がどう判断するか……。なにしろ、証人はあんたの娘さんなんだから」

「あなたはそれでも医師ですか？　人の心の病を治す精神科医ですか？」

耳に、自分の声が半ば悲鳴のように聞こえた。

が、隈本は一向に動じる様子もなく、

「日本国がそう認めている」

と、うそぶいた。

この男の精神構造はどうなっているのか、とわたしは理解に苦しんだ。他者に対する想像力を欠いた悪意と執念深さは三十年前と同じだったが……。

それにしても、とわたしは不思議に思う。この前、ホテル・ニューロイヤルのときといい、今夜といい、彼はなぜこれほど執拗《しつよう》にわたしの身体を求めるのだろう。二十代の昔ならともかく、五十を越したわたしに肉体的な魅力があるとは思えないのに。

「あんたはいま、ぼくがどうしてあんたと寝たがっているのかと考えている――」

隈本が断定的に言った。

わたしは、自分の心の内を覗かれたように感じ、ぎくりとした。

「どうやら図星だったようだな」

隈本がにやりとした。

「そのとおりです」

と、わたしは認めた。「どうしてですか？　隈本さんには若い恋人……それも複数の恋人がおられるんじゃないんですか？」
二、三週間前、女性週刊誌の広告にそう載っていた。
「あんたは、二十九年前、ぼくがあんたに出した最後の手紙を忘れたようだな」

隈本がわたしの予想もしなかったことを言い出した。

一九七三年の秋、わたしと結婚する前の悦朗が東京まで行って隈本と話し合ってきた後、隈本から手紙がきたのは覚えている。その後しばらく無言電話がつづいたが、相手が隈本とはっきりしている関わりはその手紙が最後だった。以後、彼はわたしの前に現われず、隈本だと名乗っての電話もなかった。ただ、そのことは覚えていても、手紙の内容までは覚えていない。

「それとも、ぼくの手紙など、開封せずにゴミ箱に捨てられたか……」

わたしが当時の記憶を探っていると、隈本が口元を歪めて言葉を継いだ。

「そんなこと、ありません」

それはない。隈本の手紙など見るのも嫌だったが、何が書かれているか知らないでは対応の仕方がわからないので、燃やす前に一度は読んだはずである。

「とにかく忘れたわけだ」

三十年近くも前の手紙の内容など忘れて当然だろう。覚えているほうこそ異常なのではないか。わたしはそう思ったが、

「すみません」

と、謝った。

「ま、忘れたんなら、仕方がない。教えてやるよ。ぼくはその最後の手紙にこう書いたはずだ。『いつの日か、ぼくはきっとあなたをぼくのものにしてみせます』——」

わたしは目眩がした。既聴感といった言葉があるかどうかは知らないが、はるか昔、そんな言葉を誰かに言われたような気がしないでもない。

「ぼくはあんたへの最後の手紙にそう書き、ぼくを辱《はずかし》めた相沢悦朗という男に必ず復讐してやると自分に誓った。だから、ぼくはいま、そのときの言葉と誓いを実行しようとしているんだ」

隈本がつづけた。「本当は、先月赤坂のホテルで実行済みのはずだったんだが、あんたに逃げられたんでね。しかし、あのときだって、ぼくはちゃんと次につながる手を打っておいた」

それが、神妙そうな顔をしてわたしに謝り、お詫びに弥生に話させてくれと言うことだったのか——。

「ぼくは、自分でこうと決めたら必ずやり遂げる男なんだよ。何年経ってもね。ところが、あんたはぼくを甘く見て馬鹿にしていた。三十年前も今度も」

「馬鹿になんかしていません」

「だったら、六年前の冬……さらにはこの七月と、ぼくに相談の電話などしてこられるわけがない。あれほどひどい仕打ちをし、ぼくを辱めておきながら。ぼくを馬鹿にし、見くびっていたから、平気であんな電話をかけてこられたんだ」

わたしは、けっして隈本を馬鹿にしていたわけでも見くびっていたわけでもない。が、隈本という人間を見誤っていたのだけは確かなようだ。あれだけ嫌な思いをさせられながら、二十数年という歳月の流れによってわたしの気持ちが風化し、隈本を見る目に甘さが生まれていたらしい。

「もっとも、そのおかげで、ぼくにはチャンスが到来したわけだが……」

隈本が笑いを宿した目を細めた。さっきまでわたしに対する好意と善意を口にしていた男が、いまや見せかけの衣装を脱ぎ捨てていた。

「ぼくは女に不自由していない。だから、正直言って、あんたなんか抱きたくない。だが、手紙にああ書いたからには実行しないわけにはいかないんだ。あんたの亭主に、ぼくを侮辱した報いがどういうものか思い知らせてやるためにも」

本気だろうか。この男は本気で言っているのだろうか。

「これでわかっただろう？　ぼくがあんたと寝て、あんたをぼくのものにしなければならない理由《わけ》が」

隈本が言葉を継いだ。これまでさんざん嘘を重ねてきた彼だが、いま言っていることは本気らしい。

狂っている、とわたしは思った。少なくともまともではない。大学教授、講演会やらテレビ出演やらと引っ張りだこの精神科医、話がわかりやすくしかも面白いという評判の〝心の専門家〟――。そんな人間を、誰が狂っていると考えるだろう。わたしがそう言ったところで誰が信じるだろう。だが、この人間はまともな精神の持ち主ではない。明らかに人格に欠陥がある。他人の心の病を診ることを職業としている彼こそ……彼の心こそ、病んでいる。この男こそ、精神科医の診断を受け、心理カウンセリングを受ける必要がある。以前読んだアメリカの精神科医が書いた本に、〝邪悪な人間が自分から進んで心理療法の患者となることはほとんどない。この種の人間は自分の心に光を当てられるのを避けようとするから〟というようなことが書かれていた。だから、彼が別の精神科医院の扉を叩く可能性はゼロに近いだろうが……。それにしても、隈本の狂気あるいは異常さはいつから始まったのだろうか。少なくともここ数年の間でないことは確かである。昔、わたしに付きまとい始めた頃から……いや、その前から彼の内に住み着いていたのではないだろうか。一見、正常の衣を纏《まと》って。

「わかったら、もう一度イエスかノーか返事を聞かせてもらおうか」

わたしが黙っていると、隈本が返答を迫った。

1

2003年6月17日

時刻は午後一時四十分を一、二分回ったところである。

釧館地方裁判所第一号法廷では、隈本事件の第六回公判が開かれていた。開廷は午後一時で、前回から予定されていた情状証人、相沢佐紀子の従姉・紅林松子に対する証人尋問が十五分足らずで終わり、いまは石峰弥生に対する迫田弁護士の尋問が行なわれていた。

石峰弥生の証人尋問は、迫田弁護士が十日ほど前に裁判所に申請して決まったらしい。そのため、犬飼は今日法廷へ来るまで、弥生が証人として出廷するとは知らなかった。が、石峰弥生の名を聞き、初めて見る当人――顔色の悪い頰骨の尖った女性だった――を目にしたとき、自分が海原遥香宛に送った〈佐紀子のためにいま行動しなかったら悔いる結果になるだろう〉というお節介メールも満更無駄ではなかったのかもしれない、と思った。

犬飼が、海原遥香が石峰弥生ではないかと疑い始めたのは、五月十日、弥生の住むメゾン団子坂を訪ねてからである。近所の主婦と娘の愛の話から、〈弥生の夫が家に帰っていないらしいこと〉、〈弥生と相沢夫妻が長い間断絶状態らしいこと〉を知り、安くない料金を払って隈本事件の情報、特に裁判の詳しい情報を求めているのはもしかしたら弥生ではないか、と思ったのだ。といっても、それはまだ〝もしかしたら……〟といった程度の疑いでしかなかったのだが、十日後の二十日、次のメールで第五回公判の様子を報告すると、相沢悦朗の証言の正否について犬飼の考えを聞かせてほしいというメールが届いた。そのメールを読み、犬飼は、やはり海原遥香は弥生ではないかという想像を強めた。相沢悦朗の証言をこれだけ気にし、犬飼の意見を聞きたいと思うのは弥生しかいないのではないか、と。

しかし、それでもまだ弥生だと確信したわけではない。だから、返信にあなたが石峰弥生さんであるのは九分九厘間違いないと思うと書いたのはハッタリである。本当に確信できたのは、そのメールに対する海原遥香の返事――とんでもない誤解だと書かれていたが、狼狽《ろうばい》している姿が目に見えるようなメール――がきてからだった。

現在、犬飼が座っているのは、いつもと同じ傍聴席のほぼ中央である。前回や前々回は空席が目立ったが、今日は満席だ。彼の右斜め前、最前列の記者席を除くと被告人にもっとも近い席に相沢悦朗の姿もあった。

今日弥生が出廷することを知っていたのはごくかぎられた者のはずである。だから、傍聴席を満席にしたのは前回行なわれた相沢悦朗の証人尋問であるのは間違いない。

相沢悦朗の証言は、検察側の描いていた事件の様相を一変させた。事件が殺人であることに変わりはないが、肝腎の犯行動機が「不倫関係のもつれ」ではなく、隈本洋二郎の卑劣な企《たくら》みと行為に対する相沢佐紀子の「怒りと憎しみらしい」へ、に転換した。

その変化が、一度は退《ひ》いた世間の興味と関心を再び高め、人々を傍聴席へ押し掛けさせたのである。

「証人は、七年前に突然甦った幼いときの記憶、いわゆる〝抑圧された記憶〟を事実だと信じていた、事実だと信じ、ご両親と絶交されてきた――そういうわけですね？」

迫田弁護士が、これまでの弥生の証言をまとめた。彼は、八年前のパニック障害発病から昨年九月二十日に隈本と会ったときのことまで、弥生の〝甦った記憶〟の件を中心に尋ねてきたのだった。

証言台の椅子に掛けた弥生が迫田のほうへ顔を向け、「はい」と答えた。

「そして、九月二十日、隈本氏と会って彼の話を聞いた証人は、自分の中に甦った記憶はやはり事実だったのだ、と自信を持たれた？」

「はい。自分が間違っていなかったことにほっとしたというか安心したというか、そんな気持ちでした」

「隈本氏の話を聞いて自信を持ったということは、それまでの証人は自分の判断に自信がなかったのですか？」

「自信がなかったわけではないのですが、先ほど申し上げたように、夫にエリザベス・ロフタスらの著作を読むように勧められ、さらには私の記憶についての疑問を指摘され、多少動揺していたのです」

「そんなとき、被告人に依頼された隈本氏に会うのは怖くなかったのですか？」

「怖いという感じはありませんでした。隈本先生は高名な精神科医ですし、母に頼まれたといっても自分は母の代弁者ではないと言われましたから」

「なるほど。そして、その高名な精神科医が、証人の中に甦った記憶は正しいというお墨付きをくれた。さらには、ロフタスらの主張は少数派で、彼らはアメリカでは反動主義者と非難されている、と話した。そのため、証人は、ああ、やはり自分は間違っていなかったのだと自信を取り戻し、ほっとされた。そういうわけですね？」

「そうです」

「そのため、証人は、夫君に再三読むように勧められていたロフタスらの著作を読まなかった？」

「はい」

「ところが、それから間もなく本事件が起き、事件からすでに八ヵ月余りが経っているわけですが、この間についてはいかがでしょう、証人はまだロフタスらの著作を読んでいませんか？」

迫田弁護士が尋問を進めた。

「いいえ、読みました」

と、弥生が答えた。

「いつ読まれたのでしょう?」

「先月二十日の第五回公判で父が証言したと聞いた後です」

「どうして読む気になったのですか?」

「隈本先生の言われたことが正しいのか、父の証言が正しいのか、判断がつかなくなったからです。そこで、とにかくロフタス博士らの考えに当たってみようと思ったのです」

「読まれた後……つまり現在、隈本氏が証人に話したアメリカの事情は客観的で公平なものだったと思われますか?」

「いいえ、思いません」

「どのように思っていますか?」

「ロフタス博士らの考え方に反対する側から見た一方的な主張だと思っています」

「では、去年の九月、隈本氏が客観的にアメリカの事情について証人に説明していたら、証人はどうしたと思いますか?」

「自分が思い出したことは事実ではないのではないかといっそう動揺し、ロフタス博士らの考えや主張を自分の頭で確かめるために著書を読んだのではないか、と思います。そして……断言はできませんが、夫の話に耳を傾け、そのうえで両親とも会っていたかもしれません」

そうなっていれば、すぐには完全な和解に至らなくても、弥生と両親との関係は和解に向かって動き出し、佐紀子が隈本を殺すという事件は起こらなかったにちがいない——迫田弁護士は弥生の証言を借りてそう言いたかったらしい。隈本は弥生を三井セラピストのもとへ行かせ、弥生の中に偽記憶を作り出させただけではなかった、六年半後、佐紀子を騙して、弥生にねじ曲げた情報を与えた、それが佐紀子の怒りと憎しみを殺意にまで高め、事件を引き起こした原因である、と。

「それでは、最後に伺います。証人は現在、七年前証人の中に甦った記憶は事実の記憶だと思っておられますか？」

迫田弁護士が核心に進んだ。

弥生の口が開かれるまでに一拍の間があった。

が、弥生は逡巡《しゅんじゅん》を振り切るかのように裁判長のほうへ顔を起こし、

「思っておりません」

と、きっぱりと答えた。

瞬間、彼女を食い入るように見ていた佐紀子の顔が歪んだ。

涙が頬をつたって落ちるのが傍聴席からはっきりと見えた。

しかし、佐紀子はそれを拭《ぬぐ》おうともせずに娘の横顔を見つめていた。

石峰弥生の心の自由を長い間奪っていた〝抑圧された記憶〟の呪縛――。いま、それが解けたのだ、と犬飼は思った。

「証人はこの場で、何か言いたいことがありますか？」

「ございます」

「どういうことでしょう？」

「こんなひどいことをした娘を許してくれるかどうかわかりませんが、父と母に謝りたいと思います」

弥生は言うと、佐紀子のほうを向いて「お母さん、ごめんなさい」と言い、さらに身体を後ろに回して「お父さん、ごめんなさい」と言った。そして、そのまま「ごめんなさい、ごめんなさい……」と子供のように泣きじゃくり始めた。

佐紀子の頰を滂沱《ぼうだ》と涙が流れ落ち、悦朗の肩は震えていた。二人とも歯を食いしばり、必死になって嗚咽《おえつ》をこらえているようだ。

傍聴席のあちこちで鼻をすすり上げる音がし始め、ハンカチを取り出す姿が見られた。犬飼も視界が曇りそうになり、何度も手の甲で目の縁を拭った。

大杉裁判長が、自分の心の動きを隠すかのように殊更大きく咳払《せきばら》いし、

「証人は前を向いて、きちんと掛けてください」

と、注意した。

「尋問を終わります」

迫田弁護士が腰を下ろした。

最後の質問は彼の演出ではないかと思われたが、嫌みは感じなかった。

裁判長が森島検事に反対尋問を促した。

森島が腰を上げ、

「ございません」

と、応えた。

★

「わかったら、もう一度イエスかノーか返事を聞かせてもらおうか」

わたしが黙っていると、隈本が返答を迫った。

わたしが彼のものになれば、知っていることを忘れてやる。が、わたしが断われば、それを表に出す――。

わたしは返事ができなかった。

ここでわたしが隈本の要求を撥ねつければ、彼は本当に「悦朗が弥生に性的虐待を加えた」とマスコミに流すかもしれない。彼自身の名は秘して。しかし、それが予想されるからといって、どうして彼の言いなりになれるだろうか。どうして彼に身を任すことができるだろうか。

が、そう思う一方で、

──では、夫と娘を護るためなら命を投げ出しても惜しくないというのは嘘だったのか。

と、わたしは自分を責める。結局、おまえは我が身が一番可愛いわけか。

──違う。そうじゃない。

──だったら、どうして隈本の条件を受け入れないのだ。命を捨てる覚悟があるなら、

隈本に抱かれるぐらい何でもないではないか。嫌でも、どうしてそれぐらい耐えようとし

ないのか。すべては、おまえが、おまえの思慮の足りなさが播《ま》いた種だというのに。

──耐えてもいい、一度だけなら。

と、わたしは応える。一度で済むなら、耐えてもいい。しかし、隈本は今夜だけでわた

しを放免し、約束を守るだろうか。守るとはかぎらない……というより、たぶん繰り返し

わたしを辱め、わたしと夫に対する三十年前の意趣返しをしようとするだろう。彼にとっ

ては約束を反故《ほご》にするぐらい何でもないことなのだから。

──本当にそうか。おまえは本当にそう思うので、彼の要求を受け入れないのか?

──………。

——それは言い逃れではないのか。おまえはやはり、夫よりも、娘よりも自分が可愛いのではないのか。

そうではないと思うが、よくわからない。自分で自分の本当の気持ちがどこにあるのか、はっきりしない。ただ、どうしても……どうしても、「イエス」と返事をすることはできない。

——では、どうするのだ？　さっきの「ノー」の返事を繰り返し、夫を破滅させるのか。

わからない、わからない、どうしたらいいのか、わからない。

「どうなんだ？」

と、隈本が返事を促した。

それでもわたしは答えられなかった。

「わかった。拒否しないということはオーケーの意味にとっていいんだな？」

「いいえ、違います」

隈本の言葉に、わたしは慌てて言った。

「違う？」

隈本がテーブルの上に首を突き出し、わたしを睨《ね》めつけた。「じゃ、断わるというのか？」

わたしは答えられない。イエスと言うことはできないが、ノーの返事も怖くて口にできなかった。

「どっちなんだ?」

「お願いです。他のことなら……他のことなら何でもしますから」

「この期に及んで何を言っている!」

隈本が声を荒らげた。それから腕時計を見て、

「ぼくには今夜、これから予定があるんだ。あと一分待ってやる」

と、言った。

これから予定があるというのが事実かどうかはわからない。だが、わたしは決断した。これ以上引き延ばすのが無理なら、拒否する以外にない。

「帰らせていただきます」

「帰る?」

隈本が、予想していなかった返事を聞いたという顔をして睨《にら》んだ。「あんた、わかっていて言っているんだろうな?」

脳裏にホテル・ニューロイヤルで襲われたときのことが甦り、背筋を悪寒が走った。

「それなら勝手にしたらいい」

隈本が脚を組んでソファにふんぞり返った。今夜はわたしが帰るのを邪魔する気はないらしい。

　わたしはわずかに安堵し、

「失礼します」

　と頭を下げ、立ち上がった。

　ボストンバッグを提げ、ドアに向かって歩き出した。

　その瞬間、隈本が組んだばかりの脚を解き、さっとソファから離れた。わたしが足を速めるより早く前に回り、立ち塞がった。

「考えを変える気はないか？」

「ございません」

　わたしは全身を亀の甲羅《こうら》のように堅くした。

「それじゃ、仕方がない」

　隈本が言うなり、わたしの胸をどんと突いた。

　不意を食らい、わたしはよろけた。

　すかさず、隈本が何も持っていないわたしの左腕をつかみ、引き回した。

　わたしはベッドの上に投げ出されたが、ボストンバッグだけは放さなかった。

　ベッドに手をつき、すぐに起き上がる。

「やめてください！」

　恐怖を押し殺して相手を睨みつけた。

「あんたのせいじゃないか。人がせっかく紳士的に話し合うつもりだったのに」

隈本が、喧嘩相手にすべての責任を被せる子供のように言った。さっきまでほんのりと赤らんでいた顔からは血の気が失せ、目が据わっていた。

わたしは意を決した。こうなったら、持ってきた包丁で身を護る以外にない——。

「ぼくだって手荒なまねはしたくない。だから、おとなしく……」

隈本が一歩前へ踏み出した。

「寄らないで！」

わたしは叫び、素早くバッグのファスナーを開いて、一番上に載せておいた包丁を取り出した。

隈本が目に驚愕《きょうがく》の色を浮かべ、動きを止めた。

「それ以上近寄らないで」

わたしはベッドの上にバッグを置き、両手で包丁の柄を握り、刃先を隈本のほうへ向けた。

「ほう……」

と、隈本が表情を緩め、口元に薄ら笑いを浮かべた。余裕を取り戻したらしい。

「あんたに人が刺せるかな？」

「刺せます」

わたしの脳裏を、ここで隈本を刺して逃げたら……という考えがかすめた。もし隈本が死ねば、娘の件が世間に知られて夫が破滅するという危険は消える。

「それなら、刺してもらおうか」

隈本の顔に険しい表情が戻った。

にじり寄ってきた。

「来ないで！　それ以上来ないで！」

わたしは引き下がりながら叫んだ。「刺します、本当に刺します！」

しかし、隈本は動きを止めない。用心深くわたしの出方を窺っているような目をしながら、じりじりと迫ってくる。

「来ないで！　お願いです」

わたしは懇願した。もし隈本がいなくなったらという思いはあっても、刺せない。やはり自分には人は刺せない。

「お、お願い……」

わたしの言葉を無視して隈本が襲いかかってきた。彼の二本の手が包丁を握っているわたしの両手首をがっしりとつかんだ。

「寄こせ！　包丁を寄こせ！」

わたしから包丁を奪おうと、わたしの指を柄から引き剥がしにかかった。

わたしは腕と手指にありったけの力を込めて抵抗する。

包丁の刃が二人の身体の間で右に左に揺れた。

「放せ！　放すんだ！」

わたしは歯を食いしばって抗《あらが》った。

と、突然、隈本の右手がわたしの頬を襲った。

激しい衝撃、痛み……。一瞬、わたしは目の前が真っ暗になった。反射的に片手で相手を突き飛ばした。思いきり。

隈本はよろけたものの、倒れなかった。

すぐに体勢を立てなおし、

「このあまァ！」

と、信じられないような言葉を発し、怒りと憎悪のたぎった目を向けた。思わぬ反撃に遭ったからか、顔が真っ赤になり、目はつり上がっていた。

わたしは相手を睨み返しながら、

――いまなら自分はこの男を刺せる、刺せるかもしれない。

と思った。この男がいなくなれば……心臓を刺して殺せば、男の脅迫から永遠に逃れられる……。

再び両手で包丁を握りなおし、刃先を前に向けて構えた。

まさにその瞬間——

隈本が再び襲いかかってきた。怒りが注意力を麻痺《まひ》させたのか闇雲《やみくも》に。

わたしがハッと息を呑んだときには、二人の動きと力が合わさり、包丁が隈本の身体に沈み込んでいった。

わたしは思わず包丁を握っていた両手を開いた。

隈本が包丁を胸に突き立てたままよろめき、片膝をついた。

が、彼は倒れなかった。

「や、やりやがったな……！」

赤鬼のような形相をして立ち上がった。

——殺される！

そう思うと、わたしは足が竦《すく》んで動けなくなった。

隈本が包丁を引き抜いた。薄いピンクのワイシャツがみるみる赤く染まっていく。包丁を手にわたしに襲いかかってきた。

が、彼は一、二歩前へ踏み出すと包丁を落とし、絨毯の上に崩れ落ちた。

わたしの心臓は早鐘のように鳴りつづけていた。自分が少しでも動けばまた隈本が起き上がって追ってくるのでは……という恐怖のため、金縛りに遭ったように動けなかった。

どれぐらい経ったのが、わからない。何十分にも感じられたが、実際はほんの数分だったかもしれない。

わたしの呼吸は鎮まってきたが、隈本は起き上がる気配がなかった。死んだようだ。

わたしはふーっと息を吐いた。これで襲われる恐れはなくなった。

しかし、そう思って安堵したのも束の間、わたしは別の恐怖にとらえられた。人を殺してしまったからだ。もう待っているのは破滅しかない。自分の愚かな行為が生んだ結果なので、自分が破滅するのは致し方ないとしても、夫を、そして娘と娘の家族を巻き添えにするのは耐え難かった。

それを避けるにはどうしたらいいか。

わたしの頭に、

――逃げよう。

という考えが浮かんだ。わたしが今夜隈本と会っているのは誰も知らない。ホテルに来たときロビーには人がいなかったし、フロント係は外国人と話していて、こちらに目を向けなかった。エレベーターも九階まで一人だった。それなら、このまま誰にも見られないように非常口から逃げれば……。

と思ったとき、隈本が微《かす》かに息を漏らした。

わたしはぎくりとし、彼に目をやった。

動きはないが、生きているらしい。

頭の中で、生きていたってかまわない、逃げろ、という声がした。が、そのすぐ後から、いや、救急車を呼べば助かるかもしれないのに、このまま放置するわけにはいかない、という別の声が聞こえた。

わたしは結局ベッドサイドのテーブルに寄り、電話の受話器を取り上げてフロントの番号を押した。

2

２００３年７月

「あなたは、そのとき……フロントに電話したときから一切を黙秘するつもりだったのですか？」

と、迫田弁護士が聞いた。

「いいえ。はっきりと意識していたわけではありませんが、刑事さんが来たら当然何もかも話すつもりでいたような気がいたします」

と、相沢佐紀子が答えた。

しわぶきひとつ聞こえない法廷では、迫田弁護士による被告人質問がつづいている。

検事席の森島は、証言台の椅子に掛けた佐紀子の横顔に視線を注ぎ、ときには傍聴席の相沢悦朗と弥生の表情を窺いながら――彼らの二列後ろに犬飼の姿もあった――それを注意深く聞いていた。

七月十四日の午後――。

隈本事件の第七回公判が開かれている釧館地方裁判所第一号法廷は満席だった。前々回の相沢悦朗の証人尋問、前回の石峰弥生の証人尋問につづいて、今日は被告人質問が行なわれると聞き、傍聴希望者がどっと押し寄せたらしい。

相沢佐紀子が被告人質問に応じるということは、前回の公判の最後に迫田弁護士によって明らかにされたのである。

迫田弁護士による被告人質問は午後一時の開廷後間もなく始まり、すでに一時間以上が経過していた。この間に佐紀子は、三十～三十数年前の隈本との関わりから昨年十月の事件に至るまでの経緯、十月五日の犯行時の模様を詳しく語った。

仙台時代、隈本のストーカー行為に悩まされたこと。一九九五年の十一月、隈本が出演していたテレビを見て彼の著作を読み、翌九六年一月に研究室へ電話したこと。昨年七月十一日に隈本に二度目の電話をかけ、一週間後、新宿の喫茶店で会ったこと。そのとき、弥生にエリザベス・ロフタスらの本を読むように勧めてほしいと頼むと、彼がにこにこと二つ返事で承諾したこと。しかし、いくら待っても弥生に会ってくれないので、八月二十三日、教えられていた携帯電話に連絡を取ると、彼は前とは打って変わった硬い声で、昔さんざん虚仮《こけ》にされたことを思い出し、腹が立ってきたので放ってある、どうしても頼みたかったら九月二日の晩赤坂のホテル・ニューロイヤルのロビーへ来い、と言ったこと。九月二日は引っ越しのため無理だと佐紀子が言うと、それなら一週間後の九日でもいいと言われ、迷った末、夫には女子大時代の同窓会だと偽って九月八日の日曜日に上京したこと。……翌九日の晩、指定された八時より前に佐紀子がホテルのロビーへ行って待っていると、隈本が現われ、地下の和食料理の店へ連れて行かれた、当然そこで話し合うのだろうと思っていたら、ビールを飲んで食事をした後、彼が仕事場としてつかっている部屋へ誘われた、佐紀子はここで話したい、どうしたら娘に会ってもらえるのか、いまここで言ってほしいと懇願したが、彼は笑いながら、ぼくを警戒しているなら心配は要らない、ぼくはただ落ちついた場所で話し合いたいだけだ、と言った、佐紀子は仕方なく言われたとおりにした、すると、隈本は部屋へ入るやいなやいきなり佐紀子をベッドに押し倒し、襲いかかってきた、佐紀子は騙したのかと言って抗ったが、隈本は娘さんに話をしてやるのだからこれぐらいは当然だろうと力を緩めない、だが、佐紀子が死に物狂いで抵抗し、何とかドアの手前まで逃れて部屋を出て行こうとすると、待ってくれ、すまなかった、と神妙な顔をして謝り、お詫びに娘さんに話させてくれと言った、今度こそ約束を守り、今週か来週中にも連絡を取り、ロフタスらの著作を読むように話すからと、佐紀子は半信半疑ながらも、弥生に話してくれるという申し出を無視することができず、彼の申し出を受け入れ、それではよろしくお願いします、と頼んだ、しかし、彼はまたもや佐紀子を騙し、弥生には佐紀子の望んでいたのとは反対の話をした、佐紀子が抗議の電話をかけると、十月五日に釧館まで来い、もし来なかったら自分の知っていることを外に流すと脅し、佐紀子を釧館ユニバーサルホテルへ呼び寄せた、ホテルの部屋では、二十九年前の手紙の話をし、〝自分のもの〟になれと襲いかかってきた、そこで、佐紀子は護身用に持って行った包丁をボストンバッグから取り出し、隈本に近寄らないように言った、それなのに、彼が無視して襲いかかってきたため、はずみで刺してしまった……。

以上が佐紀子の語った内容である。

このうち、昨年十月五日の事件に至るまでの経緯については、悦朗と弥生を含めた証人たちの話と大きな矛盾点は見つからなかった。

だが、隈本が死んでしまっている現在、犯行時の状況は佐紀子しか知らない。その点に関して、彼女はもっとも重要な殺意の存在を否定した。隈本が襲いかかってきたので、護身用に用意した包丁で防ごうとしているとき、はずみで刺してしまったのだ、と言った。それは、相沢が仄めかした〝隈本に対する怒りと憎しみから〟という犯行動機の否定にも連動していた。佐紀子の供述とはいえ、検事の森島としては、それらを言葉どおりに取るわけにはいかなかった。

「では、あなたは、いつ黙秘しようと考えたのですか？」

迫田弁護士が質問を継いだ。

「その晩、最初の取り調べが終わって、留置場に入れられてからです」

佐紀子が答え、説明を加えた。「ただ、最初にそうした考えが頭に浮かんだのは、ホテルの部屋に救急隊員が駆けつけ、隈本さんがすでに死亡していると聞いた直後でした。隈本さんが亡くなったのなら、私さえ黙っていれば夫と弥生のことを隠せるかもしれない、と思ったのです。といっても、そのときはまだ、ずっと何も話さないで通そうとは考えませんでした。だいたい、そんなことができるとは思えませんでしたし……。ところが、警察署へ連れて行かれて最初の取り調べを受けたとき、これは落ちついてよく考えたほうがいいかもしれないと思い、住所氏名以外は黙っていたのです。そうしたら、刑事さんが唇を憎々しげに歪め、ホテルにしけ込んで男を刺し殺し、黙秘か……と言われたのです。それを聞いて、そうか、何も喋らないで通すこともできるのだな、と〝黙秘〟という対応の仕方をはっきりと意識したのです」

「それから留置場へ入れられたわけですね？」

「はい。すでに午前零時を過ぎていたため、取り調べは翌朝に送られました」

「で、留置場でどのように考えたのですか？」

「自分が世間からどのように見られ、いかなる罪に問われようと、隈本さんとの本当の関係、隈本さんを刺すに至った本当の事情は隠し通そう、と思いました。そして、娘によって夫に掛けられた疑いだけは隠し抜こう、夫が世間やマスコミにいわれない非難を浴びて社会的に葬られるのだけは食い止めよう、そう決意いたしました」

「被告人の夫である相沢悦朗氏の証言によると、あなたは娘さんと娘さんの家族を護るために……彼らを事件に巻き込まないために黙秘しているにちがいないということでしたが、違うのですか？」

「違います」

と、佐紀子がきっぱりと言った。「あ、いえ、娘と娘の家族を事件に巻き込みたくないという気持ちももちろんありました。ですが、私が黙秘を決意し、それを通した一番の理由は、夫に対するせめてものお詫びの気持ちからです。夫こそ一連の出来事の最大の被害者であり、何の落ち度もない夫をそうした被害者にしたのは私でしたから」

「夫君に対するお詫びの気持ちから黙秘された、という点をもう少し詳しく説明してくれませんか」

「夫は私と結婚したために、ひどい目に遭いました。実の親も及ばないほど大事に育てた養女には恩を仇《あだ》で返され、さらには〝殺人容疑者の夫〟にまでされたのです。それもこれも、弥生を連れた私と結婚したせいであり、浅はかにも私が隈本さんに電話した結果でした。すべての因は私でした。そんな私が世間からどんなにひどい言葉を浴びせられようと、仕方ありません。自業自得ですから。しかし、夫には何一つ……まったく何一つとして咎《とが》がありません。ですから、これ以上は夫に迷惑をかけられないと思ったのです。裁判官である夫にとっては妻が人を刺して死亡させたというだけでも致命的かもしれませんが、そのうえ、〝幼い娘に性的虐待を加えた非道な養父〟という冤罪を着せられたらどうなるでしょう？　それだけは何としても防がなければならない、と考えたのです。娘の記憶の件が表に出なければ、夫と事件との関わりが云々《うんぬん》されることはないはずです。実際そうであるように、愚かな妻を持ってしまった被害者だと思われるはずです。私はそう考え、何もお話ししなかったのです」

もしそれが事実なら、相沢が証言したとき、佐紀子が一瞬、戸惑ったような、悲しげな顔をしたのは説明がつく、と森島は思った。彼女は夫のことを第一に考えて黙秘していたのに、夫がそれを娘のためと言ったからであろう。

しかし、いまの説明では、その後で佐紀子が見せていた硬い表情の説明はつかない。

「ですが、あなたは、ホテルの部屋で隈本氏に襲いかかられるという逃げようのない事態に追い込まれ、護身用に所持していた包丁で彼を刺してしまったわけですね。それなのに、どうしてその点だけでも話すことができなかったのですか？」

迫田が逃げようのない事態という言葉を強調しつつ、誰もが覚える疑問点を質した。

「それは無理でした」

と、佐紀子が答えた。「もし私が一言でも刑事さんや検事さんの質問に答えれば、それを取っ掛かりにしていろいろ追及されるのは目に見えています。また、罪状認否で起訴状に書かれたことを否定すれば、当然、理由を示さなければなりません。隈本さんとの関係や弥生が思い出したと言っている夫の〝性的虐待〟に触れざるを得ません。そうなったら、弥生の記憶がいくら誤りだと言っても、好意的な人で半信半疑……多くの人は弥生の言葉のほうを信じるのではないかと思います。その結果、夫は、抵抗のできない幼い養女に性的な虐待を加えた卑劣漢、裁判官の仮面を被った異常者……とマスコミに喧伝《けんでん》されるでしょう。世間から厳しく糾弾され、裁判官を辞めるだけでは済まず、社会的に完全に葬り去られるでしょう。そして、一生、いわれなきレッテルを貼られたまま生きていかなければなりません。それを回避するには、一切話さず、黙秘を貫く以外になかったのです。私がそうしたからといって、すでに夫にかけてしまった迷惑が消えるわけではありませんが、私にできることはもうそれしかなかったのです」

「なるほど。ところが、ご夫君が証人として出廷して娘さんとの事情を話され、さらには娘さんも証言されたため、いまや黙秘をつづける理由がなくなった。それで、質問に答えてきちんと事実を説明する気になった。そういうわけですね？」

「そうです」

「あなたが黙秘を通していた事情、そしていま話す気になった事情は、よくわかりました」

迫田弁護士がそこで言葉を切ると、一度判事たちのほうへ顔を向けてから、

「それでは、最後に肝腎な点をもう一度確認します」

と、佐紀子に対する質問に戻った。「昨年の十月五日の夜、あなたが被害者の泊まっているホテルの部屋へ行くとき、包丁を所持したのは何のためですか?」

「隈本さんが暴力的に私に関係を迫ったら、それを取り出して見せ、行動を思いとどまらせるためです」

佐紀子が答えた。

「つまり、包丁は護身用であり、しかもそれは相手の行動を抑止するためのものだった?」

迫田が「護身用」と「相手の行動を抑止するため」という部分を心持ち強めて発音した。

「はい」

「被害者が暴力的に関係を迫ったら……と考えたのはなぜですか?」

「一ヵ月前の九月九日、ホテル・ニューロイヤルで襲われた恐ろしい経験があったからです」

「あなたはさっき、バッグから包丁を取り出して構えてからも、被害者を刺すつもりはなかった、ましてや殺すつもりなど毛頭なかった、そう言いましたが、間違いありませんか?」

「間違いございません。私は必死になって、近寄らないでとお願いしました。もし隈本さ

んがその言葉を聞き届けてくださっていたら、私が隈本さんを刺すなどといったことは起こりませんでした」

「ところが、被害者はあなたの懇願に耳を貸そうとせず、襲いかかった。あなたに突き飛ばされても諦めず……というより、いっそう凶暴性を発揮し、怒りに任せて闇雲に襲いかかってきた。そのとき、あなたが包丁を胸の前に構えたため、二人の動きが重なり、包丁が被害者の胸に深く刺さってしまった——。この点はいかがですか、事実に相違ありませんか?」

「はい、相違ございません」

と、佐紀子が答えた。

迫田弁護士が満足そうにうなずき、

「質問を終わります」

と、大杉裁判長に向かって言った。

被告・弁護側が正当防衛を主張するつもりでいるのは明らかだった。

代わって、森島は立ち上がった。

彼は、佐紀子の供述に納得していなかった。できれば彼女を信じたいのだが、簡単には信じられなかった。理由は、犯行の模様を語る彼女の話が整然としすぎていたからかもしれない。そしてそれが、事件から八ヵ月も経ったいまになって突然明かされたからかもしれない。

森島は、とにかく本裁判の最大の争点である〝殺意の有無〟から質すことにし、

「それでは被告人にお尋ねします」

と、言った。

裁判長のほうへ顔を向けていた佐紀子が首を左に回し、森島を見た。目には警戒するような色に交じってかすかな脅えが感じられた。

「被告人は、事件の約一ヵ月前、ホテル・ニューロイヤルで被害者に襲われた恐ろしい経験があったので、護身用に包丁を用意した、と言いましたね？」

森島が確認すると、佐紀子が彼から目を逸らさずに「はい」と答えた。

「そこまでして、つまり護身用の包丁まで購入して、どうして事件の晩、被害者の部屋を訪ねたのですか？」

「それは申し上げました。私が行って隈本さんの話を聞けば知っていることを忘れてやるが、もし来なかったらそれを外に流す――そう言って脅されたからです」

「しかし、たとえ部屋を訪ねて被害者の話を聞いても、約束の守られる可能性が低いことは、それまでの被害者の言動から予想できたのではありませんか？」

「そのようには予想しませんでした。必ず約束を守らせる方法はないかと、それだけを考

えておりましたから」

「必ず約束を守らせる方法はないかとだけ考えていた、ということは、相手が約束を守る可能性が高くないと思ったからではないのですか？」

「……そうかもしれません」

佐紀子が認めた。

「被害者に必ず約束を守らせる方法は見つかりましたか？」

「見つかりませんでした」

「それなのに、約束を取り付けるために被害者の部屋へ行ったというのは矛盾していませんか？」

「いいえ、しておりません。もし行かなければ、夫と娘のことを外に漏らされる危険が高かったので、行かざるをえなかったのです」

「では、行っても、約束が取り付けられなかった場合は、どうしようと考えていたのですか？」

「そこまでは考えていませんでした」

「約束を取り付けられない可能性が高いとわかっていて、そうなった場合の対策を考えていないというのは、ずいぶん呑気《のんき》な話ですね？」

「そんなことございません」

佐紀子が呑気という言い方に抗議するように語調を強めた。「他に方法がなかったのです。隈本さんに言われたとおりホテルの部屋へ行き、行ってから最善の方法を採る以外にどうしようもなかったのです」

「本当ですか？　約束を取り付けられなかった場合どうするか、本当はあなたの頭に方法が浮かんでいたのではありませんか？」

「どういう意味でしょうか？」

佐紀子の目に警戒の色が濃くなった。森島の言わんとしていることがわかった表情だ。

「隈本氏の口を永久に封じようとしていたのではないか、という意味です。あなたはそのために包丁を買い求め、持って行ったのではないのですか？」

森島はぶつけた。

「違います」

と、佐紀子が声を高めた。「それはさっき申し上げました。包丁はあくまでも護身用に用意したものです」

「しかし、隈本氏が襲いかかってきて、あなたがそれを包丁で防いだ場合、隈本氏は怒って、あなたの守ろうとしていた秘密を外へ漏らす危険が増大したのではありませんか？」

佐紀子は答えない。どう答えたらいいかを懸命に考えているようだ。

「当然そう予想できたはずですが、いかがですか？」

「いえ、予想まではできませんでした」

「予想までは、ということは、どこかの時点ではそう考えた？」

「…………」

「予想まではできなかったというのは、そういう意味ではないのですか？」

「実際に襲われたとき、ちらっとそうした思いが頭に浮かびました。ですが、それだけです」

実際に襲われたとき頭に浮かんだ——。

この言質《げんち》を引き出したことで、森島は攻め口を変えた。

「被告人は、包丁を持って被害者の泊まっているホテルの部屋を訪ねても被害者を刺すつもりはなかった、ましてや殺すつもりは毛頭なかった、先ほどそう言いましたね？」

「はい」

と、佐紀子が全身に纏《まと》った警戒の鎧《よろい》を脱がずに答えた。

「しかし、被害者がこの世にいないいま、それは被告人、あなた一人の言葉でしかないわけです」

森島は彼女の返答を受けてつづけた。「これまで一言もそうしたことを口にしなかった被告人が突然そう言い出したからといって、はいそうですかと信用するわけにはいきません。被告人と被害者の関わりがたとえ被告人の話したとおりであったとしても、被告人には被害者を殺害してもおかしくない動機が存在するからです。一つは、被害者が卑劣な企みによって被告人の娘さんの中に偽記憶を作り出し――偽記憶と証明されたわけではありませんが、娘さん自身も誤りだったと認めているのでそう考えて九分九厘間違いないでしょう――娘さんと被告人夫婦の関係を破壊したこと、一つは、それとは知らずに娘さんの説得を頼んだ被告人を騙したこと、一つは、娘さんに関するその秘密を口外しない条件として被告人に肉体関係を求めてきたこと、です。以上は、被告人が被害者に対して激しい怒りと憎しみを覚えても不思議ではない事情です。そしてもう一点は、〝夫と娘に関わる秘密〟が外に漏れることを完全に阻止するには被害者の口を封じる以外になかった、という事実です。これらの点、被告人はどう考えているのか、聞かせてください」

「……動機があったかなかったかという点は、検事さんの言われるとおりかもしれません」

と、佐紀子が二、三秒の間をおいて肯定した。

瞬間、迫田弁護士が苦々しげな表情をしたが、佐紀子としては認めざるをえなかったのだろう。

「ですが――」

と、佐紀子が言葉を継いだ。「そうした動機が考えられるからといって、私が隈本さんを殺害しようとし、殺害した、という結論にはならないと思います。何度も申し上げているように、実際、私は隈本さんを殺害しようとしてホテルの部屋を訪ねたわけではございませんし、隈本さんを殺害しようとして刺したわけでもありませんから」

「しかし……こちらも繰り返しになりますが、被告人のその言葉を裏付けるものは何もないわけですね」

「いえ、ございます」

「ある……？」

「はい」

「何でしょう、それは？」

「私がフロントに電話したという事実です。あの晩、私が隈本さんの部屋へ行ったことを知っている人は誰もおりません。ですから、もし私が隈本さんを刺そうとして刺したのなら、黙って逃げ出していました」

「逃げなかったからといって、それは殺意がなかったことの証拠にはなりませんね。たとえ事件の晩の行動は誰にも見られていなくても、警察が被害者の交友関係を調べればいずれ被告人に到達した可能性が高く、被告人にもそれは容易に想像できたはずですから。被告人は被害者の研究室に電話して秘書に自分の名を告げていますし、ホテル・ニューロイヤルでは地下の和食料理店やエレベーターの中で被害者と一緒にいるところを見られています。また、夫の悦朗氏に友達と温泉へ行くと偽って家を出た被告人には、アリバイがありません。こうした事実がある以上、被告人が殺意をもって被害者を刺した場合でも、逃げるのはけっして得策ではなかったはずです。そう思いませんか？」

「得策か得策ではないかは、私にはよくわかりません。ですが、逃げずにフロントに電話した行為が嘘をついていないことの証《あかし》にならないとしたら、私はどうしたらいいのでしょう？　私はすべて正直にお話ししているのに、それを信じてもらえないのではどうしようもございません」

「今更言っても仕方ありませんが、事件の直後に話してくれたらよかったのです。そうすれば、被告人の主張が事実かどうか調べる方法が残っていたはずなんです」

佐紀子が視線を下に向けた。

森島は佐紀子に対する質問を終えた。

できれば、森島は佐紀子の言葉を信じたい。いや、いまでも半ばは、信じていた。それでいながら、いまひとつすっきりしなかった。理由は、前々回の公判で相沢が証言しているときに見せた、何かを真剣に考えているような硬い表情が森島の頭に残っているからかもしれない。そのときの佐紀子の様子と今日の供述との間に、違和感とでも言ったらいいのだろうか、何かしっくりしないものを感じるのだ。

大杉裁判長が、佐紀子に対する質問を始めた。

森島はそれを適当に聞きながら、考えつづけた。

と、彼の頭に、

――佐紀子はやはり隈本を刺そうとして刺したのではないか、殺そうとして刺したのではないか。

という疑いが浮かんだ。

佐紀子にとって、持って行った包丁は確かに護身用だった。が、同時にそれは、隈本を刺し殺すための凶器になるかもしれないという予感を秘めたものでもあった。そして佐紀子はそれをつかい、殺意をもって隈本を刺した――

そう考えると、相沢の証言中に佐紀子が見せていた硬い表情の説明がつくような気がしたのだ。

あのとき、相沢の証言によって黙秘をつづける理由が消えた。が、同時にその証言は佐紀子の胸に葛藤の種を播いた。それまでは殺人の罪を受け入れるつもりだったのに、そこから逃れられる可能性が生まれたために。

……と考えて、森島は〈そうか！〉と別のことに気づいた。もし佐紀子の行為が正当防衛だったとしたら、やってもいない殺人の罪を着せられて沈黙を通すのは難しかったのではないか。夫か娘の身代わりになろうとしたのならわからないではないが、夫に対する詫びと償いの気持ちがいかに強くても、単に夫をスキャンダルから護るためという理由だけでは。その場合、佐紀子は無実を主張して闘う中で、弥生の記憶が隈本の奸計《かんけい》によって作られた偽記憶であることを明らかにしようとしたのではないだろうか。自分の無実を立証することは、取りも直さず夫のためでもあるのだから。

　では、殺意をもって隈本を刺したのだとしたらどうか？

　殺していても犯行を否認することは可能である。だが、その場合、虚偽を主張しているという負い目、弱みを背負って裁判を闘わなければならない。犯罪慣れした者ならそれくらい平気だろうが、佐紀子はそうではない。要《かなめ》の点で虚偽を述べながら、「弥生の記憶は偽記憶である」と声高に叫ぶ芸当は彼女には難しい。そこで彼女は完全黙秘を通し、自分の犯した罪——動機はどうあれ人を殺した——に見合った刑を受け入れ、夫をスキャンダルから護ろうとした。すべては自業自得なのだから、そう自分の胸に言い聞かせて。

　ところが、相沢の証言によって事情が変わった。殺人の罪を免《まぬか》れるかもしれない可能性が生まれた。そのため佐紀子は迷い、悩んだ末、正当防衛を主張するという道を選んだのではないだろうか。

　その選択と決断の裏には、佐紀子自身に関わる打算もあっただろう。が、それ以上に、夫と娘と娘の家族に対する配慮が重く存在していたように思える、なぜなら、佐紀子個人としては、潔く罪を認めてしまったほうが心の負担が軽くなり、苦しまずに済んだのだから。つまり、佐紀子は、悦朗を殺人者の夫に、弥生を殺人者の娘に、愛を殺人者の孫にしないために、殺意の否認を決意したのではないだろうか。

以上は森島の想像である。事実だと証明する手立てはない。いまや、真実は佐紀子の心の内にしかなかったから。

森島は佐紀子に注意を戻した。

大杉裁判長の後、右陪席判事の宮本明子が三点ほど質問し、いまは左陪席の太田黒敦がどうでもいいような質問をしていた。

森島と二人の判事の質問を大過なく乗り切り、佐紀子はいま、多少安堵しているにちがいない。しかし、その横顔には、森島の質問の前に見せていた脅えと警戒の色こそ感じられないものの、硬い強張りが残っていた。

事件の真相がたとえ自分の想像したとおりだったとしても、と森島は思う。彼は佐紀子を憎むことも非難することもできなかった。検事としては、殺人はもとより虚偽の供述も認めるわけにいかない。だが、佐紀子は、隈本洋二郎という邪悪で凶暴な〝猫〟によって逃れようのない場所まで追いつめられた小さな〝鼠《ねずみ》〟だったのだ。窮鼠《きゅうそ》が猫を噛んだからといって、どうして非難できようか。それに、たとえ他人に糾弾されなくても、彼女は、猫を噛み殺してしまったことと虚偽の供述をしたことによって、おそらく生涯自分を責め、苦しみつづけるだろう。

森島はそういうふうに考えながら、あとは判事たちの判断に任せるしかない、任せよう、と思った。

終章　判決

2003年12月

北海道の短い夏と秋が過ぎ、間もなく初公判から一年が経過しようという師走の二十五日。釧館地方裁判所第一号法廷で隈本事件の判決公判が開かれた。

午前十時に開廷すると、大杉裁判長はすぐに被告人・相沢佐紀子を証言台に立たせた。まず判決の主文を言い渡し、それから椅子に掛けさせ、理由の朗読に移った。

主文の中の量刑は犬飼の予想していたのと多少違っていたものの、それほどかけ離れたものではなかった。

相沢悦朗の証人尋問、石峰弥生の証人尋問と経て、七月十四日の第七回公判で佐紀子が被告人質問に応じたのを境に、事件は当初考えられていた「不倫殺人」から一変した。

そのため、済んだはずだった証拠調べがさらに二回行なわれ、前回十月二十二日の第十回公判でやっと検事の論告・求刑、弁護人の最終弁論となり、結審した。

第八回公判の証拠調べでは、三井晴美が再度証人として喚《よ》ばれ、尋問された。

そのとき彼女は次のように述べた。

――自分は、相手が誰であれ、カウンセリングの模様をビデオ撮影したことはない。だいたいビデオカメラを持っていないし、操作方法も知らない。たとえ知っていても、クライアントを騙すようなそんな悪質な行為は絶対にしない（三井晴美がビデオカメラを所持していた形跡がないことは彼女の夫の証言で確かめられた）。自分は隈本に電話で弥生のカウンセリングを頼まれ、電話で時々報告し、アドバイスを受けていただけである。それなのに、彼が佐紀子にビデオ云々の話をしたなんて嘘ではないか。また、隈本は弥生の病気が治ったとき、弥生の母親である知人には自分から事情を話すと言ったのに、六年間も話さずにいたなんて信じられない。自分はアメリカで学んで帰ったカウンセリングを実践し、何としても弥生の病気の原因になっているトラウマを突き止め、病気を治してやろうとしただけで、疚《やま》しいことは何一つしていない。その後、エリザベス・ロフタスらの本も読んだが、いまでも彼女たちの非難は間違っていると考えている。彼女たちは一部の例を取り上げ、〝抑圧された記憶〟そのものが存在しないかのように言っているが、それは虐待の加害者たちに味方し、被害者たちに二重、三重の苦しみを与えるものである。

この証言から浮かんできたのは、隈本が三井晴美を自分の悪巧みの共犯者にしたわけではないらしい、という想像である。三井晴美が隈本の奸計に気づいていて気づかないふりをしていた疑いはある。自分のカウンセリングによって突き止めた「弥生の病気の原因」

が、彼女の家族にどのような問題を引き起こすか、わからなかったはずはないからだ。が、共犯者ではなかった可能性が高い。つまり、隈本による相沢悦朗と佐紀子に対する邪悪な復讐計画は、〈弥生の病気はパニック発作特性ＰＴＳＤらしいと言って三井晴美に任せれば、自分は何もしなくても望んだとおりの結果が出るにちがいない〉という読みのうえに実行され、成功したらしい、ということである。

アメリカでは、一九八〇年代後半から九一、二年頃まで、〝抑圧された記憶〟の存在を支持するような（一部はそれを煽《あお》るような）出版、報道が相次いだ。それは、心の病の原因を安易に幼時に受けた性的虐待に求め、本人に虐待された記憶がない場合は記憶が抑圧されているからだとする考えの「流行」した時期であり、成人した娘による実父、養父などに対する訴訟が相次いだ時期でもあった。一九八六年から九一年までアメリカに留学していた三井晴美は、まさにそうした「流行」の真っ只中《ただなか》で臨床心理学の勉強をし、セラピストとしての訓練を積んだのである。しかも、三井晴美は一時期、隈本と同じメンタルクリニックに勤務し、彼と深い関係にあった。弥生が相沢悦朗の実子ではないと知っていた隈本が、相沢と佐紀子に復讐するため、三井晴美の利用を思い立ったとしても不思議はない。

隈本と三井晴美が帰国した後、アメリカでは一九九二年を境に〝抑圧された記憶〟に懐疑的、批判的な出版や報道が増え、支持派と懐疑派、両者の大論争が始まる。と同時に、幼い娘に実際に性的虐待を加えていながら偽記憶だと主張する悪質な便乗組も現われ、問題は錯綜《さくそう》し、複雑化する。

それはさておき、相沢佐紀子が黙秘を解いたことにより、隈本事件はかなり真実に近い貌《すがた》が明らかになった。明らかになったと思う。だが、佐紀子の供述がすべて事実だという保証はないし、今日、判決が出ても、それが事実を正しく映しているかどうかは別である。裁判の結果はあくまでも一つの見方にすぎない。そのため犬飼は、中断していた『有名精神科医刺殺事件』を夏から再び書き出したものの、どこで、どういうかたちで作品に決着をつけていいのか、よくわからずにいた。

第六回公判の後、事件に対する犬飼のスタンスには大きな変化があった。海原遥香こと石峰弥生から調査依頼を解かれたからだ。といって、弥生が犬飼の差し出がましい忠告に怒ったわけではなく、今日も犬飼の前に相沢悦朗と並んで座っているように、第七回公判以後は自分で裁判の傍聴に来るようになったからである（事件とは関係ない犬飼の個人的な事情の変化としては、八月に美鈴が流産し、九月に二人で市役所へ行き、婚姻届を出した）。

大杉裁判長の判決文の朗読は、〈罪となるべき事実〉、〈証拠の標目〉、〈検察官の主張に対する判断〉、〈弁護人の主張に対する判断〉……と進んだ。

本裁判の最大の争点は、被告人の行為が《検察側の主張した、殺意をもって相手の命を奪った「殺人」だったのか、それとも弁護側が最終弁論で主張した「正当防衛」だったのか》という点である。

そのうち、殺意については、

――被告人には、検察官の主張するように被害者を殺害してもおかしくない動機が存在するが、それだけでは被告人に殺意があったと確信するに充分とは言えない。

として、判決は検察側の主張を退けた。

となると、残るは弁護側が主張する正当防衛を認めるか否かだった。

刑法第三六条は、

①　急迫不正の侵害に対して、自己又は他人の権利を防衛するため、やむを得ずにした行為は、罰しない。

②　防衛の程度を超えた行為は、情状により、その刑を減軽し、又は免除することができる。

と規定している。

第一項が正当防衛の、第二項が過剰防衛の規定である。

第一項にあるように、正当防衛が認められるのは〝三つの要件〟が満たされた場合である。急迫不正の侵害が存在すること、自己または他人の権利を防衛するための行為であること、その行為が必要やむを得なかったこと、と。これら三つの要件のうちの一つでも不充分なら正当防衛は認められない。

本事件では、その点の検討に入る前に、〈被告人が被害者を刺したときの状況について被告人本人が公判廷で述べたことをどう見るか〉という問題があった。犯行当夜、現場のホテルの部屋にいたのは被告人と被害者だけであり、犯行時の状況を知っているのは被告人だけだからだ。

それについて判事たちは、被告人と被害者の関係、犯行現場の状況、被害者の創傷の状態、犯行後に被告人が取った行動などと照らし合わせても大きな矛盾点は見つからず、被告人の供述はおおむね信用できる、と判断。

その上で、

——被告人より力の勝る被害者が凌辱の意思をもって被告人に襲いかかってきたのだから〈急迫不正の侵害〉が存在し、被告人が被害者に対して包丁を構え、近寄れば刺すと警告することは〈自己または他人の権利を防衛するため〉の行為であったと認められる。だが、被告人は約一ヵ月前、別のホテルで被害者に襲われたときには武器を持たずに被害者の行為を阻止しているのだから、前もって包丁を準備し、それを取り出して構えることは客観的に見て適正妥当な防衛行為とは言えず、〈必要やむを得なかった行為〉とは認めがたい。よって、弁護人の正当防衛の主張は採用しない。

と、結論した。

裁判長による判決文の朗読は最後の〈法令の適用〉に移った。

「……被告人の判示所為は刑法第二〇五条に該当するところ、過剰防衛行為であるから同法第三六条第二項、第六八条第三号を適用して減軽をした刑期の範囲内で被告人を懲役二年に処し、被告人の性情及び本件犯行の動機などに照らし刑の執行を猶予するのを相当と認め、同法第二五条第一項により、この裁判確定の日から三年間右刑の執行を猶予し、押収してある包丁一本（刑第一号証）は本件犯行に使用したもので……」

要するに、三人の判事たちは、被告人の行為は殺人ではなく、刑法第二〇五条の傷害致死に該当すると判断したのだった。そして、同法第三六条第一項の正当防衛は認めなかったものの、同条第二項にある過剰防衛に関する規定を適用し、さらに被告人の性格や犯行動機、前科のない点などを斟酌《しんしゃく》し、相沢佐紀子に対し《懲役二年、執行猶予三年》の判決を下したのである。

＊

一日中無人だった部屋は外と変わらないぐらい冷え切っていた。

森島は十時少し前に帰宅すると、真っ先に居間兼食堂にあるファンヒーターの点火スイッチを入れた。

今日はクリスマス。松波町のあたりは大勢の人で賑《にぎ》わっているだろうが、森島には関係ない。

留守番電話が一件入っていたので、彼はオーバーを着たままそれを再生した。

相沢からだった。

裁判所で検事と話すのはまずいからだろう、弥生と二人でホテルへ帰ってから電話したようだ。今日のことは森島が最後まで諦めずに真相を追及してくれたおかげだと相沢は感謝の言葉を述べ、つづけて弥生も一言、礼の言葉を吹き込んでいた。

もちろん、今日の午後判決のあった隈本事件について言っているのである。

森島は、閉廷後、彼に向かって深々とお辞儀をして法廷から出て行った佐紀子の姿を思い浮かべながら、電話のメッセージを二度聞いた。

部屋が少し暖まったところで着替えをし、浴槽に入れる湯を出してきた。ダイニングテーブルの上に置いておいたビニール袋から、帰りに買ってきた総菜や焼きそばのパックを取り出し、中身を皿に移した。風呂に入った後でそれらを電子レンジで温め、ワインを飲むつもりだった。

今日、佐紀子には執行猶予付きの判決が言い渡された。隈本をナイフで刺した彼女に〝殺意はなかった〟と判断されたのである。

それは、殺人の罪で起訴した検察側の負けを意味している。しかし、その判決を聞いたとき、森島はむしろほっとした。検事の職にあるかぎり口が裂けてもそんなことは言えないが、今日もし殺人の罪で有罪の判決が下されていたら、森島はいまごろ、きっと苦しんでいただろう。

ワインは、その重荷から解放された密かな祝いだった。

今日は木村検事正も田辺次席検事も不在だったので意見を聞けなかったが、森島は明日、控訴しない方向で上司たちと話すつもりでいた。佐紀子や相沢をこれ以上苦しめたくないという気持ちはもちろんあるが、だからといって、そうした私情にとらわれて決めたわけではない。被害者と被告人の関係、被害者の取った行動を考えれば、判決は客観的に見て妥当だと思ったのだ。それなら、大杉判事たちの下した判断を尊重したい。

森島は、浴槽に六割がた湯が入ったところで蛇口を閉めてくると、風呂へ入る前に書斎へ行き、パソコンを開いた。

宏一からのメールがきていないかと気になったのだ。

入っていた。

開くと、ひときわ大きな〝Merry Christmas!〟の文字が目に飛び込んできた。

クリスマスカードならぬ、クリスマスメールらしい。

宏一がニューヨークの君恵のもとへ行ってから約四ヵ月半。子供の適応力は凄《すご》い。いまでは日常会話に不自由しない程度まで英語が上達し、向こうの生活にもすっかり慣れたようだ。

行った当初は、「アメリカなんか嫌だ」「日本へ帰りたい」「お父さんのところへ行きたい」と毎回のように書いてきた。そのため、森島はメールを見るのが辛く、自分の判断は間違っていたのだろうか、と思い悩んだ。

ところが、二ヵ月、三ヵ月……と経つうちに、宏一のメールからそうした泣き言は次第に減り、代わりに学校の様子や新しくできた友達のことを知らせる記述、母親と観に行った映画の感想などが多くなった。そして、最近では、おじさんがどこそこへ連れて行って××を食べさせてくれたといった話も時々混じるようになった。おじさんというのは君恵の連れ合い、アメリカ人の義父のことである。そうした文言を読むと、森島は〈そうか、良かったな〉と思う一方で寂しさを感じた。宏一が向こうの生活に馴染み、義父も良くしてくれているらしいと知って安心したし、もちろん嬉しかった。それでいて、心のどこかに隙間ができてしまったような寂しさ、物足りなさを感じている自分に気づいた。宏一が「日本へ帰りたい」「お父さんのところへ行きたい」と訴えてきていたときは、息子が可哀想だと思いながらも、森島の気持ちはどこかほっとし、満たされていたらしい。

森島はメールのつづきを読んだ。

宏一は、昨日のイブはお母さんの友達の画家が沢山来て賑やかだったと書いていた。宏一はきっと集まったおとなたちに大事にされたのだろう。楽しそうな様子が伝わってくるような書き方だった。

去年までの宏一は、クリスマスといっても、祖母がスーパーで買ってきたケーキを二人の年寄りと向き合って食べるだけ。そこには母親の姿も父親の姿もない。そうした光景を頭に浮かべると、やはり息子を母親のもとへ遣って良かったのだ、自分の選択は間違っていなかったのだ、と森島は思った。

宏一が最後に、お父さんはクリスマス・イブもクリスマスも関係なく遅くまで仕事をしているのかな、そして家へ帰ってひとりで夕ご飯を食べているのかな……と書いていた。半ば心配し、半ば同情するかのように。

森島は〈なんだ、逆に息子に心配されるようになったか〉と苦笑し、宏一の気持ちを軽くしてやるために、そんなことはないという嘘の返信を送った。

——お父さんだって、クリスマスぐらいは仕事を早めに切り上げ、友達と一緒にお酒を飲み、カラオケで歌ってきたよ。

森島はパソコンを終了させて風呂に入ってくると、宏一が想像したとおり、ひとりでワインを飲み、ひとりでコンビニの焼きそばを食べた。

だが、今夜は不思議と侘《わ》びしさも寂しさも感じなかった。

参考図書

『抑圧された記憶の神話』E・F・ロフタス&K・ケッチャム著　仲真紀子訳（誠信書房）
『悪魔を思い出す娘たち』ローレンス・ライト著　稲生平太郎&吉永進一訳（柏書房）
『記憶を消す子供たち』レノア・テア著　吉田利子訳（草思社）
『トラウマティック・ストレス』ベセル・A・ヴァン・デア・コルク&アレキサンダー・C・マクファーレン&ラース・ウェイゼス編　西澤哲監訳（誠信書房）
『心的外傷と回復〈増補版〉』J・L・ハーマン著　中井久夫訳（みすず書房）
『生きる勇気と癒す力〈第3版〉』エレン・バス&ローラ・デイビス著　原美奈子&二見れい子訳（三一書房）
『The Courage to Heal』（『生きる勇気と癒す力』の原著）Ellen Bass & Laura Davis 著（Harper Collins Publishers）
『魂の殺害』レオナード・シェンゴールド著　寺沢みづほ訳（青土社）
『平気でうそをつく人たち』M・スコット・ペック著　森英明訳（草思社）
『ウソの記憶と真実の記憶』中島節夫著（河出書房新社）
『臨床心理学キーワード』坂野雄二編（有斐閣）
『トラウマの臨床心理学』西澤哲著（金剛出版）
『子どものトラウマ』西澤哲著（講談社）
『トラウマの心理学』小西聖子著（日本放送出版協会）
『図解雑学　臨床心理学』松原達哉編著（ナツメ社）
『米国精神医学会治療ガイドライン　パニック障害』日本精神神経学会監訳（医学書院）
『DSM-Ⅳ-TR　精神疾患の分類と診断の手引』米国精神医学会編　高橋三郎&大野裕&染矢俊幸訳（医学書院）

『臨床心理士になるために』日本臨床心理士資格認定協会監修（誠信書房）
『「心の専門家」はいらない』小沢牧子著（洋泉社）
『「こころ」はどこで壊れるか』滝川一廣著　聞き手・編　佐藤幹夫（洋泉社）
『精神科にできること』野村総一郎著（講談社）
『不安・恐怖症』貝谷久宣著（講談社）
『パニック障害』貝谷久宣&不安・抑うつ臨床研究会編（日本評論社）
『電車に乗れない人たち』松本桂樹著（WAVE出版）
『夜と霧〈新版〉』ヴィクトール・E・フランクル著　池田香代子訳（みすず書房）
『東電OL殺人事件』佐野眞一著（新潮社）
『日本の裁判官』野村二郎著（講談社）
『裁判官はなぜ誤るのか』秋山賢三著（岩波書店）
『刑事第一審公判手続の概要』司法研修所監修（法曹会）
『日本の検察』野村二郎著（講談社）
『検察の疲労』産経新聞特集部著（角川書店）
『検察秘録』村串栄一著（光文社）
『女検事ほど面白い仕事はない』田島優子著（講談社）
『司法修習生が見た裁判のウラ側』司法の現実に驚いた53期修習生の会編（現代人文社）

解　説

西上心太

今年（二〇〇九年）の五月下旬に賛否両論かまびすしかった裁判員制度がスタートし、いよいよ八月に初めての審理が予定されていることが発表された。対象となるのは東京で起きた殺人事件の裁判である。殺人罪で告訴された被告と弁護側は起訴内容を認めており、情状酌量を求めていく方針らしいので、裁判員たちは量刑をめぐる判断を下すことになるようだ。

ところで作家が裁判員に選ばれたらどうするだろうか。おそらくミステリー作家であれば、重大な犯罪を裁く刑事裁判に直接参加できるのであるから、万難を排して（たとえ締切をすっぽらかそうが身銭を切ろうが）駆けつけるに違いない。ふだんは締切にかんして鬼のように厳しい担当編集者だって、後々の作品にいかせると判断すれば許すのではあるまいか。もっとも不穏かつ不埒《ふらち》？な動機を抱えていそうなミステリー作家は、選任から外される可能性が高そうではあるが。

余談はさておき、昨年の二〇〇八年二月ごろ、ある法曹関係者と対談した際に、しばらくすれば裁判員制度を題材にしたミステリー作品が次々と発表されるに違いないという話題になった。その予測に違わず、同じ年の内に、芦辺拓『裁判員法廷』、姉小路祐『京女殺人法廷 裁判員制度元年』、戸梶圭太『判決の誤差』が、また施行を目前に控えた二〇〇九年の五月には、水原秀策『裁くのは僕たちだ』、夏樹静子『てのひらのメモ』が上梓された。ベテラン、中堅、新鋭が入り交じり、裁判員制度を真っ正面から真摯《しんし》にとらえた作品があるかと思えば、制度の欠点を徹底的におちょくった作品もあるなど、すべて傾向の違う個性的な作品だった。さすが話題に敏感なミステリー作家であると感心したものだ。

本書の作者、深谷忠記は国内ミステリー界ではおそらく三本の指に入る、法廷ミステリーの名手として知られている。遠からず深谷忠記の手になる裁判員ミステリーが登場することだろう。

本書は、二〇〇三年に角川書店から上梓された『Pの迷宮』を改題、文庫化した作品である。前半は病に苦しむ娘を抱えた家族の苦悩を描く家庭小説、後半は一転して、殺人罪で起訴されながら、黙秘を続ける被告に焦点を合わせた法廷劇という凝った構成のミステリーとなっている。

相沢佐紀子《あいざわさきこ》は裁判所の判事である夫の悦朗《えつろう》との二人暮らしである。佐紀子は最初の夫と死別し、まだ幼い一人娘の弥生《やよい》を抱えていた時に悦朗と出会ったのだ。悦朗は佐紀子親子を愛し、結婚後は弥生を養女にし、実子にも向けられないような愛情を注いできた。やがて成長した弥生は、悦朗の司法研修所教官時代の教え子で、優秀な成績で裁判官の道に進んだ石峰《いしみね》武《たけし》と結婚し、親元を離れ新たな家庭を築いた。深い愛情につつまれ、仕事も順調な二家族に暗い影が差し込む。結婚して四年、一人娘の愛が二歳になったころ、外出中の弥生は原因不明の発作に襲われてしまう。突然激しい動悸や発汗が起き、形容しようのない不安感と目眩《めまい》が続き、最後は気を失ってしまったのである。検査でも身体の異状は発見されなかったが、発作は一度では治まらず、前触れもなく何度も弥生を襲う。弥生は精神科や心療内科を受診し、不安神経症あるいはパニック障害と診断され投薬を受ける。だがいっときは治まっても、また起きる発作……。いつ果てるともないくり返しに、弥生の精神は疲弊《ひへい》し、強い不安感に覆われていく。

そんなおり、佐紀子はテレビから隈本洋二郎《くまもとようじろう》という名前が流れるのを耳にする。隈本は精神医療の先進国であるアメリカで精神医学や臨床心理学を学び、帰国後に売れっ子となった精神科医だった。隈本とは過去にある因縁があったのだが、佐紀子はわらにもすがる思いで彼に連絡を取る。

一方弥生は、病院で知り合った女性が紹介したセラピスト三井晴美《みついはるみ》のセラピーを受け始め、彼女に心を開いていく。三井は弥生の症状は薬では治らない種類のＰＴＳＤ（心的外傷後ストレス障害）であると診断する。そして発作の原因が、弥生が幼児期に受けた心の傷（トラウマ）にあると断定し、そのトラウマを徹底的に突きつめようと弥生の深層にアプローチするのだった……。

病気や体調不良による身体に及ぼす影響や苦しみは、罹《かか》ったものでなければ本当にはわからない。卑近な話で恐縮だが、下戸《げこ》の方には二日酔の辛さは理解されようもないだろう。また加齢で足腰が弱ると、小さな段差（道路はもとより家の中でも）でもつまずきがちで、大きな怪我につながったりする。寝たきりの人には寝返りをさせないと褥瘡《じょくそう》ができることは知られている。元気な人間でもひとたびぎっくり腰になってみれば、ふだん無意識にできる寝返りが容易にできないことに愕然《がくぜん》とするだろう。

さて、病気は人間の体力を奪うだけではなく、精神的にも気弱にさせる。だがはっきりとした病名や治療法がわかっているのであれば、遠からずやってくる快癒の時に思いをはせ、強い気持ちが持てるものだ。さらに肉体的な病ははたから見ても理解されやすく、医療機関の診断も的確に下されやすい。ところが精神的な病に罹患《りかん》した患者は、周囲の無理解もあいまって、より強い不安に襲われるのではないだろうか。

弥生の場合がこれに当たるだろう。家族の愛情と協力だけはふんだんにあったのだが、正しい診断がなかなか下されなかったため、弥生は疲れはてていくのだ。治癒が進んだと思い、家族と初詣に出かけた弥生が発作に襲われるシーンは印象的だ。

「それほどひどい発作ではなかった（中略）ただ、その発作によって、それまで弥生の目に映っていた正月の明るい光景は一転して陰画の世界に変わった」

このすぐ後に「人間、勝手な希望を思い描かなければ絶望もないのだろうが、希望を抱かずに生きるというのは難しい」という文章が続くのであるが、原因がつかめず一進一退（であるかも当事者には判断できないだろう）を続ける弥生の気持ちがひしひしと伝わってくる。

このように不安な状態になった患者の助けとなるのが医師の力である。具合が悪くても信頼する医師の前に座り、診断を受けるとそれだけで気持ちが軽くなった経験は誰もがお持ちだろう。だがもしも、病因を究明し適切な治療を行い、患者に安心感を与えるべき医師が、「悪意」をもっていたら……。

深谷忠記の作品には二つの軸がある。一つが、大学の数学講師・黒江《くろえ》壮《つよし》と女性編集者・笹谷《ささたに》美緒《みお》の婚約者コンビが活躍するトラベルミステリーシリーズである。このシリーズは豊かな旅情を描くだけでなく、考え抜かれたアリバイトリックが用意されている。しかも作品数が多いにもかかわらず、どの作品にもコクがあるという、数ある国産トラベルものの中でも屈指のシリーズなのである。
もう一つの軸が、トラベルものと交互に発表されることの多い、現代社会が抱えるテーマを扱った、社会性の濃い単発作品である。先ごろ、一九九〇年に起きた幼女殺害事件（足利《あしかが》事件）で逮捕された男性の冤罪《えんざい》が明らかになったばかりだが、冤罪の温床となっている、被疑者を長期間拘置して取り調べるための代用監獄制度と、司法の自白偏重主義への批判が含まれた『自白の風景』や『目撃』、あるいは『審判』という、今こそ読まれるべき作品がそれだ。ほかにも家庭内暴力をふるう父親殺害を計画する少年を描いた『毒』、くり返される薬害問題を強く糾弾する『ソドムの門』などがある。だがこれらの作品が、社会問題を告発するだけの単調な物語ではないことを忘れてはならない。いずれの作品も社会的テーマと、巧みな仕掛けが融合した、滋味あふれる「社会派・本格ミステリー」なのである。

本書は、このノンシリーズの系譜に連なる作品である。原題の『Pの迷宮』とは一方向からの単純なアプローチではとらえることができない人間の心（psyche）と、それを操ろうとするモラルの欠如した人間（person）を象徴したのではないかと類推する。

精神的な病に苦しむ一家をじっくりと描いた前半に続き、後半は一転して舞台は殺人事件の公判に移る。セラピーによって掘り起こされた「記憶」の正体や、黙秘を続ける被告の真意が徐々に明らかになり、家族の絆《きずな》が修復される場面は圧巻で、胸が熱くならない読者はいないだろう。

マスコミのみならず私たちにも、トラウマという便利な言葉で人間の心を忖度《そんたく》しようとする安易な傾向がある。本書はトラウマが存在するとされる人間の深層にアプローチする際の、一方的な思いこみや独断がもたらす危険を真摯に問いかけている。

まさに「社会派・本格ミステリー」の達人《マスター》が贈る傑作《マスター・ピース》である。

（二〇〇九年七月・講談社文庫版より再録）

本書は2009年7月講談社文庫として刊行されました。
なお、本作品はフィクションであり実在の個人・団体などとは一切関係がありません。

徳間文庫

黙《もく》秘《ひ》

2022年6月15日 初刷

著者 深《ふか》谷《や》忠《ただ》記《き》

発行者 小宮英行

発行所 株式会社徳間書店

東京都品川区上大崎三—一—一 〒141—8202
目黒セントラルスクエア

電話 編集〇三(五四〇三)四三四九
販売〇四九(二九三)五五二一

振替 〇〇一四〇—〇—四四三九二

印刷 大日本印刷株式会社
製本

ISBN978-4-19-894755-2 (乱丁、落丁本はお取りかえいたします)